MATTHIAS W. SEIDEL

Epprechtstein

Vorbemerkung des Verfassers:

Handlung sowie Personen des Romans
sind frei erfunden.
Die Schauplätze des Krimis habe ich
den Bedürfnissen meiner Geschichte angepasst.
Wirklich echt ist nur die wilde Romantik
des Fichtelgebirges,
der ich all meine Ideen verdanke.

MATTHIAS W. SEIDEL

Epprechtstein

Ein Fichtelgebirgs-Krimi

Für B.

Bibliografische Information der Deutschen Bibliothek:
Die Deutsche Bibliothek verzeichnet diese Publikation in der Deutschen Nationalbibliografie; detaillierte Daten sind im Internet über <http://dnb.d-nb.de> abrufbar.

Herstellung und Verlag: Books on Demand GmbH, Norderstedt
ISBN 978-3-8482-1197-5

FRIEDEN
Das ist nur ein Wort, kein Gefühl.
F.R.I.E.D.E.N
Das sind nur sieben Buchstaben, kein Zustand.
F-R-I-E-D-E-N
Das ist der sehnlichste Wunsch des Menschen.
Frieden ist eine Utopie.

I.

Nie ist der düstere Felsenkeller so klein, so hell gewesen; nie zuvor bot er so wenige Möglichkeiten zum Verstecken. Es riecht nach Erde, nach Kartoffeln und Weißkraut, nach Fäulnis und Kohlen, aber ich nehme es kaum wahr. Manchmal werden unsere Sinne einfach abgeschaltet. Seine uralten Mauern und Gewölbe werden nach wie vor von Feuchtigkeit und Salpeter zusammengehalten, aber heute weiche ich den mehligen Kristallen nicht aus, stürze vorwärts, schramme an der Wand entlang, zerreiße mir die Kleidung, suche, die Hände weit von mir gestreckt, nach Rettung, nach Schutz, nach Halt.
Ich empfinde keinen Schmerz.
Ich muss Zeit gewinnen.
In der Angst sind wir alle gleich.
Wie oft bin ich hier gewesen, habe, mit bangem Herzen und im Schein der Petroleumlampe, das Dunkel erforscht, Hand in Hand mit dem guten alten Johann. Nun hetze ich vorbei am Vorratskeller mit den unzähligen Einmachgläsern und der Kartoffelhorde, vorbei am Weinkeller mit den mannshohen Regalen und den matt schimmernden Flaschen, die Johann so sehr schätzt, passiere den Aktenkeller mit den verstaubten Ordnern vergangener Jahrzehnte und den polierten Mustersteinen, auf denen sich fingerdick Staub niedergelassen hat.
Hier wie dort ist die vertraute Finsternis gewichen, hat Platz gemacht für eine neue, grausame Helligkeit, die sich durch jede Ritze zwängt: durch das enge Loch in der Decke, das als Entlüftung dient, durch den schräg nach oben führenden Schacht, ganz hinten im

Kohlenkeller, dessen Ende mit Stroh verpfropft ist, und erst recht durch die brüchige Kellertür oben an der Treppe, die mit Lichtspeeren alarmierend um sich wirft.
Bitte, bitte, lieber Gott, lass die Sonne verschwinden, lass mich unsichtbar werden, nur dieses eine Mal!, bete ich im Stillen.
Im Stillen? Nein! Jeder konnte es hören, das dumpfe Grollen, das urplötzlich die anheimelnde Ruhe des Herbstnachmittages durchbrach. Dunkle Männer sind ihm gefolgt, nicht auf Donnervögeln, sondern auf den Rücken fauchender Drachen.
Versteck dich, rasch!
Und so bin ich gerannt, auf und davon. Erst hinunter in den Flur, dann weiter zur Kellertür, da die Männer schon vor der Haustür standen. Nun poltert und scheppert es über mir, als ginge die ganze Welt in Scherben. Bestimmt haben sie das Haus längst besetzt.
Was werden sie mit ihnen machen?
Werden sie ihnen etwas antun?
Fremde Stimmen zerbrüllen alle Hoffnung.
Und doch bin ich ihnen entkommen, bin entwischt in allerletzter Sekunde. Alle Wärme habe ich hinter mir gelassen, all die Farben sind zerflossen. Bestimmt werden sie nach mir suchen, werden mich finden und zur Rechenschaft ziehen.
Der Herr im Himmel vergebe mir meine Sünden.
Ich schlittere, stolpere, komme in dem Raum vor dem Kohlenhaufen zum Liegen. Nur rasch auf die Beine, den rollenden Berg erklimmen. Aber der Schacht ist zu hoch, ich kann sein Ende kaum mit den Fingerspitzen ertasten. Meine Kräfte reichen nicht aus, mich hochzuziehen.
Stillstand.
Die Stimmen werden lauter, nur das Poltern hat sich entfernt. Ich zittere am ganzen Körper, und es ist kaum die Kälte, die mich dazu treibt. Ich will nicht wissen, was da oben vor sich geht. Ich verweigere allen grausamen Bildern, die sich mir unwillkürlich aufdrängen, den Zutritt zu meinem Bewusstsein. Ein Gefühl der Leere überschwemmt mich, macht mich gleichgültig, wischt die Angst und den Schrecken beiseite, macht mich gefühllos, hart, unangreifbar.
Da, die Tür, die immer verschlossen ist! Nie habe ich auch nur einen einzigen Blick auf das werfen dürfen, was sich dahinter verbirgt. Aber

ich kenne die Geschichten, ich kenne sie alle. Der gute Johann hat sie mir erzählt. Ich balle meine Hände zu Fäusten, beiße die Zähne aufeinander, hämmere mit aller Gewalt gegen den Riegel und das rostige Vorhängeschloss.

Schnapp!

Das Schloss fällt zu Boden. Ich klappe den Riegel nach oben. Etwas drückt gegen mich. Ich weiche zurück, halte den Atem an. Die Tür dreht sich röchelnd in den uralten Angeln. Ein modriger Wind weht mir um die Nase.

Da ist er! Es gibt ihn also tatsächlich!

Am Boden liegen Steine und Geröll. Spinnweben hängen von der niedrigen Decke herab. Dahinter lauert nichts als Ungewissheit. Ein verborgener Ort in einer verborgenen Zeit.

Niemandsland.

Tapfer trete ich über die Schwelle. Nur kurz sehne ich mich nach Johanns schützender Hand, nach seiner hellen Petroleumlampe und seinem unerschöpflichen Wissen.

Plötzlich wird es hell. *Es ist soweit!* Jemand muss die Tür zum Keller aufgestoßen haben. Schwere Schritte eilen die Stufen hinab. Ich raffe nach dem Schloss am Boden und verberge es in meiner Tasche. Im letzten Augenblick der Klarheit zwinge ich die Tür in den Riegel.

Die Welt entschwindet. Dumpfe Schwärze verschlingt mich. Die ersten dicken Tränen kullern über meine Wangen, denn ich weiß es ganz plötzlich: Der goldene Herbst ist vorbei, für immer! Was mir bevorsteht, ist ein langer, langer Winter. Mein vertrautes Leben hat hier und jetzt sein Ende gefunden.

Ich schließe die Augen, obwohl die Aussicht unverändert bleibt. Ich atme tief durch, drehe mich um und denke an die Unauslöschlichkeit alles Geschehenen. Klar und überdeutlich brennt sich die kurze Geschichte des Lebens in die grauen Falten meines Gehirns. Näher bin ich dem Tod nie gekommen.

Ich will lernen, mich leblos zu machen.

Das Letzte, was ich wahrnehme, ist das Fauchen der Drachen, aber dies ist bereits unwirklich, wie aus weiter, weiter Ferne. Danach höre ich nur noch die unmenschlichen Schreie, die niemals wieder verklingen sollen …

II.

Der Morgen schickte sich an, die Nacht zu vertreiben. Ein Blick auf den Wecker genügte, um ihm zu sagen, dass es höchste Zeit war, aufzustehen. Leise keuchend rappelte er sich hoch und schlich in die Küche hinunter. Er wollte Erna nicht wecken, obwohl ihm dies selten gelang.

Aus dem alten Röhrenradio tönte bald das Rucksackradio auf Bayern 1. Er hörte nie einen anderen Sender, wenngleich ihn die viele ausländische Musik nervte und er die Zeiten zurücksehnte, wo von früh bis spät nur die alten Schlager und seine geliebte Volksmusik liefen – und eben nicht dieser neumodische Negerbeat. Heute ging es um eine Tour in Südtirol, die sie beide selbst vor vielen Jahren bewältigt hatten. Er schwelgte in Erinnerungen.

Während er selbstzufrieden der Sendung und dem Blubbern der Kaffeemaschine lauschte, bestrich er andächtig eine Schnitte Bauernbrot mit Butter. Mit Wonne holte er drei dicke Scheiben weißen Presssack mit seinem Taschenmesser aus dem Glas, schnitt sie in Stücke und verteilte diese wie ein Fliesenleger auf dem Brot.

Als der Kaffee vor ihm dampfte und er genussvoll in sein Frühstück biss, wurde die Küchentür aufgestoßen.

»Ich wollt dich extra nicht wecken«, brummelte er los und wischte sich mit dem Handrücken Butter von der Oberlippe.

Erna schlurfte in ihren rosa Pantoffeln zum Tisch und setzte sich. »Du kannst ja nix dafür. Ich hab die ganze Nacht schon schlecht geschlafen.«

»Na dann.« Er nahm einen kräftigen Schluck aus seinem Topf und stellte das Radio etwas lauter. »Horch, da sind wir auch gewesen. Erinnerst dich?«

»Freilich«, bestätigte Erna, während sie sich erhob und zur Kaffeemaschine hinkte.

Er biss kräftig in sein Presssackbrot. »Was ist denn los?«, erkundigte er sich schmatzend.

Erna kam mit einem vollen Topf zum Küchentisch balanciert. »Mir tut alles weh!« Sie stellte die Tasse ab, stemmte die Hände in die Hüften und versuchte, ihren Rücken geradezubiegen.

»Mir auch«, brummte er nur, schob sich den letzten Bissen in den Mund und schlürfte seinen Kaffeetopf leer. Anschließend erhob er sich wortlos vom Tisch und verließ die Küche.

»Pass auf dich auf, Hanns!«, rief ihm Erna hinterher. »Nicht, dass du wieder hinfällst …« Sie hielt inne. Der Schmerz war unerträglich.

Nachdem er die Haustüre geräuschvoll hinter sich ins Schloss gezogen hatte, atmete er tief durch. Es würde ein herrlicher Tag werden. Die Frühnebel wabberten über Feld und Flur, stiegen träge aus den tiefgrünen Fichtenwäldern empor, suchten ihr Heil in dem von der Sonne noch unerreichten Firmament. In der Ferne mühten sich die Hügel und Höhen der Berge vergeblich um Bodenhaftung. Wie in einer Waschküche verschleierte der Morgendunst ihre wahren Dimensionen, ließ sie erst anwachsen, bald darauf wieder in sich zusammensinken.

Er liebte seine Heimat, und er liebte den Lauf der Jahreszeiten. Ganz besonders aber hatten es ihm der Spätsommer und der Herbst angetan. Wenn die Tage kürzer wurden, die Welt von jetzt auf dann bunter und stiller zu werden begann, dann – und nur dann – schlug seine Stunde. Da machte er sich im Morgengrauen auf, den Wegen zu folgen, die nur er kannte.

Erna hatte schon recht, wenn sie ihn zur Vorsicht ermahnte. Letzten September war er gestolpert, über einen dicken alten Wurzelarm, der im Zwielicht und unter Moos und Schwarzbeersträuchern nicht zu erahnen gewesen war. Längelang war er hingefallen, hatte sich den Fuß verstaucht und den Arm verdreht. Wie ein geprügelter Hund war er erst spät am Abend zu seiner von Sorgen kramen Erna zurückgekehrt, humpelnd und ganz elend anzuschauen. Seither musste er eines dieser neumodischen Dinger mit sich führen. Erna bestand darauf. Und wehe dem, er hatte es nicht die ganze Zeit über eingeschaltet. Dann gab es richtig Krach.

Obwohl er wusste, dass sie sich nur Sorgen um ihn machte, kam er sich seither auf Schritt und Tritt beobachtet vor. Sollte er jetzt nicht einmal mehr alleine in seinen geliebten Wald gehen dürfen? Und überhaupt: es gab genügend Plätze, an denen dieses Ding einfach nicht funktionierte – Funkloch oder wie auch immer sich dieser Zustand schimpfte. *Früher hat es solchen Firlefanz auch nicht gebraucht!*, hatte er trotzig verkündet. Eine Woche war er Erna aus dem Weg gegangen, hatte nur das Allernötigste mit ihr gesprochen. Umsonst. Gequält zog er das Gerät aus der Jackentasche, hielt es wie ein verrotztes Taschentuch in der Hand und kontrollierte sowohl die Empfangsbereitschaft als auch die Akkuleistung. Sodann schritt er voller Vorfreude die Straße entlang und bog alsbald rechts in einen schmalen Pfad ab, der ihn zunächst zwischen Feldern hindurch, später an einem kleinen Weiher vorbei, schlussendlich hinauf in den Wald führte.

Nicht ihm galt in den bevorstehenden Wochen seine ungeteilte Aufmerksamkeit, sondern den Pilzen, die jetzt übermütig fast überall aus dem Boden schnellten. Aber die richtigen Plätze, die, wo seine Lieblinge, die Steinpilze, zu wahrer Größe heranwuchsen, kannten nur er und paar wenige alteingesessene Pilzjäger. Kiloweise schleppte er sie jedes Jahr mit nach Hause. Auf dem Dachboden hatte er sich Regale gebaut, wo sie zum Trocknen ausgelegt werden konnten. Inzwischen hatte sich ein schier unerschöpflicher Vorrat angehäuft. So manches Mittagessen wurde damit veredelt. Ob Schweinebraten oder Wiener Schnitzel, Rolllade oder Gänsebrust, er liebte sie zu all seinen Leibspeisen.

Wie man den Gallen-Röhrling mit einem Steinpilz verwechseln konnte, würde ihm auf ewig ein Rätsel bleiben. Wer keine Ahnung von Pilzen hat, sollte das Sammeln lieber sein lassen und sich mit Konserven begnügen. Außerdem rissen die meisten Laien das halbe Pilzgeflecht bei der Ernte gleich mit aus dem Boden. Was blieb war ein hässliches Loch, in dem bestimmt nie wieder ein Pilz wachsen würde. *Verfluchte Amateure!*

Auch der Maronen-Röhrling stand auf seiner Liste, die selten gewordenen Pfifferlinge oder die in Massen vorkommenden Birkenpilze. Zur Not taten es auch der ein oder andere Champignon, die zierlichen Stockschwämmchen oder Butterpilze. Die aber mussten noch am selben Tag verspeist werden, denn zum Trocknen eignen sie sich nicht. So gab es an diesen Abenden für seine Erna und ihn stets eine Pfanne voll herrlich duftender Pilze in Rührei.

Und Tschernobyl?

Was soll's?, sagte er jedem, der es wissen wollte. *Das Fichtelgebirge strahlt von Haus aus. Mein Vater ist sechsundneunzig geworden. Und der hat ein Leben lang hier gewohnt und seine Pilze gegessen.*

Mit Argusaugen (und dem Spürsinn des Kenners) drehte er seine erste Runde. Seine festen Schritte wurden von dem weichen Nadelboden abgefedert; aus den tiefgrün schimmernden Moosteppichen spritzte bei jedem Tritt das Wasser in winzigen Fontänen empor. Vor zwei Tagen hatte es bei milden Temperaturen ausgiebig geregnet. Die Erfolgsaussichten waren hervorragend.
Hanns hatte eine imaginäre Landkarte von diesem Wald in seinem Kopf, ein auf den Meter genaues Abbild all der Standorte, an denen seine Freunde zuhauf gediehen. Kein Hindernis konnte ihn aufhalten: kein Pflanzzaun, kein Gestrüpp, selbst das dichteste Unterholz nicht. Nach dem warmen Guss benahmen sich die jungen Fichten wie klatschnasse Scheuerbürsten. Das bunte Laub der Buchen, Ahorne und Birken triefte ohnegleichen. Obwohl er eine dicke Jacke anhatte, konnte es leicht vorkommen, dass ihn bei der Kontrolle einer Pilzkolonie unter Ästen und Sträuchern das kalte Nass wie aus Bechern in den Nacken rann. Aber auch davor scheute ein echter Pilzgänger nicht zurück. Es gehörte einfach dazu, war der Tribut an den Wald, den er seiner Schätze beraubte.
Im Nu hatte er den ersten Stoffbeutel mit Steinpilzen gefüllt. Er grinste wie ein Honigkuchenpferd, als er aus dem Dickicht brach, sein Messer am Hosenbein abwischte und auf den Forstweg einbog. Die aufgehende Sonne entzündete die Spitzen der Fichten. Orangerot leuchteten sie wie brennende Kerzen zu ihm hinunter. An einem Stamm in nächster Nähe rannte ein Kleiber um sein Leben. Hoch über ihm verkündete eine Krähe den Tagesanbruch. Ein aufgeschreckter Hase ergriff die Flucht. Ein verschlafenes Reh kreuzte seinen Weg.
»Ist das nicht wunderschön?«, murmelte er selbstvergessen vor sich hin. Heute war ein Tag wie kein anderer. Vielleicht sollte er bis hoch zur Ruine laufen, die Aussichtsplattform erklimmen und das *Über-den-Wolken-schweben* genießen. Lange war er nicht mehr da oben gewesen – zu lange, wie er feststellte.
Er verließ den Forstweg, wandte sich nach links, kreuzte eine Gruppe junger Erlen, die rings um einen verwachsenen Tümpel gediehen, und fand sich bald auf dem Pfad wieder, der ihn, den Rundwanderweg kreuzend, direkt bis hoch zum Gipfel führte.

*

Irgendetwas war heute anders als sonst. Er spürte es in seinem linken Knie, als er sich der Hütte näherte, die als Unterschlupf und Rastplatz diente. Gegenüber standen stumm die drei Leichenstümpfe der alten Buchen, die vor Jahren einem Sturm zum Opfer gefallen waren. Zwischendrin thronten noch immer die steinernen Bänke und der massive Tisch aus heimischem Granit. 1805 war an seiner Stirnseite zu lesen, das Jahr, in dem Preußenkönig Friedrich Wilhelm zusammen mit Gattin Luise den Epprechtstein bezwungen hatte. Für den hohen Besuch waren extra Treppen und Wege angelegt worden, damit das Herrscherpaar ungehindert die reizvolle Aussicht genießen konnte. Anschließend tafelte man königlich im Steinrund am Luisensitz. Leider wurde die ausgelassene Stimmung des Tages durch die Kunde von Napoleons Rheinüberschreitung getrübt.

»Das interessiert heutzutage sowieso keinen mehr«, resümierte Hanns und stapfte weiter.

Vereinzelt wurden träge Nebelfahnen über den Rand des schmalen, nach Südwest gerichteten Plateaus gespült, das die Gipfelregion in zwei etwa gleichgroße Hälften teilte. Hanns blieb stehen. Direkt neben dem Pfad schimmerte ein Hexenring im taubewehrten Gras. Hier oben hatte er noch nie einen gesehen. Er bückte sich und musterte die kreisrunde Erscheinung. Waren das Feld-Schwindlinge? Oder späte Risspilze? Er war sich plötzlich nicht mehr sicher, und das war ihm, dem Pilzkenner par excellence, wirklich noch nicht untergekommen.

»Teufelnocheins!«

Er wagte es nicht, einen der Fruchtkörper aus dem Kreis zu nehmen – in dieser Hinsicht war er abergläubisch. Er hatte bisher auch nie einen von ihnen betreten und für nichts in der Welt vor, dies heute zu ändern. Dass das bestenfalls Unglück brachte, wusste jedes Kind. Es gibt Dinge, die lässt man lieber bleiben. Das Schicksal herauszufordern war nicht seine Lebensart.

Er wollte sich eben aufrichten, als ihn der Schmerz ohne Vorwarnung in die Lendenwirbel fuhr. »Hexenschuss, auch das noch!«, jammerte er mit schmerzverzerrtem Gesicht.

Jetzt passte alles zusammen. Mit Mühe (und eine Hand stützend in die Hüfte gestemmt) wollte er den Rückweg antreten. Die Lust an der Aussicht war ihm mit einem Mal restlos vergangen. Jetzt würde er Stunden brauchen, um nach Hause zu kommen. Falls er dies überhaupt bewerkstelligen konnte.
Während er überlegte, ob es in dieser misslichen Situation nicht besser wäre, die gesammelten Pilze hier zu lassen oder Erna anzurufen, um sich von ihr Rat und Tat zu holen, erkannte er etwas an der steil aufragenden Felswand neben dem Königsweg, das dort nie und nimmer hingehörte. Es sah aus wie ein Kreuz, aber verkehrt herum. Und da hing etwas an ihm. Oder spielten ihm seine Augen einen Streich?
»K-r-u-z-i-f-i-x«, stammelte er fassungslos. Sein Herzschlag setzte aus; ihm wurde kurz schwarz vor Augen. Gegen seinen Willen (und unter ziehendem Schmerz) humpelte er entschlossen darauf zu, befand sich bald auf dem Steinweg, direkt unter dem seltsamen Gebilde, und erstarrte.
»Herrgott, das darf doch nicht …«
Überall geronnenes Blut. In einer breiten Fahne pappte es am Fels. Unter seinen Füßen hatte es sich zu einer dicken, matt schimmernden Lache verkrustet. Er hatte schon viel Blut in seinem langen Leben gesehen. Früher, als sie zuhause noch selbst alljährlich das Schwein geschlachtet hatten, das ganz hinten in der Scheune ein kümmerliches Dasein fristete, das er als Kind nur zweimal zu Gesicht bekam, an dem Tag, als sie es in den finsteren Stall führten, und an dem Tag, da es geschlachtet wurde. Er hatte immer das Blut in der Schüssel rühren dürfen, und es hatte ihm nie etwas ausgemacht. Sein Vater hatte ihm gezeigt wie man Hühner, Gänse und Tauben ausnahm, wie man den Hasen das Fell abzog, damit es unversehrt und sauber blieb und für gutes Geld verkauft werden konnte. Aber das hier war etwas anderes. So viel Blut auf einem Haufen hatte er nie zuvor gesehen. Es musste hektoliterweise geflossen sein.
Zögernd, mit trockenem Mund und schweißnassem Gesicht, hob er scheu den Blick. Da hing ein Kreuz über ihm, ein Holzkreuz, und an diesem Kreuz war ein nackter menschlicher Körper befestigt. Da waren Arme, links und rechts, aber keine Hände, nur Stümpfe. Und

auch dazwischen fehlte etwas. Dort, wo der Kopf sein sollte, klaffte ein ausgefranstes, dunkelrotes Loch.
Hanns wich ein, zwei Meter zurück, ging in Begleitung eines Schmerzensschreis in die Hocke, versuchte sich mit einer Hand am Fels abzustützen, wurde durch das entstandene Ungleichgewicht um 90 Grad gedreht und gegen die Wand gedrückt.
Schluss, aus, vorbei!
Ergeben lehnte er sich gegen den kalten Granit und fummelte umständlich sein Handy aus der Jackentasche. Im Speicher befanden sich nur zwei Telefonnummern: die von daheim und die des Notrufs.

III.

Fürchtegott Hager hatte an diesem Morgen verschlafen. Das war ihm, solange er denken konnte, noch nicht untergekommen. Ob es daran lag, dass er am Abend zuvor vergessen hatte, den Radiowecker auf Alarm zu stellen, wusste er im Nachhinein nicht zu sagen. Er war hochgeschreckt, eilig aus dem Bett gesprungen und ins Bad geschlitzt. Fünf Minuten später hatte er, unrasiert und in den Klamotten vom Vortag, die Wohnung verlassen, hatte sich weder die Zeit genommen, die verdutzte Nachbarin im Treppenhaus zu grüßen, noch die Tageszeitung aus dem Briefkasten zu nehmen. Er war, als sei der Teufel hinter ihm her, blindlings über den Rasen gespurtet, hatte sein Garagentor lautstark aufgerissen, keuchend den Schlüssel ins Zündschloss gefummelt und mit durchdrehenden Reifen und lautem Motorgeheul die Einfahrt verlassen. Um ein Haar wäre er dabei von einem Wagen erfasst worden.
Ganze vierzehn Tage war er bereits Strohwitwer. Noch einmal so lange würde es dauern, bis Irmgard in seinem Leben wieder für die nötige Ordnung und Gleichmäßigkeit sorgen würde. Nie im Traum hätte er gedacht, dass sie ihm derart fehlen könnte. Er ging ihr zwar nicht aus dem Weg, aber wie es eben nach dreiundzwanzig Ehejahren üblich ist, hatte sich jeder seine Freiräume erfochten. Die gemeinsam verbrachte Zeit hielt sich im Rahmen des Unumgänglichen. Für gewöhnlich liebte er die Stille in der Wohnung, selbst bei

den Mahlzeiten. Jetzt war es ihm eindeutig zu monoton. Die Geräusche aus den Nachbarwohnungen kamen ihm leiser vor als sonst, wo es leicht sein konnte, dass er seine Mitbewohner auch einmal an Rücksicht und – falls unumgänglich – an Vorschriften erinnerte. Verwundert stellte er fest, dass er Selbstgespräche führte: im Bad, im Wohnzimmer, sogar im Schlafzimmer. Zudem war er bereits um drei Kilo abgemagert, und daran war nicht nur das dürftige Kantinenessen schuld. Der Hunger wollte einfach nicht kommen, nicht in der sterilen Kantine, und erst recht nicht zuhause, wenn er allein am Tisch saß und ihn die Einsamkeit übermannte. Das war ganz und gar neu für ihn. *Richtig unheimlich!*

Was musste sie auch diese sinnlose Kur antreten. Seit zweiunddreißig Jahren arbeitete er nun ohne Unterlass; an eine Kur für ihn hatte bisher keiner gedacht. Beschweren wollte er sich nicht, weder bei seinem Hausarzt noch bei seiner Frau, aber wenn es einer verdient hatte, alle viere von sich zu strecken, dann doch wohl er!

Bad Soundso, irgendwo an der Ostsee. Er hatte den Namen nie gehört und gleich wieder vergessen, nachdem sie ihm allerlei Prospekte und die Kostenzusage der Krankenkasse präsentiert hatte. Nicht im Traum hatte er damit gerechnet, dass sie Ernst machen würde. Alles, was von ihr geblieben war, war eine Telefonnummer für Notfälle. Am dritten Tag, nachdem sie ihn mit zwei Koffern und einer Handtasche bewaffnet in einem Taxi verlassen hatte, hatte er die Nummer in sein Handy eingegeben, an erster Stelle, unter der Rubrik Familie! Je länger er ohne sie auskommen musste, desto stärker wurde der Wunsch, einen Notfall zu konstruieren.

In Rekordzeit hatte er seinen Parkplatz erreicht. Nicht, dass ihn irgendwer für die Verspätung gerügt hätte oder gar irgendwelche Konsequenzen zu erwarten waren (es war Samstagmorgen), nein, einzig und allein seine Vorstellung von Arbeitsmoral, seine Dienstbeflissenheit sowie ein Berg unerledigter Aufgaben war für den Eifer verantwortlich. Früh war er der Erste, abends der Letzte. *Morgenstund hat Gold im Mund!* war einer seiner Lieblingssprüche, *Was du heute kannst besorgen* … ein anderer. Er galt von jeher als hochgeschätzter Kollege, genoss seit Jahren seitens seines Vorgesetzten jedwede Handlungsfreiheit. Man konnte sich allzeit auf ihn verlassen. *Hundertprozentig!*

Ungesehen betrat er das Gebäude durch den Seiteneingang, stapfte eilends die Treppe hinauf, den leeren Gang entlang, und huschte unbemerkt in sein Büro. Erst als er hinter seinem Schreibtisch saß und die Kaffeemaschine vor sich hin röchelte genehmigte er sich eine Minute der Ruhe. Sein PC schnurrte leise wie ein Kätzchen. Der Bildschirmschoner zeigte im Wechsel private Urlaubsfotos aus dem vergangenen August: mehr, oft weniger gelungene Aufnahmen von Madeira.

Er würdigte ihn keines Blickes. Drei Aktenhefter lagen vor ihm in der Mitte: zwei grüne unten, ein blassroter obenauf – sein heutiges Pensum. In der Ablage links warteten, penibel und in der richtigen Reihenfolge sortiert, diverse Unterlagen für die zu bearbeitenden Fälle: hauptsächlich Vordrucke und Formulare, ein Führungszeugnis, diverse Auflistungen aus der Flensburger Sündenkartei, zwei Zeugenaussagen, eine in miserablem Deutsch verfasste Selbstanzeige, eine mit Fettflecken übersäte Unfallskizze und derlei mehr.

Das war sein Alltag. Die großen Fische schwammen im Meer; er hatte sich mit den kleinen zu begnügen, die in den Bächen, bestenfalls in den Flüssen vor seiner Haustür herumzappelten.

Erst vor fünf Jahren war er zum Oberkommissar befördert worden. Ob er es jemals bis zum Hauptkommissar schaffen würde (seine Irmgard glaubte mit Hingabe daran), stand lange nicht fest. Die Dienststelle war zu klein, die Aufgabenstellungen nicht anspruchsvoll genug, und die Kassen des Staates waren ohnehin permanent von Leere bedroht. Für einen bescheidenen Lebensabend würde seine Pension allemal herhalten können. Irmgard würde keinerlei Grund zur Klage haben. Zusammen mit ihrer Sekretärinnen- und der Zusatzrente würde sich ihr späteres Einkommen unwesentlich von den jetzigen Einnahmen unterscheiden. Die Eigentumswohnung war annähernd abbezahlt, Geld für ein neues Auto stellte auch kein Problem dar, und für den alljährlichen Sommer- und Winterurlaub würde es ebenso reichen.

Doch bis dahin galt es, jede Menge Gesetzwidriger zu überführen und dingsfest zu machen. Für ihn bestand das Leben ausschließlich aus Lug und Trug, aus Neid und Missgunst, aus Mord und Totschlag. Was übrigens den Mord anbelangte, so war er bisher von wirklich Aufsehen erregenden Fällen verschont geblieben. Tot-

schlag, Raub, Vergewaltigung, auch Kidnapping, konnte es heutzutage immer geben, selbst hier, in der Provinz, wo sich eben nicht nur Fuchs und Hase Gute Nacht sagten.
Auch der harmloseste Zeitgenosse war in den letzten Jahren rücksichtsloser geworden. Brutalität stand auf der Tagesordnung. Bereits im Kindergarten prügelte man aufeinander ein, von den Straftaten an Schulen ganz zu schweigen. Wir hatten Gewalt längst zur Tugend erklärt, da half keine noch so gut gemeinte Prophylaxe, kein noch so lückenloses Gesetzbuch. Der Krieg war lange her. Die wenigen lebenden Zeitzeugen vegetierten außerhalb von Gesellschaft und Aufmerksamkeit in Pflegeheimen vor sich hin. Kein Lebewesen verlernt und vergisst so schnell wie der Mensch; kein Tier zieht so rücksichtslos mit seinesgleichen zu Felde. Brauchen wir wirklich erst einen neuen Krieg im Lande, um zu realisieren, dass wir miteinander weit besser leben können, als gegeneinander? *Homo sapiens sapiens, wo bist du?*
In dubio pro reo! Wenn er das schön hörte. Jeder Gangster und Dieb wurde heutzutage regelrecht ermuntert, weiterzumachen, weil es ihm so mancher ungeschoren davongekommene Staatsvertreter ungeniert vormachte. *Nehme sich jeder, was er will!*, so lautete die Devise. Und der Rest schaute weg. Nicht nur aus Angst um sein Leben, sondern weil er selbst mit Machenschaften abgelenkt war. Nämlich damit, seine eigenen schwarzen Schäfchen ins Trockene zu bringen, statt sich um die Impertinenzen des Nachbarn zu kümmern. Und überhaupt galt: Eine Krähe kratzt der anderen kein Auge aus. Siehst du weg, sehe ich auch weg. *So läuft das!*
All diese Sozialpädagogen und Therapeuten sehen doch in jedem nur einen auf den falschen Weg gekommenen Engel. Eine katastrophale Kindheit genügt, um sich von aller Schuld freizusprechen. Geldsorgen oder Eifersucht rechtfertigen jedes Mittel. Aber ein gefallener Engel ist und bleibt ein Teufel. Zweifel und Strafe wären nicht nur angebracht, sondern wünschenswert, um das Volk endlich auf den Weg der Tugenden zurückzuführen.
Er wollte sich eben erheben, um sich eine stärkende Tasse Kaffee einzuverleiben, als das Telefon klingelte. Bevor er abhob, schaute er auf seine Armbanduhr. Es war drei viertel acht. Was er zu hören bekam, konnte er kaum glauben …

IV.

Mit der Samstagsruhe war es vorbei. Mit der Ungewissheit ebenfalls. Ein startender Rettungshubschrauber verscheuchte unter lautem Getöse die letzten hartnäckigen Dunstschleier; ein zweiter der Polizei zog lärmend Kreise über dem Gipfel. Die Bergwacht, ein Polizeibeamter und das Team der Spurensicherung mühten sich ab, das wuchtige Holzkreuz mit dem verstümmelten Leichnam über den Rand der Ruinenmauer zu hieven. 135 Aufnahmen vom Tatort waren gemacht, Fußabdrücke für die Dauer der Ermittlungen in Gips festgehalten, sämtliche vorfindbaren DNA-Spuren gesichert. Dem zweiten Streifenpolizisten war die unerquickliche Aufgabe zugefallen, mithilfe einer Videokamera die Geschehnisse rund um den Tatort auf Speicherkarte zu bannen. Es hätte ein Dutzend solcher Kameras und Beamter gebraucht, um den gelieferten Szenen Herr zu werden.

Hanns bekam von alldem nicht viel mit. In Rekordzeit war der Rettungshubschrauber auf dem schmalen Grat wie ein monströses Insekt gelandet. Sekunden später waren die Sanitäter und der Notarzt bei ihm gewesen, hatten ihn kurzerhand auf die mitgebrachte Liege verfrachtet und waren mit ihm zu dem Gefährt zurückgeeilt. Ganz flüchtig hatte er in ihren Gesichtern lesen können, dass der Anblick der Leiche und die Umstände drum herum auch für sie ein nicht alltäglicher Anblick waren. Man hatte ihm eine Spritze gegen die Schmerzen im Kreuz in den Allerwertesten gegeben. Jetzt lag er mit angewinkelten Beinen auf dem Rücken fest verzurrt im Innern des Helikopters und spürte, wie der Hubschrauber der Schwerkraft ein Schnippchen schlug. Er war noch nie in seinem Leben geflogen. Es fühlte sich gut an, kribbelig in der Magengegend, und er stellte mit Erleichterung fest, wie das Erlebnis des Fliegens die Bilder in seinem Kopf nach und nach zu verdrängen begann.

*

Völlig außer Puste erreichte Kommissar Hager rund vierzig Minuten später den Tatort. Das war persönlicher Rekord, und nur den

Tatsachen zu verdanken, dass die Straßen noch relativ leer waren und sein aufgepflanztes Blaulicht für freie Bahn gesorgt hatte. Was ihm am Telefon in nüchternen Worten verkündet worden war, hatte zu unglaublich, zu abwegig geklungen, als dass sein Verstand dazu in der Lage gewesen wäre, Bilder zu generieren. Hier und jetzt genügte ein Blick, um seinem Schöpfer zu danken, dass er heute verschlafen hatte. Er war ohne Frühstück und ohne seinen ersten Bürokaffee sofort nach dem Anruf Hals über Kopf aufgebrochen. Und das war gut so. Jedwede Nahrung hätte sich bei diesem Anblick auf und davon gemacht. Das wäre ihm nicht nur äußerst peinlich gewesen, sondern in erster Linie hätte es unprofessionell, geradewegs stümperhaft auf die Kollegen wirken müssen. Zwar konnte er Blut sehen (solange es nicht sein eigenes war), aber dies hier musste eine regelrechte Schlachtorgie gewesen sein.

Der Anblick ging ihm gehörig an die Nieren.

Er wich der zähen Masse aus und schickte sich an, die Stufen zu erklimmen, die hoch zu der Aussichtsplattform führten. Alles, was er jemals über Morde gesehen, gehört oder gelesen hatte, stellte dies hier in den Schatten. Da war er, der aufsehenerregendste Fall seines Lebens, ungeschönt und in all seiner widerwärtigen Deutlichkeit. Fürchtegott schluckte nervös. Etwas Magensäure brannte auf seiner Zunge.

Es war mit vereinten Kräften gelungen, das Kreuz über die dicke Mauer zu wuchten. Während sich ein Polizist mit seinem ganzen Gewicht abmühte, das fragil abgelegte Corpus Delicti in der Waage zu halten, sammelte sich das Team der Spurensicherung unterhab der Mauer im Hof, um die ungeheuere Fracht entgegenzunehmen.

Kommissar Hager beobachtete die Szene mit säuerlicher Miene. Ein zerstückelter Leichnam war so neu für ihn, dass er mit skurriler Faszination Körper und insbesondere Trennstellen genauestens begutachtete. In erster Linie war diese Aufmerksamkeit jedoch als Ablenkungsmanöver gedacht. Sein Gehirn lehnte strikt die Tatsache ab, dass es sich bei diesem blutverschmierten Fleischklumpen um einen Menschen handelte, der noch vor wenigen Stunden quietschfidel und lebendig gewesen war.

»Was ist hier geschehen?«, sagte er eher zu sich selbst, als zu der geschäftig durcheinanderredenden Truppe unter sich.

Der Chef der Kriminaltechnik, ein vierschrötiger Kerl mittleren Alters, mit wachsamen Augen und einer dicken Knollennase, der sich unbemerkt neben ihm eingefunden hatte und seine Handschuhe abstreifte, zuckte mit den Schultern. »Um deine Frage zu beantworten, ist es noch reichlich früh.«
Fürchtegott Hager fuhr unwillkürlich zusammen und wirbelte herum.
»Entschuldige«, sagte der Mann, »ich wollte dich nicht erschrecken. Grausame Sache. Da hat jemand ganze Arbeit geleistet. Es wird nicht leicht werden, die Identität des Opfers ausfindig zu machen. Wenn der Pathologe keine besonderen Merkmale am Körper findet, wird es die berühmte Suche nach der Nadel im Heuhaufen. Du wirst wohl oder übel allen Vermisstenmeldungen nachgehen müssen, selbst den überregionalen.«
Fürchtegott Hager räusperte sich. »Gibt es verwertbare Spuren, Alfons?«
»Wir sind hier noch lange nicht fertig. Selbst der unmittelbare Tatort ist nicht vollständig gesichert. Aber was heißt das schon? Wir müssen sämtliche infrage kommenden Wege untersuchen. Wenn der Mann hier oben umgebracht wurde – was ich nicht annehme –, wird's kriminell. Aber selbst wenn ihn sein Mörder bereits tot hier hoch geschleppt haben sollte, wird es schwierig werden, die dazugehörigen Spuren zu finden.«
»Wieso meinst du, dass er nicht hier oben umgebracht wurde?«
»Na, das Kreuz!« Alfons zwinkerte kurz. »Irgendwie muss es doch hier hergebracht worden sein.«
»Du meinst vor dem Mord?«
»Besser ein Holzkreuz alleine lassen, als eine Leiche, hab ich recht?«
»Hm! Und wenn das Kreuz bereits vor der Tat hier deponiert wurde, könnte das Opfer selbst auf den Berg gestiegen sein.«
»Mit dem Mörder!«
»Oder *den* Mördern.«
Alfons lachte glucksend: »Anders kann es nicht gewesen sein. Oder was würdest du sagen, wenn dir ein Wanderer begegnet, der ein Holzkreuz auf den Schultern trägt?«
»Ich würde ihn fragen, ob er sich nicht in der Zeit und im Ort geirrt hat.«

Alfons Gesicht wurde zu einer fragenden Grimasse.
»Ostern ist lange vorbei«, bemerkte der Kommissar lakonisch.
»Und wir sind nicht in Oberammergau, verstehe!«, platzte es aus Alfons heraus.
»Die letzten Tage hat es geregnet. Wieso sollte es schwierig sein, Spuren zu finden?«
»Weil wir selbst genügend hinterlassen haben, um hierher zu kommen. Im Prinzip müsste der ganze Epprechtstein weiträumig abgesperrt werden.«
Hager holte tief Luft. »Wie soll das gehen?«
»Da lass dir mal was einfallen. Aber beeil dich.« Alfons blickte zum Himmel, der ein zartes Blau zeigte. »Der Tag wird wunderschön. Da sind bestimmt reichlich Wanderer unterwegs. Die werden uns bis Mittag den Rest zertrampelt haben.«
»Du hast vollkommen recht. Wir benötigen genügend Männer, die einen ganzen Quadratkilometer absuchen können.« Fürchtegott Hager legte den Zeigefinger an die Unterlippe. »Ich brauche dringend Verstärkung. Am besten sofort. Wenn sich die Sache erst rumgesprochen hat, werden die Journalisten den ganzen Epprechtstein belagern.« Er seufzte. »Wer hat eigentlich die Leiche gefunden?«
»Ein Schwammerlsucher, soweit ich weiß.« Alfons verzog die Mundwinkel. »Dem ist bei der Schweinerei hier bestimmt der Appetit vergangen. Sie mussten ihn auf der Bahre wegtragen, so fertig war der Kerl.«
»Wen wundert's?«
Alfons kratzte sich am Kinn. »Sag mir eins: Wer tut so was?«
Der Kommissar stöhnte. »Jedenfalls war es keine Tat im Affekt. Das war eine von langer Hand geplante Hinrichtung. Mehr fällt mir im Augenblick dazu nicht ein.« Hager wandte sich zum Gehen. »Wenn's Neuigkeiten gibt, gleich Bescheid sagen, ja?«
»Geht klar!«
Er eilte die Stufen hinab und blieb im Burghof bei dem verunstalteten Leichnam stehen, der von etlichen Männern der Kriminaltechnik umringt und von dem gerufenen Pathologen genauestens von allen Seiten begutachtet wurde.
Hager räusperte sich: »Nach der Todesursache brauche ich wohl kaum fragen, wie?«

»Ganz schöne Sauerei«, sagte der Arzt und wandte sich von der Leiche ab. Die dicke Brille war ihm auf die Nase gerutscht; die grauen Haare hingen ihm wirr in die Stirn. Seine dunklen Augen verhießen nichts als berufliche Routine. »Trotzdem: guten Morgen, Herr Kommissar!«
»Den hab ich mir irgendwie anders vorgestellt«, gab Hager von sich.
»Kann ich Ihnen nicht verdenken.«
»Lässt sich schon etwas sagen?«
»Wenig«, gestand der Gerichtsmediziner. »Männliche Leiche. Auf den ersten Blick würde ich sagen zwischen vierzig und fünfzig Jahre alt. Aber da will ich mich nicht festlegen.« Der Blick des Profis trat erneut über den Brillenrand. »Erstens fehlen ein paar wichtige Indizien.« Er deutet kurz hinter sich auf den offenen Halsbereich und die beiden Armstümpfe der Leiche. »Zweitens muss der Körper erstmal gründlich gereinigt werden.«
Der Kommissar nickte einvernehmlich.
»Außerdem bieten sich als eigentliche Todesursache diverse Möglichkeiten an: Wurde er erst getötet, dann gekreuzigt, dann geköpft und zuletzt die Gliedmaßen entfernt? Oder wurde er erst gekreuzigt und anschließend getötet, indem man Hände und Kopf abtrennte? Starb er durch den Blutverlust am Kreuz und wurde erst hinterher verstümmelt? Oder durfte er die ganze Prozedur hautnah miterleben? Tja, das wird länger dauern.«
Hager wurde ganz schwindelig im Kopf. »Wann …«, er hustete, »kann ich mit den ersten Ergebnissen rechnen?«
»Am Montag. Frühestens!«
»Verstehe.« Hager wandte sich um, durchschritt die schmale Pforte in der Burgmauer und lief den Weg zurück, den er gekommen war.
»Kommissar Hager!«
Fürchtegott warf einen Blick über die Schulter.
»Warten Sie!«
Der Streifenpolizist mit der Videokamera kam auf ihn zu geeilt. Er schwenkte den Apparat an seinem Handgelenk wie eine Bowlingkugel kurz vor dem Abwurf. »Polizeimeister … Schuster«, stellte er sich außer Atem vor.
Fürchtegott Hager verfiel augenblicklich in die Vaterrolle. Dem jungen Kollegen war der Diensteifer überdeutlich im Gesicht abzule-

sen. »Schuster, soso! Du hast den Tatort wohl auf Film festgehalten, was? Sehr umsichtig, gut gemacht! Hast du auch bestimmt nichts vergessen?«

»Ich glaube nicht.«

»Dann sieh dir die Aufnahme lieber gleich mal an. Du weißt ja, jede Kleinigkeit kann im Nachhinein wichtig sein. Äh, warst du der Erste hier oben?«

»Bauer und ich. Wir waren zufällig in der Nähe, als der Notruf kam. Aber bis man hier oben ist, dauert es ein Weilchen. Wir mussten uns erst schlaumachen, wie weit und auf welchen Forststraßen man bis nach oben kommt.«

»Und wieso habt ihr nicht einfach euren Wagen unten stehen lassen und seid gelaufen? Also ich in eurem Alter …«

Der junge Kollege sah ihn bestürzt an. »Wir … wir wussten ja nicht, was wir brauchen würden – aus dem Streifenwagen, meine ich. Hätten wir etwas vergessen, hätte einer von uns zurück gemusst und es hätte noch länger gedauert. Außerdem …«

Das ist wieder einmal typisch!, dachte Hager in seiner Meinung bestätigt. Trotz Übereifer (oder gerade deshalb?) wählten diese Jungen Wilden zumeist den falschen Vorgehensweg, nämlich den bequemsten. Dabei wurden sie während ihrer Ausbildung gerade im sportlichen Bereich so richtig rangenommen. Kaum war der erste Streifen auf der Jacke, ließen Begeisterung und Tatkraft nach. *Dienstjahre sind keine Herrenjahre!*, dachte er wehmütig an seine eigene Anfangszeit zurück.

»… und so dachten wir, dass es am besten sei …«

»Schon gut, schon gut!« Hager gab sich versöhnlich. Er verspürte im Augenblick nicht die geringste Lust, dem jungen Kollegen gegenüber eine Moralpredigt über *seine* Vorstellung von Diensteifer vom Stapel zu lassen. »Was ist mit dem Mann, der den Toten gefunden hat?«, fragte er stattdessen.

»Er befindet sich auf dem Weg ins Krankenhaus. Der Alte war fix und fertig.«

»Das weiß ich. Weiter?«

»Er heißt Hanns Soundso. Kollege Bauer hat Name und Adresse notiert.«

»Na, es hat wohl wenig Sinn, ihn gleich zu befragen. Der muss erst wieder auf die Beine kommen«, überlegte der Kommissar.

»Er hat gesagt, dass er zum Pilzesammeln unterwegs gewesen sei. Wollte nur kurz hier hoch, um die schöne Aussicht zu genießen, und fand einen Hexenring.«
Fürchtegott blickte den Polizisten von unter herauf an. »Hexenring?«
»Na, so einen Ring aus Pilzen halt. Er muss hier irgendwo sein.« Schuster blickte suchend um sich.
»Hexenring hin oder her, das wird nicht so wichtig sein. Was hat er sonst noch gesagt?«
»Dass er einen Hexenschuss bekam.«
»Hexenschuss. Soso.« Hager schüttelte den Kopf.
»Im Hexenring!«, sah sich Bauer verpflichtet, der Vollständigkeit halber hinzuzufügen.
»Mitten drin – unglaublich!« Die Miene des Kommissars verfinsterte sich. »Ist der Kerl überhaupt zurechnungsfähig?«
»Er machte auf mich einen ganz normalen Eindruck.«
»Jaja.« Fürchtegott Hager ließ den Kollegen stehen. Was er zu allererst brauchte, war ein freier Kopf. Hier oben, in all dem ganzen Durcheinander, würde er den bestimmt nicht bekommen. Sein Büro war der einzige Ort, an dem er sich voll auf seine Fälle konzentrieren konnte, selbst wenn er Gefahr lief, von Kollegen, eingehenden E-Mails oder Telefonaten unterbrochen zu werden. Er brauchte alle Fakten greifbar vor sich, sonst konnte er nicht effektiv arbeiten. Leider gab es zu diesem Fall bisher nichts als Fragen, und selbst die galt es sinnrichtig und nicht voreilig zu stellen. Mit dieser Kreuzigung wollte der Täter nicht nur sein Opfer erniedrigen, er wollte auch ein Zeichen setzten. Und was die Tatsache der Verstümmelungen anging, so gab es womöglich mehr Gründe, als den, dessen Identität zu verwischen.
Fürchtegott Hager zuckte zusammen. *Religiöse Motive vielleicht?* Er wusste, es gab allerlei obskure Gruppen, die hin und wieder auch vor abwegigen Riten nicht zurückschreckten. Die Gipfel des Fichtelgebirges erklimmen und auf einen prophezeiten Weltuntergang warten war noch die harmloseste Variante. Aber das Kreuz hing verkehrt herum an der Mauer. Ein Hinweis auf satanische Gruppen? *Bloß nicht!*, hoffte Hager inständig. Mit derlei Weltanschauungen konnte und wollte er sich nicht auseinandersetzen müssen.

Mühsam stapfte er den Berg hinab. Die Lösung des Falles schien plötzlich in unerreichbare Ferne gerückt. Er brauchte Zeit. Zeit, die er bestimmt nicht bekommen würde, wenn erst die Medien auf den Mord aufmerksam geworden waren. Nicht nur sein Chef, die ganze Öffentlichkeit würde ihm im Nacken sitzen. Bei so einem Fall waren die Gemüter schnell erhitzt, wurden rasch Stimmen laut, wenn die Ermittlungserfolge auf sich warten ließen. Er gestand es sich nur ungern ein, aber was er dringend brauchte, war Unterstützung. Die Frage war nur, von welcher Seite …

V.

Irgendwo klingelte ein Telefon. Gerade jetzt, wo er doch die Prozession beobachtete, die sich majestätisch dem flachen Hügel inmitten der Lichtung zuwandte. Sie waren aus Osten gekommen. Mit Liedern hatten sie sich die ganze Nacht über wach gehalten. Zu dieser Zeit war es nicht ungefährlich im lauernden Wald. Bald würde ein Silberstreif über dem Horizont den neuen Tag begründen. Noch aber beleuchtete ein geheimnisvoller Mond die Welt der Altvorderen aus sicherer Distanz. Silbergrau glänzten ringsum die kahlen Wipfel der Bäume unter seiner Magie. Ganz im Gegenteil zu dem bleichen Leuchten am Himmel hielten die Menschen brennende Fackeln in ihren Händen. Das kalte Licht des Himmelskörpers unterstrich das Purpur der Flammen. Einer glühenden Schlange gleich bewegte sich der Zug jetzt still höher und höher. Allen voran Schritt der Druide, in Fell gehüllt, ein Rentiergeweih auf seinem Kopf. Er konnte es nicht sehen, nur erahnen: sein Gesicht, seine Arme und sein Brustkorb waren voll heiliger Symbole. Seine Haut war ein einziges Kunstwerk, Ausdruck seines Ranges und Standes. Der Stock in seiner Hand besaß an seinem oberen Ende eine Gabelung, die in Form zweier perfekt symmetrischer Hörner der Dunkelheit trotzte. Er war der Erste, der den heiligen Hügel betreten durfte. Nur ihm war es erlaubt, sich dem Allerheiligsten zu nähern – dem mächtigen Opferstein, in dem heute kein Blut fließen, sondern das Feuer eines eng geschichteten Holzstoßes das lang ersehnte neue Jahr erwecken sollte. Der unerbittliche Frost und die schnell zu neige gegangenen

Vorräte hatten die Gruppe dezimiert. Der Winter war lang und der letzte Jagdzauber bescheiden ausgefallen. Die Götter waren nicht milde zu stimmen gewesen. Zwei von den Alten hatten sie zu sich geholt. Es war ein schmerzlicher Verlust. Nur heute konnten sie den Bund erneuern; nur heute besaß der Sonnenaufgang die nötige Kraft, um die Geschicke des Clans für die bevorstehenden Prüfungen zu lenken. Diesmal durfte nichts schief gehen. Nur ein großer Zauber, ein bis ins kleinste fehlerfreier Ritus war imstande, das vermisste Jagdglück und das fehlende Wissen der Alten heraufzubeschwören.
Der Druide wusste um seine Aufgabe. Schwer wie Blei lag die Verantwortung auf seinen Schultern. Mitten in der Ausbildung war ihm der Lehrmeister geraubt worden, dabei hätte es noch so viel von ihm zu lernen gegeben. Nun würden allein sein Geschick, seine Weitsicht und die Kunst, sich in die Welt der Altvorderen zu begeben, über das Schicksal seines Clans entscheiden. Versagte er, war das Ende ein für alle Mal besiegelt.
Das Telefon klingelte erneut – aufdringlich, unbarmherzig.
Hoffentlich war es nicht laut genug, die Zeremonie zu stören. Dann wäre alles vertan. Er fixierte den Meister, der mit dem ersten Sonnenstrahl seinen Stab senken würde, um das Holz auf dem Altar in Brand zu setzen. Doch noch war es nicht soweit. Die Götter ließen sich Zeit. Die Prüfung war hart.
Eine unendlich lange Weile standen sie bewegungslos da und harrten der Dinge. Die Glieder wurden ihnen schwer, die Augen drohten ihnen zuzufallen. Da endlich: Der Morgen hielt Einzug! Gleich würden das Feuer des Himmels und das Feuer auf dem Hügel die Finsternis für viele Monde vertreiben. Bald würden sie ihre Fackeln in die schwelgende Glut werfen. Das Licht würde zurückkehren.
Die Menge wurde still wie der verblassende Mond. Nun standen sie im Kreis um ihren Meister und den Altar herum und hofften auf Rettung.
Doch was war das? Schon wieder dieses vermaledeite Telefon.
Er hielt den Atem an. Der erste Sonnenstahl glitzerte zwischen den Bäumen hindurch. *Aber was machte der Druide?* Er zögerte, verweigerte seinem Stab die alles verzeihende Handlung durchzuführen. Er blicke zu ihm und sein Gesicht ließ keine Zweifel aufkommen.

Die Menge wurde unruhig.
Alle starrten zu ihm hinab. In ihren Gesichtern war nichts als Wut und Entsetzen zu lesen. Sie gerieten in Bewegung. Einer nach dem anderen rannte den Hügel hinunter, kam direkt auf ihn zu. Ihre Augen schrien förmlich nach Rache, nach Vergeltung, nach Genugtuung. So würden ihnen die Götter niemals verzeihen. Es musste ein größeres Opfer her – ein Menschenopfer –, und sie hatten es gefunden …
Kopfschüttelnd und mit einem Lächeln auf den Lippen öffnete er die Augen. *So ein Blödsinn!* Er räkelte sich ausgiebig unter der Bettdecke. Die Wintersonnenwende war Geschichte, das Klingeln des Telefons keineswegs.
Gähnend stieg er aus den Federn und schlurfte zur Zimmertür. Das Telefon, ein schwarzer Apparat aus Bakelit, schrillte ihm angriffslustig entgegen. War denn Frau Wehrfried, seine Vermieterin für die Dauer der Ausstellung, noch nicht wach? Sie stand immer sehr früh auf, obwohl sie es sich hätte leisten können, länger im Bett liegen zu bleiben. Aber im Alter, gerade dann, wenn man konnte, gab man sich wohl mit wenigen Stunden zufrieden.
Der Joint des vergangen Abends und der Rest Whisky hatten die bei ihm übliche Wirkung gezeigt. Er fühlte sich putzmunter und ausgeruht. Es würde bestimmt ein überaus reizender Tag werden.
Das Telefon läutete ein weiteres Mal.
Bedächtig hob er den Hörer ab und führte die Muschel an sein Ohr.
»Martin Streitberg bei Wehrfried.«
Die Stimme in dem Apparat hatte er nie zuvor gehört, auch der Name sagte ihm nichts. Aber da der Anruf für ihn war, hatte er bestimmt etwas mit der Ausstellung zu tun. Handwerker, die sich über Art und Größe der benötigten Vitrinen vergewissern wollten, oder jemand aus dem Landratsamt, der den geplanten Eröffnungstermin verschieben musste, weil der Herr Landrat am vereinbarten Tag jetzt doch anderweitig Verpflichtungen angenommen hatte.
Einigermaßen überrascht war er, als sich der Mann am anderen Ende der Leitung als leitender Kommissar der Ermittlungsgruppe Epprechtstein vorstellte.
»Guten Morgen!«, sagte Martin fröhlich. »Ermittlungsgruppe Epprechtstein? Was ist vorgefallen? Hat jemand den Berg geklaut?«

»Ich bin nicht zu Scherzen aufgelegt«, gab der Beamte eindeutig zu verstehen.
»Okay!« Martin grinste. Er kannte solche Zeitgenossen zuhauf, solche, für die scherzen und fröhlich sein ein Fremdwort war. Klar, dass ein Kommissar weniger zu lachen hatte als er. Aber Freundlichkeit entwickelt sich eben aus Freude heraus, nicht aus schlechter Laune. Kommissar oder nicht, mit ein paar netten Worten kam man überall weiter.
»Was kann ich für Sie tun?«, fuhr er im gleichen Tonfall fort.
»Sie könnten mir bei einem nicht alltäglichen Fall behilflich sein.«
»Einem Fall, der in mein Arbeitsgebiet fällt?«
»Unter Umständen.«
»Wurden Artefakte gefunden? – Nein!«, berichtigte er sich sogleich. Es musste sich um etwas anderes handeln. Martin überlegte zwei Sekunden. »Ist die Ruine geschändet worden?«, vermutete er.
»So könnte man es … ausdrücken«, antwortete Fürchtegott Hager zögernd. Der Kerl schien eine wahre Frohnatur zu sein. Wen wundert's? Er hatte sich auch nicht tagein, tagaus mit Gesindel und Tunichtguten herumzuschlagen. Etwas zu naseweis, vorlaut und schnell mit Worten für seinen Geschmack. Ob dies bei einem derart gelagerten Fall hilfreich sein würde, wagte er zu bezweifeln.
»Sie könnten mir eventuell bei einer Mordermittlung zu Diensten sein«, präzisierte Hager.
»Ein Mord, soso!«
Fürchtegott Hager fasste in wenigen Sätzen die Vorkommnisse zusammen. »Der Grund, warum ich Sie bitten möchte, sich der Sache anzunehmen, ist die Art und Weise, wie sich uns der Leichnam präsentierte«, schloss er seinen kurzen Bericht.
»Verstehen Sie mich nicht falsch, aber die Sache mit dem Kreuz kann nichts weiter als ein Scherz sein«, gab Martin zu bedenken.
»Ein Scherz?«, brüllte der Kommissar in die Leitung. »Herrgott noch mal, ist Ihnen eigentlich klar, von was ich rede? Ein Mensch wurde auf bestialische Weise ermordet, gekreuzigt und halb zerstückelt.«
»Sorry! Ich wollte damit nur sagen, dass diese ganze Zeremonie auch ein simples Ablenkungsmanöver sein kann. Womöglich steckt nur ein betrogener Ehegatte dahinter, der seinen Nebenbuhler um die Ecke gebracht hat.«

»So sehe ich das keinesfalls!«, beharrte der Kommissar. »Hintergangene Männer gehen anders vor. Sie handeln aus dem Affekt heraus. Die würden sich auch niemals die Mühe machen und zuvor ein Kruzifix auf einen Berg schleppen. Da genügt Wut im Bauch, ein Messer, ein Knüppel oder beide Hände.«
»Sie müssen es ja wissen.« Martins Laune wurde immer besser. Dieser Kommissar war ein drolliger Kauz. Bestimmt würde es hochinteressant werden, mit ihm zusammenzuarbeiten. Allerdings hatte er völlig recht, was die Ausführung der Tat anging. Womöglich war der Mord in dieser Hinsicht tatsächlich religiös motiviert. Martin Streitberg begann, sich für die Sache zu interessieren.
»Ich will ehrlich zu Ihnen sein«, fuhr Fürchtegott Hager fort. »Bei einem Fall wie diesen sieht sich die Polizei gezwungen, den Rat eines Experten einzuholen.«
»Wie sind Sie eigentlich auf mich gekommen?«, wollte Martin wissen.
»Meine Frau arbeitet im Landratsamt Wunsiedel. Zurzeit ist sie auf Kur, aber an unserem letzten Abend hat sie mir von der Ausstellung erzählt. Ich habe nicht genau zugehört, nur soviel verstanden, dass es sich um die Besiedelung des Fichtelgebirges handelt, und dass sich ein echter Mystiker – ja, ich glaube, sie benutzte diesen Begriff – um die Sache kümmert. Na ja, ein Anruf im Fichtelgebirgsmuseum hat gereicht, um ihre Nummer zu bekommen.«
Martin lachte glucksend: »Echter Mystiker ist gut, ehrlich!«
»Ist das etwa die falsche Berufsbezeichnung?«
»Heutzutage legt sich jeder, der was auf sich hält, irgendeinen Titel zu. Das meiste davon ist Quatsch. Wenn eine Berufsbezeichnung nicht geschützt ist, kann sie jeder verwenden. Und selbst wenn ein Studium oder eine Promotion vonnöten sind, lassen sich die Leute allerhand einfallen, um der nötigen Arbeit geschickt aus dem Weg zu gehen.«
»Ich weiß, was Sie meinen«, bestätigte Hager und schwieg einen Augenblick. »Sind Sie nun Experte oder nicht?«
»Eigentlich bin ich Archäologe. Die Lehren der alten Mystiker sind eher so etwas wie ein Hobby von mir. Immer mit einem Bein im Grab, wenn Sie verstehen, was ich meine. Unser beider Berufe sind also nicht von vornherein grundverschieden.«

»Mit der Ausnahme, dass meine Täter meist noch ziemlich lebendig sind. Und die wenigsten Opfer in Gräbern vorgefunden werden.«
Das Eis war gebrochen. Der Kommissar beruhigte sich. Auch wenn dieser Kerl seiner Stimme nach kaum älter als dreißig sein mochte, hatte er es doch (oder gerade deshalb?) geschafft, seine Stimmung beträchtlich zu heben. *Geteiltes Leid ist halbes Leid!* Egal, ob es zu einer Zusammenarbeit kommen würde oder nicht, zumindest für den Augenblick schien er der geeignete Gesprächspartner zu sein.
»Da will es wohl jemand bis in Aktenzeichen XY schaffen«, fuhr Martin in bester Stimmung fort.
Kommissar Hager wurde aus seinen Überlegungen gerissen. Die Antwort hörte sich nüchtern an: »Lachen Sie nicht. Das ist kein Scherz. So pervers es klingen mag, aber es gibt tatsächlich Verbrecher, die ihre Taten dahingehend ausrichten.«
»Im Ernst?«
»Mein voller Ernst. Bei der Behandlung eines Falles im Fernsehen wird der Straftäter unter seinesgleichen praktisch in den Adelsstand erhoben.«
»Na, wenn das kein Ansporn ist?«
»Ich bitte Sie! Wo kommen wir hin, wenn Verbrecher zu Medienstars avancieren?«
»Tolle Idee. Sie sollten sich an die einschlägigen Redaktionen wenden. Die sind immer auf der Suche nach dem Abartigen, dem Schockierenden. Man wird Ihnen den Vorschlag aus den Händen reißen. Aber Vorsicht! Zuvor müssen sie sich die Rechte sichern lassen, sonst gehen Sie eventuell leer aus.« Martin räusperte sich hörbar vergnügt: »Samstagabend: Die Einschaltquote sprengt alle Rekorde. Erstmals im Fernsehen die neue Casting-Show *Deutschland sucht den Superverbrecher*. In der Jury ein Massenmörder, ein ehemaliger Terrorrist und ein korrupter Politiker. Wochen zuvor wurde mittels Aufrufen in den Medien und in den einschlägigen Kreisen die Créme de la Créme der Gesetzlosen ermuntert, straffrei und ohne jedwede Sanktion über ihre neuesten Verbrechen zu berichten.«
Fürchtegott spürte, wie sein Mund trocken wurde. »Also, ich weiß nicht …«
»Von den 26.000 Personen, die sich gemeldet haben, wurden in einem ersten Auswahlverfahren 25.950 Fälle als nicht infrage kom-

mend (soll heißen: unspektakulär, alltäglich, nicht relevant) aussortiert. Wer es bis ganz nach oben schaffen will, muss sich schon etwas Besonderes einfallen lassen.«
Dieser Martin Streitberg schien an so etwas seine wahre Freude zu haben, resignierte der Kommissar verbittert.
»Die verbliebenen 50 Delikte und ihre Urheber werden an den folgenden Wochenenden eingeladen und der Jury vorgeführt. Ein vereidigter Gutacher und ein Oberstaatsanwalt bürgen für die Vorzüglichkeit der begangenen Verbrechen …«
Und mit so einem Kerl sollte er zusammenarbeiten? Hager biss sich auf die Lippen.
»Aber nur einer kann es schaffen«, fuhr sein Gesprächspartner voller Begeisterung fort.
Du schaffst mich jetzt schon!, dachte Fürchtegott Hager aller Hoffnung beraubt.
»In einem fulminanten, abendfüllenden Finale wird der Super-Verbrecher des Jahres ermittelt. Als Preis winken diverse Exklusivrechte mit den Medien: alleinige Berichtserstattung, Film- und Hörfunkrechte, die ganze Palette. Nicht zu vergessen der beglaubigte Freispruch a priori für die nachfolgende Tat.« Streitberg musste Luft holen. »Was sagen Sie als Fachmann dazu?«
Hager schluckte hastig. »Gott behüte, wenn so etwas je Schule machen sollte!«
»War es nicht immer so?«
Der Kommissar war einigermaßen verdutzt: »Wie meinen Sie das?«
»Na, eine Hinrichtung, ein Opferkult oder eine Hexenverbrennung war früher nichts anderes.«
»Anderes als was?«, fragte Hager entsetzt.
Martin lachte abermals: »Ein Rummelplatz! Ein Volksfest! Oder was glauben Sie, warum im Dunstkreis von Hinrichtungen Händler ihre Waren feilboten, warum es reichlich Auswahl an Essen und Trinken gab, warum vom Kind bis zum Greis alles auf den Beinen war, was laufen konnte, um die einmalige Gelegenheit nicht zu verpassen?«
Fürchtegott Hager sah sich genötigt, sich am Schreibtisch abzustützen. Ihm war ganz schwindelig geworden. Wenn das stimmte, was dieser Martin soeben heraufbeschwor, dann hatte er in vielerlei Hinsicht hinter dem Mond gelebt. Und was noch viel schlimmer

war: drohte dann nicht sein Kartenhaus aus Pflichten, Gehorsam und Pathos in sich zusammenzustürzen? Nein, soweit würde er es nicht kommen lassen, nicht, solange er diese Arbeit erledigte. Es machte *klack!* in seinem Kopf. Der Riegel des Unannehmbaren hatte die Tür des Realen verschlossen. Das war sein Programm für Notfälle. Alles, was auch immer es sein mochte, wurde im Handumdrehen dahinter verborgen und vergessen. Bis … ja, bis er seine paar Jährchen hinter sich gebracht hatte, bis er in Pension gegangen war und eine neue, aufgeschlossene Generation von Kommissaren diese alles in allem erschreckenden Entwicklungen als Normalität akzeptieren würden.

»Hallo?«, hörte er die Stimme im Telefon. »Sind Sie noch dran?«

»Ähm … ja.« Fürchtegott Hager raufte sich zusammen. »Können wir uns heute noch treffen?«

»Gerne. Wo?«

»Um drei viertel zwei am Wanderparkplatz in Buchhaus.«

»Dreiviertel …?«

»Viertel vor zwei!«

»Geht klar.«

»Ich hoffe, Sie finden den Weg.«

»Hab mir extra eine Wanderkarte besorgt.«

»Kluge Entscheidung. Also, bis dann.«

»Bis denn!«

Der Kommissar legte langsam den Hörer auf und kratzte sich verlegen am Hinterkopf. »Na, ich weiß immer noch nicht, ob dass eine gute Idee war.«

VI.

Johann, schau doch! Ich bin ins Reich der Zwerge und Bergkönige entschwunden, eingetaucht in deine Welt der Sagen, Mythen und Legenden. Wenn du mir auch nicht helfen kannst, so helft mir, ihr unterirdischen Wesen, gebt mir ein Zeichen, ihr Unholde, einen Wink, ihr Geister der Finsternis, oder schickt mir ein wärmendes Licht, ihr Herolde der mondlosen Nacht. Wo seid ihr edle Burgfräulein und tapfere Ritter? Wo bist du, Eberhardus de Eckebretsteine?

Wo sind deine Mannen? Dein Geist ist lebendig, auch wenn deine Burg verkauft und geschliffen, verraten und belehnt wurde. Dein Name ist Geschichte, wenn auch die Mauern verfallen. Ich weiß, Ihr spukt noch immer in den Ruinen und Steinbrüchen, in den verfüllten Brunnen und unterirdischen Gängen. Zeigt Euch, und möget Ihr noch so grausig anzuschauen sein. Ich werde Euch Freundschaft zollen, solange Ihr wollt. Mein Dank ist Euch gewiss.
Narrenspiel.
Ich weiß nicht mehr, wie weit ich mich von der Tür entfernt habe. Es mögen zwanzig Schritte sein – oder zweihundert? Ich habe sie nicht gezählt. Zahlen sind unwichtig geworden. Die Luft ist schwer wie Blei. Es ist kalt und schwarz. Der Ausgang liegt hinter mir; der Weg aber führt nach vorn, windet sich, steigt an, fällt ab. Die Erde, meine Zufluchtsstätte, hat sich hinter mir geschlossen. Es fällt mir schwer, die äußeren Dämonen von den inneren zu lösen.
Ich wage nicht anzuhalten, stehen zu bleiben, nach den Stimmen zu lauschen, die sich hinter den Schreien im Verborgenen halten. Noch nicht.
Du kannst es schaffen, wenn du willst!
Ja, ich atme, schnell, aber gleichmäßig, vernehme das heißere Keuchen meiner Lungen, höre den Herzschlag von allen Seiten auf mich einhämmern. Ich spüre den unregelmäßigen Boden unter meinen Füßen, ertaste mit meinen Fingern die schroffen Wände zu beiden Seiten und hinterlasse unsichtbare Morsezeichen:
Punkt, Punkt, Punkt … Strich, Strich, Strich … Punkt, Punkt, Punkt.
Ich spüre den Hauch nasskalten Windes in meinem Gesicht, spüre, wie er sich in meinem Haar verfängt wie klebriger Rotz. Etwas Sandiges ist in meinem Mund. Es knirscht zwischen den Zähnen. Ein säuerlicher Geschmack verbreitet Unruhe. Das Leben hat mich noch nicht verlassen.
Ich sehe was, was Du nicht siehst …
Konzentriert versuche ich, ein Bild von mir zu malen. Ein Menschenkind im ewigen Fels: Arme, Beine, Körper, Kopf, ganz so, wie sie mir in Erinnerung geblieben sind. Drum herum ein Kreis gezogen. Den Rest des Blattes bewohnen forschende Augen und schreiende Münder. Alles Übrige wird schwarz ausgemalt – fertig. Ich bin eine blühende Oase umringt von Verdammnis, ein Quell des

Lebens in kalter Steinwüste. Ein Maulwurf, der sich im fremden Bau verlaufen hat.
Bleib stehen! Man wird dich sonst nicht finden!
Oh doch, Geologen der Zukunft, wenn sich längst niemand mehr an mich erinnert.
Omega 1 ruft Basis!
Basis hört.
Haben gerade etwas Außergewöhnliches im Planquadranten 1945.2/7 in Tiefe 08.15 gefunden.
Was ist es, Omega?
Sieht aus wie ein vorzeitlicher Mensch.
Ein Homo sapiens sapiens?
Roger, Basis!
Die Gelehrten werden Rätselraten, wie wohl das Menschlein zwischen die Gesteinsschichten geraten sein mag. Sie werden konträre Theorien aufstellen und diese vehement mit all ihrer wissenschaftlichen Kompetenz verteidigen.
Oder meine Gebeine werden hier liegen und abwarten, bis die Zeit den Fels über mir abgetragen hat, bis nach Äonen ein versteinerter Fußknochen, ein Schienbein, ein Oberschenkelknochen, eine Wirbelsäule, ein Brustkorb oder ein Schädel von der guten alten Sonne gebleicht werden. Ein Fossil. Eine Million Jahre alt.
Ich stoppe – nein, ich werde gestoppt! Meine Flucht hat ein Ende gefunden. Der Gang vor mir ist verschüttet. Zwei mächtige Felsbrocken, verfugt von losem Geröll, versperren mir den Weg. Ich kann sie ertasten. Eine Seite ist ein gestreckter Oktaeder, eine andere ein unregelmäßiges Vieleck. Blatt zur Hand genommen und weitergemalt: Der perfekte Kreis mit dem Menschlein in der Bildmitte wird mit zwei geometrischen Formen verunstaltet. Sie sollen das Letzte sein, was ich in meinem Leben wahrnehme. Eine Ironie des Schicksals, denn ich bin nie wirklich gut in Formenlehre gewesen.
Mein Pulsschlag erstarrt.
Mein Herz wird zu Stein.
Ich falle ins Bodenlose.
Aber ich werde trotzdem wachsen und gedeihen. Die verunstaltete Luftblase um mich herum wird sich verschließen. Ich werde wachsen und gedeihen, werde funkeln und glitzern wie Bergkristall. Zeit

spielt keine Rolle mehr; sie ist nur ein Konstrukt des Menschen. Ich habe auch sie hinter mir gelassen. Absolutes Schweigen fängt mich auf, weich und warm wie Daunen.
Keine Stimmen.
Keine Männer.
Keine Schreie.
Nichts.
Ich bin Zeuge meines eigenen Begräbnisses!
Es gibt drei Arten von Stille. Die erste ist uns unangenehm, weil wir in ihr stets nach etwas lauschen: nach dem Heulen der Sirenen, nach dem Wummern der Donnervögel und dem Zerbersten ihrer bösen Fracht. Die zweite ist angenehm und wir lauschen gerne in ihr, denn dann wissen wir, dass wir nicht allein sind: der sorgenvolle Rat der Mutter, wenn wir am Morgen das Heim verlassen, das Mittagsgeläut vom Kirchturm oder der friedliche Atem des Bruders im Bettchen nebenan. Die dritte ist endgültig und unumkehrbar: die Stille des Todes.
Du stirbst also.
Oder bist du bereits tot?
Sterben ist ein Prozess, kein Zustand. Gedanken verflüchtigen sich, wenn sie gedacht sind. Leben verflüchtigt sich, wenn es gelebt wurde. Wie oben, so unten. Es gibt kein Paradies, keinen wohlwollenden Gottvater, der die Seinen in himmlischen Gefilden vor der Boshaftigkeit zu schützen imstande ist. Der Kampf wird weitergehen – oder alles in allem verlöschen.
Mögen Angst und Zweifel, Hoffung und Glaube zu Lebzeiten unsere Begleiter sein. In die große Stille gehen wir alleine. Was folgt sind ewig währender Leerlauf

... und stumme Schreie.

VII.

Die Jacke war eindeutig zu warm, stellte der Kommissar fest, als er den Wagen verließ und in der warmen Nachmittagssonne stand. Er zog sie aus, öffnete die Hintertür und legte sie ordentlich auf der Rücksitzbank ab.

Der Parkplatz war voll. Rechts von ihm standen nach wie vor die Autos der Spurensicherung, gefolgt von einem alten Kombi mit Hofer Nummernschild, einem Family-Van mit Fahrradständer und lustigen Aufklebern in den Fenstern sowie ein knallbunter Flitzer mit dem Aufkleber *Wenn Sie das lesen können, sind sie mir zu dicht aufgefahren!* in der Heckscheibe. Ganz links stand ein verdreckter Langholzlaster, daneben ein riesiger Schlepper mit Räumschild. Im Anschluss folgte eine freie Lücke, und schließlich sein eigener Wagen, ein dunkelblauer VW-Passat-Kombi.
Gottlob hat die Presse noch nicht Wind von der Sache bekommen, resümierte er erleichtert. Er blicke sich um, konnte aber niemanden entdecken, der irgendwie nach Martin Streitberg aussah. Vorne, am ehemaligen Bahnübergang, kreuzte ein älteres Ehepaar Händchen haltend die Straße, hinter ihm lärmten zwei Kinder an der Hand ihrer Mutter, im Schlepptau ein gestresst wirkender Vater mit einem Rucksack auf dem Rücken und einen Kinderwagen vor sich her schiebend. Wohl die Familie mit dem Van, schlussfolgerte er.
Doch wo war Martin Streitberg? Verwundert stellte er fest, dass er zu dem Namen kein Bild im Kopf hatte. Das war völlig neu für ihn, denn sein Job brachte es mit sich, dass er andauernd irgendwelche Leute visualisierte, dass er Menschenkenntnis zu besitzen glaubte und sich selbst zu Stimmen am Telefon die dazugehörigen Personen vorzustellen vermochte: wie sie in etwa aussahen, wie sie sich benahmen, welche Gestik und Mimik sie in dem Augenblick zeigten, da er sie anrief, ihnen Fragen stellte, sich Zusammenhänge oder Aussagen bestätigen ließ oder sie zu sich in die Polizeiinspektion vorlud. Was er erblickte, wenn es um diesen Martin Streitberg ging, war ein einziges großes Fragezeichen.
Fürchtegott Hagers Uhr (eine unauffällige Mühle Sport mit brüchigem Lederarmband, die er vor einigen Jahren von seiner Frau zu ihrer Silberhochzeit geschenkt bekommen hatte) zeigte auf den Schlag 14 Uhr. Er wollte sich eben zurück zu seinem Wagen bewegen, um dort auf den unpässlichen Experten zu warten, als ein alter sonnengelber Scirocco mit hohem Tempo angerauscht kam, bremste und mit blockierenden Reifen auf dem schmalen Parkplatz neben ihm geräuschvoll zum Stehen kam.
Unverschämtheit!

Fürchtegott Hager schritt, ganz der Beamte, auf das Auto zu und blieb unmittelbar vor der Fahrertür stehen. Noch konnte er den Fahrzeuglenker nicht erkennen, weil die Sonne sich direkt in der Seitenscheibe spiegelte, aber er hatte seine Marke griffbereit, und die würde er dem Raudi gleich unter die Nase reiben. Falls nötig, würde er seine Papiere kontrollieren und ihm eine Predigt über Sicherheit im Straßenverkehr zukommen lassen.
Das Fenster wurde heruntergekurbelt. Ein junges, dynamisches, adrettes und sonnengebräuntes Gesicht, kurze dunkelblonde Haare, hohe Stirn, schmale ebenmäßige Nase, strahlend meerblaue Augen, kantige Wangenknochen, dazwischen ein schmaler, beinahe femininer Mund mit lupenreinen Zahnreihen kamen zum Vorschein. Sein einnehmendes Grinsen mochte aus der Werbung stammen. Fürchtegott Hager schwante Fürchterliches.
»Entschuldigen Sie das akademische Viertelstündchen«, sagte der Fahrer und zuckte kurz mit den Schultern. »Was soll das denn? Wollen Sie mich verhaften?«
»Martin Streitberg?«, brummte der Kommissar missmutig und ließ zügig die Dienstmarke verschwinden.
»Herr Hager?«
Fürchtegott trat zur Seite. Martin Streitberg stieg aus.
Er hätte es sich denken können. Lässiges Sporthemd, auf der behaarten Brust ein bronzenes Medaillon, zerschlissene Jeans und beige Turnschuhe von der Marke mit den drei Streifen. Das Schreckgespenst für jeden Schwiegervater. Gottlob hatten sie keine Tochter; überhaupt war ihre Ehe kinderlos geblieben. Es hatte sich einfach nie der rechte Zeitpunkt finden lassen.
Fester Händedruck von Martin, verhaltenes Händeschütteln vonseiten des Kommissars.
»Ich musste noch schnell ein paar Liter tanken«, brachte Martin zu seiner Entschuldigung vor.
»Können wir?«, sagte Hager ungeduldig. Ohne eine Antwort abzuwarten, drehte er sich um und überquerte die Fahrbahn.
Martin joggte ihm lässig hinterher.
»Eine Gaststätte?« Mit einem Kopfnicken zeigte er in Richtung des Gebäudes, welches gegenüber dem Parkplatz lag. »Da ist bei so einem Wetter sicher gutes Geschäft zu machen.«

»Das ist lang her«, gab ihm der Kommissar, ohne sich umzudrehen, zur Antwort. »Das Wirthaus ist seit Jahr und Tag verwaist.«
»Schade.« Martin schloss auf und lief, die Hände in den Hosentaschen vergraben, neben dem Beamten her. »Rauchen Sie?« Er hielt dem Kommissar eine zerknüllte Schachtel entgegen.
Hager schüttelte den Kopf. »Hab nie damit angefangen.«
»Immer sauber geblieben, was?« Er zog eine Zigarette und zündete sie sich mit einem abgewetzten, über und über mit Symbolen verzierten Zippo an. Dieser Kommissar war wie aus dem Bilderbuch: Schütteres graues Haar, nach hinten offen und zerzaust, fliehende Stirn, buschige Augenbrauen, kleine grüne Katzenaugen, dazwischen eine rotgeäderte Hakennase, dünne Lippen, spitzes Kinn. Ein zerknitterter Hemdkragen quetschte sich aus einem grünroten Jacquardpullover hervor, der den darunter liegenden Bauchansatz zu kaschieren suchte. An den dürren Beinen flatterten cognacfarbene Cordhosen, aus denen hin und wieder weiße Socken hervorragten. Dunkelbraune, aus der Mode gekommene Latschen stellten die sichere Verbindung zum Boden her. Was fehlte, war ein abgetragener Trenchcoat nebst Hut. Untypisch, aber die lagen sicher auf dem Rücksitz seines Dienstfahrzeuges. Bestimmt gehörte ihm der dunkelblaue Passat, neben dem er geparkt hatte. Dieser Hager hatte in seinem Leben bestimmt noch keinen einzigen Strafzettel wegen Falschparkens bekommen. Erst recht noch keinen über den Durst getrunken, geschweige denn gekifft. Er besaß ein blitzsauberes Eigenheim irgendwo in einer stillen, unnahbaren Reihenhaussiedlung. Seiner Gattin war er ein treuer, wenn auch langweiliger Lebenspartner. Aus der Ehe entsprang ein Kind, fest in die Beamtenlaufbahn eingeschleust – selbstredend höherer Dienst. Keine Sorgen, keine Schulden. Das perfekte Leben. Wenn da nur nicht die Gesetzesbrecher wären!
»Was macht ein Mystiker?«, fragte Hager wie nebenbei. Er hatte sich lange den Kopf darüber zerbrochen, war aber zu keinem brauchbaren Ergebnis gekommen. Mystik war für ihn schlicht und ergreifend die Beschäftigung mit Gott, dem Teufel und ihrer Gefolgschaften.
»Ein Mystiker versucht, hinter die Fassade des Alltäglichen zu blicken. Ähnlich wie ein Physiker oder Chemiker, nur mit anderen Mitteln. Er klopft den Alltag permanent auf das kryptisch Göttliche

ab, versucht die Kluft zwischen ihm und Gott zu schließen und möchte die *Unio mystica* erreichen – die mystische Einheit.«
»Aha.« Fürchtegott Hager schüttelte unwillkürlich den Kopf. Martin Streitbergs kurz gefasste Antwort war ihm bei Weitem zu akademisch ausgefallen.
Martin konnte es im Gesicht des Kommissars lesen. »Sicherlich wissen Sie, wie leicht unsere Sinne zu täuschen sind. Denken Sie nur an die vielen Kippbilder, die manchmal das eine, dann das andere Motiv unserem Gehirn vorgaukeln. Ich sage nur: die alte Frau und die junge Dame. Oder geht es ihnen beim Anblick eines Zylinders nicht auch so, dass sie gewillt sind, seine Höhe zu überschätzen? Oder nehmen wir die Bilder von Escher. Buchstäblich schlecht kann einem bei deren Anblick werden.«
Kippbilder? Alte und junge Frau? Und wer, zum Kuckuck, sollte dieser *Escher* sein? Hager war reichlich überfordert, obwohl er sich im Allgemeinen für einen gebildeten Menschen hielt.
»Mit der Musik ist es ein und dasselbe. Warum gibt es nur sieben Ganz- und fünf Halbtöne? Das muss man sich mal auf der Zunge zergehen lassen. Egal ob Iron Maiden oder Wagner, Pink Floyd oder Oberkrainer, alle Musikstücke bestehen ausschließlich aus diesen wenigen Tönen. Ist das nicht ein Hinterfragen wert? Aber das ist noch lange nicht alles. Harmonik! Warum ruft eine kleine Terz ein angenehmes Gefühl in uns wach, eine Quinte hingegen ein unangenehmes? Konsonanz und Dissonanz. Das eine passt, das andere auch. Das ist das Zeichen göttlicher Einheit. Um jedoch das göttliche Prinzip selbst zu verstehen, muss man hinter diese Fassaden blicken.«
Fürchtegott Hager schwirrte der Kopf. Was Musik anbelangte, hörte er weder das eine noch das andere. Ihm gefielen Operetten, etwa *Die lustige Witwe* von Franz Lehar oder Jacques Offenbachs *Orpheus in der Unterwelt*. Zur Not hörte er auch mal Elvis oder Frank Sinatra. Aber damit hatte es sich. Aus was die Musik letzten Endes bestand, war ihm egal. Sie musste gefallen, sonst nichts. Und der Blick hinter die göttlichen Prinzipien war nicht sein Metier. Was er zu sehen bekam, war handfest menschlichen Ursprungs.
»Warum erlebt ein Mensch kurz vor dem Tod sein ganzes Leben noch einmal im Zeitraffer?«, plauderte Martin munter drauflos.

Der Kommissar schluckte. »Nun, das wird die Wissenschaft längst herausgefunden haben, nicht?«
»Sicher. Es geht dem Mystiker aber keineswegs um die chemischen Vorgänge im Körper. Die sind annähernd lückenlos erforscht. Es geht um die Wirkung auf den Menschen. Wieso rufen diese chemischen Veränderungen gerade diese Empfindungen in uns hervor? Wozu all diese komplizierten Wechselwirkungen zwischen Körper und Geist, wenn es auch einfacher ginge?«
Der Kommissar blieb stehen und wandte sich zu Martin. »Da kommt Gott ins Spiel.«
»Vollkommen richtig! Und genau da setzt der Mystiker an.«
Fürchtegott Hager wollte es sich nicht eingestehen, aber irgendwie war er ein klein wenig stolz auf seine Antwort. Das Gespräch fing an, ihm Spaß zu machen. »Suchten diese Mystiker nicht auch nach dem Stein der Weisen?«, fuhr er mutig geworden fort und schritt munter bergan.
Martin lachte. »Das waren die Alchemisten des Mittelalters. Die waren einerseits auf der Suche nach einem Mittel für Unsterblichkeit, andererseits wollten sie einen Weg finden, unedle Metalle in Gold zu verwandeln. Ein Geschäft, das nicht gerade auf Nächstenliebe beruhte. Die Kirche jedoch hatte ihre wahre Freude daran. Doch leider, leider wurde nichts daraus. So musste sie es dem Volk und dem Adel abpressen. Ganz ohne göttliche Inspiration, und – wenn ich so sagen darf – meilenweit am Glauben vorbei.«
Sapperalot! Der Kommissar hätte sich ohrfeigen mögen. Da war er doch gleich in das erstbeste Fettnäpfchen getreten. Dieser Streitberg war ein kluges Köpfchen, auch wenn er es gut hinter der Fassade des Sunnyboys zu verstecken wusste. Bei ihm musste man vorsichtig sein. Sehr vorsichtig!

*

Schweigend erreichten sie den großen Wegweiser, der farbenreich den Fortgang der möglichen Wanderrouten verkündete. An seinem Holzpfosten lehnten, mit einem dicken Kettenschloss gesichert, ein grellrotes und ein mattschwarzes Mountainbike. Rechts führte der Weg weiter zur Burgruine. Wenige Schritte entfernt standen zwei

Männer in Fahrradkleidung bei einem Polizisten vor einem Absperrband.

Hager und Streitberg näherten sich dem Geschehen.

»Das ist ein freies Land«, hörte der Kommissar einen der Ausflügler lautstark äußern. Der Beamte hinter der Absperrung schüttelte den Kopf und gab leise Antwort.

»Was ist hier los? Gibt es Probleme?«, wandte sich Hager an den Polizisten. Die beiden Männer würdigte er keines Blickes.

»Alles im Griff«, sagte der Kollege und nickte dem Kommissar zu.

»Haben Sie etwas mit der Sache zu tun?« Einer der beiden Touristen sah Hager angriffslustig an.

»Wo kommen wir denn hin, wenn man sich nicht einmal mehr frei bewegen darf!«, spottete der andere.

»Momentan wird eine polizeiliche Ermittlung durchgeführt«, sagte Fürchtegott Hager trocken. »Ich darf Sie bitten, sich zu entfernen.«

»Hat die Welt so was schon gehört?«, rief der erste. »Wir sind sage und schreibe 500 Kilometer gereist, um hier in aller Ruhe Urlaub zu machen, und da kommen Sie daher und wollen uns vorschreiben, wohin wir zu gehen haben?«

»Ich möchte nur, dass Sie sich von diesem Ort entfernen, weiter nichts«, gab ihm der Kommissar um Fassung bemüht zur Antwort.

Also, Leute gibt's!

»Wer sind Sie überhaupt?«, warf der zweite ein.

»So geht das schon die ganze Zeit«, bestätigte der Polizist und zuckte mit den Schultern.

Nordrheinwestfahlen! Hager schnaubte und suchte in der Hosentasche hektisch nach seiner Dienstmarke.

»Immer locker bleiben«, mischte sich Martin Streitberg in die Auseinandersetzung ein. »Eigentlich ist das alles hier *topsecret!* Aber weil ihr es seid, will ich eine Ausnahme machen.«

Fürchtegott Hager hielt die gefundene Marke schlapp in der Hand, ließ die Kinnlade nach unten klappen und traute kaum seinen Ohren. *Was hat dieser Streitberg denn nun wieder vor? Will er etwa alles in die Welt hinausposaunen?*

»Letzte Nacht sind hier oben Außerirdische gelandet«, flüsterte Martin verschwörerisch und presste den Finger an die Lippen. »Aber *pssst!* Das muss unbedingt unter uns bleiben.«

Die beiden Touristen sahen sich fragend an.
»Und was wollten die Aliens?«, fragte einer der beiden.
»Sich erkundigen, ob sie in NRW sind. Als man ihnen sagte, sie seien in Franken gelandet, stiegen sie wieder ein und rauschten in ihrer fliegenden Untertasse auf und davon.«
»Sehr witzig!«, bellte der andere.
»Sie sollten Komiker werden«, meinte sein Kumpel.
Kurzes Schweigen.
Fürchtegott Hager nutzte die Gelegenheit und hielt den beiden seine Marke unter die Nase. »Wenn Sie nicht augenblicklich verschwinden, sehe sich mich genötigt, Sie vorläufig festzunehmen.«
»Lächerlich!«, prustete einer der beiden los.
»Komm, lass uns abhauen«, sagte der andere. »Wir haben genug gehört und gesehen.«
Gemeinsam machten sie sich auf den Rückweg zu ihren Fahrrädern.
»Dorfpolizisten!«, hörten sie den einen noch rufen, dann hob Polizeimeister Bauer das Absperrband in die Höhe und ließ die beiden Männer gewähren.
Fürchtegott Hagers Kopf war rot wie eine überreife Tomate. »Herr Streitberg! Dies ist kein Kasperltheater, sondern die Ermittlung zu einem Mordfall!«, donnerte er ungestüm los. »Ich darf Sie von daher bitten, Ihre Bemerkungen künftig für sich zu behalten. Insbesondere solche, die nicht annähernd etwas mit Ihrer Aufgabe zu tun haben.«
Martin schwieg wie befohlen, konnte sich jedoch ein Grinsen nicht verkneifen. Der Kommissar war allem Anschein nach nicht nur ein dienstbeflissener Beamter, sondern obendrein ein Spielverderber.

*

Wenig später standen sie vor der hoch aufragenden Granitwand. Das Blut vor ihren Füßen hatte sich zwischenzeitlich zu einem rotbraunen Belag verkrustet. Die verbliebenen Fahnen am Fels wirkten wie Gesteinseinlagerungen.
»Hier ist es also geschehen«, murmelte Martin vor sich hin und ging in die Hocke. Vorsichtig legte er einen Zeigefinger auf die Masse und schloss die Augen.
Fürchtegott zuckte zusammen. »Was soll das?«

Martin blickte traurig zu ihm auf. »Es muss fürchterlich gewesen sein«, sagte er leise.
Der Kommissar schluckte.
»Darf ich mich frei bewegen?«, fuhr Martin fort.
»Sicher. Solange sie keine Dummheiten anstellen oder meinen Leuten im Weg rumstehen …«
»Danke!« Martin erhob sich und folgte dem Königsweg. »Hier geht es zum Palas?«
»Ähm … wie?« Der Kommissar zögerte und folgte in einigem Abstand.
Der Tag hatte sich zu einem goldenen Herbstnachmittag gemausert. Still und friedlich lag die Ruine in der Nachmittagssonne. Nur die Männer der KTU und das Wissen um die Tragödie trübten die Stimmung. Fürchtegott Hagers Bedenken hinsichtlich des Motivs sowie die bevorstehenden endlosen Ermittlungsarbeiten machten ihm das Atmen schwer. Martin schritt zunächst das Plateau ab, schaute in die Tiefe, betrachtete die uralten Mauern und versuchte dem Ort die Romantik wiederzugeben, die der bestialische Mord auf so unerträgliche Weise zerstört hatte. Hager hielt sich im Hintergrund, beobachtete aber jeden seiner Schritte. Als Martin zu ihm zurückkehrte, blickte er auf etwas direkt vor den Füßen des Kommissars.
»Ein Hexenring«, murmelte er.
»Was?« Hager beugte sich leicht nach vorne und erblickte den Kreis aus Pilzen. Er stand mittendrin. »Man sagt, es bringt Unglück, einen zu betreten«, hörte er Martins Stimme wie aus weiter Ferne. Mit einem Satz brachte sich Fürchtegott Hager in Sicherheit. »Aberglaube«, raunte er finster. »Nichts als Humbug!«
»Viel von dem Wissen unserer Väter basierte auf deren Unwissenheit, aber das allermeiste des Überlieferten scheitert bis heute an der Ungläubigkeit unserer Zeit.«
»Wollen Sie damit …?«
Martin ließ den Beamten ohne eine Antwort stehen und erklomm die Stufen zum ehemaligen Wohntrakt. Während er durch den alten Bogen schritt, ließ er seine Hand über den kalten Stein wandern. Abermals schloss er die Augen, filterte Gedanken, fühlte, registrierte. Dann erstieg er die Aussichtsplattform und ließ den Blick rund-

um in die Ferne schweifen. Lange stand er da oben in luftiger Höhe und fing die Eindrücke auf, die sich ihm darboten. Aber er schaffte es nicht, sich zu konzentrieren. Die Gedanken schweiften unwillkürlich ab …

Sein Mentor hatte nicht lange betteln müssen. Er war gerne ins Fichtelgebirge gekommen. Zuvor hatte er sich mit Land und Leuten, aber auch mit Geschichte und allem voran der Frühgeschichte des Mittelgebirges vertraut gemacht. So gut es eben ging, denn seltsamerweise ließ sich über diesen Landstrich nur sehr dürftig Schriftmaterial in den einschlägigen Abhandlungen auftreiben. Das Fichtelgebirge und der von ihm umschlossene Raum, diese Hochebene in Hufeisenform, war erst relativ spät besiedelt worden, so die allgemeine Lehrmeinung. Allerdings gab es auch neuere, noch unbestätigte Funde, die diesen Termin um Jahrhunderte zurückdatierten. Dennoch hatte es gereicht, die kleine Ausstellung zu organisieren. Die wenigen Fundstücke waren kurzfristig verfügbar, Schautafeln und Modelle bereits in Auftrag gegeben. Um den Dozenten für die geplante Eröffnung kümmerte sich sein Professor. Dass die Leiterin des hiesigen Museums, Frau Dr. Gruber, eine nette Mittvierzigerin war, die seinen Humor teilte, ließ den Aufenthalt in der fränkischen Provinz umso angenehmer erscheinen. Dass er jetzt bei der Aufklärung eines Mordfalls mithelfen durfte, setzte dem Ganzen das Sahnehäubchen auf …

»Streitberg?«

Die Gedankenflut verebbte. Martin öffnete die Augen und erblickte den Kommissar weit unter sich: menschlich, klein, unbedeutend.

»Haben Sie jemals davon gehört, dass seltene Ereignisse ihre Spuren in der Welt hinterlassen?«, rief er ihm zu und verließ die Kanzel.

»Streitberg! So warten Sie …« Fürchtegott Hager keuchte die unregelmäßige Steintreppe empor. Wenig später stand er ihm schwer atmend im jetzt offenen Hof inmitten des Palas gegenüber. »Was … was meinen Sie damit?«

»Ich meine, dass jedes außergewöhnliche Ereignis seiner Umgebung einen Stempel aufdrückt. Ähnlich wie ein Fingerabdruck. Oder nein, mehr noch: dass das Ereignis selbst sich wie ein Hologramm in die Materie einbrennt. In jedes einzelne Atom. Es braucht nur eines Mediums, um die ganze Wahrheit zugänglich zu machen.«

Der Kommissar hatte aufmerksam zugehört. Ohne Martins Aussage auf seine Glaubwürdigkeit hin zu prüfen, antwortet er: »Sie sind also der Meinung, dass der Vorfall auf einer Art Film festgehalten wurde?«

»Nicht Film! Schwingungen!«

»Und Sie sind derjenige, der diese Schwingungen entschlüsseln kann?« Der Kommissar runzelte die Stirn.

»Nein.«

»Und wozu der Hinweis?«

»Sie sind Polizeibeamter. Sie müssen sich an nackte Fakten halten und unwiderlegbare Beweise beibringen. Ich bin sozusagen das Gegenstück dazu. Ich versuche, Wissen und Eindrücke weiterzureichen, zu vermitteln, Möglichkeiten abzuwägen.« Martin lächelte das erste Mal, seit sie die Ruine betreten hatten. »Ich kann Ihnen keinen Täter präsentieren. Aber ich kann Sie mit hintergründigen Informationen versorgen. Kann Rat geben. Die Schlüsse müssen Sie selbst ziehen.«

»Dazu müssten wir erst einmal wissen, wie ein Mensch auf die Idee kommt, so etwas zu tun.«

»Genau davon rede ich.« Martins Lächeln wurde breiter. »Sie sagten, das Opfer hing an einem Holzkreuz. Wie war es befestigt?«

»Mit Nägeln. Wie bei unserem Herrn Jesu Christ.«

»Durch Hände und Füße?«

»Durch Unterarme und Füße.«

»Stimmt, die Hände wurden entfernt.« Martin blickte durch die breite Lücke in der Mauer hinunter ins Tal. »Wie heißt der kleine Ort da unten?«

»Der Ort?« Fürchtegott Hager zog abermals die Stirn in Falten. Streitbergs Gedankensprüngen mochte er nur schwer folgen. »Kirchenlamitz, warum?«

»Er sieht sehr idyllisch aus.«

»Von oben, ja.«

»Wo war ich stehen geblieben? Richtig! Die Marter des Kreuzigens haben nicht die Römer erfunden, wie viele zu wissen meinen. Bereits im 6. Jahrhundert vor Christus richteten Ägypter, Perser und Karthager Schwerverbrecher auf diese Weise. Das uns bekannte Kreuz war zunächst nicht viel mehr als ein in einer Zwiesel gewachsener

Baumstamm. Auch wurden die Delinquenten nicht daran festgenagelt, sondern festgebunden. Der damit einhergehenden Folter und den Qualen tat dies jedoch keinen Abbruch. Als die Römer diese Art der Hinrichtung übernahmen, sah es deren Gesetz vor, die zum Tode Verurteilten zuvor auszupeitschen. Unter Spott und Schande mussten sie anschließend ihr Kreuz – üblicherweise nur den Querbalken – bis zur Hinrichtungsstätte schleppen. Diese Art der Tötung wurde ausschließlich bei Sklaven und Verbrecher angewandt, niemals bei den Bürgern Roms. Im 4. Jahrhundert wurde die Kreuzigung von Kaiser Konstantin I. als Huldigung an Jesus Christus abgeschafft. Nicht nur, weil sich das Christentum mittlerweile etabliert hatte, sondern weil die Römer von Anfang an die Götter der eroberten Stämme als gleichwertig respektierten. Aus Feind war Freund, aus Vielgötterei der Monotheismus geboren.«

»Donnerwetter«, sah sich der Kommissar genötigt zu antworten.

»Wer auch immer den Mord begangen haben mag, sicher ist, dass der Täter aus religiösen Motiven heraus handelte.«

»Aber das Kreuz hing verkehrt herum an der Mauer!«, gab Hager zu bedenken.

»Das tut nichts zur Sache. Wenn ich von Religion spreche, meine ich nicht explizit das Christentum.«

Fürchtegott Hager schluckte abermals den Brocken, der sich ihm bei dem Gedanken an Teufelsanbeter auf die Zunge zu legen begann.

»Also könnten es ebenso gut Satanisten gewesen sein …«

»Das Kopf stehende Kreuz wird bei der Schwarzen Messe verwendet. Und nicht nur das Kreuz, auch viele andere Gegenstände und Handlungen aus dem Gottesdienst. Aus Keuschheit werden Sexorgien, aus Demut blinder Gehorsam. Übrigens! Wussten Sie, das diese Form der Huldigung Satans eine Erfindung der Schriftsteller des 19. Jahrhunderts ist?«

Hager schüttelte langsam den Kopf.

»Das ganze Theater ist von vorne bis hinten erstunken und erlogen. Blöd für Death-Metal-Fans und selbsternannte Satansjünger. Sie hängen einer Religion an, die es nie gab.«

Der Kommissar zog sein Taschentuch aus der Hosentasche und fuhr sich damit über die Stirn. »Soll das bedeuten, dass wir unseren Mörder unter Jungendlichen zu suchen haben?«

»Wie gesagt, für Rückschlüsse sind Sie verantwortlich. Ich liefere nur die Hintergrundinfos.«
»Und was halten Sie persönlich von der ganzen Sache?«
»Ich weiß nicht – noch nicht!«
Der Kommissar seufzte: »Jedenfalls kann ich einen Mystiker hier gut gebrauchen.«
Martin lachte. »Mit Mystik hat der Fall bisher rein gar nichts zu tun.«

*

Auf dem Weg zurück zum Parkplatz schwiegen beide. Martin sog die herrliche Waldluft genussvoll hinter einer neuen Zigarette in seine Lungen. Der Kommissar hielt den Blick gesenkt und wich den Steinen und Wurzelarmen aus, die sich ihm in den Weg zu stellen suchten.
Wenige Meter vor dem alten Gasthaus wurden Stimmen laut. Vorne auf der Straße schien es ein einziges Durcheinander zu geben. Grüne Busse der Bereitschaftspolizei versperrten die komplette Fahrbahn. Knappe Befehle hallten ihnen entgegen. Der erste Trupp sammelte sich vor seinem Kommandanten.
Die Hundertschaft, endlich. Das wird aber auch Zeit, dachte Hager um ein Problem erleichtert. Er wollte eben seiner Zufriedenheit Ausdruck verleihen, als er seinen Augen nicht trauen wollte: Um die aufgestellten Beamten herum wuselten allerlei Leute mit Fotoapparaten, Videokameras und Mikrofonen.
»Auch das noch!«, keuchte er und schritt voran. »Woher, zum Kuckuck, haben die die Information bekommen?«
»So ein einmaliger Mord lässt sich nicht lange geheim halten«, antwortete Martin, warf den Zigarettenstummel zu Boden und trat ihn mit dem Fuß aus.
Hager sah Martin zerknirscht an. »Die Gerüchteküche ist beständig am brodeln, doch da muss jemand nachgeholfen haben.«
»Eine undichte Stelle in den eigenen Reihen oder seitens der Sanitäter.« Für Martin Streitberg war die Sache klar.
»Heutzutage ist alles möglich«, bestätigte der Kommissar kraftlos. »Da genügt ein kleiner Obolus, schon plappert man freizügig drauflos. Eine Schande ist das!«

Sie liefen auf den entstandenen Pulk zu. Ein Beamter, mit einem nervtötenden Megafon bewaffnet, versuchte, dem hektischen Treiben Herr zu werden: »Ich darf Sie bitten, die Arbeit der Polizei nicht zu behindern …«
»Wie die Scheißhausfliegen«, brummte Fürchtegott Hager mürrisch vor sich hin. Dann trat er auf den Megafonmann zu und rief ihm einige unverständliche Sätze ins Ohr. Der reichte ihm sichtlich erleichtert das Gerät und zog sich zu seiner Truppe zurück.
»Meine Damen und Herren!«, tönte Hagers Stimme schrill aus dem Trichter. »Bleiben Sie bitte ruhig!«
Die Meute schien seinem Ansinnen Folge zu leisten. Es wurde beinahe still. Anständig, wie Schüler beim Klassenfoto, reihten sich die Journalisten, Redakteure und Kameraleute in einer breiten Front gegenüber dem Sprecher auf.
»Woher kommen sie?«, rief eine junge Frau mit Notizblock und Aufzeichnungsgerät aus der Menge heraus. Die Meute war ganz Auge und Ohr. Sämtliche Linsen waren auf Fürchtegott Hager gerichtet.
»Ich bin Oberkommissar Hager von der Kripo in Hof. Heute Morgen wurde oben auf der Burgruine eine Leiche gefunden.«
Absolute Stille.
»Wir sind damit beschäftigt, den Tatort und die damit verbundenen Spuren zu sichern. Ich darf Sie demnach bitten – «
»Was hat man mit der Person angestellt?«, fuhr ein junger Mann mit Brille lautstark dazwischen.
»Sie wurde allem Anschein nach ermordet.«
Ein überraschtes Raunen ging durch die Reihen. Wieder klickten Fotoapparate. Die Videokameras wetteiferten um eine Nahaufnahme von Hagers Konterfei.
»Was tut die Polizei, um uns zu schützen?«, schrie jemand aus der letzten Reihe.
»Ja, was tut die Polizei in Anbetracht der drohenden Gefahr?«, wiederholte ein Mann mit Kinnbart.
»Nun …« Der Kommissar räusperte sich. »Ich denke, dass die Gefahr gebannt ist.«
Die Menge wurde unruhig. Diverse Unmutsäußerungen machten sich ungestüm Luft.

»Wollen Sie die Verantwortung dafür übernehmen, dass weitere Menschen entführt und getötet werden?«, fragte eine Journalistin mit einem Kamerateam in vorderster Front.
Erneut trat Stille ein.
»Also, von einer Entführung kann nicht die Rede sein. Lassen Sie uns unsere Arbeit machen, dann werden wir vielleicht morgen schon die ersten Anhaltspunkte in Händen halten.«
So etwas wie Entsetzen machte in den Gesichtern der Menge die Runde. Fürchtegott Hager konnte sich dies nicht erklären. So eine Reaktion hatte er bisher noch nie erlebt. *Was war denn bloß los?*
»Ich frage Sie nochmals, Kommissar Hager! Sind Sie bereit, die alleinige Verantwortung für alle bevorstehenden Eventualitäten zu übernehmen?«
Von welchen Eventualitäten spricht diese Frau? Ein Mord war ein Mord, auch wenn er noch so brutal ausgeführt worden war. Hager konnte sich keinen Reim darauf machen. »Ich … ich kann Ihnen versprechen, dass Sie die ersten sind, die …«
»Der vorliegende Fall ist einmalig! Woher wollen Sie wissen, was weiter geschieht?«, schrie ein älterer Herr mit hochrotem Kopf.
»Ja!«, wiederholte ein Kollege neben ihm. »Woher nehmen Sie sich das Recht, wissen zu wollen, was in so einem noch nie da gewesenen Fall vonnöten ist?«
Jetzt reicht's aber! Fürchtegotts Geduld hatte ihr Ende gefunden. Was bildeten sich diese Aasgeier überhaupt ein? Wer war denn hier der Fachmann? Und was heißt noch nie da gewesener Fall?
»Bitte, bitte!« Hager hob beschwörend die Hand. »Lassen Sie mich meine Arbeit machen, wie ich es für richtig halte. Und machen Sie Ihren Job, wie es sich gehört. Ich werde …«
Das war zuviel. Die ganze Meute stürmte auf den Kommissar los. Fürchtegott bekam es mit der Angst zu tun. Er ließ das Megafon sinken. Gebeugt und mit bleischweren Beinen blieb er wie ein gestellter Verbrecher fest mit dem Boden verwurzelt.
»Das ist ein Fall von internationaler Bedeutung! Ist Ihnen das nicht klar, *Herr* Kommissar?«, fauchte ihn die Journalistin an.
»Man sollte das BKA, den BND oder die Bundeswehr einschalten!«, beschwor ihn der dicke Herr mit den roten Pausbacken.
»Besser die Nato!«, brüllte eine Kollegin.

»Oder gleich die ganze Welt!«
Fürchtegott Hager glaubte, den Verstand zu verlieren. Abermals drohte sein Bewusstsein zu schwinden. War er in einen Alptraum geraten? Das, was er gerade erlebte, konnte sich doch nie und nimmer in der Realität abspielen. Die aufgebrachten Gesichter um ihn herum begannen zu verschwimmen. Er war einer erlösenden Ohnmacht nahe, als er etwas hörte, das ihn augenblicklich zur Weißglut brachte.
»K-r-u-z-i-t-ü-r-k-e-n!« Der Kommissar drehte sich kurz zur Seite und warf Martin Streitberg einen vernichtenden Blick zu. »Das wird ein Nachspiel haben, junger Freund«, raunte er wie weiland Luzifer bei der Vertreibung aus himmlischen Gefilden.
Zu der neugierigen Meute gewandt ließ er wissen: »Verehrte Medienvertreter! Dies alles ist nichts weiter als ein fataler Irrtum. Ich weiß nicht, woher Sie Ihr Wissen beziehen, aber glauben Sie mir, hier handelt es sich um nichts weiter als einen zwar nicht alltäglichen, dennoch um einen ganz normalen Mordfall. Mit Außerirdischen oder Vergleichbarem hat das ganze nichts – ich wiederhole es –, absolut NICHTS zu tun!«
Nichtsdestotrotz, der Kommissar brauchte ein Weilchen, bis er auch den letzten in dem Rudel Sensationslüsterner vom Wahrheitsgehalt seiner Worte überzeugt hatte.

VIII.

Die vergangene Nacht war die schlimmste, die er jemals erlebt hatte. Man musste ihm sogar etwas zum Einschlafen geben, weil er die vor sich hin piependen Apparate nicht aus seinem Bewusstsein verbannen konnte. Zudem wurde der Raum von allerlei bunten Monitoren und Anzeigetafeln permanent mit Licht verseucht. Er war zwar nicht absolute Ruhe und Finsternis gewöhnt, weil seine Frau schnarchte und mindestens zweimal in der Nacht aufs Klo gehen musste, aber dies waren Begebenheiten, die ihm in den vergangenen Jahrzehnten so sehr ans Herz gewachsen waren, dass er sich ohne ihr gleich bleibendes Auftreten einfach nicht ruhig und entspannt dem Schlaf hingeben mochte. Überhaupt hatte es einiger

Überredungskünste bedurft, ihn wenigstens eine Nacht hier zu behalten. Wäre Erna nicht bald nach seiner Einlieferung eingetroffen gewesen, hätte er sich von nichts und niemandem festhalten lassen. Sie aber sprach geduldig mit Ärzten und Schwestern und war anschließend bis zum Abend an seinem Bett sitzen geblieben. *Ist doch bloß für eine Nacht!*, hatte sie ihm gut zugeredet, und er hatte sich von ihr trösten lassen. *Morgen holst du mich hier raus, gell!*, musste sie versprechen, ehe sie aufbrach, um den Bus zu erwischen. Danach hatten sich die Stunden hingezogen. Er war ja nicht wirklich krank, hatte nur einen Bandscheibenvorfall und einen kleinen Schock erlitten. Kein Grund also, ihn gleich auf der Intensivstation einzusperren. Obendrein traute er keinem Arzt über den Weg. Die leisteten heute 60 Stunden Dienst am Stück, waren jung und unerfahren, nicht nur in beruflicher Hinsicht. Was er brauchte, war seine Erna und ein paar Seidel Bier. Und beides wollten die ihm hier nicht geben. *Verfluchte Bande!*

Kaum dass das verabreichte Schlafmittel seine Wirkung getan hatte, wurde er von einer Katastrophe in die nächste katapultiert. Er befand sich wieder auf dem Epprechtstein, aber ach, überall waren diese vermaledeiten Hexenringe. Nicht aus Pilzen bestanden sie, sondern aus kleinen hässlichen Wichten, die Pilzhüte trugen. Sie standen auch nicht still auf dem Boden, sondern tanzten in einem schaurigen Reigen bald links, bald rechts im Kreis herum. Dazu sangen sie mit zischenden Stimmen ein grausiges Lied, von dem er kein Wort verstand. Schlussendlich schrumpfte er soweit, dass ihn die elenden Knirpse packen und hinauf zur Burg schleppen konnten. Ganz oben stand ein riesiges schwarzes Kreuz mitten in der Ruine. Sie banden ihn daran, schlugen und traten ihn von allen Seiten, spuckten ihm ins Gesicht und zwickten ihn schmerzhaft in den Hintern. Er versuchte zu schreien, sich zur Wehr zu setzen, allein es half nichts. Gemartert und hilflos musste er zusehen, wie der Oberwicht mit einem scharfen Messer seine Halsschlagader öffnete und einer seiner Lakaien das aufgefangene Blut in einer großen Schüssel rührte …

»Saubande!«, brüllte er wie am Spieß und öffnete verstört die Augen. Um sein Bett verteilt stand eine ganze Schar in Weiß gekleideter Gestalten mit forschenden Blicken. Er dachte im Ernst an das

Jüngste Gericht, bis ihm wieder einfiel, dass er sich ja im Krankenhaus befand.

»Nun, Herr …« Der Arzt zu seiner Rechten blickte kurz auf die Unterlagen auf seinem Klemmbrett. »Wöllsauer. Wie wir hören, schreitet Ihre Genesung erfreulich rasch voran.«

»Mir hat nie etwas gefehlt«, antwortete Hanns bockig.

»Der Patient wurde gestern Morgen Zeuge einer Gewalttat«, fuhr der Sprecher ungemindert fort. »Der Anblick muss ihn gänzlich aus der Fassung gebracht haben. Zunächst erlitt er – nach eigenen Angaben – einen Hexenschuss, anschließend folgte eine Bewusstseinstrübung in Verbindung mit einem Nervenzusammenbruch. Als man ihn fand, waren Ansprechbarkeit und Lidschlussreflex stark herabgesetzt. Ferner waren die Pupillen ungewöhnlich erweitert. Was heißt das?«

Hanns lauschte der folgenden Aufzählung medizinischer Fachbegriffe und fühlte sich hundeelend. Er wusste, warum er Ärzten und Krankenhäusern tunlichst aus dem Weg ging. Gesund würde hier niemand werden. Wenn man Glück hatte, wurde man als unheilbar entlassen, hatte man Pech, therapierten sie einen zu Tode.

So gut es eben ging, zog er sich die Bettdecke bis unters Kinn. Wer weiß, was diesen Quacksalbern sonst einfiel! Hanns drehte den Kopf in Richtung Fenster, erblickte über den Dächern der Häuser den blauen Himmel und wünschte sich seine Erna herbei.

Als hätte der Herr im blauen Himmel seinen Wunsch erhört, öffnete sich die Schleusentür. Hinter einer Schwester in Demutshaltung stand ein Mann, den er nie zuvor gesehen hatte.

»Entschultiken Sie pitte die Schtörung«, rang sich die Schwester in miserabel betontem Hochdeutsch ab.

Fehlt nur noch, dass du vor den Herrn Doktoren einen Knicks machst!, dachte Hanns verärgert über so viel Unterwürfigkeit.

»Hier wehre ein Härr von ter Polizei«, fuhr sie in gleichem Tonfall fort und senkte den Blick.

»Was meinen Sie, verehrte Kollegen?« Der Wortführer blickte in die Runde, erwartete aber keinesfalls eine Antwort auf seine rein rhetorische Frage. »Ich meine, unser Herr …«, abermals musste er das Krankenblatt zurate ziehen, »… Wöllsauer kann bedenkenlos auf die Geriatrische verlegt werden.«

Zustimmendes Nicken und Murmeln.
»Ich müsste nur kurz …«, startete der Kommissar den verzweifelten Versuch, sich Gehör zu verschaffen.
»Tut mir leid«, wandte sich der Oberarzt nun an den Herrn in zivil. »Hier können wir Sie selbstredend nicht hereinlassen. Die Schwester wird gleich die bevorstehende Verlegung vorbereiten. Wenn Sie sich also ein Weilchen gedulden möchten.« Der Chefarzt kehrte routiniert zu seinen Kollegen und dem verdutzt dreinblickenden Patienten zurück.

*

Bereits seit einer geschlagenen Stunde wartete Hager im Aufenthaltsbereich der Station. Alles Beschwören der Uhr gegenüber an der Wand hatte nichts genützt. Im Gegenteil: der gefühlte Lauf der Dinge hatte sich unerträglich in die Länge gezogen. Der Kommissar wirkte zerfahren. Aber war das ein Wunder nach dieser Nacht? Keinesfalls. Über diesen Martin hatte er sich so aufregt, dass er auf dem Nachhauseweg sogar ein Wirtshaus hatte aufsuchen müssen. Nach einem Kräuterschnaps und zwei Hellen war er zwar ruhiger, aber immer noch geladen nach Hause gefahren …
Dort herrschte nichts als trübe Einsamkeit. Er holte sich ein Buch, legte es aber bereits nach vier Seiten wieder beiseite, weil er sich auf nichts konzentrieren konnte. Anschließend goss er die Blumen auf den Fensterbrettern, aber selbst das brachte ihn keineswegs auf bessere Gedanken. Dem Fernseher ging er tunlichst aus dem Weg. Fürchtegott wollte gar nicht wissen, was er bei TV Oberfranken heute zu sehen bekommen würde. Auch das Radio – das ihn in den hinter ihm liegenden Wochen so manche Stunde vom Alleinsein abgelenkt hatte – blieb an diesem Abend stumm. Brütend saß er auf dem Sofa im Wohnzimmer und suchte den Tag zu vergessen. Zweimal klingelte das Telefon im Flur, ohne dass er die Kraft aufbrachte, sich aus den Polstern zu erheben. Beim dritten Bimmeln fuhr er genervt in die Höhe und stakste ungelenkig dem aufdringlichen Läuten entgegen.
»Hager!«, bellte er lustlos in die Leitung. Er erwartete einen Journalisten, der ihn mit nicht zu beantwortenden Fragen löchern würde.

Oder seinen Chef, der ihn wegen des Tumults unangenehme Probleme bereiten mochte. Keines von beidem.
»Kindchen, was machst du nur?« Es war seine Mutter, die er vor eineinhalb Jahren ins Altenheim hatte schaffen müssen, weil sie daheim alles auf den Kopf gestellt hatte. »Hast du die Nachrichten gesehen? Was ist denn bei euch los?«, jammerte sie in die Muschel.
Umständlich, und ohne die richtigen Worte zu finden, versuchte er vergeblich, ihre Bedenken zu zerstreuen.
Anschließend fühlte er sich schlechter als zuvor. Fürchtegott wollte sich um keinen Preis den bevorstehenden Montag ausmalen. Stattdessen überlegte er, wie er den Sonntag ganz im Zeichen seiner Arbeit nutzen konnte. Alsdann war er mit einer hohen Dosis Schlafmittel ins Bett gestiegen und hatte den Wecker diesmal absichtlich vergessen.
Der Schlaf war traumlos und kurz gewesen; der neue Tag vermochte nicht wirklich seine Stimmung zu heben …
Als sein Blick erneut zu der Uhr an der Wand glitt, vernahm er ganz plötzlich das laute Klagen einer Frau.
»Was habt ihr mit meinem Hanns gemacht?«
Hanns? War das nicht der Name seines Zeugen? Der Kommissar erhob sich und schritt den Flur entlang. Vor dem Stationszimmer wurde er einer älteren Dame gewahr, die aufgebracht wie energisch mit zwei Schwestern debattierte.
»Da bleibt einem ja vor Schreck das Herz stehen!«, beschwerte sich die Frau. »Machen Sie das niemals wieder mit mir, sonst können Sie mich kennenlernen, meine Damen!«
»Frau Wöllsauer?« Der Kommissar zwängte sich zwischen die Kontrahentinnen.
»Wer sind Sie denn nun schon wieder?«, ließ die Dame wissen.
Hager stellte sich vor.
»Ogottogott!«, rief sie und stütze sich auf die Theke. »Jetzt haben wir es auch noch mit der Gendarmerie zu tun!«
»Keine Bange«, versuchte Hager sie zu beruhigen. »Ich habe nur ein paar routinemäßige Fragen an Ihren Mann.«
»Die haben ihn einfach mir nichts, dir nichts verlegt. Ohne mich zu informieren! Es hätte ja sonst was passiert sein können. Da wird doch der Hund in der Pfanne verrückt!«

»Sie haben vollkommen recht«, besänftigte sie der Kommissar und zwinkerte den Schwestern zu. »Wir werden gemeinsam Ihren Mann besuchen gehen. In Ordnung?«
Erna hakte sich ohne Widerspruch bei ihm ein. Gemeinsam folgten sie dem Weg, den ihnen die Schwestern in aller Kürze beschrieben hatten.

*

Im Zimmer war es stickig. Bestimmt hatte keiner daran gedacht, die milde Herbstluft hereinzulassen, bevor der Neuzugang eingetroffen war. Hanns skeptischer Blick wanderte von einer Seite zur anderen. Links ein Bett, rechts ein Bett, gegenüber ein winziger Tisch mit zwei Stühlen, darüber, knapp unter der Zimmerdecke, ein Fernseher. Alles weiß in weiß, sah man von dem grünlichen Bodenbelag und den schmalen Spinden ab, die als Kleiderschränke reichlich überfordert und deren Türen mit Holzdekor versehen waren.
Während sich die Tür öffnete, glaubte Hanns seinem Unmut sogleich Luft machen zu müssen. Als er jedoch das Gesicht seiner geliebten Erna erblickte, konnte er nicht anders: er verzog den Mund zu einem Lächeln. Dieses Lächeln war das erste, seit er die unglückselige Burg betreten hatte.
»Erna!«, rief er und rappelte sich hoch. Eine Hand am Galgen des Bettes, die andere das viel zu kleine Kopfkissen hinter sich zurechtrückend.
»Hanns!« Erna kam auf ihn zu gestürmt. »Was meist du, was ich für einen Schreck bekommen habe, als dein Bett leer war?«
Der alte Mann winkte ab. »Mich werden die schneller los, als sie glauben. Aber nicht auf diese Art.« Er grinste spitzbübisch. »Holst du mich endlich hier raus?«
»Ein Weilchen wird es schon noch dauern«, relativierte Erna.
»Aber schau dich doch mal um. Da kann doch keiner gesund werden!«, reklamierte Hanns inbrünstig.
»Ist doch ganz gemütlich«, rang sich Erna ab. »Und so sauber.«
»Ich pfeif auf Sauberkeit!«, tönte Hanns wie ein beleidigtes Kind.
»Nana! So schlimm ist das nicht, Hanns«, tröstete ihn Erna mit einem verunglückten Lächeln auf den Lippen.

»Wer ist der denn?« Hanns deutete mit dem Zeigefinger auf Hager, der sich bis dato im Hintergrund gehalten hatte.
»Ein Herr von der Kriminalpolizei«, flüsterte Erna und legte unwillkürlich einen Finger an die Lippen. »Benimm dich! Und mach mir keine Schande.«
»Ja, ja.« Hanns ließ sich ins Kissen zurücksinken, ohne die Hand von der Sicherheit verheißenden Triangel zu nehmen. Trotzdem wusste er, dass die Aussicht auf Rettung Geschichte war.
»Herr Wöllsauer?« Der Beamte trat langsam näher. »Mein Name ist Fürchtegott Hager von der Hofer Kripo. Ich hätte einige Fragen an Sie.«
»Fürchtegott, soso. Nur zu.« Hanns Blick verweilte wie zuvor im Blau des Himmels.
»Darf ich mich setzen?«
»Von mir aus.«
Der Kommissar zog sich einen der Stühle unter dem Tisch hervor und ließ sich geräuschlos darauf nieder. »Ich kann mir gut vorstellen, wie Sie sich augenblicklich fühlen müssen«, begann er tonlos.
»Bestimmt nicht«, antwortete Hanns, ohne den Blick vom Fenster zu nehmen. »Ich hab schon viel erleben müssen, aber das …«, er wischte sich mit der freien Hand über die Lippen.
Hager räusperte sich. »Sie … waren Pilze sammeln, stimmt's?«
Der Patient nickte abwesend.
»Als Sie die Ruine erreichten, sahen Sie, was sich ereignet hatte.«
Stummes Nicken.
»Haben Sie irgendjemanden gesehen? Ich meine, bevor Sie am Gipfel ankamen?«
Hanns wandte sich dem Kommissar zu. »Zu den Zeiten, wenn ich in meinen Wald gehe, bin ich allein.«
»Und Sie haben bestimmt nichts Ungewöhnliches bemerkt, gesehen oder gehört?«
»Nichts.«
»Überlegen Sie genau!«
»Ich brauch nicht überlegen, Herr Kommissär. Da war nichts, und basta!«, beharrte Hanns.
Hager kratzte sich an der Stirn. Er hatte sich, wenn er ehrlich war, etwas mehr von seinem einzigen Zeugen erhofft. Er starrte kurz an

die Zimmerdecke und holte Luft. »Wann haben Sie die Leiche gefunden?«
»Keine Ahnung«, sagte Hanns wahrheitsgemäß.
»Dann frage ich Sie anders herum: Wann haben Sie das Haus verlassen?«
»Der Hanns ist um – «, wollte sich Erna einmischen.
»Ich hab gleich die Rettung gerufen!«, schrie Hanns. »Gleich, nachdem ich die Sauerei entdeckt habe. Die auf der Wache müssen wissen, wann mein Anruf kam.«
Hager räusperte sich abermals: »Ist ja gut. Bleiben Sie ganz ruhig, guter Mann. Das stimmt natürlich. Ich werde mich selbst darum kümmern.«
»War's das?« Hanns hatte keine Lust mehr, Fragen zu beantworten.
»Fürs Erste, ja!« Kommissar Hager erhob sich und schob den Stuhl geräuschvoll unter den Tisch zurück. »Wenn Ihnen sonst noch etwas einfallen sollte, lassen Sie es mich wissen. Egal wie unbedeutend es erscheinen mag.«
Erna nickte stumm. Ihr Mann zeigte keinerlei Reaktion.
Fürchtegott Hager schritt zur Tür.
»Wo sind meine Pilze?«, rief ihm Hanns plötzlich hinterher.
»Die werden bei der KTU sein«, sagte Hager matt.
»Bei wem?«
»Vergessen Sie die Pilze. Wir haben jetzt andere Probleme. Gute Besserung!«
Bevor er die Tür von außen ins Schloss gezogen hatte, hörte er Ernas aufgeregte Stimme leise flüstern: »Du bist in der Zeitung, Hannsi! Ganz vorn, auf der ersten Seite: *Schwammerlhanns findet verstümmelte Leiche am Epprechtstein*.«
Das letzte was er vernahm, war die brüchige Antwort des Alten: »Hol mich bloß hier raus, sonst dreh ich durch …«
Als er in den Flur Richtung Ausgang einbog, überlegte er fieberhaft, woher die Zeitungsleute wussten, dass der Leichnam verstümmelt worden war. *Saprament!*, es musste doch eine undichte Stelle in den eigenen Reihen geben.
Als er aufsah, kamen ihm eine Schwester und ein zerbrechlich wirkender Greis in einem Rollstuhl entgegen. Fahl und starr wirkten die Augen des alten Mannes. Sein Blick verweilte in der Leere. Blass und

faltig war sein Antlitz, wie die Rinde eines längst abgestorbenen Baumes.
»Zimmer 401!«, rief ihnen die Schwester vom Stationszimmer entgegen.
Vierhunderteins?, überlegte Hager und schritt schneller voran. Das war doch das Zimmer vom Schwammerlhanns.

*

Martin schlief tief und fest in der Nacht zum Sonntag. Kein böser Traum störte die Ruhe. Er war mit einem Buch über deutsche Landeskunde für seine Verhältnisse früh, gegen 23.30 Uhr, zu Bett gegangen, hatte bis kurz nach Mitternacht gelesen, und dann waren ihm plötzlich die Augen zugefallen. Der heutige Sonntag stand ganz zu seiner Verfügung. Martin erwachte gegen Mittag und zog die Bettdecke über den Kopf, als seine Vermieterin zaghaft gegen die Zimmertür pochte.
»Herr Martin. Es ist Zeit zum Mittagessen. Wollen Sie heute denn gar nicht aufstehen? Draußen ist herrliches Wetter. Den Tag des Herrn sollte man nicht im Bett verbringen.«
»Was gibt's denn Leckeres?«, erkundigte sich Martin unter der Bettdecke hervor.
»Kassler mit Sauerkraut und Kartoffeln! Ich dachte, das wird Sie an die Heimat erinnern.«
»Ich …«, Martin gähnte ausgiebig, »bin gleich fertig.«
»Dann deck ich schon mal den Tisch, ja?«
Martin schlug die Zudecke zurück und musste blinzeln, weil ihm die Sonne direkt ins Gesicht lachte. Er stand auf und schlurfte zum Waschbecken, das in einer schmalen Nische neben dem Fenster untergebracht war. Er grinste seinem Spiegelbild entgegen und fuhr sich mit dem Kamm durchs Haar. Alsdann beugte er sich mit dem Kopf zum Wasserhahn hinunter, drehte auf und ließ einige Sekunden lang eiskaltes Wasser über sein Gesicht rinnen.
Zwei Minuten später saß er an dem antiken ovalen Esstisch mit Häkeldeckchen und wurde von Frau Wehrfried prompt bedient. Freie Kost und Logis für schlappe 150 € die Woche. Dieses Angebot hatte er sich nicht entgehen lassen wollen. Als er die feine Dame

jedoch erst vor sich gehabt hatte, in all ihrer Liebenswürdigkeit und Herzensgüte, wusste er, dass er die richtige Wahl getroffen hatte. Sie war unkompliziert, alles andere als eine alte Jungfer und ziemlich up to date – jedenfalls was Gesellschaft und Politisches anbelangte. Es war gerade mal eine Woche her, dass er bei ihr eingezogen war, aber es schien ihm, als kenne er sie seit Jahren, als sei sie die Reinkarnation seiner eigenen Großmutter, die viel zu früh verstorben war.

»Recht guten Appetit. Und langen Sie kräftig zu. Sie sind ja bestimmt noch im Wachsen.«

Martin lachte. »Ich würde sagen, meine körperliche Größe reicht vollkommen aus – was die geistige anbelangt, gebe ich Ihnen uneingeschränkt recht.«

»Ach, Sie wieder!«, antwortete die alte Dame und schaufelte einen riesigen Berg dampfender Köstlichkeiten auf Martins Teller.

Das Kassler schmeckte wirklich ausgezeichnet, selbst wenn es keine Gründe gab, an seine Heimat zu denken, geschweige denn so etwas wie Heimweh zu verspüren. Er war mit den Dingen und wie sie liefen überaus zufrieden. Außerdem war es nicht das erste Mal, dass er von Zuhause fort war. Während seines Studiums galt es diverse Praktika zu absolvieren, und er hatte stets versucht, sich die Rosinen herauszupicken. Auf diese Weise war er unter anderem ins ferne China und in die eisige Tundra Alaskas gelangt. Der Auftrag Fichtelgebirge lag quasi vor der Haustür.

»Ihr Essen war ausgezeichnet«, sagte er anerkennend und wischte sich mit der Serviette über die Lippen.

»Das freut mich außerordentlich, junger Mann«, erwiderte Frau Wehrfried mit einem seligen Lächeln auf dem Gesicht. »Ich hab uns bereits einige Schmankerln herausgesucht, damit Sie mir nicht vom Fleisch fallen.«

»Frau Wehrfried!« Martin hob den Zeigefinger und grinste. »Nur an Sonntagen, wie vereinbart«, *sonst seh ich am Ende noch wie dieser Kommissar aus*, dachte er und musste lachen.

»Sie haben ein frohes Gemüt«, stimmte die alte Dame mit ein. »Das gefällt mir so an Ihnen.« Sie zwinkerte ihm zu: »Ich versichere Ihnen, Sie nicht zu mästen, solange Sie bei mir sind.«

»Ich nehme Sie beim Wort, Frau Wehrfried«, antwortete Martin in bester Laune.

Die Neigung zu Übergewicht war nicht sein Problem. Eigentlich konnte er essen was und soviel er wollte. Auf der Waage machte sich das nicht bemerkbar. Martin war überhaupt alles andere als eitel, wenn es um sein Aussehen ging. Er gefiel sich so, wie er war. Auch gehörte er keinesfalls zu der Sorte, die ihren Körper zum Tempel der Manneskraft ernannt hatten. Martin joggte zwar regelmäßig, fuhr gerne Rad und hatte sich vorgenommen, die Gipfel des Fichtelgebirges per pedes zu erkunden, aber er war kein Freak, dem es ausschließlich um Kilometer oder bezwungene Höhenmeter ging. Die vorhandene Kondition reichte ihm allemal.
»Was macht eigentlich Ihre Freundin? Muss sie sich nicht völlig einsam fühlen, wenn Sie so weit weg von der Heimat sind?«
Martin blickte sie erstaunt an. »Momentan habe ich keine.«
»Das gibt's doch nicht!«, entgegnete die alte Dame ungläubig. »Lügen Sie mich auch nicht an?«
»Ganz bestimmt nicht, Frau Wehrfried.«
»Dann wird es höchste Zeit, dass Sie sich eine zulegen.« Sie schmunzelte vielsagend. »Also, wenn wir hier auch in der absoluten Provinz leben, schöne Mädchen gibt's genug.«
»Sie wollen mich doch nicht etwa verkuppeln?«, scherzte Martin.
»Gott behüte!« Frau Wehrfried warf sich die Hand an die Brust. »Aber vielleicht läuft Ihnen ja gerade hier die Liebe Ihres Lebens über den Weg.«
»Wer weiß?«, munkelte Martin und dachte an die Freundschaften während seines Studiums zurück.
Alles in allem waren sie harmlos gewesen und hatten meist kein einziges Semester überlebt. Ganz ehrlich gesagt hatte er auch nicht vor, sich in absehbarer Zeit fest zu binden. Damals, in China, hatte es eine junge Kommilitonin aus Shanghai gegeben, in die er sich unsterblich verliebt gehabt hatte. In einem kurzen Anfall von Wehmut fühlte er sich an ihren gemeinsamen Trip zur Chinesischen Mauer erinnert, an den letzten Abend und den Sonnenuntergang hinter den Bergen. Sie hatten sich geküsst und geliebt unter dem endlosen Sternenhimmel. Unzertrennlich wurden sie für die kurze Zeit seines Aufenthalts. Danach war alles so schnell vorüber, wie es begonnen hatte. Zeit und Entfernung heilen alle Wunden. Und hier? Die Ausstellungsvorbereitungen hatten es bislang nicht zugelassen, auf

Brautschau zu gehen. Jedoch hatte Frau Dr. Gruber eine überaus reizende Praktikantin an ihrer Seite. Kirstin hieß sie, und sie war sehr geschäftig, wenn es um ihren Job ging.
»Also ich persönlich hätte nichts dagegen, wenn sie ein Mädchen kennenlernen würden.« Die alte Dame bemerkte den Kummer in seinem Gesicht. »Sie dürften sie natürlich auch mitbringen, wenn Sie wollten«, sagte Frau Wehrfried wie nebenbei.
Martin hatte sogleich die Fassung zurückgewonnen. »Das ist wirklich sehr nett von Ihnen«, sagte er gewohnt grinsend.
»Aber achten Sie darauf, dass die Nachbarn nichts mitgekommen.« Sie holte hörbar Luft. »Leider steckt hier am Lande jeder seine Nase in Dinge, die ihn nicht das Geringste angehen.« Sie schwieg für einen Moment und betrachtet dabei ihre faltigen, aber gepflegten Hände. »Und lassen Sie, wenn es sich einrichten lässt, nichts hören.« Sie errötete. »Sonst werd ich am Ende auch noch mal jung.« Sie lachte beinahe schmerzvoll und erhob sich, um den Tisch abzuräumen.
Eine Viertelstunde später kam Martin in die Küche geschneit, um sich zu verabschieden.
»Genießen Sie den Tag. Der Herbst wird nicht lange so bleiben. Dann sind Sie froh, wenn Sie die schönsten Tage genossen haben.«
»Danke, Frau Wehrfried. Auch Ihnen einen schönen Sonntag.«
Mit diesen Worten verließ er die Küche und eilte die Treppe hinunter. Er wusste selbst nicht, was er anstellen wollte. Aufgrund der Ereignisse vom Vortag war er kaum dazu gekommen, die freie Zeit im Vorfeld zu planen. *Schwamm drüber!*
»Und fahren Sie mit ihrem Sportwagen nicht so schnell!«, rief ihm die Vermieterin hinterher.
»Keine Bange! Das ist bereits ein Oldtimer.«
»Eben drum, junger Mann. Eben drum«, sagte sie still vor sich hin und lächelte verklärt.

IX.

Adieu, mein guter Johann!
Leb wohl, geliebte Mutter!
Leb wohl, geliebter Vater!

Es ist soweit ...
Ich weiß längst, dass ihr vor mir diese allerletzte Reise angetreten habt. Ich weiß es, wie ich meinem eigenen Schicksal mit Trotz, aber auch mit der Hoffnung auf Trost entgegen blicke. Es versöhnt mich mit dem, was vorgefallen ist, und lässt meine eigene Situation annehmbarer erscheinen. Möge euch dieser letzte Gang den Frieden bescheren, den ihr zu Lebzeiten nie wirklich gefunden habt. Und macht euch keine Sorgen um mich, denn ich werde bald folgen.
Erinnerungsfetzen.
Nie wieder wird der Himmel blau sein, niemals wieder werde ich den Wind in den Bäumen rauschen hören, mit den Augen blinzeln, weil die Sonne im Wasser oder auf Schnee glitzert. Niemals wieder werde ich die reine Morgenluft schnuppern, mit dir, Johann, am Feuer sitzen und Kartoffeln essen oder mit deiner selbst gebastelten Rute nach Forellen angeln. Nie wieder wirst du für mich Kuchen backen oder Geschichten vorlesen, niemals wieder an meinem Bett sitzen und mich mit eiskalten Wickeln aufschrecken. Nie wieder wirst du mit mir im Steinbruch herumtollen und mir zeigen, wie aus einem unbehauenen Stein eine prächtige Torsäule wird. Ich werde euch vermissen, ihr lauschigen Frühlingsnächte, ihr stillen Sommerabende, ihr bunten Herbstnachmittage und frostkalten Wintermorgen. War es mir auch nicht vergönnt, viele Jahre auf diesem Planeten zu verweilen, so nehme ich doch all die schönen Erinnerungen mit, die mir in der kurzen Zeit ans Herz gewachsen sind. Den ganzen großen Rest lasse ich zurück – hier, unter der Erde. Es ist Abfall, nichts als der Müll eines Lebens.
Die Revue war kurz. Die Bilder verblassen. Leere hat mich wieder fest im Griff. Das Nichts legt sich wie ein erstickender Kokon um meine Seele.
Außer Funktion?
Während ich warte, sehe ich ein Licht auf mich zu kommen. Kurz durchströmt mich seine Wärme, ein Hoffungsschimmer in all der Widerwärtigkeit. Das Licht ist gleißend hell; es hüllt mich in seinen Strahlenkranz. Ich bin geblendet, reiße die Augen auf, ohne zu blinzeln.
Johann! Wollen wir uns gemeinsam auf den Weg machen? Bist du gekommen, um mich unter deine Fittiche zu nehmen?

Aber du bist nicht allein.
Mutter?
Vater?
Kommt rasch näher, ich habe euch sehnsüchtig erwartet!
Trugschluss.
Zwei fremde Stimmen. Ich nenne sie Phobos und Deimos, wie die beiden griechischen Götter, die weiland Ares auf dem Schlachtfeld begleiteten. Sie kommen nicht herangejagt wie Furien, sie brüllen nicht wie Barbaren. Furcht und Schrecken kommen auf leisen Sohlen. Wenn du ihrer gewahr wirst, ist es bereits zu spät. Sie flüstern – keuchend, grausam. Sie kommen mit dem Licht, aber alles, was sie bringen, ist Finsternis. Der helle Schein brennt in meinen Augen. Sie haben mich gefunden. Sie greifen nach mir. Sie wollen mich um jeden Preis. Obwohl ich die Augen jetzt geschlossen halte, muss ich alles peinlich miterleben. Aber eigentlich fühle ich gar nichts: keine Hände, keine Beine, keine Stöße, keinen Schmerz. Wie eine wertlose Puppe werde ich behandelt. Einer Marionette gleich folge ich, willenlos.
Die Zeit kollabiert!
Ein letztes Mal bin ich dem Licht und den Kriegsvertreibern ausgeliefert. Zum Glück hat sich der Kreis um mich längst geschlossen. Alles, was kommt, ist lächerlich und töricht und unbeschreiblich dumm.
Was für ein Elend.
Wäre ich lebendig, könnte kein Doktor der Welt meine Wunden heilen. Ich bin ihnen im Vorteil. Ein Toter spürt keinen Schmerz. Und ein Gott? Bei ihm sitzt er tiefer, im Fundamentalen. Aus ihm schöpft er seine Kräfte. Es ist nicht so sehr der Schmerz, der mich quält, es sind Täuschung und Wut, die mich am Leben festhalten lassen.
Du musst dem allen ein Ende setzen! Jetzt!
Ja doch, aber wie? Wie …? Wie …?
Lass dich einfach fallen!
Aber ich falle ja, und doch komme ich dem Ziel nicht wirklich näher. Ich bewege mich im Kreis herum: Fliehkraft gleich Fallgeschwindigkeit. Ich bin ein Sputnik auf seiner Umlaufbahn im Orbit. Will ich näher kommen, muss ich meine Geschwindigkeit verringern – falle ich, so verbrenne ich in der Atmosphäre.

Feuer reinigt, glaub mir!
Ach, ich weiß nicht, was ich glauben soll. Wozu braucht es eine Hölle, wenn die Sünder ungestraft im Himmel leben?
Schluss.
Aus.
Das Licht wird schwächer. Die Stimmen verstummen nach und nach. Phobos und Deimos kehren zurück nach Athen, wo sie im Tempel am Fuße des Areopag von ihrem Herrn erwartet werden. Nie habe ich einen Abschied so sehr herbeigesehnt. Ich bin wieder allein, mache mich ganz klein, versuche, die Spuren ihrer Sünden abzustreifen.
Areshügel!
Ein Loch in der Zeit. Ich bewege mich darauf zu, falle hinein, in mich zusammen. Ich bin das Loch. Ein Punkt. Ein Nichts. Zuletzt bin ich ein abgestoßenes Atom, gefangen in der brüchigen Schale eines nutzlosen Daseins.
Körperlose Einheit? Freiheit? Frieden?
Der Krieg ist lange nicht vorbei …

X.

Fürchtegott Hager betrat mit eiligen Schritten das Kommissariat. Die Anspannung war ihm überdeutlich anzumerken. Er hatte es tunlichst vermieden, einen Blick in die Montagsausgabe der Frankenpost zu werfen, hatte sie einfach im Briefkasten stecken lassen. Wer wollte nach allem, was vorgefallen war, die eigene Dummheit schwarz auf weiß sehen? Der Tag würde ohnehin eine tüchtige Portion Ausdauer von ihm abverlangen. Gerügt zu werden, war gänzlich eine neue Erfahrung. Normalerweise war er es, der Kritik verteilte, war er der Vorzeigebeamte, der unerfahrene Kollegen mit seinem unerschöpflichen Wissen drangsalierte. Heute würden die Rollen vertauscht sein. So sicher man sich auch immer fühlen mochte, der Teufel steckte in der Routine. Es gab für alles ein erstes Mal.
»Morgen, Fürchtegott!«
Der Kommissar verspürte nicht die geringste Lust, sich der Ruferin zuzuwenden. Er kannte die Stimme und die dazugehörige Person

nur zu gut. Wenn es um die Gerüchteküche ging, war sie d[illegible] gehörige Fünf-Sterne-Köchin.
»Du hast es endlich auf die Titelseite geschafft, gratuliere!«, höhn[illegible] es hinter ihm munter weiter.
Der Kommissar schritt schneller voran. Die fehlenden Meter bis zu seiner Bürotür dehnten sich zu Meilen.
»Aber was soll der Quatsch mit den Außerirdischen?«
Wie vergiftete Pfeile trafen ihn die Worte.
»Bist du zu den Ufologen abkommandiert worden?«
Ihr Lachen ließ den zarten Kelch der Hoffung zerbersten. Fürchtegott glaubte, vor Wut und Scham im Boden versinken zu müssen. Er riss die Bürotür auf und warf sie krachend ins Schloss. Ohne sich des Mantels zu entledigen, ließ er sich schlapp hinter seinem Schreibtisch nieder. Der erste Spießrutenlauf war geschafft.
Ein Blick auf den Computer genügte. Zweiundvierzig E-Mails harrten seiner. Er wagte kaum, die Namen der Absender zu überfliegen, geschweige denn, eine der Nachrichten zu öffnen.
Die nächste Runde begann, gnadenlos und unbarmherzig. Das Telefon klingelte. Der Kommissar hob den Hörer ab, als gelte es, einen darin verborgenen Sprengmechanismus zu entschärfen.
»Herr Hager? Guten Morgen!« Es war die Dame von der Pressestelle. »Bei mir laufen die Apparate heiß. Ich weiß gar nicht, was ich den Leuten sagen soll. Die Geier sind kaum abzuwimmeln. Selbst überregionale Medien sind dabei. Sie können sich auf eine Flut von Fragen einstellen. Ist eine Pressekonferenz geplant?«
Fürchtegott stieg die Röte ins Gesicht. *Pressekonferenz?* Er hatte seiner Lebtage keine Pressekonferenz geben müssen. »Bitte«, keuchte er in die Leitung, »versuchen Sie, sie hinzuhalten, solange es geht. Ich muss erst mit Saalfelder die Sache abklären. Herrgott, es ist viel zu früh, um überhaupt etwas zu sagen.«
»Versuchen kann ich es«, tönte ihm die Stimme genervt entgegen, »versprechen nicht.«
»Danke.« Hager legte auf und stürmte zur Kaffeemaschine. Wenn er sich nicht gleich eine Riesenportion Koffein einverleibte, würde er auf der Stelle tot umfallen.
Noch ehe der Kaffee durchgelaufen war, wurde die Tür aufgerissen. Saalfelder erstürmte im Laufschritt sein Büro, steuerte ohne Um-

eibtisch an und warf die Ausgaben einiger Tages-
hinein in den geordneten Berg Unterlagen.
vante Schreckliches. So hatte er seinen Chef noch

begann der atemlos.
r wusste nicht, ob damit sein Name oder der Aufruf
ass er sein Testament machen konnte – oder beides.
»Kannst du mir mal verraten, was der ganze Aufzug zu bedeuten hat?«, donnerte sein Chef los. »Ich dachte, mich tritt ein Pferd, als ich heute Morgen die Zeitung las. Also, es gibt ja jede Menge Kollegen, denen ich so einen lächerlichen Aufriss zugetraut hätte, von dir hätte ich das beileibe nie und nimmer erwartet.«
Wie eine bissige Bulldogge!, dachte Hager. *Fehlt nur, dass dir der Geifer aus den Mundwinkeln tropft.* Eine kurze, groteske Szene spulte sich vor seinem Bewusstsein ab. Alles sehr lächerlich und überhaupt nicht seine Art. Fürchtegott war nicht zu Scherzen aufgelegt.
»Glaub mir, es gibt für das alles eine vernünftige Erklärung«, stammelte er unbeholfen.
Die Bulldogge ließ sich auf seinen Schreibtischstuhl plumpsen und faltete die Hände. »Ich bin ganz Ohr!«, sagte sie mit ungewohnter Schärfe.

*

Martin stand in einem der Ausstellungsräume und verfolgte das geschäftige Treiben um sich herum. Unweit neben ihm stand Kirstin, in einen neongrünen Fleecepullover verpackt, mit ausgewaschenen Jeans, roten Turnschuhen und einem Klemmbrett bewaffnet. Er musterte sie sehr genau – *sehr eindrucksvoll.* Sorgfältig kontrollierte sie die angelieferten Vitrinen, zeichnete ab und wies die Handwerker an, wohin sie die einzelnen Stücke stellen sollten. Rudi, der Hausmeister des Museums, lehnte an einer der Glaskonstruktionen und unterhielt sich angeregt mit dem Chef der Firma über die Bundesligaspiele vom Wochenende.
»Wie dem auch sei, der Klub wird's schaffen, wetten?«, prophezeite er schmunzelnd, als das Mobilteil in der geräumigen Tasche seines grauen Arbeitskittels klingelte. »Moment«, sagte er zu seinem Ge-

sprächspartner und drehte sich zur Seite. »Triebel!« Es war seine Chefin, die einen von der Kripo in der Leitung hatte, der unbedingt mit Herrn Streitberg sprechen wollte. »Martin?«, rief er in den Raum hinein.

»Ja!«

Rudi streckte ihm den Apparat entgegen und wies mit dem Zeigefinger der freien Hand auf das Display. »Ein Gespräch für dich. Scheint dringend zu sein.«

Martin mochte den gutmütigen und um keinen Kniff verlegenen Rudi. Sie hatten sich gleich auf Anhieb prima verstanden. Wenn es Probleme gab, gleich welcher Art, war er zur Stelle. Eigentlich war er gelernter Elektriker, aber mit den Jahren war er mit dem alten Gemäuer regelrecht verwachsen. Es gab keine Ecke und keinen Winkel, den er nicht kannte, keine Arbeit, die er nicht zügig und zur Zufriedenheit aller meisterte. Er war die reinste Fundgrube, wenn es um nicht ganz so alltägliche Lösungen zu nicht ganz so alltäglichen Problemen ging. *Ein altes Gemäuer ist wie eine alte Lady*, sagte er gern. *Es möchte mit seinen Wehwehchen ernst genommen und fürsorglich behandelt werden.* Gleich nach der Wende war er aus dem Erzgebirge in den Westen gekommen, hatte nach Arbeit gesucht und die Stelle übernommen, die der alte Hausmeister aus gesundheitlichen Gründen verwaist hinterlassen hatte.

Martin joggte ihm entgegen.

»Irgendein Kommissar Soundso.« Mit diesen Worten drückte er ihm das Telefon in die Hand und wandte sich wieder seinem Gesprächspartner und dem Tabellenstand der ersten Liga zu.

»Martin Streitberg.«

»Sie sind draußen!«, ließ ihn der Kommissar in knappen Worten wissen.

Martin war perplex. »Draußen aus was?«

»Dem Fall!«, schrie Hager durch die Leitung.

»Warum?«

»Warum?« Luftholen. »Weil mich mein Chef gerade zur Minna gemacht hat!«

Martin konnte nicht glauben, was er da hörte. Seine Vermieterin, Frau Wehrfried, hatte ihm die Schlagzeile einer überregionalen Zeitung am Morgen präsentiert und sich köstlich über die Story mit den

Aliens amüsiert. Ansonsten war der erste Bericht über den Mord am Epprechtstein das Übliche, was man nach so einem Vorfall erwarten konnte: diverse Spekulationen über den oder die möglichen Täter, vermutete Verbindungen in die Satanistenszene, ein allgemeiner Aufschrei nach Ordnung und Gerechtigkeit, nach abschreckenden Strafen und das ganze Brimborium. Alles in allem haltloses Zeugs. Journalistengeschmiere, weiter nichts. Nun gut, der Kommissar war tatsächlich nicht eben glimpflich davongekommen – zumindest was das Foto betraf, auf dem er mit dem riesigen Megafon in der Hand wie ein Jockey-Trainer am Rande einer Trabrennbahn wirkte. Die zugehörige Bildunterschrift lautete: *Freiheit der Berichterstattung immer weiter eingeschränkt. Kommissar Hager setzt nachdrücklich auf Distanz!* Was soll's? Nichts gerät schneller in Vergessenheit, als die Schlagzeilen von gestern. Martin konnte Hagers jetzigen Auftritt kaum nachvollziehen.
»Meinetwegen?«, suchte er sich zu vergewissern.
Schweigen.
»Hallo?«
»Wie konnte ich nur so dumm sein und einen dahergelaufenen Witzbold ins Boot holen …«
Allem Anschein nach führte der Kommissar Selbstgespräche.
»Ich könnte mich –«
»Das mit den Aliens tut mir echt leid«, fuhr Martin versöhnlich dazwischen. »Aber wer konnte ahnen, dass sich die Sache so entwickeln würde?«
»Es geht nicht nur um diese beiden total verrückten Touristenheinis. Wenn ich die erwische, dann Gnade ihnen Gott! Es geht darum, ohne Erlaubnis einen Außenstehenden in eine brisante Mordermittlung aufgenommen zu haben.«
»Ich bin kein Außenstehender!«, protestierte Martin.
»Sie sind draußen!«, machte sich der Kommissar abermals Luft. Als könnte es irgendetwas an seiner Situation ändern, glaubte er, in Martin Streitberg den Sündenbock gefunden zu haben. Einen Fehler konnte und wollte er sich nicht eingestehen – nicht jetzt.
»Hat die Obduktion etwas ergeben?«, startete Martin einen zweiten Versuch.
»Sie sind draußen«, beharrte Hager schlapp. Er verspürte nicht die

geringste Lust, sich mit diesem *Wir-sind-doch-gute-Freunde-Akademiker* länger als nötig herumzuärgern.
»Hab ich keine zweite Chance verdient?«, appellierte Martin an Hagers verschüttet gegangene Menschlichkeit.
»Nein!«, bellte der Kommissar heiser.
Martin überlegte kurz. *Der Kerl ist ganz schön hartnäckig. Kaum taucht ein Problem auf, zieht er den Schwanz ein. Aber Beamte müssen wohl so sein.* Und dennoch muss er ihn irgendwie knacken. Die Sache hatte gerade angefangen, ihm Spaß zu machen. So leicht wollte er sich nicht geschlagen geben.
»Haben Sie nicht gesagt, *Sie* seinen der Chef der Ermittlungsgruppe Epprechtstein?«, fuhr er einer Eingebung folgend fort.
»Ja – und?«
»Dann müssten Sie doch freie Hand haben, was das Hinzuziehen von Spezialisten anbelangt.«
»Spezialisten, soso!« Der Kommissar lachte bitter. Auf was für Abwege hatte er sich locken lassen? Das war nachgerade stümperhaft, ein Anfängerfehler. Fürchtegott raufte sich zusammen und räusperte sich: »Die habe ich normalerweise auch«, gab er überzeugt von sich.
»Und was sagen die anderen?«
Fürchtegott stockte »Welche … anderen?«
»Der Rest der Ermittlungsgruppe.«
Abermals Schweigen.
»Kommissar Hager?«
Fürchtegott versuchte, sich zu erinnern. *Hab ich tatsächlich von einer Ermittlungsgruppe gesprochen?* Er biss sich auf die Lippen. Ja, das hatte er, bei ihrem ersten Telefonat. *Sapperament!* Warum musste er auch manchmal so maßlos übertreiben. Hätte er geahnt, was es mit diesem vermeintlichen Spezilisten auf sich haben würde, er hätte tunlichst die Finger vom Telefon gelassen. Jetzt war es zu spät.
»Es … es gibt keinen Rest«, gab Fürchtegott zähneknirschend von sich.
Aha, da liegt der Hund begraben!, dachte Martin erleichtert. Der Kommissar war allein auf weiter Flur. Ein Einzelkämpfer. Auf einer Seite die Journalistenmeute und die nach Genugtuung drängende Öffentlichkeit, auf der anderen bornierte Vorgesetzte, die unnötig Druck

machten. Er brauchte quasi einen Verbündeten. *Gut, sehr gut!* Martin lächelte. »Dann sind wir quitt.«
»Quitt?«, gab Hager lauter als beabsichtigt von sich. Er hustete.
»Ja. Ich habe Sie, ohne es zu wollen, in eine missliche Situation gebracht. Und Sie haben mir verschwiegen, dass Sie eigentlich allein an der Sache arbeiten.«
Die Stimme des Kommissars wurde mitteilsamer. »Sie sind vielleicht lustig …« In Wahrheit war ganz und gar nichts lustig an diesem Fall. Es war bitterer Ernst. Noch ein weiterer Patzer und sein Ruf (wenn nicht gar seine Laufbahn) würde Geschichte sein. »Ich muss mich nun voll und ganz auf meine Arbeit konzentrieren, das verstehen Sie doch?«
Hager bekam keine Antwort.
»Ich werde mir vielleicht an diesem Fall die Zähne ausbeißen. Aber das soll nicht ihr Problem sein.«
»Ich *sitze* im Boot«, gab ihm Martin zu verstehen. »Und es *ist* bereits mein Problem.«
»Es ist aus und vorbei!«
In diesem Augenblick kamen der Chef der Handwerker und Rudi auf ihn zu geschritten. Anscheinend hatten sie ihren Disput über die Vorzüge und Chancen des einen oder anderen Erstligavereins friedlich beigelegt.
»Ich hoffe, Sie sind mit den Arbeiten vollauf zufrieden, Herr Dr. Streitberg«, sagte der Handwerksmeister und streckte ihm die massige Hand entgegen.
Martin nickte stumm.
»Wenn etwas sein sollte, können Sie mich jederzeit erreichen. Meine Privatnummer haben Sie ja.«
Martin nickte abermals.
»Na, dann wünsche ich eine erfolgreiche Ausstellungseröffnung«, sagte der Meister und verbeugte sich feierlich. »Auf Wiedersehen, Herr Dr. Streitberg. Und gutes Gelingen!« Daraufhin wandte er sich ab und verließ mit Rudi die erwürdigen Hallen.
Martin sah den beiden kurz nach. Dann kam ihm das unterbrochene Telefonat mit Hager in den Sinn. Er presste den Apparat erneut an sein Ohr. »Herr Kommissar? Sind Sie noch dran? Entschuldigen Sie, aber einer der – «

»Doktor?«, hörte er eine fremde Stimme im Telefon fragen.
»Ja, wieso?«
Fürchtegott schluckte. Dieser Jungspund konnte doch unmöglich einen Doktortitel haben. Oder doch? Vorsichtig geworden, und die Stimme der neuen Erkenntnis angepasst, entgegnete er: »Sie sind tatsächlich ein Doktor?«
»Habe ich das bisher nicht erwähnt?« Martin glaubte plötzlich, das richtige Mittel zu seiner Rehabilitation gefunden zu haben.
»Mit keinem Wort«, hauchte der Kommissar in die Leitung.
»Ja, wissen Sie, ich mach nicht viel Aufhebens um diese Tatsache. Man wird dadurch kein besserer Mensch.«
Fürchtegott nickte unwillkürlich. »Das stimmt.« Hinter seiner Stirn begann es zu arbeiten: *Wenn dieser Kerl ein echter Doktor ist, ist noch nicht alles verloren. Den Ausrutscher mit den Außerirdischen könnte ich als bloße Lügengeschichte darstellen, die zu erwartende Hilfestellung als unumgänglich forcieren* … So müsste es klappen. Ja!
»Überlegen Sie sich die Sache noch mal. Bitte!«, bat Martin in süßlichem Tonfall.
Hager wurde aus seinen Strategien gerissen. »Welche Sache?«
»Die mit dem Im-Boot-sitzen!«
»Ich will sehen, was sich machen lässt. Aber versprechen kann ich nichts. Ich melde mich bei Ihnen, Herr Doktor. Wiederhören!«
»A…« Martin ließ das Telefon sinken und blickte verwundert zu Kirstin, die ihm in dieser Sekunde ein einnehmendes Lächeln schenkte.
»Gibt's Probleme?«
Martin schüttelte den Kopf. »Nicht der Rede wert. Ich bin nur in einen Mordfall geschlittert, der schwer zu lösen sein wird.«
»Ein Mordfall? Wie bist du dazu gekommen?«
Martin konnte einfach nicht umhin. Er erzählte ihr in groben Zügen, was vorgefallen war. Bestimmt hatte sie ohnehin in den Medien davon gehört. Außerdem begann ihm das Gerangel mit Hager auf den Wecker zu gehen. Es konnte nicht schaden, wenn er mit ihr hin und wieder darüber sprach, ohne den Gang der Ermittlungen preiszugeben, versteht sich. Wer weiß, was noch alles geschehen würde? Da war ein geduldiger Gesprächspartner durchaus von Nutzen.
Kirstin lächelte und war ganz Auge und Ohr.

XI.

Am Nachmittag bog ein dunkelblauer Passat in den schmalen Schotterweg ein, der bald vor einem alten Gehöft unterhalb des Berges stoppte. Der Fahrer stieg aus und blickte zu der Ruine hoch, die im Glanz der Sonne wie ein Scherenschnitt wirkte. *Schöne Aussicht*, dachte er bei sich, drehte sich um und lief auf die alte Eingangtür zu. Das Landleben hatte schon seinen Reiz. Wenn da nur nicht die viele Arbeit wäre. Mit Unwohlsein dachte er an die anstrengende Schneeschipperei und das Rasenmähen zurück, als sie diese notwenigen Tätigkeiten noch selbst ausgeführt hatten. Immer wieder hatte es Probleme mit Eigentümern und Mietern gegeben, weil die Arbeiten entweder schlampig oder gar nicht im festgelegten Zeitraum ausgeführt worden waren. Jetzt erledigte ein Hausmeisterservice die meisten dieser Aufgaben. Eine Eigentümerversammlung hatte vor drei Jahren den überfälligen Beschluss erwirkt. Die Unkosten wurden seither mit den Nebenkosten verrechnet. Fertig. Was blieb, war die wechselnde Kehrwoche, und selbst damit gab es ab und an immer wieder Schwierigkeiten. Fürchtegott sah sich um. Hier brauchte man sicherlich einen Traktor mit Räumschild und Mähbalken.

Wenig später stand er vor der Tür. Kein Namensschild, keine Klingel. Fürchtegott klopfte gegen die altersschwachen Bretter.

Nichts.

Hanns Wöllsauer sei bereits am Vormittag auf eigenen Wunsch entlassen worden. So hatte die Botschaft gelautet, als er sich im Klinikum nach seinem Befinden erkundigen wollte. Er müsste demnach längst zu Hause angekommen sein. Fürchtegott versuchte, sich mit der Faust Gehör zu verschaffen.

»Es ist offen!«, hörte er jemanden rufen.

Hager trat ein.

Düsternis schlug ihm entgegen. Das winzige Oberlicht über der Tür vermochte kaum den Flur zu erhellen. Rechterhand stand ein alter Vorratsschrank in einer Nische unter der Treppe zum ersten Stock, rechts und links vom Treppenaufgang befanden sich schmale Türen, auf der anderen Seite ein Schuhschrank, mit je einem Paar schwarzer

Gummistiefel und Halbschuhen in der Ablage. Alles fein säuberlich geputzt und gewienert. Frau Wöllsauer hielt Ordnung, genau wie seine Irmgard.

Der Kommissar lächelte kurz und schritt voran. Zwei Türen boten sich ihm am Ende des Flures zur Auswahl: links eine Zimmertür, geradeaus eine Tür mit Glas in der obersten Füllung. Ein gehäkelter Vorhang an der Innenseite verhinderte die Durchsicht. Hager klopfte und trat, ohne eine Antwort abzuwarten, ein.

Erna stand in einer Schürze an einem altertümlichen Herd mit Wasserschiff und rührte in einem Topf herum. Es roch nach Hühnerbrühe und Holzfeuer. Die Luft war feucht und stickig, wie es bei Küchen in alten Häusern üblich ist.

»Ach, der Herr Kommissär«, wandte sich Erna ihm zu, legte den Kochlöffel beiseite und wischte sich die Hände an ihrer Schürze ab. »Schön, dass Sie noch mal nach meinem Hanns sehen. Der wird sich sehr freuen.« Sie schüttelte kräftig seine Hand.

»Wie geht es ihm?«, erkundigte sich Hager und wich in die Mitte der Küche aus. Auf einem alten Fleckerlteppich kam er zum Stehen und blickte in den aufgeräumten Obstgarten jenseits der Fensterscheiben.

»Es geht ihm schon viel besser«, sagte Erna und rührte erneut in der Brühe. »Jetzt, wo er daheim ist, wird er schnell wieder auf die Beine kommen.« Sie blickte dem Kommissar ernst entgegen. »Wissen Sie, Krankenhäuser sind ihm ein Gräuel. Er liegt drüben auf dem Kanapee. Kommen Sie, ich bring Sie zu ihm.«

»Einen schönen Obstgarten haben Sie da«, sagte Hager, wandte sich von der Aussicht ab und folgte ihr.

In der guten Stube herrschte die gleiche Düsternis. Das alte, dunkel gebeizte Mobiliar und schwere Vorhänge vor den beiden winzigen Fenstern taten ein Übriges, die drückende Stimmung zu erhärten. Ein Schrank mit einer kleinen Porzellansammlung auf der einen Seite, im Eck ein Tischchen mit einem Fernseher, gegenüber zwei Sessel mit Holzlehne und Geflecht, dazwischen ein viel zu hoher Ausziehtisch, dahinter ein wuchtiges Sofa, auf dem Hanns sein Lager aufgeschlagen hatte. Erst blickte er mürrisch drein, dann erhellte sich sein Blick, als er den Kriminaler erkannte, der ihn im Krankenhaus besucht hatte.

»Setzen Sie sich doch.« Der alte Mann rappelte sich auf und bot dem Besuch an, sich auf einem der Sessel niederzulassen.
»Danke.« Hager setzte sich.
»Ich bring dir gleich deine Brühe«, sagte Erna und verließ den Raum.
Der Kommissar musterte den Mann auf der Couch. Er trug einen blassblauen Schlafanzug, zog, um sich vor den neugierigen Blicken des Beamten zu schützen, sogleich die Bettdecke bis unter das Kinn, erreichte damit aber nur, dass seine Füße, die in selbst gestrickten Socken steckten, sichtbar wurden. Ärgerlich klopfte er die Zudecke zurecht und ließ sich in das bauschige Kopfkissen in seinem Rücken sinken. Von dort aus beäugte er den Kommissar wie eine Maus, die weiß, dass vor ihrem Loch eine Katze auf sie lauert.
Hager räusperte sich. »Schön, dass Sie wieder obenauf sind«, sagte er leise.
Hanns' Blick wanderte kurz an die Zimmerdecke. »Es geht. Jedenfalls bin ich den Quacksalbern im Krankenhaus rechtzeitig entwischt«, brummte er.
»Verzeihen Sie, dass ich danach frage, aber ich hörte, Sie hätten auf eigene Verantwortung die Klinik verlassen. Stimmt das?«
Hanns nickte.
»Eigentlich bin ich hergekommen, um Sie zu fragen, ob Ihnen noch etwas eingefallen ist. Zu dem Mordfall, meine ich«, fügte er rasch hinzu.
»Ich hab bereits alles gesagt. Mehr weiß ich nicht«, gab der Alte einsilbig zu verstehen.
»Sie wollten Pilze suchen, ja? Welchen Weg sind Sie gegangen?«, fuhr der Kommissar in aller Ruhe fort.
»Den kenn nur ich allein«, antwortete Hanns trocken.
»Und es ist Ihnen an diesem Morgen bestimmt niemand begegnet?«
»Keine Menschenseele.«
Hager rutschte in dem Sessel hin und her. Die Polsterung war hart und bis auf die Federn durchgesessen. Er suchte nach einer angenehmeren Sitzposition. »Sie kennen sich also da oben im Wald gut aus.«
»Wie in meiner Westentasche«, bestätigte Hanns.
»Und wie lange machen Sie das schon? Pilze sammeln.«
»Solange ich denken kann.«

»Dann können Sie mir bestimmt sagen, welche Möglichkeiten es gibt, ein Holzkreuz und einen Leichnam ungesehen bis zur Burg zu transportieren.«
Hanns wurde vorsichtig. Freilich gab es unzählige Möglichkeiten – ihm würden auf Anhieb gut ein Duzend einfallen –, aber war es sinnig, dieses Wissen mit einem neugierigen Kripobeamten zu teilen?
»Lassen Sie sich mit der Antwort ruhig Zeit. Nur keine Eile«, ergänzte Fürchtegott und verzog die Mundwinkel. Sein Gesäß wurde von einer widerborstigen Stahlfeder malträtiert.
»Da muss ich erst drüber nachdenken«, offenbarte ihm Hanns. Ein schlimmer Verdacht keimte in ihm auf: *Was, wenn dieser Kommissär allen Ernstes mehr wissen will?* Das durfte nie und nimmer geschehen. »Meine Pilzverstecke verrate ich nicht!«, brummte er düster vor sich hin.
»Gott behüte! Ich will Sie nicht ausspionieren. Aber wenn Sie wieder bei Kräften sind, machen wir trotzdem einen kleinen Spaziergang.«
Hanns warf ihm einen äußerst misstrauischen Blick zu.
»Ach ja, ehe ich es vergesse! Da wäre noch eine Frage. Es gibt doch bestimmt mehr Naturburschen, die frühmorgens nach Pilzen Ausschau halten, stimmt's?«
»Ein paar schon«, sagte Hanns und blickte noch verdrießlicher drein.
»Ich bräuchte die Namen der betreffenden Personen. Bitte.«
»Meinetwegen«, knurrte Hanns. »Aber sagen Sie bloß nicht, dass Sie sie von mir haben. Mit einem Kriminalkommissar will hier keiner was zu tun haben.«
»Ich werde ihnen nur die gleichen Fragen stellen wie Ihnen. Das alles ist reine Routine, müssen Sie wissen. Und es gibt keinen Grund zur Besorgnis.« Hager zog die Stirn in Falten. Aus diesen Bauern würde er bestimmt nichts herausbekommen. Selbst wenn die etwas wüssten, würden sie alles für sich behalten.
Während Hager die genannten Personennamen in ein Notizbuch kritzelte, öffnete sich die Wohnzimmertür und Erna kam mit einem Tablett hereinbalanciert. Sie stellte es vorsichtig auf dem Wohnzimmertisch ab, lächelte Hager offen ins Gesicht und wandte sich ihrem Mann zu: »Du musst dich ganz aufsetzen, sonst geht's nicht«, sagte sie fürsorglich und brachte das Kopfkissen hinter ihrem schnaubenden Gatten in die Senkrechte.

Der Kommissar seufzte. Die Befragung hatte nicht die kleinste Kleinigkeit an den Tag gebracht. Und die Namen auf seiner Liste? Die würde er nach und nach abarbeiten müssen. Hoffungen machte er sich keine.
Vorsichtig erhob er sich aus dem Folterstuhl, steckte den Notizblock in die Tasche und kratzte sich am Gesäß. »Das war's eigentlich fürs Erste«, sagte er müde.
Erna, in der einen Hand den Teller, mit der anderen nach wie vor das Kissen bearbeitend, drehte sich kurz zu ihm um. »Warten Sie, Herr Kommissär, ich bring Sie nach draußen.«
»Nicht nötig, ich finde den Weg alleine. Guten Appetit wünsche ich. Und gute Besserung.«
Noch bevor er seinen Wagen erreicht hatte, wurde ihm von Erna ein kleiner Beutel mit getrockneten Pilzen überreicht. Sie wollte ihm auch einige Zubereitungstipps mit auf den Weg geben, aber Fürchtegott lehnte dankend ab.
Als er endlich hinter dem Steuer seines Passats Platz genommen hatte, warf er die Pilze in den Fußraum der Beifahrerseite und startete den Motor. Mit einem Blick über die Schulter wendete er den Wagen und fuhr im Schritttempo den Schotterweg zurück zur Hauptstraße.
Ich hasse Pilze!

*

Sein Arbeitspensum hatte er bereits bis zum frühen Nachmittag erledigt. Martin fuhr für ein Stündchen nach Hause und haute sich aufs Ohr. Frau Wehrfried war eine Freundin besuchen gegangen. Kaffeeklatsch. In der Wohnung war es angenehm still. Martin lag mit hinter dem Kopf verschränkten Armen auf seinem Bett und starrte an die weiße Zimmerdecke. Nach einer Weile glaubte er, Kirstin auf der wogendweißen Fläche ausmachen zu können …
Sie wurde neugierig, als er ihr von dem Kommissar und seiner Bitte erzählte. Sie musste lachen, als er ihr den fatalen Ausrutscher mit den Aliens und dessen Folgen beichtete. Sie wollte mehr wissen, immer mehr. Und obschon Martin sich vorgenommen hatte, ihr nicht bis ins Detail Bericht zu erstatten, ertappte er sich dabei, wie

er freimütig selbst die kleinste Kleinigkeit zum Besten gab. Das könnte peinlich werden, wenn es sich dieser Hager doch noch anders überlegte und er wieder mit von der Partie sein sollte. Was im Augenblick jedoch zählte, war einzig und allein die Abfuhr des Kommissars und Kirstins wohltuende Nähe.

Wie bist zu dazu gekommen, Archäologie zu studieren?, hatte sie in der Mittagspause gefragt, die sie gemeinsam in dem kleinen Museumscafé verbracht hatten. Ach, das ist eine lange Geschichte, hatte er zurückgegeben und mit der Hand abgewunken.

Ich würde sie trotzdem gerne hören, hatte Kirstin mit einem bezaubernden Vorschusslächeln auf den Lippen gebettelt.

Ich bin in Nieste aufgewachsen, hatte er begonnen, einem Grenzort zu Niedersachsen. Ein winziges Kaff in der Nähe von Kassel. Kein Mensch hat je davon gehört. Trotzdem war es für mich viele Jahre der Mittelpunkt der Welt. Ich liebte die Abgeschiedenheit und den weitläufigen Garten, der zum Haus gehörte.

Als ich elf war, fand ich unter dem alten Obstbaum, den mein Vater gefällt hatte, weil er keine Früchte mehr trug, die Überreste eines Hundes. Ein vergammeltes Skelett, weiter nichts. Ich nahm sie – zum Entsetzen meiner Eltern – mit auf mein Zimmer. Der Schädel war recht gut erhalten, auch die Knochen der Vorder- und Hinterläufe. Rippen, Schulterblatt, Wirbelsäule und Becken hingegen wiesen überreichlich Beschädigungen auf. Wahrscheinlich war der Hund überfahren worden. Anschließend musste er direkt unter dem Baum begraben worden sein. Vielleicht war der Baum auch zu Ehren des Hundes gepflanzt worden. Keiner wusste es zu sagen.

In einem alten Schuhkarton lagen die Überbleibsel des Hundes einige Zeit unter meinem Bett. Da ich beim Einschlafen immer wieder daran erinnert wurde, begann ich, über das Schicksal des Tieres nachzudenken. Gewiss war es einst durch den Garten getollt, hatte Herrchen und Frauchen gehabt, die mit ihm Stöckchenholen gespielt und zur Belohung feine Würstchen verteilt hatten. Vielleicht gab es auch ein Kind in der Familie. Einen Sohn in meinem Alter? Ich stellte mir vor, wie die beiden viele Stunden gemeinsam im Garten verbrachten. Stellte mir vor, wie die Jahreszeiten wechselten, wie der Hund älter wurde und der Sohn heranwuchs. Irgendwann hatte ich eine ziemlich genaue Vorstellung von meinem Hund und dem Leben, das wir gemeinsam verbrachten. Ich gab ihm sogar einen Namen. Hector war eine bunte Promenadenmischung aus einem Schäferhund und einem Collie. Diesen einen Sommer lang war er mein bester Freund.

Weil ich meinen Eltern hin und wieder von meinen Abenteuern mit ihm erzählte, sahen sie sich genötigt, mir einen echten Hund zu besorgen – sie hatten Angst, dass ich mit der Zeit wahnsinnig werden würde, weil ich einen imaginären Hund zum Freund auserkoren hatte. Harvey lässt grüßen!

Dieser reale und quietschfidele Hector (übrigens ein prächtiger Bernersennen) wuchs und gedieh ganz vorzüglich und brachte es innerhalb des folgenden Herbstes tatsächlich fertig, den hypothetischen Hector in Vergessenheit geraten zu lassen. Fiktive Gedanken müssen vor der Realität den Hut ziehen, wenn sie dir das gegeben haben, was du dir erträumt hast.

Beim nächsten Frühjahrputz kramte meine Mutter neben diversen Sachen, die sich im Laufe des vergangenen Jahres in meinem Zimmer angesammelt hatten, auch den alten Schuhkarton unter dem Bett hervor. Ich war wie sie überrascht über den unerwarteten Fund, an den ich über viele Wintermonate hinweg nicht einmal im Traum gedacht hatte. Wie auch? Neben meinem Bett schlief der echte Hector Nacht für Nacht auf seiner Decke, und es waren die Erlebnisse mit ihm, die meine Träume ausschmückten.

So kamen wir überein, den Überresten im Karton den ihnen gebührenden Platz zu verschaffen. Ich begrub, im Beisein meines Real-Hectors, die alten Knochen feierlich unter dem neu gepflanzten Kirschbaum im Garten. Zuvor schrieb ich ein Paar Zeilen auf einen Zettel und legte sie mit in den Schuhkarton:

Hier ruht mein erster Freund!
Geburts- und Todestag unbekannt.
Wiederauferstanden an einem warmen Frühlingsmorgen.
Begraben im Beisein von Hector.

Sollte ein späterer Bewohner dieses Hauses ihn abermals zum Leben erwecken und weitere Gedanken hinzufügen, dachte ich mir. Seit diesem Tag wusste ich, was ich später werden wollte.

Das hast du sehr schön erzählt, hatte Kirstin geantwortet und ihre Hand auf Martins Hand gelegt. Kurz nur und sachte, wie ein Herbstblatt, das vom Baum fällt. Es hatte so viel Mitgefühl und Wärme in dieser kurzen Berührung gelegen, dass er glaubte, ihre sonnige Hand noch immer auf derselben Stelle zu spüren, die sie damit ein für alle Mal weltlichen Zwecken entfremdet hatte …

Martin verzog die Lippen zu einen verklärten Lächeln. Die liebe Frau Wehrfried hatte ganz recht. Warum sollte er sich hier und jetzt nicht eine Freundin zulegen? Kirstin war intelligent, adrett und sexy, unglaublich nett und zum Verlieben süß. Sie besaß diese Art freudigen Ernst, der ihrem Wesen Ausdruck und Stärke und gleichzeitig unwiderstehlichen Charme verlieh.

Martin hatte keine Ahnung, ob sie einen Freund hatte oder nicht. Er würde es auf einen Versuch ankommen lassen müssen.

Völlig ausgeruht erhob er sich vom Bett. *Vierundzwanzig Stunden können verdammt lang sein*, dachte er vor sich hin. Aber danach würden sie sich treffen, am Parkplatz in Buchhaus. Gemeinsam würden sie den Epprechtstein erklimmen. Er würde ihr den Tatort zeigen, sein angelesenes Wissen über die Burg zum Besten geben und mit ihr am Luisentisch die mitgebrachte Flasche Rotwein köpfen. Und anschließend? Wer weiß, mit etwas Glück würde sich der Rest von selbst ergeben.

XII.

Spät am Abend saß Fürchtegott Hager im Wohnzimmer und hörte Operettenmusik. Octavios Arie über die Liebenswürdigkeit des Lebens massierte nicht nur seine Gehörgänge, sondern auch seine Seele. In Gedanken versunken stierte er auf den sich gemächlich drehenden Plattenteller und den Tonarm, an dessen Ende eine winzige Diamantnadel zielsicher den Schwingungen der Rille folgte. Von CDs hielt er nicht sonderlich viel. Diese neuen Aufnahmen ließen zu sehr die Wärme und Nähe vermissen, aus der nachgerade diese Art von Musik ihre Lebendigkeit und Authentizität schöpfte. Seine Stereoanlage Marke Grundig aus den späten Siebzigern leistete nach wie vor gute Dienste. Sie besaß noch ein richtiges Metall-

gehäuse, Holzwangen aus Eiche massiv und verfügte über wohl dimensionierte Drehpotentiometer und analoge Anzeigeinstrumente. *Von wegen digital!* Die Gesamtaufnahme von Franz Lehárs *Giuditta* auf Doppel-LP und René Kollos Stimme bewirkten, dass er sich nach und nach mit dem Tag und seinen Ereignissen versöhnte. Er war zwar in seinem Fall nicht wirklich vorangekommen, aber wenigstens hatten die unschönen Begebenheiten am Morgen ihren Schrecken verloren.
Obwohl die Hundertschaft der Bereitschaftspolizei bis in den späten Nachmittag des Sonntags hinein jeden Quadratmeter Waldboden rund um den Epprechtstein aufmerksam durchstreift hatte, waren eindeutig zuzuordnende Spuren Fehlanzeige. Auf den Forst- und Waldwegen das gleiche Ergebnis. Der vorherige Regen und ein Langholzlaster hatten eventuell vorhandenes Material bis zur Unkenntlichkeit in den Bodenbelag verbannt. Selbst mit einem normalen PKW war es schwierig geworden, den ausgehöhlten Wegen schadenfrei zu folgen. Der Fahrer eines Holzernters, der die Nacht von Freitag auf Samstag beinahe pausenlos im Einsatz gewesen war, gab an, nichts Verdächtiges bemerkt zu haben. Bei dem Krach, den seine Maschine produzierte, wunderte dies niemanden. Der Holzrücker, ein Nebenerwerbslandwirt aus der Gegend, der die steileren Waldstücke am Samstagmorgen bearbeitet hatte, konnte ebenfalls keine sachdienlichen Hinweise liefern. Die Spur des oder der Täter blieb im Ungewissen verborgen.
Von den von Hanns Wöllsauer genannten Personen waren nur drei erreichbar gewesen. Zwei befanden sich in Kurhotels, einer besuchte zurzeit seine Schwester im Schwarzwald, beim Rest blieben die Türen verschlossen. Keiner der Befragten hatte sich zu genannter Zeit auf dem Epprechtstein aufgehalten. Neben allgemeinen Verwünschungen über die Mordtat als solche, und gut gemeinten Ratschlägen, was den Umgang mit den Tätern betraf, war Hager auch hier leer ausgegangen.
Der zuständige Pathologe teilte mit, dass der Tod des Mitte vierzig Jahre alten Mannes, unter Berücksichtigung der klimatischen Verhältnisse, gegen fünf Uhr morgens eingetreten sein musste. Die Reihenfolge beim Tathergang brachte Folgendes zutage: Der Mann wurde aller Wahrscheinlichkeit nach vor Ort umgebracht. Einblu-

tungen wie Gewebestrukturen an den durchbohrten Unterarmen lassen darauf schließen, dass das Opfer noch lebte, als es ans Kreuz genagelt wurde. Ob er zuvor durch einen Hieb auf den Kopf bewusstlos geschlagen worden war, lässt sich aufgrund des fehlenden Körperteils nicht beantworten. Erst nach der Kreuzigung, als der Mann bereits nicht mehr am Leben war, wurden die Gliedmaßen mittels eines scharfen Messers und einer Säge entfernt. Nach Art der Trennstellen zu urteilen, besaß der Täter wenig bis keine anatomischen Vorkenntnisse. Spuren weiterer Misshandlungen wurden an der Leiche nicht vorgefunden, sieht man von einem Hämatom unterhalb des Steißbeines ab, dass wohl als Folge der Kreuzigung entstanden sein mochte. Auch diese Tatsache sprach dafür, dass der Organismus des Opfers zum Zeitpunkt der Kreuzigung völlig intakt gewesen war. Der Pathologe empfahl, den Leichnam auf eventuell vorhandene Fingerabdrücke hin untersuchen zu lassen. Es gab ein neues Verfahren, bei dem diese auf der Haut nachgewiesen werden konnten. Leider sei seine Einrichtung auf derartig neue Untersuchungsmethoden nicht vorbereitet. Der Leichnam würde, nachdem alle dafür notwendigen Formalitäten geklärt wären, zu einem Kollegen überführt. Mit dem Ergebnis könne nicht vor Ablauf der Woche gerechnet werden. Der kopflose Unbekannte würde also eine Reise antreten, deren Nutzen äußerst zweifelhaft erschien. Ansonsten erfreute sich der Mann zu seinen Lebzeiten guter Kondition, wenn man von der Leber absah, die er mit Alkohol bei Laune zu halten suchte. Er war Nichtraucher und wohl viel an der frischen Luft gewesen. Seine letzte Mahlzeit hatte aus einem Hamburger und einer Cola bestanden. Damit allein ließ sich auch wenig anfangen. Es folgte die Aufzählung medizinischer Vitalfunktionen der wichtigsten Organe, die Hager geflissentlich überflog. Die Narbe einer vor Urzeiten erfolgten Blinddarmoperation war das einzige, auf das sie bauen konnten. Verdammt wenig für ein unbekanntes Opfer.

Die Kollegen von der Vermisstenabteilung hatte er (nicht ohne eine gehörige Portion Spott über sich ergehen lassen zu müssen) überreden können, die Meldungen der letzten vier Wochen durchzusehen. Aktionsradius bundesweit. Das Ergebnis würde bis morgen Nachmittag auf sich warten lassen. Um die Sache zu beschleunigen, und eventuell noch nicht zur Anzeige gebrachte Verschwindensfälle mit einzubeziehen, sollte ab Dienstag ein Aufruf durch die Medien erfolgen. Zeitgleich würden alle Bürger und Bürgerinnen gebeten, sich mit der Polizei in Verbindung zu setzen, falls sie sich in den frühen Morgenstunden des Samstags in der Nähe des Tatortes aufgehalten hatten. Aber außer ein paar Jägern und Jugendlichen, die zu dieser Zeit von der Disco kamen, würde wohl auch dieser Aufruf im Sande verlaufen.

Das Holzkreuz war von der Spurensicherung penibel unter die Lupe genommen worden. Die verwendeten Balken stammten den Spuren nach aus einem der Steinbrüche rund um den Berg. Wo genau sie entwendet worden waren, sollte eine Begehung vor Ort sicherstellen. Außer vom Opfer ließen sich auch hier keinerlei Hautpartikel oder anderweitige Spuren sicherstellen. Summa summarum: Er war so weit wie zuvor.

Was Martin Streitberg anbelangte, so hatte Fürchtegott kurz vor Dienstschluss um eine Unterredung mit seinem Chef gebeten. Der war gerne dazu bereit und wunderte sich nicht schlecht, als ihm sein Kommissar eine völlig neue Sicht der Dinge vermittelte. Der Ärger vom Vormittag war verfolgen; die angeregte Pressekonferenz mangels Fakten auf Mitte der Woche verschoben. Die Presseabteilung hatte alle Hände voll zu tun, die sensationslüsterne Meute im Zaum zu halten. Irgendwann hatten schließlich selbst die hartnäckigsten Vertreter ihrer Zunft eingesehen, dass man nach so kurzer Zeit bei einem derart gelagerten Fall keine Wunder erwarten durfte. Bestimmt würden sie nunmehr (in Ermangelung greifbarer Fakten) ihr Augenmerk voll und ganz auf den Finder der Leiche richten. Fürchtegott ahnte Fürchterliches.

Als die Schallplatte zu Ende war und er sich erhoben hatte, um die zweite Platte aufzulegen, klingelte das Telefon. Der Kommissar trottete in den Flur hinaus und hob ab. Es war Irmgard, seine Frau.

»Ich wollt mich nur mal zwischendurch bei dir melden und dir sagen, dass alles in Ordnung ist. Also das müsstest du selbst sehen: 1a und tipptopp sauber, die Zimmer, der Behandlungsbereich, einfach alles. Und die Leute sind wirklich außerordentlich nett und zuvorkommend. Da könnte sich manch einer bei uns eine Scheibe davon abschneiden. Ja, und das Wetter: traumhaft! Es ist hier an der Ostsee gar nicht so kalt, wie ich gedacht habe. In den letzten Tagen hatten

wir Sonne von früh bis spät. Ich bin schon richtig braun geworden. Und diese Luft! Also, ich muss schon sagen, wenn wir nächstes Jahr Sommerurlaub machen, dann an der Ostsee. Gar nicht mal teuer, wenn man bedenkt, was man in den Bergen zu berappen hat. Und die Kurgäste? Na ja, manche sind ganz nett. Ich habe eine Frau aus Wuppertal kennengelernt. Sie wohnt im Zimmer nebenan. Ihr Mann ist auch Beamter, was Höheres bei den Stadtwerken. Wir haben uns gegenseitig schon das halbe Leben erzählt – was sage ich: das ganze! Weiß du, die Abende sind sonst recht langweilig. Und auf die Kneipen haben wir keine Lust. Sie ist schon das zweite Mal zur Kur und kennt sich aus. Da sitzen nur die alten Knacker und warten auf die Schatten, die sie sich anlachen wollen. Du willst doch bestimmt nicht, dass mich so ein alter Tattergreis abschleppt, oder? Obwohl, die sollen Geld wie Heu haben, sagt Betty – also meine Freundin. Ansonsten ist es wirklich nett hier, wenn nur diese frühen Anwendungen nicht wären. Stell dir mal vor, bereits um sechs Uhr muss ich aufstehen, dabei habe ich gedacht, dass das hier ein Urlaub wird. Pustekuchen. Da hätte ich gleich zuhause bleiben können. Obwohl, gesund ist es ja, und die Hälfte habe ich auch schon geschafft. Übrigens bin ich bisher sehr sparsam gewesen. Klar, an dem einen oder anderen Stück kommt man nicht vorbei. Kleidung, Schuhe, Handtasche. Nur den Schmuck, den kannst du vergessen. Die verlangen für so eine Bernsteinkette glatt 350 €. Die ist schon toll, und typisch für die Ostsee, aber lieber Himmel, dafür kann ich mir drei Paar Schuhe kaufen …«
Fürchtegott musste das Ohr wechseln, weil es zu schmerzen begonnen hatte. Irmgard war in ihrem Element. Da war es ratsam, einfach zuzuhören und keine Fragen zu stellen, sonst würde der Abend gelaufen sein. Es ging eine ganze Weile so weiter, bis Irmgard der Meinung war, dass sie genug über sich zum Besten gegeben hatte.
»Und? Wie schlägt sich mein Strohwitwer?«
Schweigen.
»Fürchtegott? Bist du noch dran?«
»Ja, ja! Autsch!«
»Was ist denn bei dir los?«
»Gar nichts.« Der Kommissar hatte einen Krampf im Unterschenkel bekommen. Das passierte in letzter Zeit öfter, wenn er gezwungen

war, lange auf ein und demselben Fleck zu stehen. *Die Vorboten des Alters*, stellte er resigniert fest und humpelte ein paar Schritte vor und zurück.
»Isst du auch jeden Tag was Warmes?«, erkundigte sich seine Frau.
»Ich hab drei Kilo abgenommen«, antwortete der Kommissar.
»Das ist gut. Aber übertreib es nicht! Männer in deinem Alter brauchen ausgewogene Kost. Da kann eine Nulldiät schnell zu bösen Überraschungen führen.«
»Ich mache keine Diät. Da ist ein neuer Fall, der ganz schön schwierig zu werden verspricht.«
»Du wirst das schon schaffen«, meinte Irmgard salopp. »Je verzwickter er ist, desto mehr kannst du beweisen, was wirklich in dir steckt. Und zur Belohnung winkt vielleicht der Hauptkommissar.«
»Schön wär's!« Fürchtegott gab sich geschlagen. Es würde wenig Sinn machen, ihr die Dinge zu erklären. Außerdem würde sie noch früh genug mitbekommen, wie die Sache lief. Er war heilfroh, sie erst einmal aus dem Weg zu haben. Druck würde es auch ohne sie zur Genüge geben. »Ich wünsch dir eine angenehme Woche«, sagte er und wollte auflegen.
»Fürchtegott Hager!« Immer, wenn sie ihn so nannte, wusste er, dass eine Rüge seiner harrte. »Du machst doch keine Dummheiten während meiner Abwesenheit, oder?«
Der Kommissar räusperte sich. »Was … was für Dummheiten?«
»Lüg mich nicht an! Da ist doch was!«
»Nur der Fall. Ich bin wirklich voll und ganz eingespannt, und abends ziemlich groggy. Ich wollte eben eine Schallplatte auflegen, als – «
»Meinetwegen kannst du so viele Schallplatten hören wie du willst. Hauptsache du hörst sie alleine!«, unterbrach ihn Irmgard mit hoher Stimme.
»Was … was soll das denn nun wieder heißen? Also bitte! Du glaubst doch nicht im Ernst, dass – «
»Ich sage nur: Annemarie!«
»Was?«
»Du weißt genau, von was ich spreche. Bei der letzten Weihnachtsfeier hast du dich ihr gegenüber wie ein Halbstarker aufgeführt. Und die dumme Kuh hat auch noch mitgemacht. Ich möchte gar nicht

wissen, wie die alte Schnalle in der Arbeit um dich herumscharwenzelt.«
Der Kommissar dachte kurz an besagten Abend zurück. Da war rein gar nichts gewesen, außer dass er und Anne (eine nette Kollegin vom Diebstahl) etwas über den Durst getrunken hatten. *Völlig harmlos.*
»Sie ist geschieden, hab ich recht?«
»Was weiß ich?«, protestierte Fürchtegott inbrünstig. »Das ist mir doch völlig egal.«
»Nimm dich vor ihr in Acht.«
»Ja doch!«
»Gut.« Irmgards Tonfall kehrte in die normale Stimmlage zurück. »Ich muss jetzt Schluss machen, andere wollen auch telefonieren. Pass auf dich auf, ja? Und iss vernünftig, tschüüüss!«
Der Kommissar legte erleichtert den Hörer zurück auf die Gabel und wischte sich über die Stirn. Anschließend schlurfte er in die Küche und holte sich ein Bier aus dem Kühlschrank. Octavios Schicksal schien ihm mit einem Mal sehr vertraut.

XIII.

Wo bin ich? Mein neues Zuhause ist ein fremdes Wort, ein Punkt X auf einer unbekannten Landkarte – es bedeutet mir nichts. Ich kreise um mich selbst. Mein Leben bleibt eindimensional.
Das Zimmer ist transparent, hellhörig und kahl. Ich bin mir sicher, dass sie an der Tür und an den Wänden lauschen, wenn ich alleine bin – fortwährend. Obwohl sie beteuern, dass es vorbei ist, dass ich gerettet und in Sicherheit bin, schenke ich ihren Worten keine Aufmerksamkeit. Ich weiß es besser: Ich bin eine Gefangene zwischen Leben und Tod, ein Fragment aus vergangenen Tagen. Sie glauben mich zu kennen, weil sie meinen Körper ein zweites Mal entweiht haben. Nach was sie suchen, und ob sie es fanden, verraten sie mir nicht. Mir ist es ohnehin egal. Diese leere Hülle hat nichts mehr mit mir zu tun. Sie ist nur ein leidiges Überbleibsel.
Trau, schau, wem!
Johann kommt mich jetzt öfter besuchen. Er allein weiß, wie es um mich steht, denn er ist wie ich, zum lebenden Tod verurteilt. Still und

heimlich treffen wir uns auf meinem Zimmer. Psst! Wenn es dunkel geworden ist, erzählen wir uns Geschichten von früher. Meistens sitzt er ganz vorne am Fußende meines Bettes und lächelte mich an. Manchmal brütet er auch auf dem schmalen eisernen Bettgestell wie ein Hühnervogel vor sich hin. Aber dann schweigen wir. Auch er hat die Bürden seines Schicksals zu tragen. Am Lustigsten ist es, wenn er seine Runde im Zimmer dreht, denn da kommen wir beide aus dem Lachen nicht mehr heraus. Zunächst stapft er mit schweren Schritten die Wand vor mir empor, bleibt stehen, hüpft an der oberen Kante kopfüber zur Decke, schneidet Grimassen, während er im Spurt an der Lampe vorbei zur anderen Seite huscht. Hei, da geht's die Wand hinter meinem Bett hinab. Wenn der fremde Mond aufgeht, scheint sein mattes Licht durch ihn hindurch. Aber ich kitzle ihn trotzdem, und er krümmt sich vor Lachen.
Spielverderber!
Ein Kruzifix hängt jetzt oben in einer der kahlen Ecken, darunter eine kleine Madonna. Jeden Abend zünden sie die Kerzen an, die sie flankieren, aber ihr Licht dringt nicht bis zu mir. Ich habe sie gebeten, sie auszulassen, aber sie hören nicht auf mich. Ich will nicht beten – ich will vergessen. Sie können nicht verstehen, dass ich ein Kind der Finsternis bin.
Wo warst du, Herr Jesu Christ, als ich dich so dringend brauchte?
Du schweigst. Fällt dir die Antwort so schwer?
Glauben braucht keine Worte.
Aber Gewissheit verlangt danach.
Johann mag wie ich kein Licht. Nur im Dunkeln fühlt er sich wohl. Auch seine Monster können ausschließlich bei Tage agieren. Wird er mich weiterhin besuchen kommen? Ich habe Angst, die Nacht an den Tag zu verlieren.
Niemand erhört mich!
Seit ein paar Nächten ist er unpässlich. Dafür haben Phobos und Deimos erneut den Weg zu mir gefunden. Ich hasse sie. Sie reden mir gut zu, flüstern mir Lügen ins Ohr. Am Bettende, da, wo Johann saß, mühen sie sich ab zu erklären, fallen sich gegenseitig ins Wort, versuchen sich herauszureden. Wenn Götter sich rechtfertigen, steht das Ende unmittelbar bevor.
Ich male mich aus.

Endlich darf ich malen, so viel und so lange ich will. Ich bin die Malerin meines Lebens. Zunächst ist alles bunt und lebendig, dann halten die ersten Grautöne Einzug, am Ende ist alles schwarz. Die suchenden Augen haben es ihnen angetan. Fragen über Fragen stellen sie mir dazu. Was soll ich ihnen sagen? Augen sehen nur das, was sie sehen wollen. Trotzdem halten sie die Zeichnungen für sehr Erfolg versprechend. Ich selbst finde sie einfach nur hässlich.
Götterdämmerung!
Phobos und Deimos sind meine allgegenwärtigen Begleiter. Ich muss sie loswerden, egal wie. Tagsüber verstecken sie sich hinter den forschenden Augen. Wenn die Kerzen brennen, kann sie niemand aufhalten. Johann kann mir nicht helfen. Er wird nicht kommen, solange sie da sind.
Meine Hände sind dick und ich kann sie kaum fühlen. Der Verband sitzt fest wie ein Schraubstock. Schmerzen sind erträglicher als Ausflüchte. Über meinem Körper sind breite Riemen gespannt. Sie sagen, es sei zu meinem Besten.
Nur ich weiß, was gut für mich ist. Nur ich weiß, dass ich Phobos und Deimos besiegen kann.
Tu es nicht!
Ich tue es gern.
Wir sind Götter!
Auch Götter müssen fallen.
Du hast nichts gegen uns in der Hand!
Doch, meinen Schmerz.
Autsch!
Die Kerzen erloschen. Was blieb war der Geruch nach verbranntem Fleisch …

XIV.

Ein Tief aus Westen sorgte für Wetterumschwung. Noch hatte sich die Wärme des Altweibersommers bis in die frühen Nachmittagsstunden hinein gehalten, aber am Himmel zogen die ersten Vorboten einer Schlechtwetterfront in Form hoher Cirruswolken heran. Die Zeit war kostbar.

Martin wartete bereits auf dem Parkplatz. Er rauchte genüsslich eine Zigarette, als der kleine neongrüne Toyota neben ihm hielt. Kirstin stieg aus und warf sich den Windbreaker über, der auf ihrem Beifahrersitz gelegen hatte.
»Es wird bald Regen geben«, sagte sie und lächelte ihm entgegen.
»Ja«, antwortete Martin und trat seine Zigarette aus. »Soll ich den Wein mitnehmen?« Er zeigte durch die hintere Scheibe auf den Rücksitz seines Wagens. Eine Flasche 1998er Bordeaux wartete dort in den Polstern auf würdige Genießer.
»Ein andermal vielleicht«, sagte Kirstin und strich sich durchs Haar. »Weißt du, ich trinke eigentlich nie Alkohol. Und am Nachmittag – ich weiß nicht, ob das eine gute Idee ist?«
»Geht klar«, sagte Martin und zwang sich zu einem Lächeln. *Aufgeschoben ist nicht aufgehoben*, machte er sich Mut. Die erste Enttäuschung war im Nu verflogen.
Sie überquerten die Straße und liefen an den wenigen Häusern vorbei in Richtung Wald. Der Wind schaukelte die hohen Fichten. Leises Ächzen und Stöhnen drang an ihre Ohren. Sie waren allein.
»Komisch«, entfuhr es Kirstin.
»Was ist?«
»Ich hätte nicht gedacht, dass wir die einzigen sind.«
»Die sich hier herumtreiben?«
Kirstin nickte.
»Ich auch nicht«, pflichtete Martin ihr bei. »So ein Mord müsste massenweise Schaulustige auf den Plan rufen.«
»Dein Kommissar hat sie wohl verscheucht«, grinste Kirstin frech.
»Bestimmt«, sagte Martin und lachte kurz. »Er kann sehr resolut und überzeugend sein, wenn er nicht gerade mich im Schlepptau hat.«
»Wollte er sich nicht bei dir melden?«
»Gesagt hat er es.« Martin hob die Schultern. »Getan bisher nicht.«
»Er wird dich bestimmt vergessen haben.«
Martin stutzte. Kirstin war heute anders als sonst. Vordergründig ernster, dahinter glaubte er so etwas wie Angst wahrzunehmen.
»Es ist ein komisches Gefühl, sich so einem Ort zu nähern«, sagte sie leise.
»Stimmt.« Martin musterte sie von der Seite. »Wenn man es nicht gewohnt ist, kann einem so ein Mord ganz schön zusetzen.«

»Meinst du wirklich, dass man sich an Verbrechen gewöhnen kann?« Sie sah ihn fragend an.
»Du hast recht. Das war dumm von mir. Verzeih.«
Kirstin lächelte kurz. »Was gibt es da zu verzeihen? Nicht jeder hantiert wie du oder dieser Kommissar ständig mit den Überresten von Menschen herum.«
»Glaub nicht, dass dieser Hager aus hartem Holz geschnitzt ist. Er tut nur so. Innen drin ist er weich wie Butter. Ein Fall von dieser Brisanz ist dem nie untergekommen. Er macht sich Sorgen. Wer mag es ihm verdenken?«
»Und du?« Kirstin blieb stehen und musterte ihn eindringlich.
»Was meinst du?«
»Aus welchem Holz bist du geschnitzt?«
Martin sah ihr in die Augen. »Wenn ich ein Baum wäre, würde ich gern eine Eibe sein.«
Kirstin sah ihn fragend an. »Eine Eibe? Keine Eiche?«
Martin lachte. »Die Eiche ist der Baum der Germanen. Einige der sogenannten Tausendjährigen Eichen sind sogar bis heute erhalten geblieben, obwohl ihr wahres Alter der Legende meist nicht standhalten kann. Die Eiche war Donar, dem Kriegs- und Gewittergott geweiht. Er liebkoste sie auch gerne mit seinen Blitzen, weshalb der Baum selbst nach der Zeit der Christianisierung von den Bauern eher gemieden wurde. Unter ihnen wurde geweissagt und Gericht gehalten. Schon immer war die Eiche eng mit dem Schicksal des Menschen verknüpft. Später, im 18. Jahrhundert, wurde sie bei uns gar zum typischen Wappenbaum auserkoren. Ihre Freiheitsliebe sowie ihr unbeugsamer Stolz wurden kurzerhand auf das deutsche Volk übertragen. Wohin das führte, wissen wir ja.«
»Kann der Baum etwas dafür?«
»Natürlich nicht. Trotzdem würde ich gern eine Eibe sein. Der Weg in die Unterwelt, so heißt es, sei mit ihnen gesäumt. Und der Beweis dafür ist, dass wir sie bis heute auf unseren Friedhöfen vorfinden – also ganz am Anfang dieses letzten aller Wege.
Obwohl sie meist ein düsteres Licht umgibt, hielt sie Hildegard von Bingen für ein Sinnbild der Fröhlichkeit. Außerdem können diese Bäume bis zu 2000 Jahre alt werden. Was könnte man während dieser Zeit miterleben?«

»Aus archäologischer Sicht nachvollziehbar«, sagte Kirstin und stapfte weiter.
Der Wind legte von Minute zu Minute zu. Das Knarren und Stöhnen der Bäume wurde mit jedem Schritt eindringlicher, lebendiger, beschwörender.
»Ganz schön unheimlich, findest du nicht?«, ließ ihn Kirstin wissen und drängte sich näher an ihn heran.
Ich habe mich getäuscht, rekapitulierte Martin mit einem dankbaren Blick zum Himmel. Das Wetter hätte für diesen ersten kleinen Ausflug nicht passender sein können. »Unheimlich schön, dieses Fichtelgebirge«, sagte er und holte tief Luft. »Bayrisch Sibirien nennen die Einheimischen diese Gegend.«
Kirstin gluckste vor sich hin. »Das habe ich auch schon gehört. Diese Oberfranken haben eine seltsame Art von Humor.«
»Wo kommst du eigentlich her?«, wechselte Martin das Thema.
Kirstin blickte ihm schelmisch entgegen: »Aus der Nähe von Meißen. Aber nicht weitersagen.«
»Du bist ein waschechter Ossi? Im Ernst?«, brach es aus Martin hervor. »Ich dachte, du kommst aus der Eifel.«
Kirstin stieß ihm leicht in die Seite. »Komme ich auch. Aber aufgewachsen bin ich im guten alten Sozialismus.«
Martin war über alle Maßen erstaunt. »Donnerwetter! Das merkt man dir gar nicht an.«
»Blödmann.« Kirstin verzog die Mundwinkel und schritt schneller voran.
Martin blieb stehen, blickte ihr sehnsüchtig hinterher und kratzte sich verlegen am Hinterkopf. Leicht zu knacken war sie nicht, diese Kirstin. Aber so machte es nur noch mehr Spaß.
Als er sich ihr näherte, stand sie vor dem großen Wegweiser und studierte die dargebotenen Wanderwege. Der Wind hatte weiter aufgefrischt und eine geschlossene weißgraue Wolkendecke hatte vollends das Blau des Himmels verdeckt. Es war deutlich kühler geworden. Das Absperrband der Polizei wirbelte wie eine Schlange angriffslustig auf dem Weg hin und her. Jemand musste es zerrissen haben.
Martin räusperte sich. »War nicht so gemeint«, sagte er aufrichtig.
Kirstin fuhr herum. Der Glanz ihrer Augen war verschwunden. »Wie oft willst du dich eigentlich noch bei mir entschuldigen?«

»Das war das letzte Mal, versprochen«, murmelte Martin leise.
»Komm«, sagte sie und nahm ihn bei der Hand. »Lass es uns hinter uns bringen.«
Verstört folgte Martin der kalten Hand, die ihn fest im Griff hatte. *Lass es uns hinter uns bringen?* Was hatte er getan? Es sollte doch ein zwangloses erstes Date werden. Und sie war so neugierig gewesen, was diesen Fall anbelangte. Er wollte ihr damit einen Gefallen tun. Sie hätten sich überall treffen können. *Mist!* Erst jetzt dämmerte ihm, wie unglücklich und unsensibel er den Ort für ihr Rendezvous ausgewählt hatte.
Vorbei ging es an dem knisternden Schlangenband, weiter zu der Hütte und dem steinernen Rund. Sie waren noch immer allein. Kirstin lief wortlos voraus, blieb erst stehen, als sie unterhalb der Mauer an der Stelle angekommen waren, wo das Opfer all sein Blut vergossen hatte.
»Sieh dir das an«, sagte sie tonlos.
Die Blutlache war komplett entfernt worden. Ein weißlicher Belag zeugte noch von ihren Ausmaßen. Man hatte wohl ein chemisches Bindemittel eingesetzt, um die Spuren der grausamen Tat zu tilgen. Gleiches galt für die Spritzer an der Wand. Etliche Kerzenstummel standen in bunter Vielfalt unregelmäßig an der Mauer verteilt. Der Wind hatte sie längst ausgeblasen. Unförmige Wachsbärte wiesen gen Osten. Von den roten Totenlichtern trotzen einige wenige dem auffrischenden Wind. Ihr unstetes Flackern wirkte verstörend, nervös, beunruhigend. Zwischen all dem lagen Blumensträuße, ein Heiligenbild in einem blassen Rahmen, ein Kruzifix, eine halbleere Flasche mit einer durchsichtigen Flüssigkeit sowie drei Postkarten mit Psalmen und Bibelsprüchen. Mittendrin befand sich eine rostige Dose, die mit einer zähen schwarzen Flüssigkeit gefüllt war. Ein alter Pinsel steckte darin. Darüber, an der Felswand, befanden sich sieben schwarze auf dem Kopf stehende Kreuze. Darunter stand in beinahe unleserlicher Schrift:

HEIL DIR, SATAN! DEIN WERK IST NOCH LANGE
NICHT VOLLBRACHT

Martin schluckte. »Was soll die … Scheiße?«, stammelte er fassungslos. Seine schlimmsten Befürchtungen waren mit einem Mal real geworden. Der Kommissar hatte recht gehabt. Wer immer dies hier geschrieben haben mochte, meinte es ernst, todernst!
Instinktiv sah er sich gezwungen, Kirstin, die bewegungslos und starr neben ihm stand, den Arm um die Schulter zu legen.
»Diese Schweine!«, brüllte sie im gleichen Augenblick los und entzog sich Martins tröstender Geste.
»Kirstin!«
»Wer gibt euch das Recht, eure kranken Gedanken damit in Verbindung zu bringen?« Halb wahnsinnig vor Zorn stürzte sie vorwärts, weinte, brüllte, schrie Verwünschungen in den grauen Himmel. »Ihr habt ja keine Ahnung, was es heißt, den Glauben zu verlieren! In der Hölle sollt ihr schmoren, allesamt!«
Martin war wie erstarrt. Er wusste nicht, was er tun sollte. Kirstin hatte sich von einem Augenblick zum nächsten in einen Racheengel verwandelt. Womöglich würde sie den Verstand verlieren, wenn er nicht gleich etwas unternahm. Verdammt, warum hatte er sie hier her geschleppt? Alles lief aus dem Ruder. Er hatte gerade das Gegenteil von dem erreicht, was er sich still und heimlich erhofft hatte. Er hatte sie für seine ureigennützigen Zwecke missbraucht. Martin schämte sich, ärgerte sich, hätte sich am liebsten selbst für seine Arroganz und Überheblichkeit ohrfeigen mögen, doch er kam nicht dazu.
Kirstin hatte sich heulend und wimmernd den Pinsel geschnappt, ihn tief in die schwarze Masse gedrückt und hielt ihn nun zitternd in der Hand.
»Kirsten! Nein! Das darfst du nicht!« Martin hechte auf sie zu. Er konnte nicht zulassen, was sie vorhatte. Er packte sie hart an der linken Schulter.
»Lass mich!«, brüllte Kirstin und der Pinsel bewegte sich auf das erste der Kreuze zu.
»Das sind Beweismittel!«, schrie ihr Martin ins Ohr, wurde durch ihre Bewegung nach vorne mitgerissen und wäre beinahe gestolpert. »Halt ein! Bitte!« Er raffte nach der Pinselhand, zog sie unter Aufbietung seiner letzten Kräfte nach unten.
Kirstin wehrte sich, schlug mit der freien Hand nach seiner, trom-

melte wie wild darauf ein, schnaubte, versuchte sich aus seinem Griff zu lösen und wirbelte herum.
Martin drohte den Boden unter den Füßen zu verlieren. Das Gesicht, das er sah, hatte wenig Ähnlichkeit mit dem Antlitz der Frau, die er angefangen hatte zu begehren. Sie fletschte die Zähne wie ein wildes Tier, das man in die Enge getrieben hatte. Ihre Pupillen hatten sich zu Stecknadelköpfen verengt, ihre Augen rollten feurig in den Höhlen hin und her.
Martins Kehle fühlte sich rau und trocken an. Er wollte etwas sagen, brachte jedoch außer einem kläglichen Krächzen nichts heraus. *Verdammt!* Kirstin war völlig durchgedreht. Und er war daran schuld. Ohne nachzudenken, holte er mit der rechten Hand aus und schlug ihr mitten ins Gesicht.
Der Pinsel fiel ihr aus der Hand, sie taumelte zwei Schritte auf ihn zu und sank wie leblos in seine Arme.

*

Fürchtegott Hagers Trupp war zusammen mit dem einsetzenden Sturm und Regen wie ein zweites Unwetter auf der Bildfläche erschienen. Während sich die Leute von der Spurensicherung mit Wind und Wetter abmühten, nahm sich eine junge Kollegin der völlig durcheinandergeratenen Kirstin an.
Der Kommissar zog Martin sogleich unwirsch zur Seite und las ihm ein weiteres Mal die Leviten. »Verflixt noch mal, Streitberg! Haben Sie denn nichts als Unsinn im Kopf? Ich habe eben die unschöne Sache mit den Reportern bei meinem Chef geradebiegen können, da kommt schon die nächste Katastrophe, an der Sie die Schuld tragen. Soll das jetzt ewig so weitergehen? Sie glauben wohl, mit den Behörden machen zu können, was Sie wollen, wie? Ich habe beide Augen zugedrückt – zu *Ihren* Gunsten – und das ist der Lohn dafür. Herrgott ich könnte mich selbst über soviel Dummheit ohrfeigen!
Was haben Sie überhaupt hier zu suchen? Sie sind raus aus der Sache. Ich hätte nicht geringe Lust, Sie wegen unerlaubten Betretens eines Tatorts festzunageln, verstanden? Und dann schleppen Sie auch noch dieses Mädchen hier her. Wer ist sie überhaupt? Ihre Freundin? Bestimmt haben Sie ihr alles haarklein erzählt, darauf könnte ich

wetten. Können Sie nicht ein Mal zu gegebener Zeit und aus gegebenem Anlass die Klappe halten? Das Ausplaudern von Ermittlungsergebnissen ist strafbar. Auch dafür könnte ich Sie drankriegen. Kümmern Sie sich um Ihre Ausstellung, und sonst um weiter nichts. Wir brauchen hier keine dreimalklugen Besserwisser, die nichts als Unfug stiften.«
Martin hob den Zeigefinger. »Darf ich was dazu sagen?«
»Nein! Ich habe lange zugeschaut – zu lange, wie sich jetzt herausgestellt hat. Ab sofort ist Schluss mit dem Blödsinn. Ich habe weiß Gott Besseres zu tun, als mich andauernd um Ihre Verfehlungen zu kümmern. Ich möchte, dass Sie sich nie wieder, ich wiederhole: NIE WIEDER, in meine Ermittlungen einmischen. Haben Sie das verstanden? Falls Sie mir abermals bei der Sache über den Weg laufen sollten, werde ich dafür Sorge tragen, dass man Ihnen alles, was sie bisher verbockt haben, anhängt. Da ist bereits eine ganz schöne Latte zusammengekommen. Und das sind keine Kavaliersdelikte, wohl bemerkt! Wenn Sie Pech haben und der Richter meine Meinung teilt, wird er Ihnen im besten Fall eine saftige Geldstrafe aufbrummen. Für Sie wäre freilich eine Haftstrafe auf Bewährung das geeignetere Mittel, um Ihnen die Flausen ein für alle Mal aus dem Kopf zu treiben. Am besten gehen Sie gleich nach Hause und denken über all das gründlich nach, Herr Doktor!«
Der Kommissar wischte sich mit der Hand über die Stirn. Er hatte sich regelrecht heiß geredet.
»Geht es Ihnen jetzt besser?«, sagte Martin tonlos.
»Mir würde es sehr viel besser gehen, wenn Sie endlich akzeptieren würden, was ich Ihnen andauernd versuche klarzumachen!«
Martin verzog angewidert die Mundwinkel. »Ja, es stimmt! Ich wollte ihr den Tatort zeigen. Ich habe ihr von dem Fall erzählt, aber nicht viel mehr, als sie ohnehin aus den Medien wusste. Nein, sie ist nicht meine Freundin, sondern eine Arbeitskollegin aus dem Museum. Ja, wir haben gemeinsam den Tatort betreten, aber wie sollten wir wissen, dass das noch immer verboten ist. Das Absperrband war zerrissen, als wir eintrafen. Außerdem waren wir, wie Sie sehen, nicht die Ersten, sondern die Hundertersten. Orte an denen Schreckliches geschehen ist lassen sich nicht mir nichts, dir nichts unter Verschluss halten. Die Menschen haben ein Recht, ihre Trauer offen zeigen zu

dürfen. Und um es gleich vorwegzunehmen: Mit den Schmierereien an der Wand haben wir nicht das Geringste zu tun. Im Gegenteil: *Sie*, Herr Kommissar, sollten schleunigst herausfinden, wer dafür verantwortlich ist. Mit etwas Glück haben Sie den oder die Mörder gleich mit.«

Fürchtegott zuckte zusammen. »Sie glauben im Ernst, dass diese Satansbrut und die Mörder identisch sind?«

»Ich glaube gar nichts, aber ich hoffe für Sie, dass die Sache damit ein baldiges Ende findet. Sollten die Ermittlungen nicht schnell vorankommen, könnte der Epprechtstein zu einem Mekka für derartige Gruppierungen werden.«

Die Stimme des Kommissars begann zu flattern. »Um Himmels willen, malen Sie nicht den Teufel an die Wand!«

»Ich tue das ganz bestimmt nicht. Darum werden sich andere kümmern.«

Martin war gekränkt. Zunächst wollte er einfach verschwinden, wie es ihm der Kommissar angeraten hatte. Sollte dieser Hager doch machen, was er wollte. Er würde ihn bei seiner Arbeit nicht weiter unterstützen. Es war eine Frechheit von ihm, so daherzureden. Dann hielt er inne. Er drehte sich um und sah Kirstin in der Hütte stehen, den Kopf auf die Brust geneigt, ein Häufchen Elend. Noch immer redete die Polizistin ruhig auf sie ein, streichelte sie mütterlich am Oberarm, gab sich alle nur erdenkliche Mühe mit ihr. *Nein*, entschied Martin, Flucht oder Kleinbeigeben war nicht seine Art, Probleme zu lösen. Es hatte begonnen und musste weitergehen, wenn es sein sollte, bis zum bitteren Ende.

Der Sturm legte nochmals ordentlich zu; der Regen peitschte über Land und Leute. Bei diesem Wetter war es nahezu unmöglich, irgendwelche Spuren zu sichern. Das eilends an der Felswand errichtete Schutzzelt flatterte wie Wäsche an der Leine. Zweimal hatten es die Böen bereits zum Einsturz gebracht. Die Männer von der Kriminaltechnik mühten sich vergebens, es wenigstens vorübergehend zur Räson zu bringen. Hagers Kollegin machte sich auf den Weg, das verstörte Mädchen nach Hause zu begleiten. Nur mit einem kurzen Kopfnicken verabschiedeten sie sich voneinander.

Wenig später stand Martin mit dem Rücken an die Außenwand der Hütte gelehnt und rauchte lustlos eine Zigarette. Das durfte doch alles nicht wahr sein. Sein Date mit Kirstin hatte sich unversehens in einen Alptraum verwandelt. Ehrlich gesagt hätte er ihr diese Feinfühligkeit und Impulsivität nie im Leben zugetraut. Sie wirkte sonst so nüchtern, hin und wieder sogar ein wenig reserviert. Andererseits waren die Geschehnisse alles andere als alltäglich. Was wirklich in einem Menschen schlummert, erfährt man nur in Ausnahmesituationen wie diesen. Martin überlegte kurz, ob Kirstins Gefühlsausbruch imstande wäre, seine Zuneigung ins Wanken zu bringen. Er schüttelte sogleich den Kopf und inhalierte tief den Rauch seiner Zigarette. Nein – niemals! Wenn er ehrlich zu sich selbst war, gefiel sie ihm so noch besser. Oberflächlich betrachtet war sie ein Mädchen wie alle anderen. Aber nun ahnte er, was in ihr schlummerte. Und war nicht er dazu auserkoren, diese Geheimnisse zu lüften? Er blies den Rauch in die nasskalten Regenfahnen, schnippte die Kippe achtlos beiseite und betrat den trocken gebliebenen Teil des Unterstandes.

Blass und konsterniert kauerte Fürchtegott Hager jetzt auf der hinteren Sitzbank. In den schlimmsten Bildern sah er den Fortgang seiner Ermittlungen vor seinem inneren Auge vorüberziehen. Martin Streitberg hatte ihm mit dem, was er zuletzt gesagt hatte, richtig Angst gemacht. Seine Professionalität verblasste in Anbetracht des sich nähernden Unheils. Mit seiner die Jahre überdauernden Routine war es vorbei. Dieser Fall verlangte nach einem anderen Fürchtegott Hager – einem, der er nie und nimmer war und nie und nimmer sein mochte.

Er sah nicht auf, als Martin vor ihm stand.

»Darf ich?«, fragte Martin schüchtern und setzte sich neben den Kommissar.

»Bisher habe ich nicht die geringste Spur«, flüsterte Fürchtegott heiser. »Niemand hat etwas gesehen oder gehört. Die Suche nach dem Steinbruch, aus dem die Holzbalken stammen, musste heute Mittag ergebnislos eingestellt werden. Nirgends lassen sich verwertbare Spuren finden. Dabei muss das Kreuz schließlich irgendwo zusammengezimmert worden sein.«

»Und das Opfer?«, fragte Martin vorsichtig.

Der Kommissar schüttelte den Kopf. »In den umliegenden Landkreisen gibt es bisher keine Vermisstenmeldungen. Selbst alle derzeit

in ganz Deutschland verschwundenen Männer diesen Alters kommen kaum infrage. Für sie gibt es, bis auf eine Ausnahme, nachvollziehbarere Beweggründe als den, sich gerade im Fichtelgebirge an ein Kreuz schlagen zu lassen.«
»Was ist das für eine Ausnahme?«, warf Martin ein.
»Ein Mann aus Kiel. Er wohnt seit Jahren allein in einer Reihenhaussiedlung. Sein einziger Kontakt scheint eine Nachbarin zu sein, die sich ab und an um seinen Haushalt kümmert. Er ist seit knapp zwei Wochen spurlos verschwunden. Die Kollegen gehen der Sache zwar nach, aber ich glaube kaum, dass er unser Mann ist.«
»Und wie geht es jetzt weiter?«
Der Kommissar hob schlapp die Schultern. »Europol ist eingeschaltet, aber das kann dauern. Bis dahin bleiben nur Vermutungen über die Tathintergründe, dabei habe ich inständig gehofft, dass dieser Kelch an mir vorübergeht.«
»Welcher Kelch?«
»Na, diese elenden Satanisten.« Hager holte hörbar Luft. »Helfen Sie mir trotzdem. Bitte!«

XV.

Bis zum Abend hatte der Herbststurm unvermindert angehalten. Martin war ziel- und gedankenlos durch die trübgraue Gegend gefahren. Er hatte nicht die geringste Lust verspürt, nach Hause zu gehen. So wollte er Frau Wehrfried keinesfalls gegenübertreten. Sie hätte nur unliebsame Fragen gestellt und sich über ihren Untermieter gewundert, der heute so einsilbig und verschlossen war, wie sie es ihm bestimmt nie zugetraut hätte.
Martin befand sich auf der A93 zwischen Thiersheim und Thierstein, als Frau Gruber bei ihm anrief, um sich zu erkundigen, ob er wüsste, warum Kirstin für morgen freigenommen hatte. Martin berichtete, was vorgefallen war, und entschuldigte sich tausendmal für das angerichtete Malheur. Er musste ihr versprechen, noch heute bei ihr vorbeizuschauen, um sich nach ihrem Wohlbefinden zu erkundigen. Martin kam dies selbstredend gelegen, allerdings brauchte er einige Zeit, bis er die Adresse in Selb ausfindig gemacht hatte.

Das Haus war ein Mietbunker aus den 50er Jahren. Es wirkte etwas heruntergekommen. Neben Farbe und Putz bröckelte (wie er gelesen und gehört hatte) ganz allgemein der Glanz dieser ehemaligen Porzellanstadt. Nachdem er die vielen Namensschilder überfolgen hatte, drückte er zielsicher auf die Klingel neben dem Namen K. Trevesen, der kurzerhand und ein wenig schräg über den des Vormieters geklebt worden war.

Der Wind hatte nachgelassen und es tröpfelte nur noch vereinzelt vom finstergrauen Himmel. Martin hob den Kopf und sah die vielen Stockwerke empor. Ein dicker Wassertropfen traf ihn mitten auf die Stirn. Im gleichen Augenblick summte der Türöffner.

Kirstin stand auf der Türschwelle, beugte sich weit vor und lugte die Treppe hinunter, um zu sehen, wer zu dieser Stunde zu ihr wollte. Ein kurzes Lächeln entfuhr ihr, als Martin hastig die letzten Stufen erklomm.

»Hallo«, sagte sie leise und senkte den Blick.

»Hi«, entgegnete Martin und räusperte sich verlegen, als er unmittelbar vor ihr stand. Sie war nach wie vor abwesend und blass um die Nase herum. »Ich … ich wollte nur kurz vorbeischauen, um zu sehen, ob es dir gut geht«, rang er sich mühsam ab.

»Es wird schon wieder«, gab Kirstin müde von sich. »Es war dumm von mir …«

»Nein«, sagte Martin schnell. »Es war dumm von mir, dich da hoch zu schleppen. Ich hätte es besser wissen müssen. Tut mir – «

»Keine Entschuldigungen«, unterbrach sie ihn und zeigte ein schmales Lächeln. »Du hast es versprochen.«

»Habe ich, ja. Ent…« Martin riss die Hände hoch und trat einen Schritt zurück. »Sorry!«

»Hast du Ärger mit dem Kommissar bekommen?«, wollte Kirstin wissen.

»Ja – nein. Ach, ich weiß selbst nicht. Aus dem Kerl wird keiner schlau.«

Kirstin lehnte sich gegen den Türrahmen und verschränkte die Arme vor der Brust. »Bist du draußen aus dem Fall?«

»Auch dazu kann ich dir kaum eine vernünftige Antwort geben. Erst war ich draußen, dann saß ich wieder mit im Boot, dann war ich wieder draußen. Und jetzt?« Martin hob die Schultern. »Hager braucht

mich, das weiß er. Aber was er als nächstes tut, kann keiner mit Gewissheit sagen. Er sitzt in der Zwickmühle. Einerseits ist er mit dem Fall restlos überfordert, anderseits will er sich nicht helfen lassen.«
»Ich hab mir für morgen freigenommen«, sagte Kirstin unvermittelt.
»Frau Gruber hat es mir vorhin am Telefon gesagt.« Martin räusperte sich erneut. »Um ehrlich zu sein: sie bat mich, nach dir zu sehen. Ich selbst hätte mich das nicht getraut – nicht heute!«
»Wenigstens bist du ehrlich. Hör zu, dich trifft keinerlei Schuld. Ich weiß auch nicht, was heute in mich gefahren ist. So etwas ist mir noch nie passiert. Wenn sich also jemand zu entschuldigen hat, dann bin ich es, und zwar bei dir.«
»Können wir mit dem verdammten Entschuldigen nicht endlich aufhören und stattdessen etwas trinken gehen?« Voller Hoffnung blickte Martin Kirstin offen ins Gesicht. Es war, zugegeben, ein banaler Versuch, die zwischen ihnen aufgeworfenen Wogen zu glätten. An Kirstins Miene konnte er sogleich die Antwort ablesen. Sie presste kurz die Lippen aufeinander und blickte zur Seite.
»Nimm es mir nicht übel, aber heute besser nicht. Ich bin okay, falls du dir darüber Sorgen machst, und ich habe mir vorgenommen, früh zu Bett gehen. Bestimmt sieht die Welt morgen ganz anders aus. Schöne Grüße an Frau Gruber.«
Martin stapfte unverrichteter Dinge die Treppenstufen hinab. Als er vor der zerschrammten Haustür stand, klingelte sein Handy.
»Martin Streitberg«, meldete er sich zerknirscht.
»Sie werden es nicht für möglich halten, aber wir haben eine erste Spur«, sagte die Stimme im Apparat. Es war Fürchtegott Hager, und er wirkte ziemlich aufgelöst.

*

Eine halbe Stunde hatte er in seinem gelben Scirocco gesessen und vor sich hin gebrütet. Die Zeit schien stehen geblieben zu sein. Immer wieder sah er Kirstin vor sich, wie sie oben am Berg komplett ausgerastet war, bis endlich der dunkelblaue Passat des Kommissars hinter ihm hielt.
»Können sie mich mitnehmen?«, sagte er schlapp, nachdem er aus-

gestiegen war und der Kommissar das Seitenfester heruntergelassen hatte.
»Wieso?«, begrüßte ihn Hager.
»Ich fahr auf Reserve.«
Der Beamte verzog den Mund und wies mit dem Kopf in Richtung Beifahrersitz.
»Danke.« Martin schlich um den Wagen herum.
»Haben Sie nicht vor Kurzem erst getankt?«, waren die Worte des Kommissars, als er zu ihm in den Wagen stieg.
»Hab ich, aber nur für 20 Euro«, antwortete Martin knapp.
Hager schüttelte den Kopf und lachte kurz auf. »Lächerlich. Für 20 Euro bekommt man heutzutage höchstens einen vollen Reservekanister.«
Martin stierte durch die Windschutzscheibe auf das markante Heck seines Sciroccos. »Solange ich denken kann, tanke ich für 20 Euro.«
Hager schnalzte mit der Zunge. »Dann werden Sie wohl oder übel ihre Gewohnheiten der Realität anpassen müssen.«
Der Passat setzte sich in Bewegung. Martin schwieg beharrlich. Fürchtegott musterte ihn von der Seite. So ernst hatte er ihn bisher nicht erlebt. *Jaja, das Leben ist ein beständiges Auf und Ab!*
»Was gibt es denn so Dringendes, dass Sie gerade auf mich zurückgreifen«, brach Martin sein Schweigen.
»Hören Sie gut zu! Als wir den Epprechtstein verlassen wollten, rief uns eine Frau aus einem der wenigen Häuser hinter dem Wirtshaus an den Gartenzaun. Sie erzählte, sie habe letzte Nacht schlecht geschlafen, sei aufgestanden und im Haus umhergeirrt. Das Zuschlagen mehrerer Wagentüren und laute Stimmen ließen sie ans Fenster treten. Draußen am Weg stand ein BMW. Eine Gruppe Jungendlicher war ausgestiegen und die jungen Leute johlten und grölten außer Rand und Band. Sie ist sich sicher, dass einige ziemlich angetrunken waren. Dann machten sie sich auf den Weg in den Wald. Bald war nichts mehr von ihnen zu hören und zu sehen. Die Frau aber zog sich etwas über und trat auf den Weg hinaus, um sich die Nummer des Wagens zu notieren. Ihr war klar geworden, dass dieser Aufzug nichts Gutes zu bedeuten hatte. Eineinhalb Stunden später, als sie gerade wieder eingeschlafen war, kam das Grüppchen zurück und fuhr in einem Affenzahn auf und davon.«

»Interessant«, sagte Martin geradeheraus. »Und wohin fahren wir jetzt?«
Hager lachte abermals. »Wir treffen uns mit dem Halter des Wagens und werden ihm ein paar unangenehme Fragen stellen.«

*

Die Adresse führte sie zu einem schmucken Einfamilienhaus in einer Neubausiedlung am Rande von Weißenstadt. Es dämmerte bereits und die stilvollen Straßenlaternen verströmten ihr wohlgefälliges Licht. Ein gepflegter Vorgarten verbarg sich im Schatten hinter einer massiven Mauer. Der Weg aus gehauenen Granitplatten schlängelte sich, von Solarleuchten gesäumt, zwischen niedrigen Sträuchern und Bodendeckern bis zur Haustür. Rechts daneben befand sich eine offen stehende Doppelgarage: ein silberner Mercedes, daneben ein türkises japanisches Cabrio in harmonischer Eintracht. Ein alter BMW parkte in der Einfahrt, die mit Kopfsteinpflaster ausgelegt war.
Noch bevor Hager und Martin die Haustür erreicht hatten, wurde diese von innen aufgerissen. »Sind Sie die Herren von der Polizei?«, fragte eine Frau mittleren Alters. Sie trug einen rosa Hosenanzug, der ihr bestimmt zwei Nummern zu klein war.
Der Kommissar nickte und reichte ihr zur Begrüßung die Hand. »Oberkommissar Hager von der Kripo in Hof. Und das hier ist mein Kollege, Martin Streitberg.«
Martin musterte den vermeintlichen Kollegen von der Seite. *Donnerwetter!*
»Muss das unbedingt heute sein?«, fragte die Frau unsicher.
»Wäre es anders, stünden wir nicht hier«, antwortete der Kommissar schlicht.
»Kommen Sie bitte rein.« Die Frau trat zur Seite und prüfte mit einem Blick Gehsteig und Straße auf eventuelle Zeugen des Geschehens. Es war gottlob nichts und niemand auszumachen.
In dem geräumigen Flur erwartete sie sterile Ordnung. Alles war in Weiß gehalten und blitzsauber. Fast hätte Fürchtegott Hager sich dabei ertappt zu fragen, ob er die Schuhe anbehalten dürfe. Sie schritten durch eine der Türen mitten hinein in das geräumige

Wohnzimmer. Auch hier alles pikobello. Erle weiß und Chrom gaben sich ein kühles Stelldichein. Die Polstermöbel glänzten ihnen in beigefarbenem Leder entgegen. Widerwillig nahmen beide auf dem Dreisitzer Platz und sahen sich kurz an. Ein jeder wusste, was der andere dachte. So grundverschieden waren sie nun doch wieder nicht. Die Frau verließ kurz den Raum, kam aber nach wenigen Sekunden mit dem Herrn des Hauses im Schlepptau zurück.
»Mein Mann«, fügte sie überflüssigerweise hinzu und machte mit einer theatralischen Handbewegung den Weg für ihn frei.
Der Hausherr war groß und schlank. Ein einnehmendes Lächeln umspielte seine Lippen. Er hatte schütteres, graublondes Haar mit ausgeprägten Geheimratsecken. Nase und Kinn zeugten von Entschluss- wie Durchsetzungskraft. Er trug noch seine Anzughose und ein weißes Hemd, die obersten Knöpfe aber standen offen und es war ihm deutlich anzusehen, dass er sich längst auf Feierabend eingestellt hatte. Mit schnellen Schritten trat er an den ungebetenen Besuch heran, und sie bekamen einen festen Händedruck zu spüren.
»Was kann ich für die Polizei tun?« Mit diesen Worten ließ er sich in einen der Sessel sinken und blickte von einem zum anderen.
»Der BMW in der Einfahrt gehört Ihnen?«, begann der Kommissar die Unterredung.
Der Mann nickte, verbesserte sich jedoch sogleich. »Auf dem Papier. Sie wissen ja selbst, wie das heutzutage ist, wenn man erst den Führerschein gemacht hat. Ein eigenes Auto können sich die wenigsten leisten. Die Versicherungssummen bei Fahranfängern bewegen sich in astronomischen Höhen.«
»Verstehe«, sagte Hager. »Dagegen ist nichts einzuwenden. Das machen alle. Sie sind also der Halter des Wagens, benutzt wird er aber von Ihrem Sohn oder Ihrer Tochter, wenn ich das richtig verstanden habe.«
»Sohn! So ist es.«
»Wir müssen mit ihm sprechen – dringend«, fuhr der Kommissar routiniert fort.
»Was ist denn eigentlich los?«, mischte sich die Frau an der Zimmertür in die Unterhaltung. »Hat Timm etwas ausgefressen?«
»Haben Sie von dem Mord auf dem Epprechtstein gehört?«, sagte Hager, ohne auf die Frage der Frau einzugehen.

»Wer hat das nicht?«, antwortete der Mann und zog die Stirn in Falten. »Sie wollen doch nicht etwa andeuten, dass unser Timmy etwas mit der Sache zu tun hat?«
»Das ist doch ausgemachter Blödsinn!«, rief die Frau und warf sich die Hände an den Mund. »Ogottogott!«
Der Mann erhob sich aus seinem Sessel und lief auf die breite Terrassentür zu, die den Blick auf einen weitläufigen Garten freigab, in dem sich lauernde Schatten auszubreiten begannen. »Natürlich ist das Blödsinn, Elfriede. Der Herr Kommissar muss sich täuschen.« Er lachte kurz und schmerzhaft. »Timm, ein brutaler Mörder? Geradezu lächerlich!«
»Lächerlich finde ich das ganz und gar nicht!«, gab Fürchtegott Hager lautstark von sich. »Und Blödsinn sind höchstens die Schmierereien, die wir heute unterhalb der Burgmauer fanden.«
»Was für Schmierereien?«
»Heil dir, Satan! Dein Werk ist noch lange nicht vollbracht«, rezitierte Martin inbrünstig.
»Drumherum sieben gemalte Kreuze – auf dem Kopf stehend. Was sagen Sie dazu?«
»Unser Sohn würde so etwas nie tun«, entfuhr es der Frau den Tränen nahe.
»Wie kommen Sie überhaupt dazu, Timm zu verdächtigen?«, sagte der Mann und wandte sich vom Fenster ab. Die heimelige Gartenaussicht empfand er mit einem Mal als Bedrohung.
Fürchtegott Hager umriss in wenigen Worten die Zeugenaussage.
Als Timm wenig später ins Wohnzimmer geschlappt kam, trug er das T-Shirt irgendeiner Black-Metal-Band, auf dem Totenköpfe und lodernde Flammen skurril um die Gunst des Betrachters warben. Seine Haare waren grau gefärbt und standen in alle Richtungen ab. Sein Gesicht wirkte über alle Maßen bleich, mit Ausnahme der Augenringe, die er mit Hilfe von Mutters Schminkutensilien unnatürlich vertieft hatte. Löchrige schwarze Jeans und ausgelatschte rote Stoffturnschuhe unterstrichen die Gesinnung, der dieser Jugendliche bewusst zugerechnet werden wollte. Ohne Gruß und Blick ließ er sich in den zweiten Sessel plumpsen und verschränkte lässig die Beine über der Lehne. Sein Kopf wippte in einem fieberhaften Stakkato auf und nieder.

Timms Vater blickte peinlich berührt von Hager zu Martin, raffte dann entschlossen nach einem der Hörerkabel und riss ihm den Stöpsel aus dem Ohr. Kurz war der treibende Beat eines irrwitzigen Schlagzeugers zu hören, der von kreischenden Gitarrenriffs untermalt wurde. »Kannst du diese beschissene Musik vielleicht später hören?«, knurrte er seinem Sohn entgegen.
»He, Mann!«, gab dieser von sich, fummelte sein iPhone aus der Hosentasche und brachte das infernale Getöse zum Verstummen.
»Die Herren sind von der Polizei«, verkündete sein Vater und wies auf den Besuch.
»Na und?«, sagte Timm unbekümmert und warf den beiden Männern geringschätzige Blicke zu.
»Benimm dich, bitte«, forderte seine Mutter wenig überzeugend.
Fürchtegott Hager rutschte seinen Hintern im Polster zurecht. »Dir gehört der BMW draußen in der Einfahrt?«
»Nö, meinem Vater«, war die Antwort.
Hager bemühte sich, ruhig zu bleiben. »Aber du fährt mit ihm, stimmt's?«
Timm räkelte sich gelangweilt. »Ab und an.«
»Und wo bist du gestern Nacht gewesen?« Fürchtegott biss die Zähne zusammen. Gleich würde er explodieren.
»Keine Ahnung.«
»Gib dem Herrn Kommissar eine vernünftige Antwort, Schatz«, bat die Mutter sichtlich überfordert.
»Wozu?«
»Du bist doch erst spät in der Nacht nachhause gekommen«, fuhr sie im selben Tonfall fort. »Dabei weißt du genau, dass du unter der Woche nicht so spät ins Bett gehen sollst.«
»Das hat sowieso bald ein Ende«, unterstrich der Vater mürrisch. »In ein paar Tagen weht wieder ein anderer Wind. Er studiert Medienwissenschaft an der Uni Bayreuth.«
Timm gab sich keinerlei Mühe, seine Gleichgültigkeit zu verbergen. Er gähnte ausgiebig und mit offenem Mund.
»Beim Gähnen hält man sich die Hand vor, Schatz«, meinte die Mutter loswerden zu müssen.
Hagers Geduld hatte ihr Ende gefunden. Er sprang hoch und machte zwei Schritte auf Timm zu. »Hör mir mal gut zu, Freundchen!

Wenn du nicht willst, dass wir dich sofort einkassieren und dir eine kostenlose Übernachtung in einer unserer Zellen spendieren, solltest du dein Erinnerungsvermögen augenblicklich zurückgewinnen!«
Timm sah überrascht zu seinem Vater. »Darf der das?«
»Ich werde dir gleich zeigen, was ich alles darf, Bürschchen!«, brüllte ihm der Kommissar entgegen.
»Schluss jetzt, Timm!«, rief sein Vater aufgebracht und mit hochrotem Kopf. »Du sagst dem Kommissar, wo du letzte Nacht gewesen bist und was du gemacht hast, verstanden?«
»Ich war unterwegs«, gab Timm beleidigt von sich.
»Und wo?«, forderte sein Vater energisch.
»In der Disco.«
»In welcher Disco?«, bellte Hager.
Timm wirkte über alle Maßen genervt. »Was spielt das denn für eine Rolle? Darf man jetzt nicht mal mehr in die Disco oder was?«
»Schwarze Disco, stimmt's?«, mischte sich Martin ein. »Normale Discotheken haben montags geschlossen.«
Fürchtegott Hager fuhr herum und sah den vermeintlichen Kollegen erstaunt an. *Schwarze Disco?* Darunter konnte er sich absolut nichts vorstellen. *Hopst man da im Dunkeln herum?*
»Ihr habt euch in Stimmung gebracht«, fügte Martin hinzu.
In Stimmung? Worauf? Der Kommissar war perplex.
»Ist das etwa verboten?«, fragte Timm seelenruhig.
»Kommt drauf an«, sagte Martin und lächelte. »Du brauchst uns nicht sagen, wo genau das gewesen ist. Was wir wissen müssen, ist, auf welchem Weg du nach Hause gefahren bist.«
Timm überlegte. »Wir sind aus Richtung Hof gekommen.«
»Also über Kirchenlamitz nach Weißenstadt gefahren«, sagte Martin.
Timm nickte.
Hager hatte sich wieder unter Kontrolle. »Dann müsst ihr an Buchhaus vorbeigekommen sein. Und habt dort eine kleine Pause eingelegt. Wann war das?«
»Wir haben keine Pause gemacht«, verteidigte sich Timm.
»Wann war das?«, wiederholte Fürchtegott mit Nachdruck.
Der Junge hob die Schultern.
»Damit wir uns richtig verstehen«, sagte Hager eindringlich, »ich ermittle hier in einem Mordfall!«

»Mit Mord hab ich nichts zu tun«, antwortete Timm jetzt sichtlich erschrocken und suchte den Blickkontakt zu seinen Eltern.
»Also das geht jetzt doch zu weit!«, rief die Mutter spitz und warf dem Kommissar einen vernichtenden Blick zu. »Timmy, mein Junge, wir wissen, dass du damit nichts zu tun hast. Sag uns einfach, was du weißt, dann ist alles in bester Ordnung!«
»Okay, Mann! Ja, ich hab kurz angehalten, weil ein paar meiner Kumpels schiffen mussten. Keine Ahnung, wann das war. Und? Ist da was dabei?«
»Lüg mich nicht an. Ihr seid nicht erst am Parkplatz auf die Idee gekommen, dem Tatort einen nächtlichen Besuch abzustatten«, nahm Fürchtegott Hager den dünnen Faden auf, den Timm ihm zugeworfen hatte. »Ihr hattet von Anfang an nichts anderes vor. Woher hättet ihr sonst auf die Schnelle Pinsel und Farbe nehmen sollen. Für euresgleichen war das eine willkommene Abwechslung, nicht? Da ist der nötige Kick vorhanden. Aber ein bisschen Schiss habt ihr doch gehabt, sonst hättet ihr euch zuvor nicht vollaufen lassen müssen. Da oben war es bestimmt schön gruselig, hab ich recht? Im Finstern an so einem Ort zu sein, das ist wahrscheinlich obercool.«
Timm schwieg.
»Ihr habt eine Messe gefeiert. Eine Schwarze Messe«, sagte Martin leise. »Du und deine Freunde.«
Dem Jungen wurde sichtlich unwohl bei Martins Worten. Er hoppelte auf seinem Sessel hin und her und verzog die Mundwinkel.
»Für so 'ne Scheiße bin ich zu alt«, raunte der Kommissar finster. Er wich zurück und ließ sich in die weichen Polster sinken.
»Moment mal«, wandte sich nun der Vater an die beiden Männer. »Von was reden wir hier eigentlich die ganze Zeit? Schwarze Disco. Schwarze Messe. Herrgott, was soll das heißen?«
»Danke, dass Sie Gott anrufen«, erklärte Martin, »aber Ihr Sohnemann hat mit unserem Herrn und Schöpfer momentan nicht viel am Hut. Er hat sich für einen anderen Glauben entschieden.«
»Gute Güte!«, rief Timms Mutter. »Wollen Sie etwa behaupten unser Sohn hat …« Sie brachte den Namen nicht über die Lippen. Entsetzen breitete sich auf ihrem Antlitz aus.
»Timm hat sich Luzifer zugewandt, ja«, schloss Martin.

Hager schnaubte durch die Nasenflügel.
»Luzi...«, keuchte die Mutter und tauschte mit ihrem Gatten unschlüssige Blicke. »Das ist doch alles dummes Zeugs«, fuhr sie fort und lachte spitz. »Timm, sag, dass das nicht wahr ist!«
Timm blieb stumm.
»Na ja, er hört gern diese Musik. Aber das ist harmlos.« Der Vater lachte spitz. »Wir haben früher auch Led Zepplin und Pink Floyd gehört. Hat uns das zu schlechten Menschen gemacht? Nein!«
»Hier geht es um etwas anderes«, sagte Martin ernst.
»Wir haben immer versucht, unseren Timmy zu einem ganz normalen Menschen zu erziehen«, sagte seine Mutter mit Tränen in den Augen. »Es hat ihm bisher an nichts gefehlt. Wir würden alles für ihn tun, das dürfen Sie ruhig glauben.« Sie schniefte. »In letzter Zeit ist er ziemlich verschlossen. Wir wissen nicht – «
»Ihr wisst gar nichts!«, brach es aus Timm hervor. »Und wann hat es euch jemals interessiert, was ich denke und tue? Ihr schert euch einen Dreck darum! Ihr beschäftigt euch nur mit euch selbst, wie alle andern.«
Timms Vater schnellte aus dem Sessel und wandte sich erneut dem großen Fenster und dem Garten zu. Seine Mutter hielt sich krampfhaft am Türrahmen aufrecht. Ihr unterdrücktes Schluchzen war deutlich zu vernehmen.
»Das war nicht das erste Mal, dass ihr solch eine Schwarze Messe auf dem Epprechtstein abgehalten habt«, sagte Hager jetzt entschlossen. Er konnte sich zwar weiß Gott nicht vorstellen, wie so etwas ablaufen mochte, und weigerte sich, ein paar verzogene Rotzlöffel als Täter zu akzeptieren, aber er wollte, da sich die Gelegenheit bot, auf Nummer sicher gehen. »Ein paar Tage zuvor habt ihr es schon einmal getan. In der Nacht von Freitag auf Samstag«, fügte er scharf hinzu.
Martin warf Fürchtegott Hager einen finsteren Blick zu und schüttelte unmerklich den Kopf.
Timm blickte von einem zum anderen. Nackte Angst zeichnete seine Züge. Wie von Furien gejagt hechtete er hoch, rannte zur Wohnzimmertür, schubste seine Mutter beiseite, die sich ihm in den Weg stellen wollte, und verschwand.
»Timmy!«, rief ihm die Mutter ungläubig hinterher.

»Es hat keinen Sinn. Lass ihn«, sagte der Vater mit gebrochener Stimme.
Noch ehe Hager angemessen darauf reagieren konnte, hörten sie das Geräusch eines aufheulenden Motors. Der Kommissar verließ im Laufschritt den Raum. Als er die offen stehende Haustür erreicht hatte, sah er gerade noch, wie der BMW mit durchdrehenden Reifen die Einfahrt verließ.
»Saubande«, keuchte er und gab sich geschlagen.

XVI.

N*ervenfieber*, haben sie getuschelt. Ich habe es ganz deutlich gehört. Dabei glauben sie immer noch, ich bekomme von all dem um mich herum nicht viel mit. Mein Kopf fühlt sich innen drin warm an, ist aber ganz kalt und klar. So kalt und klar, dass es mich manchmal schüttelt und mir der Schweiß auf der Stirn steht.
Der grauhaarige Arzt hat mir Bettruhe verordnet. Er ist sehr nett zu mir. Die Tage wollen einfach nicht vergehen. Am Abend bringen sie kalte Wickel. Das ist ekelhaft. Dann friere ich umso mehr. Ich bin ganz schwach auf den Beinen, wenn ich aufs Klo muss.
Ich darf nicht aufgeben. Mein Arm ist zerstochen. Es schmerzt fortwährend. Aber Johann ist zurück – wenigstens lässt er sich hin und wieder bei mir blicken. Phobos und Deimos haben vorerst die Lust am Quälen verloren. Sie sind bis auf Weiteres nach Athen zurückgekehrt.

4x12 = 48
7x19 = 133
1x1 = 1

Sie zwingen mich beständig zu irgendwelchen Tests. Anfangs hat das ganze Spaß gemacht. Ich konnte sie mit der Tatsache verblüffen, wie gut ich im Rechnen bin. Mit der Zeit aber wird es langweilig, und ich gebe hin und wieder absichtlich die falschen Antworten. Ich bin ein Menschenkind, kein Automat. Wenn sie selbst nicht rechnen können, müssen sie sich einen Rechenschieber besorgen.
Ich weiß schon, dass es ihnen nicht um Mathematik geht, sondern um mein Gehirn. Sie glauben, dass es nach all dem, was es erlebt hat,

nicht mehr richtig funktioniert. Blödsinn – keiner hat es jemals angerührt.
Die Tage werden wärmer und bunter. Die Farben sind zurückgekehrt. Allmählich werde ich stärker. Nachmittags darf ich für eine Stunde in den Park hinaus. Nicht alleine, versteht sich, es ist immer eine Schwester in der Nähe. Sie passen gut auf mich auf. Manchmal pflücke ich einen Blumenstrauß. Nicht für mich, sondern für andere Kinder, die das nicht können. Es scheint sie zu verwirren, dass ich an andere denke. Nur ich weiß, dass ich mir diese Anderen zuvor sehr genau anschaue.
Ich habe ein Mädchen kennengelernt, draußen im Garten. Sie ist etwas älter als ich, doch genauso schweigsam. Wir sitzen gerne auf einer der vielen Bänke, die im Gras verteilt stehen, und lauschen gemeinsam in uns hinein. Ich fühle mich wohl in ihrer Nähe.
Johann meint, dass sie mir gut tut.
Was soll man da sagen?
Das Kruzifix hängt noch immer in der Zimmerecke. Die Kerzen und die Madonna haben sie endlich weggenommen. Wenn es draußen dunkel wird, hänge ich mein Taschentuch über den Heiland. Ich möchte nicht, dass er mitbekommt, wenn ich nachts weine, ans vergitterte Fenster laufe und zur Finsternis bete.
Alle Dunkelheit kommt aus uns selbst.
Wir werden mit ihr geboren. Im Mutterleib. Dort ist es warm und feucht und finster. Keiner fragt uns, ob wir der grellen Sonne ausgeliefert werden wollen. Wir haben keine Wahl, werden ins Leben geworfen, ohne Sinn und Zweck. Was nützt uns alles Licht der Welt? In uns, in unserem Körper, ist es ein Leben lang dunkel, wenn man von dem wenigen Licht absieht, das an einem Sommertag in unsere Pupillen fällt, oder, wenn wir lachen, in unseren Mund scheint. Das ist, finde ich, ziemlich wenig für die Kinder der Sonne. Ich bin heilfroh nicht mehr dazuzugehören.
Früher oder später kehren wir in die Dunkelheit zurück.
Stimmt! Im Grab ist es ähnlich wie im Mutterleib – nur nicht so weich und warm.
Mit der Zeit habe ich mich an mein neues Zuhause gewöhnt. Sie geben es mir gegenüber nicht zu, aber ich weiß, dass ich für immer hier bleiben muss. Nach und nach begreife ich auch, was sie von mir

erwarten. Es ist ein Spiel – ein gefährliches Spiel. Ich habe es längst durchschaut.
Meine Freundin heißt Gertrud. Eine der Schwestern hat mir ihre Geschichte verraten, aber sie darf dieses Tagebuch niemals verlassen. Vier Tage hat sie unter den Trümmern ihres Wohnblocks gelegen, bis man sie fand. Für den Rest der Familie kam jede Hilfe zu spät. Sie ist seit über vier Jahren hier und hat noch kein Wort gesprochen. Vielleicht erzähle ich ihr irgendwann meine Geschichte.
Wir haben Zeit im Überfluss.
Ab und an lausche ich heimlich an der Schwesterntür. So etwas tut zwar ein anständiges Mädchen nicht, aber Anstand und Schuld sind für mich längst zu Fremdwörtern geworden. Vieles, was sie sagen, ist unverständlich. Neulich jedoch habe ich gehört, ich sei eine arme Waise. Naja, eine Neuigkeit war das nicht. Außerdem stimmt sowieso das meiste von dem nicht, was sie sagen. Johann lebt, und mit ihm würde ich jederzeit Pferde stehlen.
Und Gertrud?
Ich bin mir nicht sicher …

XVII.

»Die Medien machen allmählich Druck«, sagte Saalfelder unwirsch, als Fürchtegott Hager auf sein Geheiß hin sein Büro betreten hatte. »Was haben wir dem entgegenzuhalten?«
»Nicht viel«, gestand der Oberkommissar. »Dieser Timm ist immer noch flüchtig, obwohl ich mir ehrlich gesagt kaum vorstellen kann, dass er und seine Freunde etwas mit dem Mord zu tun haben. Das sind nichts weiter als übermütige Kinder, die sich verirrt haben.«
»In der Zeitung steht was ganz anderes«, gab ihm sein Chef zur Antwort und drehte genervt die Titelseite der Mittwochsausgabe in seine Richtung.
Hager trat näher und überfolg die Zeilen:

Neues im Epprechtsteinmordfall

Jugendlicher Satansjünger entzieht sich durch Flucht einer Festnahme.

Hof. Wie uns aus sicheren Quellen bestätigt wurde, ist der Verdächtige Timm

Z. aus Weißenstadt seit gestern Abend flüchtig. Es gelang ihm, sich während eines ersten Verhörs, den Beamten zu entziehen. Inwieweit er in die Mordsache verstrickt ist, kann zum gegenwärtigen Zeitpunkt nur vermutet werden. Als sicher gilt jedoch, dass er und eine Gruppe Satansjünger in der Nacht zum vergangenen Dienstag den Tatort geschändet haben. Die Existenz und die Vorgehensweise derartiger Glaubensverfechter werden allzu oft von der Polizei heruntergespielt. Es ist nicht auszuschließen, dass der oder die Täter im Kreis oben genannter Gruppierungen zu suchen sind. Rasche Ermittlungserfolge und die Klärung des Falls wären nicht nur aus Sicht beunruhigter Bürger angebracht, sondern könnten auch dazu beitragen, vor nichts und niemand zurückschreckende Sekten in unserer Heimat nicht ansässig werden zu lassen. Die Kripo, allen voran Oberkommissar Hager, hüllt sich bisher in Schweigen (weiter auf Seite 7).

»Elende Schmierfinken«, brummte Fürchtegott Hager und drehte die Zeitung angewidert in die ursprüngliche Lage zurück. »Woher wissen die das überhaupt? Und es muss doch ein Leck geben – ein ziemlich großes sogar.«
Saalfelder blickte über den Rand seiner Brille hinweg. »Deine Vermutungen in Ehren, aber die werden uns nicht weiterhelfen.«
»Ich weiß, ich weiß!«, beteuerte der Kommissar ungehalten.
»Was wir brauchen, sind Erfolge. Beweise. Geständnisse. All das!«, beschwor ihn sein Chef.
»Und woher soll ich die auf die Schnelle nehmen?« Er konnte nicht zaubern. Und selbst wenn er hätte zaubern können, ein geständiger Verdächtiger wäre bestimmt nicht dabei herausgekommen. Es war zum Verzweifeln.
»Ich habe für heute Nachmittag eine Pressekonferenz anberaumt«, fuhr Saalfelder geschäftig fort.
»Was?«, rief Hager und die Farbe wich ihm aus dem Gesicht. *Auch das noch! Himmelherrgottnochmal!*
»Wir können diese Journalisten nicht länger hinhalten«, erklärte ihm sein Vorgesetzter mit ernster Miene. »Außerdem bist du selbst es gewesen der eine Pressekonferenz für Mitte der Woche angekündigt hat.«
Hager wirkte verstört. Nie und nimmer hätte er damit gerechnet, dass die Ermittlungen so derartig bleiern voranschreiten würden.

»Kopf hoch, Fürchtegott!«, versuchte ihm sein Chef Mut zu machen.
»Aber was soll ich denen sagen? Wir treten doch noch immer auf der Stelle.«
»Dir wird schon was einfallen.« Saalfelder grinste süffisant. »Außerdem bin ich selbstredend dabei. Wir werden das Kind schon schaukeln.«
»Die Frage ist nur, ob es dabei nicht in den Brunnen fällt …«, murmelte der Kommissar vor sich hin, während er sich umdrehte und anschickte, Saalfelders Büro zu verlassen.
»Tut mir den Gefallen und findet wenigsten diesen Knaben!«, rief ihm der Chef nach. »Das wäre die halbe Miete!«
Klugscheißer!

*

Der Rest des Morgens verging für Fürchtegott Hager wie im Flug, jedoch ohne greifbare Ergebnisse. Die bevorstehende Konferenz brannte ihm wie Feuer unter den Nägeln. Was anderes konnte er tun, als abwarten und hoffen, dass sie wenigstens diesen Timm bis zum Nachmittag irgendwo aufstöberten.
Das Kantinenessen war heute besonders ungenießbar. Hager würgte ein paar Gabeln des Hühnerfrikassees mit Reis in Senfsoße hinunter. Es sah aus, als wäre es bereits zuvor schon einmal verdaut worden. Anschließend wippte er eine zeitlang unruhig auf seinem alten Bürostuhl vor und zurück. An Routinearbeiten war heute gar nicht zu denken. Schlussendlich schnappte er sich den Autoschlüssel und verließ gehetzt das Kommissariat. Was er jetzt brauchte, war frische Luft, um einen halbwegs freien Schädel zu bekommen.

*

Die Vormittagsstunden zogen sich wie erwartet unnatürlich in die Länge. Martin konnte sich auf absolut nichts konzentrieren. Er hatte sich von Frau Dr. Gruber die Telefon- und Handynummer von Kirstin geben lassen, aber sie hatte nicht abgenommen. Zerstreut wie geistesabwesend hetzte er durch die Räume. Den Handwerkern

versuchte er, so gut es ging, aus dem Weg zu gehen. Rudi, der Hausmeister, musste sich heute selbständig um alles kümmern. Er tat es gern, blühte richtiggehend auf. Seine Kommandos schallten durch die altehrwürdigen Mauern.
Martin nahm kaum Notiz davon.
Gegen halb zwei begab er sich ins Café. Er brauchte dringend eine Tasse Cappuccino. Den Kopf in die Hände gestützt, saß er an einem der Tische und massierte sich die Stirn. Er machte sich noch immer die größten Vorwürfe. Am schlimmsten aber war, dass er Kirstin nicht erreichte. Die ganze Nacht über hatte er fast kein Auge zugetan. Immer wieder sah er sie vor sich, wie sie am Rande eines Nervenzusammenbruchs, den Pinsel in der Hand, vergebens versuchte, die Kreuze an der Wand zu übermalen.
Während er unschlüssig an seiner Tasse nippte, klingelte sein Handy. Voller Hoffnung fummelte er den Apparat aus der Hosentasche. Er hatte ihr zwar dummerweise seine Handynummer nicht gegeben, aber in der Verwaltung und an der Eingangspforte war sie, seit er im Museum tätig war, hinterlegt.
Martin starrte auf das Display. Es war eine ziemlich lange Nummer mit Hofer Vorwahl. *Hager*, befürchtete Martin sogleich und stellte den Alarm auf leise. Im Augenblick verspürte er nicht die geringste Lust, sich mit dem Kommissar zu unterhalten. Bestimmt hatte er wieder etwas an ihm herumzumeckern – wegen seines Vorgehens bei dem Gespräch mit diesem Jungen oder sonst irgendwelche Lappalien.
Erneut schlürfte er an seinem Cappuccino und fuhr sich über die Augen. *Wieso ist Kirstin beim Anblick der Schmierereien und der Kreuze so völlig durchgedreht?* Hätte er nur den Schimmer einer Ahnung gehabt, wie der Tatort auf sie wirken würde, hätte er sie niemals dorthin geschleppt.
Plötzlich erinnerte er sich ihrer Worte: *Ihr habt ja keine Ahnung, was es heißt, den Glauben zu verlieren! Wer gibt euch das Recht, eure kranken Gedanken damit in Verbindung zu bringen?*
Was hatte das zu bedeuten? Hatte Kirstin bereits zuvor einschlägige Erfahrungen mit solchen Gruppen gemacht? Hatte gar sie selbst ihren Glauben bei einem ähnlichen Vorfall verloren?
Sie stammte aus der ehemaligen DDR, das wusste er. Dort wurde

um das Thema Glauben nicht viel Aufhebens gemacht. Opium fürs Volk hieß die Devise. Soweit er wusste, gab es dort keine Satanisten, höchstens eine Handvoll gläubiger Christen und jede Menge überzeugter Sozialisten. Wenn Kirstin also ein gläubiger Mensch war, hatte sie dort drüben einer unterdrückten Minderheit angehört, hatte mit Sanktionen und Schikanen zu rechnen gehabt.
Und sich deshalb vom Glauben abgewandt? Niemals!
Er kannte sie von ihrem Job her als offenen, geradlinigen Menschen, voller Ideen und Tatendrang, der sich keinen Illusionen hingab, der nicht voreilig aufgab, wenn es schwierig wurde, und der seine Meinung gegen die anderer mit Herz und Verstand durchzusetzen wusste. Kirstin hätte nie freiwillig einer Überzeugung abgeschworen, nur um es im Leben leichter zu haben.
Sackgasse.
Aber was, wenn nicht sie, sondern ihre Eltern dahingehend Probleme mit der Staatsmacht gehabt hatten? Und das der Grund war, die DDR zu verlassen? Womöglich vor der Grenzöffnung? Die Utopie des realen Kommunismus reichte völlig aus, den Verstand zu blenden. Wer sich aus Überzeugung nicht blenden lassen wollte, dem blieb nur waghalsige Flucht. Wenn sie Erlebnisse dieser Art mit sich herumschleppte, wäre das Vorgefallene verständlich.
Wer gibt euch das Recht, eure kranken Gedanken damit in Verbindung zu bringen?
Martin stutzte. Es passte einfach nichts zusammen.
Teufelsanbeter konnten ihr ebenso gut später über den Weg gelaufen sein, nachdem sie in die alte BRD gezogen (oder geflüchtet) war. Es muss ein Schock für sie gewesen sein. Da wähnt man sich endlich sicher in einem Land und in einem System, in dem es keinerlei Suppression gibt, in dem die freie Entfaltung der eigenen Person mit all ihren Möglichkeiten angepriesen wird, in dem unter der Idee von Einigkeit, Recht und Freiheit das sogenannte Wirtschaftswunder gelang. Und dann wird man konfrontiert mit Vetternwirtschaft und Korruption, mit rigoroser Ausbeutung der Arbeiterklasse und latentem Nationalstolz, mit einer vernachlässigten Elite und selbstgefälligen Marionetten, die nach einem offiziellen Meineid an den Fäden der Großkonzerne baumeln. Und das Schlimmste: mit hirnrissigem Gedankengut, Intoleranz und einer immer größer werdenden Men-

ge an Subkulturen, die auch den letzten verbliebenen Rest gesunden Menschenverstandes aufs Schändlichste pervertieren. Das alles dürfte den Traum von einer besseren Welt im Handumdrehen zum Platzen gebracht haben.
Martin atmete tief durch. *Bleib auf dem Teppich, Mann! Das alles sind nichts weiter als haltlose Vermutungen. Verrenn dich nicht voreilig in Ansichten und Meinungen, die du später bereust!*
Wenn Kirstin tatsächlich Satanisten über den Weg gelaufen waren, dann womöglich während des Studiums! Er wusste, dass die Mitglieder solcher Gruppen durchaus in allen Bevölkerungsschichten anzutreffen waren. *Intellekt allein schützt niemanden vor abwegigen Glaubensvorstellungen.* Und wenn es so war, konnte es nicht lange her sein. Die Stelle im Volontariat hatte sie erst vor wenigen Monaten angetreten. Ihre Erinnerungen waren mitunter ganz frisch. *Das würde ihre Überreaktion hinreichend erklären.*
Martin seufzte. Leider wusste er zu wenig über sie und ihr Leben. Und ehrlich gesagt wollte er ungern darin herumschnüffeln. Dazu war ihm Kirstin bereits viel zu wichtig geworden. Tausend Theorien wären nicht imstande gewesen, die Wahrheit näher ans Licht zu bringen. Der rechte Zeitpunkt würde sich finden, da war er sich zu hundert Prozent sicher.
Er warf einen letzten Blick auf sein Handy, schüttelte resigniert den Kopf, trank die Tasse leer und schlurfte zurück ins Museum.

*

Als Hager in sein Büro zurückkehrte, war es bereits kurz nach 14 Uhr. Er hatte eine mehr oder weniger erquickliche Runde um den Untreusee gedreht. Was er den Journalisten sagen wollte, war ihm dabei nicht eingefallen. Mit Schaudern dachte er daran, wie sie ihn und Saalfelder in wenigen Stunden buchstäblich auseinandernehmen würden. Vermutungen und unbewiesene Annahmen waren alles, was sie zu bieten hatten. Selbst dieser Streitberg war nicht für ihn zu sprechen. *Das wird ein Fiasko werden!* Fürchtegott gab alle Hoffung auf, den verhassten Termin glimpflich zu überstehen. Sein Chef würde anschließend einen Tobsuchtsanfall bekommen und ihm die Schuld in die Schuhe schieben.

Aus diesen und ähnlich trüben Gedanken riss ihn plötzlich das aufdringliche Bimmeln des Telefons. *Die nächste Katastrophe!*, prophezeite Hager und hob vorsichtig den Hörer von der Gabel.
Was ihm allerdings gesagt wurde, war alles andere als unangenehm. Der Kommissar lächelte sogar. »Wo habt ihr ihn gefunden?«
»Am Parkplatz in Buchhaus. Kaum zu glauben, was? Er schlief hinter dem Lenkrad. Der Motor lief und das Licht war an.«
»Hat er sich zur Wehr gesetzt?«
»I wo, der Junge war zahm wie ein Lämmchen.«
»Der Täter kehrt an den Ort des Geschehens zurück«, sagte Hager erleichtert. »Ihr könnt ihn gleich zur Vernehmung herbringen.«
Erwartungsvoll blickte er auf seine Armbanduhr. »Knapp zwei Stunden bis zur Pressekonferenz«, flüsterte er vor sich hin. »Eine Stunde reicht mir, um den Jungen weichzuklopfen. So könnte er das Ruder in letzter Sekunde herumreißen. Bingo!« Er stockte. *Wäre es nicht besser, Streitberg hinzuzuziehen?*
Erneut wählte er seine Nummer – ohne Erfolg.

*

Martin hatte sich in das alte, aber geschmackvoll eingerichtete Biedermeierzimmer zurückgezogen. Er lag längelang auf dem dick gepolsterten Kanapee und hatte die Beine übereinandergeschlagen. Das war natürlich streng genommen verboten. Außerdem lief er Gefahr, von Besuchern des Museums entdeckt zu werden. Der Raum war eigentlich durch ein Band versperrt, sodass man nur von den beiden Türen aus ins Zimmer spähen konnte. Immer wieder geschah es, dass antike Möbel zerkratzt oder Stoffe beschädigt wurden. Die meisten Eltern interessierte kaum, was ihre Sprösslinge anstellten, und die ließen ihren Frust über den langweiligen Museumsbesuch gerne an Dingen aus, die sich nicht zur Wehr setzten. Aber selbst Erwachsene konnten hin und wieder nicht umhin, die Finger von Sachen zu lassen, die sie nichts angingen. Das Verb *begreifen* nahmen einige etwas zu wörtlich.
Außer diesem Kommissar zeigte heute niemand ein Interesse an seiner Person. Martin hatte sein Handy beschworen, hatte jede Stunde versucht, Kirstin an die Strippe zu kriegen. Umsonst. Wahrscheinlich

war sie tatsächlich nicht zuhause, hatte einfach raus gemusst, um sich abzulenken.
Bestimmt wäre er längst nach Selb gefahren, wenn er ihre letzten Worte nicht fortwährend im Gedächtnis gehabt hätte: *Nimm es mir nicht übel, aber heute besser nicht. Ich bin okay, falls du dir darüber Sorgen machst …*
Nun war sie am Zug. Er würde keinen guten Eindruck hinterlassen, wenn er ihr ständig auf die Nerven ging. Das war einfach nicht seine Art. Und er wollte keinesfalls, dass sie einen falschen Eindruck von ihm bekam – keinesfalls!

*

Leicht gehetzt und voller Tatendrang betrat der Kommissar den Vernehmungsraum. Der Beamte hinter der Tür grüßte ihn mit einem Kopfnicken. Timm saß mit verschränkten Armen stocksteif auf einem der Stühle und würdigte ihn keines Blickes. Er wirkte noch blasser als am Vortag.
»Danke, Werner, ich komm zurecht«, sagte Fürchtegott Hager zu dem Polizisten an der Tür, der daraufhin den Raum verließ.
Nun galt es, keinen Fehler zu machen. Er musste sich zwingen, ruhig zu bleiben. Ohne Streitberg würde er sowieso nur schleppend vorankommen.
»Fangen wir ganz von vorne an.« Mit diesen Worten ließ sich der Kommissar auf den Stuhl sinken und zupfte sich an der Nasenspitze.
Timm saß ihm gegenüber mit versteinerter Miene.
»Du willst doch sicherlich, dass wir diese dumme Sache schnell aus der Welt schaffen, oder?«
Der Junge rührte sich nicht.
Hager gab sich alle erdenkliche Mühe, den Verdächtigen gefügig zu machen. »Wenn du mir erzählst, was ihr da oben auf dem Epprechtstein gemacht habt, kannst ich dich vielleicht anschließend sofort gehen lassen.«
»Ohne Anwalt sage ich kein Wort«, verkündete Timm.
»Ein Anwalt steht dir natürlich jederzeit zu«, bekräftigte Hager wahrheitsgemäß. »Die Frage ist, ob du wirklich einen brauchst, nicht?«

Keine Reaktion.
»Nun, die Sache mit den Schmierereien ist halb so wild, glaub mir. Wenn es weiter nichts zu beichten gibt, können wir zwei uns in aller Ruhe, und ohne Eile, wie ganz normale Erwachsene darüber unterhalten.« Das war gelogen, aber Fürchtegott glaubte an die Wirkung seiner salbenden Worte.
»Ich habe Ihnen nichts zu beichten«, beharrte der Junge.
»Wer ist auf die Idee mit den Kritzeleien gekommen? Einer deiner Freunde? Oder du selbst?«
Schweigen.
»Was macht man eigentlich in einer Schwarzen Disco?«, plauderte der Kommissar um Interesse heuchelnd munter weiter. »Tanzt man da im Dunkeln?«
Sein Gegenüber lachte kalt und warf ihm einen vernichtenden Blick zu.
»Ich würde wirklich zu gerne wissen, was – «
»Ohne Anwalt sage ich kein Wort«, unterstrich Timm in ablehnender Haltung.
»Wie du meinst.« Der Kommissar wurde ernst. Ihm war es leid, dem Rotzlöffel Honig ums Maul zu schmieren. Er konnte auch anders, ganz anders! »Für mich lässt das nur den Schluss zu, dass du und deine Freunde weit mehr auf dem Kerbholz haben, als ich zunächst vermutet habe.«
»Sie sollen mich nicht duzen«, ließ Timm wissen. »Ich bin einundzwanzig.«
»Wie Sie wollen, Herr … Ziegler«, sagte Hager mit Nachdruck. »Da Sie also volljährig sind – und damit dem Erwachsenenstrafrecht unterliegen –, werden Sie sicherlich verstehen, dass ich Sie auch wie einen erwachsenen, des Mordes Verdächtigen behandle.«
Fürchtegott verfolgte sehr genau die Reaktion des Jungen. Außer einem gleichgültigen Achselzucken gab es nicht viel zu beobachten.
»Deine Lage ist sehr ernst!«, unterstrich Fürchtegott Hager.
»Sie sollen mich nicht duzen!«
»Selbstverständlich. Trotzdem – «
»Ich red überhaupt nur mit Ihrem Kollegen«, sagte Timm, ohne mit der Wimper zu zucken.
Kollegen? Hager wusste zunächst nicht, wen er damit meinte. Dann

fiel ihm Martin Streitberg ein, den er am Vortag als solchen vorgestellt hatte. »Tja … ähm … der hatte heute leider frei.«
»Pech für Sie, Herr Oberwachtmeister«, meinte Timm und schwieg beharrlich.

*

Schon wieder dieser Kommissar!, dachte Martin genervt, als auf dem Display abermals die Hofer Nummer zu lesen war. Wenn er sich nicht weiterhin in vergeblichen Hoffnungen verzehren wollte, würde ihm gar nichts anderes übrigbleiben, als das leidige Gespräch entgegenzunehmen.
»Herrgott, wo stecken Sie die ganze Zeit über?«, raunzte ihm Hager ungehalten ins Ohr. »Wozu haben Sie überhaupt ein Handy, wenn Sie nie rangehen!«
»Ich habe nebenher meinen Job zu erledigen«, antwortete Martin reserviert. Dieser Bulle nahm sich ganz schön was raus. Man konnte fast meinen, er sei zu seiner alleinigen Verfügung abgestellt.
»Da brauch ich Sie ein einziges Mal wirklich dringend, und Sie gehen nicht ans Telefon!«, machte der Kommissar seinem Unmut weiterhin Luft.
»Um was geht es denn? Habe ich wieder etwas falsch gemacht?«, zischte Martin in den Apparat.
»Wir haben diesen Jungen geschnappt, Timm. Er sitzt im Vernehmungszimmer, aber ich bekomme nicht viel aus ihm heraus.«
»Und wie könnte ich Ihnen dabei behilflich sein?«
»Sie haben einen Draht zu solchen Leuten. Bestimmt!«
Martin fühlte sich kein bisschen geschmeichelt. »Ach, meinen Sie?«
»Ja, da bin ich mir völlig sicher.« Hager räusperte sich. »Ich … ich habe heute Nachmittag eine Pressekonferenz.«
»Und da wissen Sie nicht, was Sie sagen sollen«, vermutete Martin.
»Die wollen Ergebnisse hören«, gestand Hager zähneknirschend ein. »Wenn dieser Junge den Mund aufmachen würde, könnte ich wenigstens einen ersten Ermittlungserfolg vorweisen.«
»Sie glauben, dass er etwas mit dem Mord zu tun hat?«
»Es ist ganz egal, was ich glaube. Hauptsache ich habe einen Brocken, den ich der Presse vorwerfen kann.«

»Und was wird aus Timm?«, fragte Martin ernst. »Wenn ihn die Medien als Mörder abstempeln, werden er und seine Eltern keine ruhige Minute mehr haben.«
»Herrgott, was soll ich tun?«, rief der Kommissar in beinahe weinerlichem Tonfall. »Der verdammte Fall hängt einzig an mir allein. Und es gibt genügend Kollegen, die nur darauf warten, dass ich mir daran die Zähne ausbeiße.«
»Das, wofür Sie bezahlt werden«, warf Martin gleichgültig ein.
»Können Sie nicht kommen? Bitte, bitte, Herr Doktor Streitberg! Er will nur mit Ihnen reden«, beschwor ihn Hager.
»Hat er das tatsächlich gesagt?«
»Ja doch!«
Martin war hin und her gerissen. Wenn das stimmte, brauchte Timm tatsächlich Hilfe. Andererseits wollte dieser Hager mit einem Geständnis, was die Schmierereien betraf, nur seine eigene Haut retten. *Nein, nein und nochmals nein!* Er würde sich wie ein Verräter vorkommen. Der Fall musste warten. Heute wollte er sich ausschließlich um Kirstin kümmern, auch wenn er nicht wusste, wie er das anstellen sollte.
»Es geht nicht, sorry«, sagte er kurz angebunden.
»Aber …«
Martin legte unvermittelt auf.
Fürchtegott starrte den Hörer an, als hätte er sich vor seinen Augen in Luft aufgelöst. *Kruzitürken!*

*

Nach dem Telefonat mit Hager war sich Martin längst nicht mehr sicher, ob er die richtige Entscheidung getroffen hatte. Er irrte planlos durch die Räume des Museums und fühlte sich schlechter als zuvor. Der Kommissar würde es ihm niemals verzeihen, dass er im entscheidenden Augenblick den Schwanz eingezogen hatte. Von dem Fall hatte er sich damit selbst und endgültig verabschiedet.
Aber auch Kirstin gegenüber hatte er sich schlichtweg unmöglich verhalten. War ihr damit geholfen, dass *er* sich in Selbstmitleid und Zweifeln suhlte, dass *er* egoistisch ihren Anruf erwartete, anstatt selbst tätig zu werden?

Was Kirstin anbelangte, konnte und wollte er das Ruder im letzten Moment herumreißen. Mit einer ganzen Latte gut gemeinter Vorsätze verließ er im Laufschritt das Museum.

*

Die vermaledeite Pressekonferenz rückte drohend näher. Hager und Timm saßen sich gegenüber und übten sich in Schweigen.
So kam er nicht weiter. Der Kerl würde kaum etwas Nützliches von sich geben, solange Martin Streitberg oder wenigstens seine Eltern nicht zugegen waren. Er hatte sie verständigen lassen und sie befanden sich bereits auf dem Weg nach Hof. Aber die Zeit lief ihm davon. In weniger als zwanzig Minuten würden die Journalisten über ihn herfallen.
Die Tür öffnete sich und ein Polizeibeamter schielte durch den Spalt. »Entschuldige, dass ich störe, aber es gibt Neuigkeiten, die dich bestimmt interessieren dürften.«
Na, endlich!, frohlockte Hager innerlich, erhob sich und eilte dem Kollegen erwartungsvoll entgegen.
Der Beamte flüsterte zwei Sätze in sein Ohr und verschwand daraufhin so rasch, wie er gekommen war.
Fürchtegott klatschte in die Hände, drehte sich um und nahm mit einem breiten Grinsen gegenüber dem Jungen Platz. »Ihre Lage hat sich eindeutig zu Ihren Ungunsten verändert, *Herr* Ziegler!«
Timms Augen verengten sich. »Wieso?«
»Tja. Dein Zimmer wurde gerade durchsucht.« Hager lehnte sich triumphierend auf seinem Stuhl zurück. »Und dabei wurden allerhand interessante Dinge gefunden.«
»Scheiß Bullen!«
In dieser Sekunde wurde die Tür erneut aufgerissen und herein strömten drei Personen: ein Herr im Nadelstreifenanzug, mit korrektem Seitenscheitel und einer teuren Aktentasche unter dem Arm, Timms Mutter, die sich ein Taschentuch unter die Nase hielt, und sein Vater, der, wie es den Eindruck machte, Hals über Kopf von der Arbeit weggeholt worden war.
Der Nadelstreifenherr stellte sich (wie nicht anders zu erwarten war) als der Anwalt des Jungen bei Hager vor. Er wollte sogleich wissen,

ob Timm etwas gesagt oder zugegeben hatte, wirkte sichtlich erleichtert, als der Kommissar dies verneinte, und baute sich abschließend zu seiner ganzen Größe auf: »Mein Mandant sagt kein Wort! Das Verhör ist beendet! Können Sie uns einen Raum zuweisen, in dem ich mich mit Herrn Ziegler und seinen Eltern ungestört besprechen kann?«
Fürchtegott Hager nahm eine untertänige Haltung an. Es machte wenig Sinn, dem zu widersprechen. Er verwies den Anwalt samt Gefolge auf das Zimmer gegenüber. Timm warf ihm einen geringschätzigen Blick zu und stolzierte hinter seinen Eltern aus dem Raum.
Jetzt ist es zu spät, dachte Fürchtegott mit einem letzten Blick auf seine Mühle Sport. Jeden Moment konnte sein Chef auftauchen, um ihn zur Pressekonferenz abzuholen.
Kaum hatte er dies gedacht, öffnete sich die Tür des Verhörzimmers. Saalfelders Gesicht erschien in einem schmalen Spalt im Türrahmen. »Es ist soweit, Fürchtegott. Kommst du?«
Der Kommissar erhob sich wie unter Schmerzen und folgte der Anweisung seines Vorgesetzten.
O Jammertal!

*

Martin hatte etwas abseits geparkt und nutzte, während er sich dem Wohnhaus näherte, die Gelegenheit, um nach Kirstins Auto Ausschau zu halten. Der neongrüne Toyota ließ sich nirgends finden. Niedergeschlagen stand er vor der Klingeltafel und drückte lange den Knopf, neben dem Kirstins Name pappte. Dass sie zuhause war, erwartete er nicht wirklich. Bestimmt irrte sie umher und suchte vergeblich nach Ruhe und innerem Frieden. *Vor der eigenen Stimmung kannst du nicht fliehen*, dachte er bitter. Er wusste, von was er sprach.
Nach dem dritten Versuch presste er seinen Daumen auf die Klingel daneben. Bald surrte der Öffner und Martin betrat das Treppenhaus. Er wusste zunächst selbst nicht, was er eigentlich damit bezwecken wollte. Erst als er Kirstins Stockwerk erklommen hatte, und eine alte Frau in der Tür gegenüber ihn mit gerunzelter Stirn entgegenblickte, fasste er einen Entschluss.

»Martin Streitberg«, stellte er sich vor und rang sich ein Lächeln ab. »Ich bin der Arbeitskollege von Ihrer Nachbarin, Kirstin. Sie ist heute nicht zur Arbeit erschienen. Ich wollte nachsehen, ob alles in Ordnung ist. Leider hat sie mir nicht geöffnet, und so habe ich bei Ihnen geklingelt. Verzeihen Sie!«
»Ich hab sie heute den ganzen Tag nicht zu Gesicht bekommen«, sagte die Nachbarin und ihre Gesichtszüge entspannten sich. »Sie ist ja ein sehr ruhiges Mädchen, von dem man fast nichts mitbekommt. Da hatten wir schon andere im Haus. Ich kann ein Lied davon singen. Manche glauben tatsächlich, die Welt gehört ihnen. Und dann diese ständigen Partys und Feiern. Das geht bis mitten in die Nacht hinein. Und Typen gehen da ein und aus …«
»Kirstin kam mir gestern sehr verändert vor. Haben Sie etwas bemerkt?«, unterbrach Martin den Wortschwall der redseligen Nachbarin.
»Wie gesagt, ich bekomme von ihr eigentlich nicht viel mit. Wenn wir uns zufällig an der Tür oder im Treppenhaus begegnen, reden wir nur über belangloses Zeugs. Aber sie grüßt immer recht freundlich. Das ist mehr, als man heutzutage erwarten kann.«
»Haben Sie ansonsten in den letzten Tagen etwas Ungewöhnliches bemerkt?«
Die Frau sah ihn von der Seite her an und zögerte. »Sie reden wie ein Polizist.«
Martin lachte. »Gott behüte! Ich bin nur ein Arbeitskollege, der sich Sorgen macht.«
Bei der Nachbarin kehrte das gewonnene Vertrauen zurück. »Na, es geht mich ja eigentlich nichts an, aber vor ein paar Tagen hat sie Besuch bekommen. Zwei Männer, kurz hintereinander. Abends, wenn Sie verstehen, was ich meine?« Sie sah ihn mit großen Augen an. »Ich will nicht schlecht von ihr reden, aber komisch war das schon. Sie hat sonst nie Herrenbesuch«, fügte sie rasch hinzu, nachdem sie der ungläubigen Miene Martins bewusst geworden war.
»Von welcher Art Herrenbesuche reden Sie?«
»Na, das waren keine jungen Leute, sondern alte Knacker.«
»Alte Knacker?«
Die Frau errötete. »Sie … sie waren mindestens so alt wie ich. Der Erste sah eigentlich ganz nett aus, auch wenn er Mühe hatte, die

Treppe zu überwinden. Ich hab ihn zufällig gesehen, als ich den Müll vertragen war.«
»Vielleicht ihr Vater?«, vermutete Martin und legte den Zeigefinger an die Lippen.
»Das kann ich mir kaum vorstellen«, sagte die Frau entschieden. »Er hat erst einige Zeit an der Tür mit ihr getuschelt, bevor sie ihn in die Wohnung ließ.«
»Und der andere? Wie sah der aus?«
Die Frau zuckte mit den Schultern. »Den hab ich eigentlich gar nicht gesehen«, gestand sie.
»Und woher wollen Sie wissen, dass es ein alter Knacker war?«
»Ich hab seine Stimme gehört.« Die Frau sah ihn verwundert an. »Ich werd wohl eine junge von einer alten Stimme unterscheiden können.«
»Keine Frage.« Martin überlegte kurz. »Haben Sie einen Schlüssel für die Wohnung?«
Die Frau wich einen Schritt zurück und legte erneut die Stirn in Falten. »Wo denken Sie hin? Was sollte ich damit?«
»Entschuldigung.« Martin räusperte sich. »War nur so eine Idee von mir. Hätte ja sein können.«
Die Frau wurde abermals misstrauisch. »Wer sagten Sie noch mal sind Sie?«
»Ein Arbeitskollege«, gab Martin knapp zur Antwort, verabschiedete sich und lief in Eile die Stufen hinab.
Die Nachbarin lauschte seinen Tritten, bis die Haustür unten ins Schloss gefallen war. Dann schüttelte sie den Kopf und verriegelte sorgsam ihre Wohnungstür.
Martin schlurfte mit hängenden Schultern zu seinem Scirocco zurück. Alles, was er gehört hatte, passte nicht zu seiner Kristin. Überhaupt hatte er plötzlich gar kein Bild mehr von ihr vor sich. Die angenommene Person löste sich hinter einem mysteriösen Fragezeichen auf, das ihm Angst zu machen begann. Martin schüttelte sich. Er fror – innerlich. Nachdem er eingestiegen war, lief es ihm eiskalt über den Rücken. *Ein Anflug von Paranoia?*

XVIII.

Fürchtegott Hager saß zusammengesunken auf der Couch im Wohnzimmer und nippte an einer Flasche Bier. Im Hintergrund tönte lautstark Jacques Offenbachs satirische Operette *Orpheus in der Unterwelt*, obgleich ihr der Kommissar wenig Beachtung schenkte. Passend zu seiner momentanen Stimmung hatte er willkürlich in den Plattenschrank gegriffen und just diese Aufnahme erwischt. Mit einem schiefen Grinsen hatte er die erste der beiden Scheiben aufgelegt und sich alsdann das Bier aus der Küche geholt. Nach Schmunzeln war ihm heute nicht zumute. Die Pressekonferenz am Nachmittag war harrgenau so verlaufen, wie er es sich vorgestellt hatte. Ohne die geringsten greifbaren Ergebnisse war zunächst das Pressepack, später Saalfelder über ihn hergefallen: Eine Schande sei es, die Arbeit der Polizei zu verfolgen, hieß es unisono. Man dürfe sich bald nicht mehr auf die Straße wagen, wenn derartige Arbeitsmoral zur Regel werden würde! Es folgten die üblichen Äußerungen über die sinn- und zwecklose Vergeudung von Steuergeldern, über Einsparungen am falschen Ende, über die unzureichende Aus- und Weiterbildung speziell von Kriminalbeamten und dergleichen mehr. Da auch sein Chef nicht in der Lage gewesen war, die aufgebrachte Meute in Schach zu halten, war die nachfolgende Unterredung zwischen den beiden Männern alles andere als freundschaftlich verlaufen. Saalfelder, der seit Jahren als Vorsitzender der SPD-Ortgruppe Ansehen und Achtung genoss, fürchtete um die Gunst seiner Genossen, zumal die Wahl des Vorsitzenden bevorstand und ein nicht mehr ganz so junger, dafür umso ehrgeizigerer Kandidat der Jusos mit allen Mitteln ihm dabei die Stirn zu bieten suchte. Nicht nur Saalfelder konnte einpacken, wenn sich der Fall nicht schleunigst lösen würde, auch Hagers ohnehin flach verlaufende Kariere würde in einer beschleunigten Talfahrt ihr unrühmliches Ende finden. Und das Schlimmste: der anwesende Staatsanwalt war über die Ereignisse derart perplex gewesen, dass er die restlose Klärung des Falles binnen sieben Tagen zugesichert hatte.

Aus die Maus!

Die Vernehmung von Timm wurde daraufhin (zur Erleichterung aller) auf den nächsten Tag verschoben. Sein Anwalt hatte eine Aussage seines Mandanten angekündigt und mit ihm und seinen Eltern im Laufschritt das Gebäude verlassen.
Fürchtegott nahm einen kräftigeren Schluck, klammerte sich an seiner Flasche fest und flehte um Gnade. Ob seine Gebete vom Herrn im Himmel oder in der Unterwelt erhört werden würden, war ihm mittlerweile egal.

*

Martins Wagen stand vor Kirstins Haus. Er war nur eine Runde um den Block gefahren, hatte sich anschließend, in Ermangelung einer zündenden Idee, verkehrt herum in die einzige freie Parklücke gequetscht, Musik angestellt und mit Argusaugen Straße und Haustür beobachtet. Irgendwann – es war längst dunkel geworden – war er hinter dem Lenkrad eingeschlafen. In seinen Träumen suchte er Kirstin in einer großen fremden Stadt. Er eilte von Haus zu Haus, einer endlos langen und finsteren Straße folgend, aber niemand wollte über seine Herzdame Bescheid wissen. Stattdessen lachte man ihn aus, schlug und trat auf ihn ein, schmiss ihn auf die Straße und ließ ihn im Rinnstein liegen. Der Schmerz fühlte sich so echt, so authentisch an, dass Martin aus dem Schlaf schreckte.
Zunächst konnte er sich nicht orientieren. Alles war irgendwie verkehrt herum. Was unten sein sollte, war plötzlich oben.
Und da sah er sie.
Ihr Gesicht war ganz nah.
Er glaubte sogar ihr Parfum wahrzunehmen.
»Alles in Ordnung mit dir?«, fragte sie und sah besorgt aus.
Martin lächelte selig.
»Tut mir leid. Ich wollte nicht, dass du mir entgegen fällst.«
Martin rappelte sich auf. Er war tatsächlich aus dem Auto gefallen, als Kirstin die Tür aufgemacht hatte. Seine Schulter schmerzte und er musste sich beim Aufschlagen auf dem Bürgersteig auf die Lippen gebissen haben. Aber, was spielte das für eine Rolle? Sie war wieder da!
»Bist du okay?«

»Jetzt schon«, presste Martin heraus.
Kirstin erhob sich und reichte ihm die Hand.
»Dank dir!« Martin zog sich an ihr empor und studierte wiederum ihr schönes Gesicht.
»Hast du Wache gehalten?«, sagte ihr Mund und ihre Augen strahlten selbst in der Dunkelheit wie Sterne an einem mondlosen Firmament. Sie zog ein Taschentuch aus der Hosentasche und tupfte damit ein paar Tropfen Blut von seinen Lippen.
Martin hätte diese Fürsorge Stunden aushalten können. »Ich hab mir Sorgen gemacht«, gab er ihr zur Antwort und rieb sich die Schulter. »Wo bist du gewesen?« Martin wusste, dass er kein Recht hatte, sie dies zu fragen, dennoch konnte er ebenso wenig umhin, die Frage zu stellen.
Kirstin sah ihm eine lange Sekunde in die Augen. »Ich habe meinen Vater besucht. Ich musste einfach ein paar Stunden weg von hier.«
»Verständlich«, murmelte Martin und senkte den Blick.
»Und du hast tatsächlich vor der Tür Wache gehalten?«
»Ja.« Martin sah sie schüchtern an. »Das war ziemlich dumm von mir, ich weiß.«
Kirstin schüttelte den Kopf.
Martin gähnte und hielt sich die Hand vor den Mund. »Wie spät … ist es eigentlich?«
»Viertel vor zwölf«, gab sie ihm nach einem Blick auf ihre Armbanduhr als Antwort.
»Bist du müde?« Martin sah sie vorsichtig von der Seite an. »Also ich habe ausgeschlafen«, fügte er beinahe schüchtern hinzu.
Kirstin überlegte wieder ein paar Sekunden, ehe sie antwortete: »Nö. Ehrlich gesagt kann ich nach der Fahrt ohnehin nicht einschlafen.«
»Was hältst du von einem kleinen Nachtausflug?« Martin suchte in ihren Augen nach der Reaktion, die seine Frage auslösen würde. Zu seiner unendlichen Erleichterung lächelte sie ihm entgegen.
»Wenn du fährst … warum nicht?«
Martin legte ihr zögernd die Hand um die Hüfte und schob sie behutsam um seinen Wagen herum. Er öffnete ihr die Beifahrertür und ließ sie geduldig Platz nehmen. Alsdann hechtete er, die Runde vollendend, bis zur Fahrerseite und ließ sich trunken vor Glück in den Sitz fallen.

»Ein schönes Auto«, sagte Kirstin und ließ ihren Blick über die aufleuchtenden Kontrollinstrumente in der Mittelkonsole schweifen.
»Deutsche Wertarbeit aus dem Jahr 1979«, scherzte Martin und legte den ersten Gang ein.
»Echt!« Kirstin war überrascht. »Da war ich gerade ein Jahr alt.«
»Aber bestimmt schon genauso süß wie heute«, entwich es Martin, ohne nachzudenken.
Kirstin hielt sich die Hand vor den Mund und kicherte drauflos.
»Entschuldigung«, murmelte Martin und konzentrierte sich auf die Fahrbahn.
»Wie immer angenommen«, sagte Kirstin und schenkte ihm ein befreiendes Lächeln.
Der gelbe Scirocco schnurrte durch die einsamen Straßen und verließ bald darauf die Stadt. Kirstin hatte bisher nicht gefragt, wohin er mit ihr fahren wollte, aber auch er selbst hatte bislang keinen blassen Schimmer, wohin es jetzt gehen sollte. Ehe die Fantasie komplett mit ihm durchging, hatte er sich entschieden.

*

Der Schlussakt der Operette dröhnte lautstark durchs Wohnzimmer. Fürchtegott versuchte, die leeren Bierflaschen vor sich auf dem Tisch zu fixieren. Das Etikett verschwamm zu einem bunten Kaleidoskop an Farben und Formen; es gelang seinen Augen nicht, die Brennweite zu adaptieren. Vier Flaschen Bier auf mehr oder weniger nüchternen Magen waren eindeutig zuviel für ihn. Bleischwer kauerte er zusammengesunken auf dem Sofa und brütete vor sich hin. An die Kopfschmerzen, die ihn morgen früh unweigerlich heimsuchen würden, wollte er lieber erst gar nicht denken – an die bevorstehende Aufgabe auch nicht. Betäubt (und mit der nötigen Gleichgültigkeit gegenüber den Geschehnissen des Tages) wollte er sich ins Bett fallen und von traumlosem Schlaf übermannen lassen.
Gerade da klingelte es an der Wohnungstür.
Der Kommissar machte sich nicht die Mühe, auf den antiken Regulator an der Wand zu blicken. Er wusste auch so, dass es reichlich spät war, und er wusste, was die Besucher an der Tür von ihm wollten.

Mühsam keuchend erhob er sich aus den Polstern und torkelte zunächst um den Tisch herum, wenig später in den Flur hinaus. Um ein Haar wäre er längelang hingefallen, nachdem sich der Läufer zwischen seinen Füßen verheddert hatte.

Als er die Wohnungstür öffnete, wurde es mucksmäuschenstill. Er glaubte noch das Geräusch zu vernehmen, dass die Nadel verursacht, wenn sie, am Ende der Rille angekommen, von der Schallplatte abhebt.

»Gibt's was?«, nuschelte er den beiden Herren entgegen, die vor seiner Tür standen.

»Fürchtegott! Wie siehst du denn aus?«, rief einer der Besucher überrascht und erhielt sogleich einen Seitenhieb von seinem Kollegen.

»Bei mir is' allles in Ordnung«, lallte Fürchtegott. Er versuchte sich krampfhaft zu erinnern, woher er die beiden nächtlichen Gäste kannte. »Wollt ihr zwei nicht auf einen Sch…ung reinkommen und ein Bierchen schlabbern?«, fuhr er fort und mühte sich vergebens, die Gesichter scharf zu bekommen.

»Es ist wohl besser, wenn du dich aufs Ohr haust«, flüsterte der andere Besucher eindringlich.

»Und die Musik bleibt aus, verstanden?«, fügte sein Kollege hinzu.

»Man wird doch wohl noch ein biss…en En…spannung haben dürfen, oder?«, brabbelte Hager wie ein starrsinniges Kind.

»Jetzt ist Schluss, Fürchtegott!«, zischte der erste Besucher genervt.

»Und dann vergessen wir die ganze Sache«, äußerte der zweite.

»Ihr seid Spielver…berber«, entrann es dem Kommissar. »Wenn ihr erlebt häbbet, was ich erwebt hab …«

»Komm!« Der erste Besucher packte Fürchtegott kurzerhand am Arm und schob ihn vor sich her in die Wohnung. Sein Kollege schloss behutsam die Tür und folgte.

»Was wollt ihr eigentlich von mir?« Hager versuchte vergebens, sich aus dem Griff des Kollegen zu befreien. »Das .. das … das ist Haus…riedens…buch! Mann …«

»Du gehst jetzt schlafen!«, verordnete der Mann an seinem Arm.

»Wo ist das Schlafzimmer?«, wollte sein Kollege wissen.

Fürchtegott schwieg, nickte aber artig in die entsprechende Richtung. Der zweite Uniformierte öffnete die Tür.

Wenig später lag der Kommissar in seinem Bett. Sie hatten ihm gemeinsam (und äußerst zeitraubend) Hemd, Hose und Schuhe ausgezogen. Bevor sie das Schlafzimmer verließen, bäumte sich der Kommissar ein letztes Mal auf und starrte mit glasigen Augen in ihre Richtung: »Ihr seid echte Rreunde … ährlich!« Zuletzt rülpste er laut, furzte unter der Bettdecke und ließ sich wie leblos in die Kissen fallen.
Der erste Beamte löschte das Licht, der zweite schloss leise die Schlafzimmertür.
»Es gibt Dinge, die gibt es einfach nicht«, sagte der erste Polizist und schüttelte den Kopf.
»Das wird uns keiner glauben«, bestätigte sein Kollege.
»Lass uns verschwinden.«
An der Wohnungstür angekommen drehte er sich um: »Zu keinem ein Wort, kapiert?«
Der Wachtmeisteranwärter kicherte leise, nickte und folgte seinem Vorgesetzten hinaus ins Treppenhaus.

*

Der Weg war schmal und ausgefahren. Im engen Scheinwerferlicht wirkte alles unecht und künstlich, wie die Kulisse einer Bühne. Links und rechts standen vereinzelt Büsche und Sträucher. Dahinter dehnten sich gepflügte Felder bis in unsichtbare Ferne. An seinem Ende lag ein Stapel alter Strohballen. Im Anschluss daran räkelte sich eine uralte Eiche gegen einen samtschwarzen Himmel.
Martin stoppte seinen Wagen und stellte den Motor ab. Der Lichtkegel verharrte.
»Wohin hast du mich entführt?«, hörte er Kirstin leise fragen.
»An einen Ort der Ruhe und Gerechtigkeit«, antwortete Martin.
Kirstin lachte bitter. »Gerechtigkeit? Wo soll es die geben?«
»In unseren Herzen«, sagte Martin aufrichtig. »Aber nur, wenn wir es zulassen.«
»Und wenn wir es nicht zulassen können?«, konterte Kirstin und musterte die dunkle Silhouette neben sich.
»Glaub mir, Frieden kann jeder finden. Auch wenn es genügend Gründe geben mag, die dagegen sprechen.« Martin zögerte einen

Moment. »Ich weiß nicht, was dir widerfahren ist, und es steht mir nicht zu, es gegen deinen Willen in Erfahrung zu bringen, aber selbst die schlimmsten Erlebnisse müssen irgendwann überwunden werden, damit Platz für Neues entsteht.«
»Und wie bitte soll das gehen?«
»Durch Verzeihen. Sowohl dem anderen als auch sich selbst.«
»Verzeihen? Wenn das nur so leicht wäre.« Kirstin holte tief Luft. »Es gibt Dinge, die kann man weder einem anderen verzeihen noch selbst vergessen. Sie haben sich unwiderruflich festgebrannt.«
»Das ist schlimm«, antwortete Martin ergriffen.
Kristin beugte sich ganz nah zu ihm herüber. Er konnte ihr Gesicht nicht sehen, aber er konnte ihren reinen Atem riechen. »Glaubst du an einen barmherzigen Gott?«, fragte sie mit tonloser Stimme.
Martin schluckte. »Ich glaube an das Gute im Menschen.«
»Auch wenn es sich so verdammt selten zeigt? Auch wenn es verkümmert in uns dahinvegetiert?«
Martin viel auf Anhieb keine passende Antwort ein.
»Die Arbeit mit diesem Kommissar wird dich bald eines Besseren belehren, glaub mir! Der Mensch ist schlecht, von Grund auf. Wozu sonst braucht es immer umfassendere Gesetzgebungen? Von den Lücken, die neu entstehen, ganz zu schweigen. Weshalb ist der Weg des Menschen von Gewalt und Zwietracht, von Mord und Totschlag gekennzeichnet? Wir sind Tiere, die eine Vergangenheit besitzen und sich der Gegenwart bewusst sind, weiter nichts. Der Blick in die Zukunft ist uns verwehrt, weil wir unfähig sind, aus unseren Fehlern zu lernen.«
»Der Mensch ist so frei, dass es ihm schwer fällt, sinnvoll damit umzugehen«, versuchte sich Martin. »Jahrhunderttausende (was sage ich), Jahrmillionen hindurch waren unsere Vorfahren Wilde, unfähig über ihr Handeln nachzudenken, gesteuert einzig von einem begrenzten Überlebensprogramm, das Instinkt heißt. Doch dann kam ein Wesen, welches dieses Joch der dumpfen Unwissenheit überwand, das sich seiner selbst und der Welt drum herum bewusst wurde. Und mit ihm hielt das göttliche Prinzip Einzug auf diesem Planeten: die Freiheit der Entscheidung!«
»Warum tun wir dann immer und immer das Falsche?«, fuhr Kirstin unbeirrt fort.

»Wir tun nicht unmittelbar das Falsche. Was richtig und gut oder falsch und schlecht ist, hängt größtenteils von der Sichtweise ab. Was der eine als Bereicherung empfindet, kann für den anderen eine Einschränkung darstellen.«

»Entschuldige, bitte, aber ich rede hier nicht von trivialen Vorteilen, die sich im Nachhinein als Nachteil für andere erweisen. Mir geht es um elementare Dinge, die selbstredend eines Menschen unwürdig sind. Gebote, wenn du willst, die ihre Dringlichkeit und Richtigkeit aus sich selbst schöpfen.«

»Du sollst nicht töten?«

»Zum Beispiel.«

»Was bei unseren Vorfahren auf der Schiene des Instinkts abgehandelt wurde – nennen wir sie ruhig angeborene Gebote (um bei deinem Terminus zu bleiben) –, musste im Zuge der begriffenen Freiheit neu gefasst werden. Gerade das Zusammenleben in der Gruppe sowie die wachsende Bevölkerung setzten einen bis dahin unbekannten Regelmechanismus voraus. Dies waren die ersten Gesetze, ohne die bis heute keine Gesellschaft auf Erden überlebensfähig ist. Was die ersten Menschen fortan trieb, unterlag nicht mehr ausschließlich der Diktatur der Gene, sondern lag plötzlich in der Verantwortung des Individuums beziehungsweise der Gruppe. Das war und ist harter Tobak, ich weiß! Denn wie soll der Mensch es schaffen, die Folgen seiner Handlungen zu verantworten, wo ihn nach wie vor das Diktat der Triebe von allen Seiten drangsaliert und ihm selbst wohlüberlegte Entscheidungen zunichte macht. Wir sind mit dem Tierreich auf Gedeih und Verderb verwoben, halb Gott, halb Wilder. Die erst kürzlich hinzugewonnene Freiheit baut auf dem auf, was vorhanden ist. Unser tierischer Ursprung lässt sich nicht in ein paar lächerlichen Jahrhunderttausenden abstreifen. Dazu sind Jahrmillionen notwenig. Aber ich bin trotzdem der festen Überzeugung, dass der Tag dereinst kommen wird, an dem wir imstande sind, die Bürde der erhaltenen Freiheit und die selbst auferlegte Vernunft mit Fug und Recht und Würde zu tragen. Bis dahin brauchen wir Götter, die uns unsere Sünden verzeihen oder uns strafen, und wir brauchen Teufel, die uns verführen. Himmel und Höllenfeuer mögen im Mittelalter dem niederen Volk als Verheißung oder Abschreckung genügt haben. Was wir heutzutage vor allem dringlich

vermissen, ist der feste Glaube an das Gute in der Welt und in uns, ohne den es kein langfristiges Überleben der Spezies Mensch auf diesem Planeten geben kann.«
»Obwohl ich nicht ganz deiner Meinung bin, hast du das schön gesagt«, flüsterte Kirstin ergriffen und schwieg.
Es wurde still in ihnen und um sie herum. Martin spürte plötzlich eine Sehnsucht und Wärme in sich aufsteigen, die ihn völlig irritierte. Unwillkürlich riss er die Tür auf und sprang ins Freie.
»Komm! Sieh es dir selbst an. Die Nacht ist sternenklar. Irgendwo da draußen in den unendlichen Weiten gibt es womöglich eine Lebensform, die dieses Stadium bereits überwunden hat. Es ist eine Rasse, die mit ihresgleichen, mit allen Lebensformen und mit den Ressourcen ihres Planeten schonender umgeht. Für die Vernunft nicht nur eine Vokabel, ein Wunschdenken, sondern ein ehernes Gebot darstellt, das keiner Kontrolle bedarf.«
Zögernd trat Kirstin neben Martin. Sie hob den Blick, fast scheu, und folgte seinem Zeigefinger.
»Irgendwo da draußen gibt es einen Planeten, der das konsequente wie logische Ende der Evolution bereits erreicht hat.«
»Wie mag dieses Ende aussehen?«
»Es ist die Verschmelzung von Schöpfer und Geschöpf, die Vereinigung dessen, was getrennt war, das Einswerden von Wunsch und Gedanke, von Gut und Böse.«
»Bedeutet das nicht Stillstand.« Kirstin blickte zu ihm. Sein Konterfei hob sich als dunkler Schatten vor dem tiefblauen Firmament ab. Sie glaubte, ihn lächeln zu sehen.
»Für uns Menschen, ja. Aber ich könnte mir in den endlosen Weiten des Kosmos vieles vorstellen. Zum Beispiel –«
Weiter kam er nicht. Kirstin hatte sich unverhofft an ihn geschmiegt. Ihr Mund suchte seine Lippen, wurde fündig und im gleichen Augenblick der Welt entrückt. Martins Hände schienen nur auf diesen Augenblick gewartet zu haben. Im Nu spürte sie sie überall auf ihrem Körper. Heiß und gierig umschlang er sie mit seinen Armen.
»Was nützt uns alles Nachdenken und Grübeln, alles Bangen und Hoffen, aller Hass und alle Vergeltung?«, keuchte er. »Am Ende ertragen wir unser Leben und die Welt wie sie ist nur dank einer göttlichen Willkür.«

»Der Liebe«, hauchte sie verzückt. »Sie ist die einzig tröstende Kraft im unvollendeten Universum ...«

*

Fürchtegott Hager schreckte aus dem Schlaf hoch und versuchte sich zu orientieren. Er war verschwitzt und glaubte sich kurz an diverse Albträume erinnern zu müssen. Rasch verflogen die Bilder und er schielte zum Wecker auf dem Nachttisch. Es war kurz nach drei Uhr morgens. Er gähnte, schluckte und knipste das Licht an. Ein leichtes Ziehen marterte sogleich seinen Schädel und ein unbändiges Durstgefühl trieb ihn aus den Federn.
In der Küche angekommen, schnappte er sich eine halbvolle Flasche Mineralwasser und trank sie gierig in wenigen Schlucken leer. Im Badezimmer suchte er nach den Aspirin- und Schlaftabletten seiner Frau, wurde fündig, warf zwei von jeder Sorte in sein Spülglas, goss Wasser hinzu und rührte mit dem Zeigefinger solange darin herum, bis sich eine mattweiße Brühe gebildet hatte. Tabletten, gleich welcher Größe, waren ihm seit jeher ein Gräuel.
Nach zwei weiteren Schlucken stellte er das leere Glas zurück auf die Ablage und besah sich kurz im Spiegel. Sein Gesicht wirkte grau, eingefallen und faltiger denn je.
Bevor er zurück ins Schlafzimmer schlich, warf er einen flüchtigen Blick ins Wohnzimmer. Die geleerten Flaschen befanden sich auf dem Tisch. Eine davon musste umgefallen sein, als er ... da kehrte die Erinnerung zurück: *Orpheus im Wohnzimmer ... das Klingeln an der Tür ... die Kollegen von der Streife* ... Was hatte er gesagt und getan? Sicher etwas über alle Maßen Peinliches.
Schlapp und niedergeschlagen kroch er unter die Bettdecke und löschte das Licht. Ihm blieb nur die Hoffnung, dass die Kollegen den dummen Vorfall für sich behielten. Es würde schlimm genug werden, ihnen innerhalb der nächsten Tage über den Weg zu laufen.

*

»Wo willst du denn hin?« Kirstin kicherte hinter vorgehaltener Hand, während Martin sich anschickte, durch das geöffnete Schiebedach

hindurch auf das Dach seines Autos zu klettern.
»Ich brauche dringend Abkühlung. Und einen Joint«, rief er ihr oben angekommen zu. »Willst du auch einen?«
Kirstins Kichern wurde ansteckender. »Das ist nicht dein Ernst.«
»Mein voller Ernst. Hast du noch nie gekifft?«
»Nein. Und ich hab auch nicht vor, diese Einstellung zu ändern.«
Martin brachte die selbst gedrehte Tüte in seiner Hand zum Glühen und inhalierte genussvoll den wohltuenden Rauch.
Kirstin schaltete das Radio an, zog die Knie bis an die Brust und kuschelte sich in das von ihren Körpern noch warme Sitzpolster. Sie hatten es getan. Viel zu früh und unüberlegt. Aber sie hatten es genossen – alle beide, in vollen Zügen und ohne ein Gefühl von Reue zu verspüren. Vielleicht war es gut so, nach allem, was vorgefallen war. Die Sorgen waren für eine Stunde gewichen. Allein diese Tatsache rechtfertigte dieses Mittel. Morgen war ein neuer Tag, auch wenn all ihre Probleme wiederkehren und sie die bewiesene Spontanität eventuell bereuen sollten. Sie hatten sich diese Auszeit verdient.
Martin saß nackt im Schneidersitz auf dem Dach des Scirocco und sog den Qualm gierig in sich auf. Er fühlte sich eins mit der Welt, ja, dem ganzen Kosmos. Die Nacht war frisch, aber das pulsierende Blut jagte mit Hochdruck durch seinen erhitzten Leib. Nach und nach verwischten sich die Grenzen. Sein Körper verschmolz mit der Umgebung; sein Geist durchdrang die kümmerlichen Hürden menschlicher Beschränktheit. Da er sich zunächst sicher glaubte, von Gewissensbissen malträtiert zu werden, verwunderte es ihn nun umso mehr, dass sich nicht ein Hauch von schlechtem Gewissen einstellen wollte. Das war ein gutes Zeichen. Für sie beide. Er fühlte sich wohl wie lange nicht mehr, hätte die ganze Welt umarmen mögen, selbst diesen komischen Kommissar. Freude und Leichtigkeit ergriffen sein gemartertes Gemüt. Wie lächerlich einem doch Probleme erschienen, wenn man erst die Hüllen des Alltags von sich geworfen hatte. Das Morgen war zum Greifen nah, und es stellte sich weitaus weniger problematisch dar, als er angenommen hatte. Liebe. Freiheit. Ungeahnte Möglichkeiten. Das war das wahre Leben. Das war das Leben, das er führen wollte. Das Leben, das es wert war, gelebt zu werden …

»Lebst du noch? Oder bist du bereits erfroren?«, meldete sich Kirstin nach einiger Zeit zu Wort. Sie pochte mit den Fingern gegen die Innenseite des Dachhimmels.
»Du hast mir so viel von deiner Wärme gegeben. Wie sollte ich da frieren können?«, gab ihr Martin zur Antwort und hörte sich leise kichern. Wenig später erschien ihr Kopf in der Luke. Martin zog ein letztes Mal an seinem Joint. Die aufleuchtende Glut ließ für einen Augenblick ihr Gesicht in einem magischen Licht erstrahlen. *Du bist so hübsch, so begehrenswert und unschuldig*, dachte Martin von aller Last befreit.
»Vorhin habe ich dich gefragt, wohin du mich entführt hast. Und du hast geantwortet: an einen Ort der Ruhe und Gerechtigkeit. Wie recht du doch hast, Martin. Ich wünschte, wir könnten für immer hier bleiben und müssten nicht zurück in die böse wilde Welt da draußen.«
Martin sog die frische Nachtluft in sich auf. Sein Blick wanderte hoch in die ausladende Krone der mächtigen Eiche. »Für immer möchtest du bestimmt nicht hier bleiben«, er kicherte kurz, »denn dies war früher eine Richtstätte. Hier wurde Recht vollzogen. Dieser Hügel trägt bis heute den Flurnamen *Galgenberg*. Wir stehen auf den Gebeinen gerichteter Menschen, deren Schuld oder Unschuld längst dem Dunkel der Vergessenheit anheimgefallen ist. Aber wir stehen über ihnen. Wir sind auf dem besten Weg, Frieden zu finden.«

XIX.

Ich weiß nicht, wie lange ich jetzt schon hier bin. Eigentlich will ich es gar nicht wissen. Die Jahreszeiten wechseln beständig. Frühling, Sommer, Herbst und Winter sind die einzige Ablenkung, die mir geblieben ist. Ich mache keine Fortschritte mehr, meinen sie. Was soll ich dazu sagen? Ich drehe mich im Kreis, aber das weiß ich ja längst.
Der Kreis ist die perfekte Form. Er hat keine Ecken und Kanten. Egal, wo man bei ihm ansetzt, man begibt sich stets auf die gleiche Reise. Und findet immer wieder an denselben Ort zurück. Die Aussichten bleiben unverändert.

Das zarte Hoffnungspflänzchen, der winzige Keimling Trost, ist bisher nicht von der rauen Wirklichkeit erstickt worden. Meine Freundin Gertrud wächst und gedeiht. Ich erzähle ihr viel von meinem früheren Leben, als mich die Sonne noch nicht blendete. Johann hilft mir manchmal aus, wenn ich nicht mehr weiter weiß. Er hat sich alles viel besser gemerkt, kennt die Details und steuert lustige Anekdoten bei. Gertrud kann ihn nicht sehen – noch nicht –, aber sie spürt seine Anwesenheit.

Das Lachen ist zurückgekehrt!

Wir kommen gut voran. Das ist unser Geheimnis. Wir sind ein verschworenes Grüppchen, Gertrud, Johann und ich. Manchmal lächelt sie und nickt, wenn Johann seine Späße mit uns treibt. Dann klatsche ich laut Beifall und Gertrud bekommt vor Freude rote Ohren und Wangen.

Ein bitterer Beigeschmack bleibt.

Auch sie muss viele Tabletten schlucken. Aber heute hat sie mir gezeigt, wie sie es macht. Gertrud ist schlau. Sie klemmt sie unter die Zunge, so, dass keiner es von außen sieht. Dann trinkt sie das Wasser und schluckt und die Schwestern sind zufrieden. Aber kaum haben sie ihr Zimmer verlassen, holt sie die runden Dinger hervor und versteckt sie in ihrer Schatzkiste – einem schäbigen Brillenfutteral, das eine der Schwestern im Garten verloren hat. Unter ihrem Bett ist ein Dielenbrett lose, wie bei mir. Keiner weiß davon. Sie hat bereits eine schöne Sammlung zusammengetragen.

Die Zeit der Stille kehrt zurück.

Die Blätter verfärben sich. Ich sitze oft stundenlang am Fenster und sehe zu, wie der Wind sie in alle Richtungen davon bläst. Ich lausche gerne dem Trommeln der Regentropfen, die sich mutig gegen die Scheiben werfen. Bei diesem Wetter dürfen wir nicht in den Park. Deshalb öffne ich manchmal das Fenster und lasse die Tropfen herein. Die Schwestern schimpfen dann mit mir und wischen die Pfützen auf, aber das macht mir nichts aus. Johann erzählt mir von dem großen Drachen, den wir früher im Wind haben steigen und tanzen lassen. Das waren Zeiten. Einmal ist er sogar in den Weiher gefallen und Johann musste sich die Hosenbeine hochkrempeln, um ihn für mich zu retten.

Der Beginn einer neuen Eiszeit!

Heute fiel der erste Schnee. Gertrud spricht, hurra! Ihre Stimme klingt ganz anders, als ich sie mir vorgestellt habe. Es sind nur wenige Worte, aber wenn sie sich erst wieder daran gewöhnt haben wird, werden sie hervorsprudeln wie ein Wasserfall.
Gertruds Schatzkiste ist fast voll. Mit Händen und Füßen und ein paar Worten hat sie mir erzählt, dass sie bald auf eine lange Reise gehen wird. *Und was wird aus mir?*, habe ich sie gefragt und wir haben beide ganz bedrückt und traurig ausgesehen.
Johann findet es auch nicht gut, dass sie verreisen will. Er ärgert sich sogar darüber und schmeißt Sachen um. Selbst das Kruzifix hat er von der Wand gerissen und zwischen den Gitterstäben hindurch hinunter in den Hof geworfen. Die Schwestern haben natürlich mit mir geschimpft, aber ich habe geschwiegen. Es hätte wenig Sinn gemacht, ihnen die Wahrheit zu erzählen.
Es ist kurz vor Weihnachten. Unten im Speisesaal steht ein riesengroßer Tannenbaum, mit silbernen Kugeln und zahllosen Kerzen. Oben an seiner Spitze thront ein fünfzackiger Stern – der Stern von Bethlehem. Obwohl mich sein Licht nicht erreicht und ich ihm auch nicht folgen kann, finde ich ihn schöner als den vom letzten Jahr.
Reisefieber.
Gertruds Abreise steht unmittelbar bevor. Sie spricht jetzt in ganzen Sätzen. Das ist prima. Trotzdem macht sie immer noch ein Geheimnis daraus, wohin die Reise gehen soll. Bestimmt folgt sie dem Stern, denn sie ist kein Kind der Finsternis, wie ich eines bin.
Das letzte Mal!
Unser letzter gemeinsamer Abend. Wir verbringen ihn auf meinem Zimmer. Ich erzähle Gertrud meine Geschichte. Wenn ich es jetzt nicht tue, kann ich es niemals mehr tun. Sie hört aufmerksam zu, aber wirkt dabei sehr teilnahmslos. Johann meint, dass sie sich in Gedanken schon auf ihrer Reise befindet. Das kann ich gut verstehen. Zum Abschied drücken wir uns fest und innig und selbst Johann nimmt sie in den Arm. Sie lacht, als er seine Runde über Wände und Decke dreht, und ich bin mir sicher, dass sie ihn diesmal mit eigenen Augen gesehen hat.
Wohin gehst du?, frage ich ein letztes Mal.
Nach Hause, antwortet sie mir und wirkt so glücklich wie nie zuvor.
Abwesenheit.

Zur Weihnachtsfeier erscheint sie nicht. Wie auch, sie ist abgereist. Den weiteren Feierlichkeiten bleibt sie fern. Und als ob ich es nicht besser wüsste, erzählen mir die Schwestern, dass sie entlassen worden sei. Sie habe endlich eine Familie gefunden, in der sie glücklich werden würde.
Lügen, denke ich mir und ziehe mich auf mein Zimmer zurück. Es kann nur ein Zuhause geben …

XX.

Im Haus und drum herum war es so still wie in jeder Nacht. Sie liebten beide die Einsamkeit und Abgeschiedenheit des Gehöftes. Früher war das anders gewesen. Da hatte es Tage und Wochen gegeben, an denen ihr die Decke auf den Kopf gefallen war, an denen die große weite Welt und reichlich Ideen in ihrem Kopf herumgespukt hatten. Jung und unternehmungslustig, wie sie damals war, wäre sie mit ihm gerne auf und davon, je eher, desto besser. Arbeit gab es zuhauf im Lande. Sie hätten sich überall ein gemeinsames Leben aufbauen können. Leider war er von Anfang an mit seiner Heimat auf Gedeih und Verderb verwachsen, hatte nie einen Hehl daraus gemacht, dass er seine Lebtage hier und nirgendwo anders zu verbringen gedachte. An keinem Fleckchen Erde lockte ein nicht gelebter Traum; an keinem Ort ein unerfüllter Wunsch. Er war so bescheiden, so bieder, so ursprünglich, so grundsolide und anders als Werner, der immer für spontane Entscheidungen zu begeistern gewesen war. Trotzdem verliebte sie sich in Hanns, verlobte sich und heiratete den Mann, der ihr so wenig Abwechslung zu bieten versprach.
Die ersten Jahre waren hart. Sie war die viele Arbeit nicht gewöhnt, musste sich mit ihrem selbst gewählten Schicksal erst nach und nach anfreunden. Er hatte seine Stellung im Steinbruch ausgebaut, hatte sich zum Sprengmeister ausbilden lassen und währenddessen jahrelang bis in die Nacht hinein über seinen Büchern gebüffelt. Um ihr karges Einkommen aufzubessern, hielten sie sich zwei Rinder, zwei Ziegen, eine Schar Gänse, etliche Hühner und Hasen und ein Schwein. Oft lag sie wach in der Nacht, obwohl todmüde und

erschöpft, und dachte über die Richtigkeit ihrer Entscheidung nach. Während er friedlich neben ihr schlummerte, schaute der Mond durchs Fenster. In der hellen Scheibe spiegelten sich die Illusionen ihrer langsam zu Ende gehenden Jugend. *Unsichtbare Wunden schmerzen am längsten.*

Bald darauf wurde es besser. Das Geld stimmte, und sie begann, sich mit ihrer Rolle als Hausfrau und Nebenerwerbsbäuerin anzufreunden. Wenn sie Zeit hatte, brachte sie ihm ein warmes Mittagessen in den Steinbruch, und er zeigte ihr voller Stolz die Sprengbunker, in denen das Dynamit aufbewahrt wurde. Oft lauschte sie dem Grollen vom Epprechtstein, hielt kurz inne und hoffte inständig, dass alles gut gegangen sei. Die Detonationen vom Berg verbanden sie auf unerklärliche Weise. Sie wurden zum tragenden Element ihrer wortlosen Kommunikation.

Abends saßen sie gemeinsam am Küchentisch und hörten Radio. Sie hatte eine Strickerei, er eine Flasche Bier vor sich. Auch wenn sie sich nicht bewusst aus dem Weg gingen, klammerte sich ein jeder an seinem Tagesablauf fest. Nähe und Distanz hatten sich nach Jahren auf einem gemeinsamen Level eingependelt, aus dem sie ihre Form von Zufriedenheit schöpften.

Nach zehn Ehejahren verbrachten sie ihren ersten kurzen Urlaub im Allgäu. Es war ein verregneter kalter Sommer gewesen, aber sie waren viel gewandert und er hatte sein Heimweh mit ungewohnter Redseligkeit überspielt. Wieder daheim erwarteten sie eine erleichterte Nachbarin und ein ganzer Berg unerledigter Aufgaben. Trotzdem wurde es danach leichter, mit ihm ins Gespräch zu kommen. Selbst die Tatsache, dass ihr nächster Urlaub Jahre auf sich warten ließ, änderte nichts daran. Das Eis des Schweigens war gebrochen, die Stille künftig weniger drückend – zusehends angenehmer – heimelig.

Hanns war nicht länger in seinem improvisierten Krankenlager auf dem Wohnzimmersofa zu halten gewesen. Erna hatte ihn gewähren lassen. Wie ein Kind am Geburtstagsmorgen war er durch das Haus und über den Hof geeilt. Jeder notwendige Handgriff war eine Wonne, jede liegen gebliebene Arbeit Balsam für die langen Stunden des Nachdenkens und Grübelns. Nach einigen unnötigen Reparaturen und dem Mittagessen hatte er sich auf die Arbeiten gestürzt,

die tatsächlich notwendig waren. Und nach dem Abendessen hatte er sich in den verwaisten Stall zurückgezogen, der ihm, seit er in Rente gegangen war, als Werkstatt diente. Hier tüftelte und werkelte er oft stundenlang ohne Unterlass. Da musste sie ihn regelrecht zu den Mahlzeiten oder ins Bett prügeln. Nach der überstandenen Bettruhe sollte er sich ruhig austoben dürfen. Erna war froh, dass er den Vorfall unbeschadet überstanden hatte.
Wenn er tagsüber im Garten oder im Hof arbeitete, sah sie ihn hin und wieder mit einem Werkzeug in der Hand am Fenster vorbeigehen. Wenn er bis spät in die Nacht in seiner Werkstatt hantierte, hörte sie ihn hämmern oder sägen.
Sie hatte es sich mit einem Glas Frankenwein im Wohnzimmer gemütlich gemacht und eine volkstümliche Sendung im Bayerischen Fernsehen geguckt. Als sie anschließend das Sofa verließ (mit dem Bocksbeutel unter dem Arm und dem Glas in der Hand) war es mucksmäuschenstill.
Erna lief in die Küche, stellte die Flasche auf das Büfett, das Glas in der Spüle ab, und trat abermals in den Flur hinaus. Plötzlich lauschte sie der Stille anders als jemals zuvor. Etwas Alarmierendes lag in ihr. Sie spürte es ganz deutlich.
»Hanns?«, rief sie die Stiege empor. Vielleicht hatte er sich längst ins Bett gelegt. Nach der ganzen Aufregung und dem langen Tag war er bestimmt hundemüde geworden.
Da sie keine Antwort erhielt, trippelte sie die Stufen nach oben. Die Tür zum Schlafzimmer und das Fenster standen noch immer offen. Die Betten waren unbenutzt. Ein leichter Windstoß versetzte die Gardine in lautlose Unruhe.
Erna drehte sich um und wandte sich der gegenüberliegenden Tür zu. Der Raum dahinter war eigentlich als Kinderzimmer gedacht gewesen, aber da ihnen dieser Wunsch verwehrt worden war, wurde er seit Jahr und Tag als Abstellraum benutzt. Sie konnte sich kaum vorstellen, ihren Mann darin anzutreffen. Dennoch knipste sie das Licht an und drückte die Klinke nieder. Die Luft im Zimmer war stickig. Hier wurde nur selten gelüftet. Das alte Fenster war von seidenen Spinnweben regelrecht verwoben. Am Fußboden hatte sich eine dünne Staubschicht niedergelassen. Allein das Öffnen der Tür hatte ausgereicht, ihn in winzigen Pirouetten emporsteigen zu lassen. Sie

spähte vergeblich in das sich darbietende Durcheinander von Kisten, Kartons und Koffern. *Hier gehört dringend saubergemacht!*, resümierte Erna, schloss behutsam die Tür und löschte das Licht.
Auf dem Dachboden nachzusehen machte wenig Sinn. Die Ausziehtreppe, die sie in den 60er Jahren eingebaut hatten, weil es im Winter kräftig von oben gezogen hatte, war fest in der Decke verriegelt. Ohnehin machte sich Erna jedes Mal Sorgen, wenn Hanns nach oben kletterte, um seine Pilze zum Trocknen auszulegen. Er war weit weniger sicher auf den Beinen, als er ihr gegenüber vorgab.
Nachdenklich kehrte sie in den Flur zurück. Die verspürten Alarmsignale wurden eindringlicher, bedrohlicher. Rasch öffnete sie die Kellertür, aber die sich ihr darbietende Treppe nach unten lag in tiefe Schatten gehüllt. Als Nächstes betrachtete sie die Ablage neben dem Schuhschrank. Die Gummistiefel standen unbenutzt an Ort und Stelle, die Hauspantoffeln fehlten.
Hatte er im Ernst in seinen Schlappen das Haus verlassen? Das war sonst nicht seine Art, aber womöglich wollte er heute, zur Feier des Tages, noch eine Runde ums Haus drehen.
Erna öffnete die Tür und trat ins Freie. Zwischen hellgrauen Wolkenpaketen lugte ab und an der Mond hervor und malte unförmige Kleckse über die Landschaft. Die Luft war frisch und rein. Der Duft gepflügter Felder wehte ihr um die Nase. Sie eilte zu der Scheune und betrat den offenen unteren Bereich, in dem der alte Einachshänger stand. Es war stockfinster. Erna lugte die steile Holztreppe zum Heuboden empor, der, leer, aber standhaft, einigen Wassereinbrüchen des schadhaften Daches trotzte. Sie lief hinter die Scheune, wo die Hasenställe lagen und die Langohren längst in tiefen Träumen von üppig grünen Kleewiesen schlummerten. Anschließend durchstreifte sie den schattenreichen Gemüse- und Obstgarten und vollendete ihre Runde hinter dem Haus.
Von Hanns keine Spur.
Erna zog die Stirn in Falten. Allmählich begann sie sich ernstlich Sorgen zu machen. Sollte er etwa in den Wald gegangen sein? Mitten in der Nacht? Das war ihm durchaus zuzutrauen. Ab und an traf er sich mit Horst, dem Revierjäger, und dann legten sie sich gemeinsam auf die Pirsch. Selbst wenn er ihr heute für so einen Ausflug viel zu schwach vorgekommen war, sie wusste, dass er sich nie eine Blöße

gab. Dessen ungeachtet war ihr Hanns, ohne es zu merken, alt geworden. Da half aller Starrsinn nichts. Es war an der Zeit kürzerzutreten, auch wenn er sich noch so sehr dagegen wehrte.

Aber in Pantoffeln? Das schien ihr doch reichlich senil – zu senil für ihren guten alten Hanns.

Einer Eingebung folgend, ging sie eilig ins Haus zurück und fand das Handy an seinem Platz im Küchenschrank. Seit letztem Herbst hatte er es immer bei sich gehabt. Er konnte es unmöglich vergessen haben. *Oder doch?*

Erna ließ sich schlapp auf einen der Küchenstühle nieder. Wenn er tatsächlich in den Wald gegangen war, musste er seine Taschenlampe mitgenommen haben. Erna raffte sich auf und öffnete hastig einen Schub des Küchenbüfetts. Die Lampe war nicht an ihrem Platz. Erna glaubte, aufatmen zu müssen. So ein Starrkopf. Er war gegangen, ohne ihr Bescheid zu sagen.

Was konnte sie tun?

Ihn suchen gehen?

Das war zwecklos. Wenn er das Haus verlassen hatte, um mit Horst auf die Jagd zu gehen, konnten die beiden überall stecken. Ihr würde nichts anderes übrig bleiben, als geduldig auf seine Rückkehr zu warten.

Während Erna überlegte, ob es nicht sinnvoll wäre, zu dieser späten Stunde bei Alma, der Frau von Horst, anzurufen, um sich zu vergewissern, dass ihr Mann in Sachen Wild unterwegs war, wurde sie von einem dumpfen Geräusch abgelenkt, dass ihr von der halb offen stehenden Küchentür entgegen drang.

Erna zuckte zusammen.

Sie war zwar alles andere als ängstlich, und allein im Haus zu sein, selbst nachts, machte ihr für gewöhnlich nichts aus. Aber dieses Geräusch ließ augenblicklich sämtliche Alarmglocken laut und aufdringlich in ihr schellen.

»Hanns!«, rief sie dem Geräusch entgegen.

Nichts.

Als sie sich von ihrem Küchenstuhl erhoben hatte, schalt sie sich einen Angsthasen und dachte erleichtert an die Äußerungen ihres Mannes, nach denen sie viel zu oft ein furchtsames und überbesorgtes Weib war.

»Hanns?« Erleichtert und mit einem Lächeln auf den Lippen eilte sie in den Flur hinaus.
Doch da erwartete sie kein Hanns.
Auch kein sonstiger Besucher.
Schweigen.
Erna schluckte. Ihre Bedenken kehrten zurück – mächtiger und eindringlicher als zuvor. Vielleicht hatte nur der Wind das Schlafzimmerfenster zugeweht, versuchte sie sich einzureden. Oder einer der Kartons in der Rumpelkammer hatte sich urplötzlich verselbständigt. So etwas kam durchaus vor, auch wenn sie sich derartige Vorfälle nie erklären konnte. Erna hatte sich in all den Jahren so sehr an das Alleinsein und die Abgeschiedenheit hier draußen gewöhnt, dass sie gewiss nicht leicht aus der Fassung zu bringen war. Jetzt aber stellte sie mit Schaudern fest, dass sich die Härchen auf ihren Unterarmen wie eine Phalanx zur Abwehr formiert hatten.
Hier stimmt etwas nicht!, durchfuhr es Erna einem Stromschlag gleich. Hundertmal hatte sie sich Sorgen um ihren Hanns gemacht. Immer und immer wieder war sie sich sicher, dass ihm nichts wirklich Schlimmes widerfahren sein konnte, wenn er nicht wie erwartet nach Hause gekommen war. Der festen Meinung vertrauend, dass sie es spüren würde, wenn dieser Fall jemals eintreten sollte, hatte sie stets ihre Bedenken und Zweifel in den Griff bekommen. Nun aber überflutete sie eine Welle aus kalter, nackter Angst.
»Hanns!«, rief sie atemlos. Das Herz trommelte wild gegen ihre altersschwache Brust. Wie in Trance taumelte sie auf die schmale Tür zu, die, am Abort und dem winzigen Badezimmer vorbei, zum ehemaligen Stall führte. Sie riss den Riegel des Verschlags nach oben, stemmte sich mit ihrem ganzen Körpergewicht dagegen, sodass die Angeln scheppernd gegen die Wand schlugen.
In dem engen Gang war es finster und feucht. Die matten Strahlen des guten alten Mondes, die durch das winzige Fensterchen fielen, vermochten kaum die erdrückende Stimmung aufzuhellen. Ihre Augen fixierten die zweite Tür, dann den alten Drehschalter links neben dem Riegel. Dort brannte Licht. Sie sah es zwischen den alten Brettern hindurch scheinen. Erna hatte Hanns' Werkstatt bestimmt seit Wochen nicht betreten und wusste nie, an was er gerade herumbastelte. Sonderlich interessiert hatte sie sich nie dafür. Es war sein

Reich, in dem er tun und lassen konnte, was immer er wollte. Vor ein paar Stunden hatte er noch lautstark darin hantiert. Jetzt schlugen ihr nichts als Totenstille und böse Vorahnungen entgegen.
Bist du etwa über deiner Arbeit eingenickt?
Der letzte Hoffnungsschimmer zerplatzte wie eine Seifenblase. Instinktiv zuckte Erna zusammen. Widerwillig schob sie den Riegel ruckweise beiseite, als könnte das Licht der einsamen Birne an der Stalldecke eine Ungeheuerlichkeit erhellen, die sie nicht wahrhaben wollte – nicht wahrhaben konnte.
Knarrend öffnete sich die uralte Tür. Ihre Augen suchten die trübe Lampe, wanderten weiter zu der schweren Werkbank, auf der, neben einer Säge, einem Stechbeitel und einem Hammer, die Reste eines Balkens lagen, schweiften wieder hoch zu dem eisernen Ring im Gewölbe, von dem sie nicht wusste, wozu er ursprünglich gedacht gewesen war.
Der Rest eines zerrissenen Kälberstricks baumelte von oben herab. Erna stockte der Atem.
Genau darunter erkannte sie die Umrisse ihres wurmstichigen Melkschemels, dessen Beine wie bleiche Knochen in die Höhe ragten. Sie warf sich die Hand in dem Augenblick an die Brust, als sie den stechenden Schmerz spürte.
Da lag er, auf dem kalten Steinboden, auf dem Rücken, die Beine angezogen wie im Schlaf. Aber er schlief nicht. An seiner Schläfe klaffte ein blutender Riss und um seinen Hals zog sich eine Schlinge. Die Taschenlampe lag gerade so daneben, dass sie die Unfassbarkeit dessen, was geschehen war, mit ihrem schaurigen Licht noch verstärkte.
Warum hast du nicht mit mir geredet, Hanns?
Warum hast du immer nur geschwiegen?
Warum war ich es nicht wert, zu deinem Leben dazuzugehören?
Nur dieses eine Mal …
In aller Stille (und ohne eine einzige Träne vergossen zu haben) brach sie über dem reglosen Körper zusammen.
Bei Gott, sie hatte nichts geahnt – rein gar nichts.

XXI.

Nach weiteren zwei Tabletten Aspirin am Morgen hatten die Kopfschmerzen endlich nachgelassen. Der Druck im Schädel war geblieben. Fürchtegott Hager las angestrengt den Abschlussbericht der KTU.

Neben den bereits bekannten Fakten, was die Todesumstände des Opfers betraf, konnte am Tatort festgestellt werden, dass der Mann im Innenhof der Ruine ans Kreuz geschlagen worden war. Anschließend hatte man das Kruzifix von dort über die Treppe und die Mauer gewuchtet (wahrscheinlich mithilfe eines Seils und einer Umlenkrolle) und auf der anderen Seite der Mauer bis zu deren Mitte herabgelassen. Ein kräftiger Mann hätte dies alleine bewältigen können, eine Frau höchstwahrscheinlich nicht. Von der Rolle fehlte jede Spur. Das Seil war ein gewöhnliches Hanfseil, wie es allenthalben in den Steinbrüchen der Gegend für die unterschiedlichsten Aufgaben Verwendung fand. Fingerabdrücke waren nirgends eindeutig auszumachen gewesen. Der oder die Täter hatten Arbeitshandschuhe getragen. Entsprechende Fasern konnten sichergestellt werden. Was immer es für neue Untersuchungsmethoden geben mochte, der verstümmelte Leichnam hatte wohl seine Reise umsonst angetreten. Sämtliche am Tatort gefundenen Spuren ließen sich nicht eindeutig dem Täter zuordnen. Die Mehrzahl der Fußabdrücke stammte von Stiefeln oder Wanderschuhen, was in Anbetracht der Örtlichkeit nicht weiter verwunderte. Ohne die fehlenden Körperteile sei die Identität des Opfers nicht zu klären.

Der Kommissar schüttelte den Kopf und warf das Schriftstück angewidert auf einen Stapel seines Schreibtisches. Bisher hatte sich kein Zeuge gemeldet: kein Förster, kein Jäger, kein Waldarbeiter, kein früher Wanderer, kein weiterer Pilzsammler, kein Anwohner.

Fürchtegott Hager glaubte nicht wirklich daran, dass der Finder des Opfers, der Schwammerlsucher Hanns, Klärung in die Angelegenheit bringen mochte, aber er merkte sich einen Besuch bei ihm für den folgenden Tag vor. Immerhin kannte er Wege, die andere nicht kannten. Vielleicht würde ein neuer Fund etwas Licht ins Dunkel der Ermittlungen scheinen lassen.

Die Vermisstensuche über Europol hatte fünf infrage kommende Kandidaten ergeben: einen Finnen, der seit den vergangenen Mittsommerfestlichkeiten als abgängig geführt wurde, einen Polen, der nach handgreiflichen Auseinandersetzungen mit seinem Schwager seit drei Wochen spurlos verschwunden war, einen Holländer, der nach seinem Sommercampingurlaub samt Wohnmobil als unauffindbar galt, einen Südtiroler, der Freunde in der Nähe von Berlin besuchen wollte und dort nie ankommen war, und einen Franzosen, der nach einem Arbeitstreffen in Düsseldorf von der Bildfläche verschwand. Neben den beiden Letztgenannten hielt sich nur der Niederländer nachweislich in Deutschland auf (er hatte sich auf einem Campingplatz in der Rhön eingetragen), die übrigen könnten sich zumindest zeitweise auf deutschem Staatsgebiet befunden haben. Nichts (eine Ausnahme bildet der Südtiroler, falls er von München über Regensburg auf der A 93 Richtung Berlin gefahren sein sollte) deutete jedoch darauf hin, dass die betreffenden Personen das Fichtelgebirge besucht oder auf ihrem Weg durchreist haben könnten. Es gab keine verwandtschaftlichen Verbindungen, keine ermittelbaren freundschaftlichen Beziehungen – von Tatmotiven ganz zu schweigen. Das mitgelieferte Bildmaterial war unbrauchbar, da es entweder von minderwertiger Qualität oder außer dem Gesicht als Nachweis keine verwertbaren Hinweise lieferte. Die Beschaffung von Genmaterial lief auf Hochtouren. Erste Proben wurden für Freitag erwartet.

Der heutige Tag würde mit der Vernehmung des Jungen um 10 Uhr beginnen. Hager sah auf seine Armbanduhr. Ihm blieben noch fünfzehn Minuten. Während er sich eine weitere Tasse Kaffee eingoss, klopfte es an seiner Bürotür.

»Herein!«, rief Hager und balancierte mit dem Kaffee zu seinem Schreibtisch zurück.

Die Tür öffnete sich und ein gut gelaunter Martin Streitberg lugte in den Raum. »Einen wunderschönen guten Morgen, Herr Kommissar!«, rief er überschwänglich und ließ sich ohne abzuwarten auf den Stuhl vor dem Schreibtisch plumpsen. »Nettes Büro. Für meinen Geschmack etwas zu aufgeräumt.«

»Was ist denn mit Ihnen los?«, sagte Hager und schlürfte vorsichtig an der randvollen Tasse.

»Ich bin guter Dinge!«, rief Martin und grinste über beide Ohren.
»Haben Sie im Lotto gewonnen?« Fürchtegott stellte die Tasse auf den Schreibtisch zurück und fuhr sich mit der Hand über die Lippen.
»Viel, viel besser: Ich bin verliebt!«, jauchzte Martin Streitberg übermütig.
»Herzlichen Glückwunsch, Herr Doktor. Schön, dass Sie diesmal wenigstens pünktlich sind. Uns bleiben rund zehn Minuten bis zur Vernehmung.«
»Danke und bitte«, gab Martin inbrünstig von sich. »Aber das mit dem Herrn Doktor lassen wir endlich sein, ja? Ich weiß es und Sie wissen es. Ich finde, das reicht.«
»Wie Sie meinen, Herr Streitberg.«
»Martin!«
»Also gut, Martin, kommen wir zur Sache. Der Rotzlöffel bringt seinen Anwalt mit. Wir müssen also auf der Hut sein. Lassen Sie mich die Vorarbeit leisten. Und bitte, bitte verkneifen Sie sich jedweden unqualifizierten Kommentar! Dieser Anwalt hat eine Aussage angekündigt, das heißt, alles, was wir zu hören bekommen werden, wurde vorher haarklein abgesprochen. Wenn wir mehr wissen wollen, müssen wir es intelligent anstellen. Haben Sie das soweit mitbekommen, Martin?«
»Intelligent ist das Stichwort«, sprudelte es aus seinem Gegenüber hervor. »Aber gut, ich habe Sie verstanden.« Martin beruhigte sich wieder.
»Falls der Junge von sich aus zu reden beginnen sollte, warten Sie auf mein Zeichen. Danach können Sie sich gern mit ihm über diesen Schwarze-Messen-Quatsch unterhalten.«
Martin schmunzelte. »Wie befohlen, Kapitän.«
»Herrgott, jetzt lassen Sie doch diesen Blödsinn!«, rief Hager und schlug mit der flachen Hand auf die Schreibtischplatte. »Sie haben es immer noch nicht kapiert: Polizeiarbeit ist kein Kinderspiel. Es ist eine ernstzunehmende Angelegenheit.«
Minuten später saßen sie im Vernehmungsraum. Timm und sein Anwalt hatten bereits Platz genommen. Der Junge wirkte so abwesend und gleichgültig wie immer. Der Jurist kramte in seiner Aktentasche einige Papiere hervor.

»Das ist ein Kollege, Dr. Streitberg«, ergriff der Kommissar das Wort. Martin warf ihm einen genervten Blick zu. Hager räusperte sich. »Er ist Experte in Sachen Okkultismus und wird deshalb der Vernehmung beiwohnen.«
»Ich bezweifle, dass wir die Anwesenheit Ihres Experten benötigen«, konterte sogleich der Advokat. »Aber wenn Sie darauf bestehen, bitteschön! Mein Mandant hat mir besagten Hergang minutiös geschildert. Glauben Sie mir, mit Okkultismus hat das ganze absolut nichts zu tun. Was ich vielmehr vermisse, ist die Aussage Ihrer Zeugin. Sie werden verstehen, dass es mir unter diesen Umständen beinahe unmöglich war, meiner anwaltlichen Pflicht gebührend nachzukommen. Wie Sie wissen, kann es sich deshalb nur um eine Befragung handeln, die mein Mandant jederzeit abbrechen kann, wenn er dadurch belastet werden könnte. Aber ich bin ja kein Unmensch. Wir möchten alle, dass sich die leidige Angelegenheit schnellstmöglich in Wohlgefallen auflöst.« Der Anwalt räusperte sich und rückte mit seinen perfekt manikürten Fingern den Stapel Notizen vor sich zurecht. »Mein Mandant, Timm Ziegler, ist, wie Sie vielleicht wissen, Student an der Universität Bayreuth. Er hatte am Abend mit ein paar Freunden eine Disco besucht, um die verbliebenen freien Tage zu genießen.«
»Eine Schwarze Disco!«, unterstrich Hager und fixierte den Verdächtigen, der daraufhin genervt den Blick zu Zimmerdecke wandern ließ.
»Wenn Sie glauben, Herr Hager, dass Ihre Differenzierung zutreffend oder überhaupt relevant sei, so können wir uns gerne später darüber unterhalten. Im Augenblick wäre ich Ihnen dankbar, wenn Sie mich meine Ausführungen zu Ende bringen lassen würden.«
Fürchtegott Hager nickte widerwillig und faltete die Hände auf der Tischplatte.
»Nach besagtem Discobesuch, gegen 2:30 Uhr, fuhren sie über Buchhaus nach Weißenstadt zurück. Mein Mandant saß am Steuer des Wagens und war«, der Anwalt hob den Zeigefinger, »a-b-s-o-l-u-t nüchtern.«
Hager holte demonstrativ Luft.
»Seine Freunde hatten jedoch etwas Alkohol getrunken und verspürten deshalb das Bedürfnis, sich sanitär zu erleichtern.«

Martin warf sich die Hand vor den Mund und versuchte ein Kichern zu unterdrücken. Der Kommissar starfte ihn mit finsteren Blicken.
»Ich darf um etwas mehr Professionalität bitten«, beschwerte sich der Advokat ungehalten. »Wir sind nicht im Kindergarten!«
Timm zeigte ein überhebliches Grinsen und verschränkte die Arme vor der Brust.
»Sie haben völlig recht«, würgte Hager heraus und presste die gefalteten Hände so fest zusammen, dass die Fingerknochen knackten.
»Timm sah sich also gezwungen, anzuhalten. In Buchhaus bot sich die beste Gelegenheit dazu. Er hielt auf dem Parkplatz vor der ehemaligen Bahntrasse, um die Freunde aussteigen zu lassen. Natürlich hatten sie alle von dem Mord auf dem Epprechtstein gehört. Die Medien berichten ja hinreichend und, wenn ich hinzufügen darf, äußerst konträr, wenn nicht fadenscheinig über den Fall.« Der Anwalt warf Hager einen wohldosierten Seitenblick zu, worauf abermals die Finger knackten.
»Einer der Freunde äußerte, nachdem er seine Notdurft verrichtet hatte, den Vorschlag, dem Ort des Geschehens einen nächtlichen Besuch abzustatten. Bis auf meinen Mandanten waren alle von der vorgebrachten Idee begeistert. Obwohl Timm mit aller Überredungskunst versuchte, sie von dem Vorhaben abzubringen, machte sich die Gruppe auf den Weg in den Wald. Mein Mandant sah sich gezwungen, seine Freunde zu begleiten. Vorrangig, um sie von eventuellen Dummheiten abzuhalten. Wie gesagt, einige hatten Alkohol getrunken und unter diesem Einfluss sind stets verzerrte Wahrnehmungs- und Handlungsmuster zu befürchten.«
Der Kommissar holte abermals tief Luft, schwieg aber beharrlich.
»Als sie wenige Meter in den dunklen Wald hineingegangen waren, verließ den ein oder anderen der Mut. Mein Mandant appellierte erneut an die verbliebene Vernunft, und es gelang ihm schlussendlich, die Freunde von der Irrationalität ihres Vorhabens zu überzeugen. Daraufhin gingen sie gemeinsam zurück zum Wagen und Timm setzte die Heimfahrt fort. Kurz vor 3.00 Uhr morgens kamen sie in Weißenstadt an. Hier trennten sich ihre Wege.«
»Das klingt ja alles schön und gut«, sagte der Kommissar und blickte von einem zum anderen. »Ein paar Fragen werden mir aber jetzt gestattet sein, oder?«

»Selbstverständlich«, äußerte der Anwalt und lehnte sich genüsslich, mit einem süffisanten Lächeln auf den Lippen, in seinem Stuhl zurück.
»Es war also gegen halb drei, als der Wagen in Buchhaus ankam.«
Das Lächeln des Rechtsanwaltes verstärkte sich. »Das sagte ich bereits.«
»Und der Wagen hielt auf dem Wirtshausparkplatz? Nicht gegenüber, zwischen den Häusern?«
»Auf dem Parkplatz«, bestätigte sein Gegenspieler.
»Wie kommt es dann, dass eine Anwohnerin den BMW ihres Mandanten auf dem Weg neben ihrem Garten vorgefunden hat?«
»Da haben wir es, Herr Kommissar!«, triumphierte Timms Anwalt. »Aber ich wiederhole mich gerne. Da mir die belastende Aussage Ihrer Zeugin in schriftlicher Form bis dato nicht vorliegt (was einzig und allein als schwerwiegendes Versäumnis Ihrerseits zu werten ist), haben Sie kein Recht, dahingehend Fragen zu stellen.«
Der Kommissar schnaubte und blähte die Nasenflügel wie ein zum Angriff bereiter Stier. Das wehend rote Tuch des Toreros hatte sein Blut mächtig in Wallung gebracht. »Erzählen Sie mir nicht, was ich zu tun habe! Wie Sie selbst sagen, handelt es sich nur um eine Befragung. Ich hätte demnach das Recht gehabt, den Jungen ohne Sie zu befragen. Wenn Sie also …«
Der Rechtsanwalt lachte lauthals. »Mein lieber Hager, bleiben Sie auf dem Teppich, um es volkstümlich auszudrücken. Sie wissen so gut wie ich, dass Sie so nicht weiterkommen. Ich beabsichtige ohnehin, unmittelbar nach dieser Unterredung, mit Ihrem Vorgesetzten ein Wort über die Vorgehensweisen Ihrer Ermittlungen zu wechseln. Machen Sie es nicht schlimmer als es ist.«
»Bist du getaufter Christ, Timm?«, mischte sich völlig unvermittelt Martin in die Unterhaltung.
Der Kommissar und der Anwalt hielten abrupt inne und starrten ihn fassungslos an.
»Katholisch?«, fuhr der Experte in aller Seelenruhe fort.
»Lassen Sie es gut sein, Streitberg, wir kommen nicht weiter«, flehte ihn der Kommissar an.
»Wahrscheinlich bist du evangelisch. Das hier ist doch eine evangelische Gegend, hab ich recht?«

Der Anwalt fuhr aus seinem Sessel und stemmte die Hände auf die Tischplatte. »Wie kommen Sie dazu, meinen Mandanten zu duzen?«
Martin ignorierte ihn. »Hast du konfirmiert, Timm?«
»Jetzt reicht's aber!«, donnerte der Jurist los.
Der Kommissar war noch zu keiner Reaktion fähig. Doch schien es, als wäge er ab, ob es sinnig wäre, einzugreifen.
»Haben dich deine Eltern im Glauben erzogen?« Martins Stimme wurde eindringlicher.
»Sofort hören Sie auf!«, schrie der Anwalt und sein Gesicht nahm eine dunkelrote Farbe an.
»Besuchst du regelmäßig den Gottesdienst? Du trägst ein Pentagramm um den Hals, Timm! Weißt du, für was es steht?«
»Ich sagte, Sie sollen meinen Mandanten nicht duzen! Das wird ein Nachspiel haben. Für Sie beide!«
»Hat Jesus Christus eine Bedeutung für dich?«
»Das ist doch Bullshit!«, brüllte Timm, während er von seinem Stuhl aufsprang. »Bullshit! Bullshit! Bullshit!«
»Herr Ziegler! Timm! Nein!«, schrie der Rechtsanwalt verdattert.
»Ich scheiß auf die Kirche! Sie ist tot, tot, tot! Es gibt nur einen Herrn auf dieser Welt, der es wert ist, ihm zu folgen!« Timm wich zurück, stieß dabei den Stuhl um. Er wischte sich mit der Hand übers gefärbte Haar. Seine Augen blitzen in hellem Feuer. Er griff sich an den Hals und zog an der Kette. Zum Vorschein kam ein silberner Anhänger. »Das ist sein Zeichen, ja. Und ich trage es mit Stolz. Heil Satan!«
Fürchtegott Hager und der Advokat tauschten fassungslose Blicke.
Martin lachte drauflos. »Da bist du schief gewickelt, Timmy! Das Pentagramm steht nicht für den Fürsten der Unterwelt. Ganz im Gegenteil. In zahllosen Kulturen schreibt man dem Drudenfuß magische Kräfte bei der *Abwehr* von Dämonen zu. Für die christlichen Alchemisten des Mittelalters war es neben dem Hexagramm eines der Symbole für die Harmonie der Gegensätze. Und was meinst du wohl, warum das amerikanische Verteidigungsministerium, das Pentagon, gerade in Fünfeckform gebaut wurde? Bestimmt nicht, um dem Herrn der Finsternis als Domizil zu dienen. Und trotzdem muss ich dir recht geben. Es wird in letzter Zeit zunehmend als Erkennungszeichen für den Fürsten der Unterwelt benutzt.

Allerdings muss dabei nur eine Zacke nach unten weisen, nicht zwei. Sonst ergeben sich über dem stilisierten teuflischen Kinn keine zwei Hörner.«
Timm wich zurück wie ein in die Enge getriebenes Tier. »Verflucht sollt ihr sein! Alle zusammen! Mein Herr wird sich eure verdammten Seelen holen! Ihr werdet im Höllenfeuer schmoren! *Heil dir, Satan!*« Ein diabolisches Lachen drang aus seiner Kehle. Wie von Furien getrieben stürzte er zur Tür, riss sie auf und entschwand ihren Blicken. Ehe einer der Anwesenden darauf reagieren konnte, war er den Korridor entlang gerannt, die Treppe hinab und aus dem Polizeigebäude verschwunden.
Der Anwalt warf vernichtende Blicke um sich, raffte missmutig und in aller Eile seine Unterlagen zusammen, und verstaute diese in seiner Aktentasche. Ehe er den Raum verließ, verkündete er, dass er das Mandat niederlege. Mit einem wirren Kopfnicken ließ er die Tür hart ins Schloss fallen. Es wurde still im Raum.
»Martin«, sagte Hager und blickte ihm fest in die Augen.
Martin schluckte. »Ich weiß, ich weiß. Jetzt kommt die verdiente Abreibung.«
Fürchtegott Hager schmunzelte. »Ganz im Gegenteil, lieber Kollege. Sie haben den Jungen an seinem wunden Punkt gepackt. Das war vorzügliche Verhörtaktik. Meine Gratulation! Ich hätte es kaum besser machen können.«
»Aber … er ist uns entwischt!«, stammelte der Experte.
Hager zog gleichgültig die Schultern hoch. »Das macht nichts. Den finden wir schon wieder.«
Martin war verwirrt, unschlüssig und auf seltsame Weise gerührt zugleich. Er zeigte ein verunglücktes wie entschuldigendes Lächeln. »Hab ich mir wenigstens einen Cappuccino verdient?«, fragte er vorsichtig.
Fürchtegott Hager lachte befreit. »Meinetwegen auch zwei. Kommen Sie, Kollege. Martin!«

*

Mittags saß der Kommissar in der Kantine und genoss seit Langem einmal wieder das zubereitete Essen. Es gab Spätzle mit Hühner-

geschnetzeltem, dazu Feldsalat, als Nachtisch Wackelpeter. Wahrscheinlich lag es an der Tatsache, dass er tags zuvor wenig gegessen hatte. Jedenfalls verputzte er alles bis auf den letzten Rest.
Der Vormittag war einigermaßen gut verlaufen. Auch wenn sich dieser Timm abermals auf der Flucht befand, machte er nicht den Fehler und stellte ihn als Hauptverdächtigen an die Spitze seiner Ermittlungsarbeit. Obwohl er in der Tat seinem Vorgesetzten und dem Staatsanwalt gegenüber Derartiges wage angedeutet hatte. Sollten sie glauben, was sie wollten. Jedenfalls kehrte mit dieser mit Bedacht erwogenen Vorsichtsmaßnahme erst einmal Ruhe für die nächsten Stunden ein. Und Ruhe hatte er bitter nötig.
Extra für Martin hatte er Cappuccino bei einer Kollegin im Büro nebenan besorgt. Der Herr Doktor hatte ihn mit Wonne genossen. Ansonsten war das an die Befragung anschließende Gespräch zwischen den beiden Männern eher einsilbig verlaufen. Ein jeder hing seinen Gedanken nach, bis Martin zurück ins Museum gefahren war und Hager sich auf den Weg in die Kantine gemacht hatte.
Als der Kommissar den Teller und die beiden Schälchen in den Geschirrwagen sortierte, klopfte ihm jemand von hinten auf die Schulter.
»Na, Fürchtegott, alles im Lot?«
Hager zuckte zusammen, als habe er einen Stromschlag erhalten. *Die Stunde der Wahrheit!*, hämmerte es ihm schmerzhaft gegen die Stirn. Langsam drehte er sich um und zeigte ein verletztes Lächeln. »Alles bestens, danke«, rang er sich ab und wollte die Flucht ergreifen.
»Du hast es wohl heute ziemlich eilig, was?«, sagte einer der beiden Streifenpolizisten und grinste.
»Nur zu«, meinte der andere. »Was du heute kannst besorgen …«
»Ich glaub bei ihm ist der Spruch *Du sollst den Tag nicht vor dem Abend loben* besser angebracht«, sagte der Oberwachtmeister.
»Tja, also … ich … ich muss dann wieder«, stammelte der Kommissar und wandte sich von den beiden ab.
»Nichts für ungut! Von uns erfährt keiner ein Wort!«, versicherte sein Begleiter.
Beide prusteten ungeniert los.

*

Martin war damit beschäftigt, die ersten gelieferten Tafeln für die neuen Vitrinen vorzubereiten. Hausmeister Rudi stand neben ihm und begutachtete den Verlauf der Arbeiten.
»Die Schrift ist ziemlich klein«, merkte Martin an und drückte die Tafel mit einer Hand gegen die Scheibe der Vitrine.
»Steht ja auch ziemlich viel drauf«, warf Rudi ein und legte den Kopf schief.
»Ich hab mich auf das Wesentliche beschränkt«, entgegnete Martin.
»Trotzdem scheint mir der Kompromiss alles andere als gelungen.« Rudi kratzte sich am Kinn. »Vielleicht sollte man die Tafeln in Augenhöhe neben die Vitrinen setzen.«
»Keine schlechte Idee. Haben wir genügend Ständer im Haus?«
»Jede Menge. Und falls sie nicht reichen sollten, kann ich im Handumdrehen welche selber machen. Das ist 'ne Kleinigkeit.«
Martin lächelte. »Wenn wir dich nicht hätten.«
»Tja, dann würdet ihr manchmal ganz schön dumm aus der Wäsche gucken, was?«
In diesem Moment kamen Frau Doktor Gruber und Kirstin in die Halle spaziert.
»Gibt es Probleme?«, rief Frau Gruber schon von Weitem.
Rudi und Martin schüttelten unisono die Köpfe.
»Dann ist ja alles in Butter«, meinte sie und grinste, nachdem sie bei der Vitrine angekommen war. »Morgen kommen die Exponate. Es wäre prima, wenn bis dahin genügend Schaukästen an Ort und Stelle stünden.«
»Wird prompt erledigt, Chefin«, sagte Rudi, spuckte in die Hände und lief von dannen.
»Haben Sie mal einen Augenblick Zeit für mich?«, wandte sich Frau Gruber an Martin.
»Klar doch, immer. Schießen Sie los.«
»Uns ist vorhin eine tolle Idee gekommen«, sprudelte es aus der Frau Doktor heraus. »Wir haben doch die ganze Zeit über nach einem Motiv für die Ausstellung gesucht. Nach einem Hingucker, der sich ohne Probleme als Aufmacher oder Logo verwenden lässt. Sie wissen ja, dass mir die Idee mit dem Kösseinehöhenzug nicht gefallen hat. Das Motiv ist zu abgedroschen, als dass sich wirklich noch einer dafür interessieren dürfte. Da ist uns das Granitlabyrinth am Fuße

des Epprechtsteins eingefallen. Na ja, ehrlich gesagt, es war Kirstins Idee.«
»Prima!« Martin überlegte zwei Sekunden. »Das wird bestimmt toll aussehen: unten die Steine, in der Mitte die Stele und links und rechts reichlich Platz für Text. Als Logo geradezu prädestiniert, würde ich sagen.«
Frau Dr. Gruber grinste breit. »Dann sind wir uns also einig. Nun bräuchten wir nur noch eine passende Aufnahme.« Sie blickte von Kirstin zu Martin. »Wie wäre es, wenn Sie beide sich gleich mal auf den Weg machen würden, um diese zu besorgen? Sie wissen ja, wie das mit dem Copyright ist. Ich möchte dahingehend keine unliebsamen Überraschungen erleben. Die Kameraausrüstung liegt bei mir auf dem Schreibtisch. Stativ und alles Weitere liegen in der Ecke. Das Wetter passt vorzüglich: durchgehend hohe, farblose Bewölkung. Das wirft keine störenden Schatten und lässt sich im Handumdrehen retuschieren. Suchen Sie sich einen geeigneten Blickwinkel aus. Man soll nicht nur ein paar Steine sehen, sondern das ganze Bauwerk erfassen können. Alles klar?«
Martin lächelte Kirstin an.
»Wir sind schon unterwegs«, rief diese und zog Martin kurzerhand hinter sich her.

*

Fürchtgott Hager lenkte sich nach dem Mittagessen (das ihm jetzt doch schwer im Magen lag) mit Routinearbeiten ab. Er veranlasste die Fahndung nach Timm Ziegler, telefonierte mit seiner Mutter, die ob der neuesten Vorkommnisse aus allen Wolken fiel, und machte sich anschließend daran, sämtliche bis dato bekannten Einzelheiten des Falls mit Filzstiften auf die neue Tafel zu schreiben, die ihm Saalfelder nach dem Reinfall mit der Pressekonferenz besorgt hatte. Der Kommissar war äußerst skeptisch, was die Verwendung solcher neumodischer Hilfsmittel betraf, aber mit der Zeit merkte er, dass ihm diese ungewohnte Vorgehensweise nicht nur Gedächtnisstütze, sondern auch Partnerersatz beim Nachdenken und Abwägen seines Falls sein konnte. In die Mitte der Tafel hatte er ein Fragezeichen gemalt. Drumherum pappten Abzüge der Fotos vom Tatort. Im

Anschluss folgte ein Kreis, auf dessen Rand er Epprechtstein gekritzelt hatte. Unten rechts hatte Hanns der Schwammerlsucher seinen Platz gefunden, links daneben Timm. Rechts oben malte er nun das Wort MOTIV in großen Buchstaben, links daneben TÄTER. Alsdann trat er einige Schritte zurück und musterte sein Werk mit kritischem Blick.

Für den Anfang nicht schlecht, entschied er – *trotzdem sehr dürftig*. Eigentlich hätte er die ganze Tafel mit Fragezeichen versehen mögen, doch dachte er mit Unbehagen an Saalfelder und den Staatsanwalt. Wenn er den beiden derart offenkundig sein Unwissen zur Schau stellen würde, könnte er ebenso gut seine Koffer packen.

Er trat erneut an die Tafel heran und presste die Lippen aufeinander. *Du bist Profi, Fürchtegott!*, machte er sich Mut. *Fass einfach die Hinweise und Möglichkeiten zusammen, wie du es immer tust!* Hager holte Luft. *Wer kommt als Täter infrage?*, bemühte er fieberhaft seine grauen Gehirnzellen. *Ein Mann … eine Frau hätte das Kreuz nicht über die Mauer gebracht*, zitierte er frei den KTU-Bericht. *Der Täter ist aller Wahrscheinlichkeit nach ein Mann. Ein erwachsener, kräftig gebauter Mann.* Hager notierte fleißig seine Schlussfolgerungen.

Warum hat der Täter sein Opfer ans Kreuz geschlagen? Der Kommissar biss sich auf die Lippen. *Die Marter des Kreuzigens fand ausschließlich bei Sklaven und Schwerverbrechern Anwendung, niemals bei den Bürgern Roms*, erinnerte er sich Streitbergs Erläuterungen. Das hieß, das Opfer hatte sich womöglich selbst eines Verbrechens schuldig gemacht. *Welches Verbrechens? Mord, Totschlag, Kidnapping, Vergewaltigung?* Er hatte keine Ahnung, ob sexueller Missbrauch bei den alten Römern als Verbrechen galt. Trotzdem schrieb er die Vermutung artig nieder. *Sklaven … Bürger Roms …* Sklaven holte man sich aus den eroberten Ländern. Sie waren Fremde – Ausländer. *Ausländer? Das Opfer könnte Ausländer sein. Ein Ausländer, der selbst ein Verbrechen begangen hat.* Der Stift fuhr quietschend über die Tafel.

Was kommt demnach als Motiv infrage? Er dachte an seine erste Unterhaltung am Tatort zurück: *Das war keine Tat im Affekt! Das war eine von langer Hand geplante Hinrichtung*, waren seine eigenen Worte gewesen. *Und warum richtet man einen Menschen auf derart brutale Weise? Um ein Zeichen zu setzen – aus Rache, aus Vergeltung!* Hager bemühte abermals den Stift in seiner Hand.

Aber wie komme ich der Sache näher? Keine Beweise, keine Zeugen, keine verdächtigen Vermissten. Nur ein alter Mann. Ein Schwammerlsucher. Und ein Hexenring! *Der Hexenring … Hexenring? Man sagt, es bringt Unglück, einen zu betreten …*
Unglück.
Unwissenheit.
Ungläubigkeit.
Der falsche Glaube. *Heil dir, Satan! Timm …*
Im Kopf des Kommissars begann sich alles zu drehen.
Hager zwang sich zur Ruhe. Was hatte Streitberg gesagt? … *Jedes außergewöhnliche Ereignis drückt seiner Umgebung einen Stempel auf … ähnlich einem Fingerabdruck. Es braucht nur eines Mediums, um die ganze Wahrheit zugänglich zu machen* … War das alles Humbug? Oder eine reelle Chance, die er nicht vernachlässigen durfte? Doch was würden seine Vorgesetzten sagen, wenn er ihnen ein Medium präsentierte? Würden sie ihn nicht zwangsläufig für urlaubsreif, wenn nicht gar für vorruhestandsreif halten?
Hager spürte plötzlich, wie sich ihm eine Hand auf die Schulter legte. Er zuckte zusammen und wirbelte herum.
»Meine Güte, Fürchtegott!«, rief der Besitzer der Hand und ließ sie schleunigst verschwinden.
»Saalfelder.« Der Kommissar griff sich an die Brust und atmete erleichtert auf. »Seit wann schleichst du dich an deine Untergebenen ran? Ist das eine neue Kontrolltechnik? Ich hätte fast einen Herzinfarkt bekommen.«
Hagers Chef legte ein Grinsen auf. »Wie ich sehe, hast du dich bereits mit deinem neuen Hilfsmittel vertraut gemacht. Prima!«
Saalfelder trat einen Schritt näher und neigte den Kopf: »Aha! Epprechtstein. Der Tatort. Sehr schön. Motiv: Rache, Vergeltung für ein Verbrechen. Das Opfer: Ausländer, der sich … Was soll das heißen?«
»Selbst eines Verbrechens schuldig gemacht hat«, ergänzte der Kommissar unwirsch.
»Na, es geht doch!« Saalfelders Grinsen wurde breiter. »Damit bist du jetzt endlich auf dem Stand von vor zehn Jahren angekommen, Fürchtegott.«
»Und was soll das heißen?«, knurrte Hager ungehalten. Er hatte sich

von Saalfelder Lob erwartet – zumindest keine Kritik oder dumme Bemerkungen.
Saalfelder lachte polternd. »Heutzutage hat man Videowände, Touchscreens, vernetzte Computer, mit deren Hilfe man alle relevanten Fakten und Daten in Nullkommanichts zusammensammeln und bildlich darstellen kann.«
Hagers Gesichtsausdruck sprach Bände. »Wer hat das?«
»Die Sokos in den Großstädten.« Saalfelder räusperte sich. »Aber dafür gibt es bei uns natürlich kein Geld. Tja, leider.«
»Firlefanz!«, konterte Fürchtegott. »Es geht nichts über den gesunden Menschenverstand und Kombinationsgabe. Ich gebe ja zu, dass dieses Ding hier es ermöglicht, die Übersicht zu behalten (vor allem für Außenstehende), aber es ist nicht wirklich etwas Neues. Was meinst du wohl, wie ich die letzten Jahre gearbeitet habe? Mit Tontafel und Griffel?« Hager spürte deutlich, wie er begann, sich in Rage zu reden.
»Wie dem auch sei.« Der Chef wandte sich zum Gehen. »Mach weiter so, Fürchtegott. Du bist auf dem richtigen Weg. Und falls es Neuigkeiten gibt, möchte ich der Erste sein, der sie erfährt. Kann ich mich auf dich verlassen?«
Hager nickte stumm.
Saalfelder streckte ihm den erhobenen Daumen entgegen und verließ das Büro.
Der Kommissar bewegte sich langsam im Rückwärtsgang weg von der Tafel hin zu seinem Schreibtisch. Es gab so viele offene Fragen – zu viele!

XXII.

Auf der Fahrt nach Buchhaus schwiegen sie beide eine Weile. Jeder dachte an die letzte Nacht und ihre Ereignisse zurück. Martins Bemerkung über den Ort, an dem sie sich geliebt hatten, hatte zunächst einen Schatten über Kirstin gelegt. Aber Martins zärtliche Fürsorge hatte diesen im Nu verscheucht. Kaum dass sie wieder im Auto saßen, waren sie ein weiteres Mal übereinander hergefallen, voller Lust und Gier, aber auch voller Sehnsucht und Liebe.

Kirstin mauserte sich immer mehr zu der Frau, auf die er sein Leben lang gewartet hatte. Der gestrige Abend war nur der Auftakt eines langen gemeinsamen Weges durch das Dick und Dünn des Lebens gewesen. Martins Selbstzweifel waren dahin geschmolzen. Jeder Kuss von ihr hatte seine anfänglichen Bedenken hinweggefegt. Er wollte sich nicht länger selbst im Weg stehen, und er wollte erst recht nicht an die Zeit denken, da er wieder nach Hause zurückkehren musste. Seine neue Heimat war kein Ort, sondern ein Mensch, der es wert war, ihm überall hin zu folgen.
»Die Bemerkung gestern war dumm von mir«, sagte Kirstin leise, kurz bevor sie den Parkplatz erreichten.
Martin lachte nur und schenkte ihr verliebte Blicke. »Welche meinst du?«
»Dass nur ein Archäologe sich einen derart perfiden Ort für sein Schäferstündchen wählen kann«, flüsterte sie, doch dann konnte auch Kirstin ein Kichern nicht unterdrücken.
»Du wirst dich bestimmt an meine Art von Humor gewöhnen«, antwortete Martin und bog auf den Wanderparkplatz ein.
Die mitgeführte Fotoausrüstung war vom Allerfeinsten: eine Nikon neuester Bauart mit Vollformatchip und 24 Megapixel Auflösung, dazu ein 20er Weitwinkelobjektiv und eine 50er Festbrennweite mit extrem hoher Lichtstärke, ein ausziehbares Teleskopstativ mit Ständer, Auslöser an der Basis und Kontrollmonitor sowie allerlei Krimskrams wie Filter und Sonnenblenden für die Objektive.
Martin versuchte sich am Zusammenbau des Stativs, mit dem das Labyrinth leicht aus einer Höhe von fünf Metern abgebildet werden konnte, während Kirstin mit der Kamera herumspielte.
»Ich hab dich«, sagte sie keck und drückte auf den Auslöser.
»Kirstin! Nicht!«, beschwerte sich Martin nur so zum Spaß. »Was soll unsere gemeinsame Chefin denken, wenn sie sieht, wie albern ich mich mit diesem Stativ herumschlage?«
»Sie wird einsehen müssen, dass du zwar als Archäologe ganz brauchbar, als Handwerker jedoch eine absolute Null bist«, scherzte Kirstin und betätigte erneut den Auslöseknopf.
»Ist das überhaupt ein Fotostativ?«, bemerkte Martin und bewegte sich mit einigen Teilen in der Hand auf die Linse zu. »Mich erinnert es eher an eine Hochseeangel.«

»Du bist unverbesserlich, Herr Doktor!«, kicherte Kristin und der Kameraspiegel klickte erneut.
»Lass den Doktor aus dem Spiel«, drohte Martin mit erhobenem Zeigefinger nahe dem Objektiv, »sonst verabreicht er dir eine Tracht Prügel auf deinen süßen Po!«
Klick, klick, klick …
Nachdem es Martin gelungen war, die Technik des Stativs zu entschlüsseln, beendete Kirstin ihr Foto-Shooting und übergab Martin widerstandslos die Kamera. Der schraubte diese am obersten Ende der langen Stange fest und steckte die Kabel für die Fernbedienung in die entsprechenden Buchsen am Kameragehäuse. Ein kurzer Test ergab, dass Kamera, Monitor und Fernauslöser einwandfrei funktionierten.
Gemeinsam verließen sie den Parkplatz, liefen einige Meter auf dem Fahrradweg entlang und bogen linker Hand zum Labyrinth ab.
Vor Schautafeln lagen einige blank geschliffene Steinwürfel der unterschiedlichsten Fichtelgebirgsgranite, die Martin sehr interessiert studierte. Auch eine Probe des Wunsiedler Marmors bot die Sammlung zur Ansicht.
»Eine steinreiche Gegend«, meinte Martin und versuchte sich umständlich am Hinterkopf zu kratzen, ohne das Stativ und die Ausrüstung zu gefährden.
»Das war einmal«, entgegnete Kirstin trocken. »Die Tage des Wohlstands sind Geschichte. Aber selbst damals bescherte der Reichtum nur einer Handvoll Menschen ein Leben in bescheidenem Luxus. Der Rest lebte in bitterer Armut.«
»Wie wahr, wie wahr«, sagte Martin und warf den Steinwürfeln bemitleidende Blicke zu.
»Wir müssen einen geeigneten Ort für die Aufnahme finden.« Kirstin legte einen Finger an die Unterlippe.
Der Himmel war, wie Frau Dr. Gruber vorausgesagt hatte, in diesiges Grau gehüllt. Die Steine warfen tatsächlich keinerlei Schatten. Während Kirstin um das Steinmonument herum lief, folgte ihr Martin mit dem Stativ. Es war gar nicht leicht, das fragile Gebilde zu tragen. Die massiven Stützen waren seinen Beinen beständig im Weg, die lange Stange, mit dem Fotoapparat an seiner Spitze, neigte zu unkontrollierten Kreiselbewegungen. Zudem versuchte Martin, den

dargebotenen Blickwinkel am Monitor zu verfolgen. Dank des Weitwinkelobjektivs reichte ein geringer Abstand zum Objekt, um es formatfüllend abzubilden. Kirstin erklomm den kleinen Hügel, den man extra angelegt hatte, damit die Besucher den Weg durch den Irrgarten aus erhöhter Position begutachten konnten.

»Versuch es hier einmal.«, Kirstin wies mit dem Zeigefinger neben die beiden Sitzblöcke vor ihren Füßen.

Martin kam herangekeucht und stellte das mittlerweile schwer gewordene Stativ auf die zugewiesene Stelle. Ein bisschen nach links, einen halben Meter zurück. Hernach begutachteten sie beide den eingestellten Ausschnitt auf dem Display.

»Bravo!«, rief Martin und klatschte in die Hände. »Warum bist Du nicht Fotografin geworden?«

Kirstin lächelte. »Weil es vor Dir kein lohnenswertes Motiv gab.«

»Wohl gesprochen«, verkündete das Motiv und sah in diesem Moment sehr, sehr verliebt aus.

»Hast du die Aufnahme?«

»Gleich«, sagte Martin und betätigte den Auslösemechanismus.

»Vielleicht sollten wir es von hier versuchen«, rief Kirstin, die bereits den Hügel verlassen hatte. »Der Hintergrund gefällt mir besser.«

Martin folgte seiner Liebsten.

Und klick!

Eine ganze Weile umkreisten sie so das Granitmeer. Am Ende hatten sie (inklusive Kirstins Aufnahmen von Martin) 47 Bilder auf die Speicherkarte gebannt. Martins Arme waren schwer geworden. Er war froh, den Rückweg zum Wagen antreten zu dürfen.

»Fotografieren kann anstrengend sein«, scherzte Kirstin.

»Und da heißt es immer, Künstler hätten es leicht im Leben«, konterte Martin, während er begann, die Teleskopstange einzuholen.

»Einer der Trugschlüsse, wie sie nur Laien von sich geben können«, antwortete Kirstin keck.

Nachdem Martin die ganze Ausrüstung sorgfältig in seinem Kofferraum verstaut hatte, lehnte er sich gegen den Wagen. »Jetzt haben wir uns ein kleines Päuschen verdient, oder?«

»Aber sicher, armer Martin«, lachte Kirstin. »Wollen wir uns in das Labyrinth wagen?«

»Traust du dich denn mit dem Herrn Doktor hinein?«

»Mit dir fühle ich mich vollkommen sicher.« Kirstin eilte davon und blieb vor dem am Eingang befindlichen Granitbrocken stehen, der die Inschrift trug: EPPRECHTSTEIN LABYRINTH – errichtet im Jahr 2009.

Martin drängte sich hinter sie und schlang die Hände um ihre Hüften. »Deshalb sieht es so jungfräulich aus.«

»Du bist ein alter Charmeur, weißt Du das?«, sagte sie und drehte sich zu ihm um.

Martin sah ihr sehnsüchtig in die Augen und küsste sie zärtlich auf den Mund. »Ein *junger* Charmeur!«, verbesserte er sie.

Kirstin griff nach seiner Hand und gemeinsam durchschritten sie den Eingang des Monuments.

Martin war überglücklich. Kirstin war endlich wieder so, wie er sie kannte. Die Schrecken der letzten Tage waren aus ihrem Gemüt gewichen. Nun wollte er dafür sorgen, dass es keinen Rückfall gab.

»Hast du eigentlich schon viel vom Fichtelgebirge gesehen?«, unterbrach sie seine Gedanken.

»Gesehen nicht, aber gelesen«, antwortete Martin. »Es soll hier einen Steinbruchweg geben. Kennst Du ihn?«

»Ich weiß, dass es ihn gibt, aber ich kenne ihn nicht wirklich«, antwortete Kirstin und verlangsamte das Tempo.

»Wie darf ich das verstehen?«

Kirstin zögerte einen Augenblick. »In der Blütezeit des Granitabbaus, im 19. Jahrhundert, gab es hier rund zwanzig Steinbrüche. Der größte davon war und ist der sogenannte Schlossbrunnenbruch. Wenn man Kirchenlamitz verlässt, kann man ihn leicht an der Ostseite des Berges erkennen. Von hier aus ist er unsichtbar. Der Bau der Eisenbahn machte es möglich, dass Epprechtsteingranit zeitweise in alle Herren Länder verkauft wurde. Nach einer ersten Flaute war die Granitindustrie während des Dritten Reiches erneut gefragt wie nie zuvor. Aber bereits kurz nach Kriegsende verlor sie endgültig an Bedeutung, da der wertvolle Granit durch andere und billigere Baustoffe ersetzt wurde. Noch heute sind einige wenige Steinbrüche in Betrieb. Der Schlossbrunnenbruch gehört dazu. Aber es reicht gerade zum Überleben.

Der Steinbruchweg beginnt dort drüben an der ehemaligen Eisenbahnverladestation. Er soll sehr eindrucksvoll sein und gewährt tiefe

Einblicke in das harte und gefährliche Leben der Steinhauer. Es gibt sogar einen Unterstand, der bei den Sprengungen aufgesucht werden musste, ein altes Dynamitlager, etliche Loren und mehrere Lastkräne, mit denen die Blöcke bewegt worden sind.«
»Woher weißt du das alles?«
Kirstin schluckte. »Ich habe wie du darüber gelesen.«
Martin gab sich mit dieser Antwort zufrieden. »Wollen wir auch den Steinbruchweg gemeinsam gehen? Ich bin ganz neugierig.«
»Ein andermal. Versprochen«, sagte Kirstin und setzte sich wieder in Bewegung. »In wie vielen Labyrinthen bist du bisher gewesen?«
»Ist nicht das ganze Leben ein Labyrinth?«, gab er ihr vieldeutig zur Antwort.
»Wenn du damit die Ecken und Kanten, die engen Wände und die zahllosen Sackgassen meinst, gebe ich dir uneingeschränkt recht.«
»Kein Weg verläuft geradlinig, auch wenn es uns die Erinnerung manchmal so vorgaukeln will. Im Gegenteil, der Mensch braucht Umwege und Irrwege, um die Augen öffnen zu können, um zur Erleuchtung, zu Gott zu finden. Im Labyrinth des Lebens ist kein Weg umsonst angelegt. Es sind die Erfahrungen, die Siege ebenso wie die Niederlagen, die uns reifen lassen. Der Kampf der Gegensätze ist nie zu Ende. Nur das Ziel ist vorgegeben: es liegt genau in der Mitte. Hierin findet sich auch die gemeinsame Bedeutung mit der Spirale. Auch sie ist ein Symbol für den Lebenslauf, auch wenn sich dieser dort als weitaus gleichmäßiger darstellt …« Martin war in seinem Element.
Bald hatten sie die Mitte des Irrgartens erreicht, die eine aufrecht stehende Granitstele bildete.
»Im Labyrinth verliert man sich nicht«, las Kirstin eine der darin befindlichen Inschriften.
»Man findet sich. Mann findet Frau.«
Kirstin lachte und legte den Kopf schief. »Ist das nicht ein etwas zu krasser Stilbruch?«
»Keineswegs. Das Labyrinth als Symbol ist so alt wie die Menschheit. Ich bin der festen Überzeugung, dass diese Allegorie noch vor der eigentlichen Sprache als Bildsprache verstanden, weitergegeben und gedeutet wurde. Der meditative Charakter muss quasi als Bindeglied zwischen Mensch und Tier verstanden werden – in kognitiver

Hinsicht, versteht sich. Vergleichen wir die Oberfläche der Großhirnrinde mit dem Labyrinth, stellen wir erstaunliche Parallelen fest. Die Windungen unserer grauen Zellen sind vorrangig den engen Platzverhältnissen im Schädel geschuldet. (Wusstest du, dass die ausgebreitete Oberfläche der Großhirnrinde in etwa der Größe eines Fußballfeldes entspricht? Erstaunlich, nicht?) Soll heißen: die figürliche Wirkung auf uns ergibt sich aus einem räumlichen Problem heraus. Und trotzdem ist die Intension beider identisch. Das Labyrinth als Sinnbild des Lebens versucht nicht anders als unser Denkapparat, die unzähligen Versuche auf dem Weg zur Selbstfindung nach dem Trial-and-Error-Prinzip in die enge zeitliche Begrenzung der Lebensspanne zu pressen. Außerdem …«

»Im Labyrinth begegnet man nicht dem Minotaurus«, rezitierte Kirstin die nächste Inschrift.

»Nur sich selbst«, vollendete Martin den Gedanken. »Obwohl ich mir vorstellen kann, dass der alte Dädalus bei der Planung seines Labyrinths in Knossos tatsächlich von einem Untier ausging, das um jeden Preis gefangen gehalten werden sollte.«

»Und was ist mit der guten alten Ariadne?«, widersprach Kirstin schelmisch.

Martin schlang sie fest in die Arme und küsste sie innig. »Ich bin Theseus. Wo ist dein Faden?«

»Merkst du es denn nicht?«, sagte Kirstin und schloss gierig die Augen. »Du hängst längst an ihm.«

*

Der Kommissar versuchte auf der Fahrt nach Kirchenlamitz die drohenden Schatten loszuwerden. Er hatte das Autoradio angestellt und lauschte den Klängen von ABBAs Waterloo. Auch er hatte eine entscheidende Schlacht vor sich. Es ging dabei um nichts weniger als um einen Befreiungsschlag, der ihn wieder zu dem machen sollte, was er war: ein zuverlässiger Polizeibeamter, auf den man sich zu hundert Prozent verlassen konnte. Seine Gegner waren nicht die Franzosen oder die Briten, Niederländer und Preußen, sondern schlichtweg die Zeit, die ihm beharrlich durch die Finger rann. Ein Sieg würde einen entscheidenden Wendepunkt in der Geschichte

seiner Laufbahn darstellen. An eine Niederlage wollte er erst gar nicht denken.
Er wusste noch nicht, wie er diesen Schwammerlhanns zum Reden, geschweige denn dazu bringen sollte, ihm seine geheimen Wege zu verraten. Mehr als eine Bitte oder die Androhung von Strafe wegen Behinderung der Ermittlungsarbeiten zu einem Mordfall fiel ihm dazu nicht ein. Stattdessen nahm er sich vor, seinen Instinkt und seine Kunst, die benötigten Informationen aus seinem Gegenüber herauszukitzeln, zum Einsatz zu bringen. Was Streitberg gelungen war, würde ihm allemal gelingen, auch wenn er sich an diesem Hanns bisher die Zähne ausgebissen hatte. Vielleicht war es sinnig, seine Frau in die Unterredung einzubeziehen. Bei ihr konnte er sich sicher sein, dass sie alles unternehmen würde, um den Kriminalbeamten so schnell wie möglich loszuwerden.
Mit diesen Vorsätzen bewaffnet, fuhr er den schmalen Schotterweg zu dem etwas abseits gelegenen Hof entlang. Nachdem er den Motor abgestellt hatte und das Autoradio verstummt war, öffnete er die Tür und schwang sich ins Freie.
Der Himmel war weißgrau, die Temperatur war angenehm und es wehte ein leichtes Lüftchen. Zielstrebig lief er auf die alte Eingangstür zu. Wie bei seinem letzten Besuch klopfte er zunächst gegen die Holztür, wartete diesmal aber nicht auf ein Zeichen von drinnen, sondern drückte sogleich die Klinke nieder und trat über die Schwelle.
Im Flur war es so düster wie bei seiner ersten Stippvisite. Sein Blick streifte kurz die Schuhsammlung und den alten Schrank, ehe er sich beharrlich der Küchentür zuwandte. Die Luft wirkte abgestanden. Der Geruch nach Feuchtigkeit in dem altem Gemäuer fuhr ihm in die Nase. Aber da war noch etwas, dass er nicht sogleich zuzuordnen wusste.
Ein kurzes Klopfen. Keine Antwort.
Hager trat ein. Die Küche war leer. Was ihn hingegen verwunderte, war die Tatsache, dass das Feuer in dem alten Herd erloschen war. Es roch nach kaltem Rauch und Abbrand. *Untypisch!*, schlussfolgerte der Kommissar und verließ den Raum.
Im Flur stieg ihm abermals ein Geruch in die Nase. Hager schüttelte den Kopf. Konsequent klopfte er an die Wohnzimmertür und trat

ein. Niemand war zu sehen. Das Krankenlager war verwaist, Decke und Kissen ordentlich auf dem Sofa drapiert. *Seltsam!*
Abermals im Flur stehend hob er den Kopf und spürte genauer dem Duft nach, der nicht weichen wollte. Es war ein Geruch, den er kannte. Ihn hier und jetzt anzutreffen, wollte er sich nicht eingestehen.
»Hallo!«, rief er die schmale Stiege empor. Eine Antwort erwartete er nicht wirklich.
Ein weiteres Mal hob er den Kopf und schnupperte. Nun war er sich ganz sicher. Sein Instinkt hatte endgültig die Oberhand gewonnen. Ihm war es auch zu schulden, dass er nun vorsichtig den rechten Verschlag neben dem Vorratsschrank öffnete. Sogleich wurden seine Vermutungen bestätigt. Der zuvor wahrgenommene Gestank verstärkte sich zur Gewissheit.
Hager schlich den engen Gang entlang und warf einen kurzen Blick auf das winzige Fensterchen, das zwischen den dicken Mauern deplaziert wirkte, sodann auf das schmucklose Badezimmer, nebst Toilette. *Ein verflucht entbehrliches Leben!* Das fahle Leuchten der alten Lampe an der Decke vermochte kaum die drohende Düsternis zu erhellen.
Jetzt stand er vor der ehemaligen Stalltür. Sie war nur angelehnt.
Fürchtegott war auf das Schlimmste gefasst. Zögernd griff er nach dem schmiedeeisernern Riegel und zog die wurmstichige Lattentür knarrend auf. *Wie ein Sargdeckel!*, durchzuckte ihn Klarheit.
Der Geruch nach Feuchtigkeit, Moder und Fäulnis stach ihm in die Nase. Er glaubte, das Surren von Fliegen zu vernehmen. Ansonsten herrschte Totenstille. Sein Blick fiel auf die einsame Leuchte an der Decke, nicht viel mehr als eine bräunliche Porzellanfassung, in der eine matte Lampe brannte. Wenig daneben erkannte er einen eisernen Ring, der fest in dem bröckelnden Ziegelgewölbe steckte.
Preußengewölbe!, drängte sich ihm der Gedanke auf. So hieß diese Art von Deckenkonstruktion, bei der eiserne Träger in gleich bleibenden Abständen mit hart gebrannten Ziegeln zu kleinen Kuppeln vermauert waren. Hager schüttelte den Kopf. Absurd, sich in solch einer Lage darüber Gedanken zu machen. Der Kommissar fixierte erneut den eisernen Ring an der Decke und den Rest zerrissenen Seils, der daran baumelte.

Erst jetzt ließ er den Kopf sinken und nahm das Bild wahr, das sich ihm darbot. Zwei Menschen lagen übereinander. Daneben ein Kopf stehender Melkschemel und eine Taschenlampe. Das Gesicht des Mannes war ihm zugewandt und zeigte, die matten Augen leer in unnatürlich tiefen Höhlen erstarrt, Hanns den Schwammerlsucher. Aus seiner Stirn war Blut geronnen und zu braunem Belag erstarrt. Sein Mund stand offen und eifrige Insekten hatten den entstandenen Hohlraum längst als willkommenes Futterreservat beschlagnahmt. Zwei dicke Stallfliegen surrten daraus hervor.
Der Kommissar griff sich an die Kehle, verzog das Gesicht und suchte den dicken Brocken zu schlucken, der sich dort breitzumachen begann.
Erna lag über der Brust ihres Mannes, als wollte sie ihn vor einem drohenden Angriff schützen. Ihre dünnen Beine ragten unter der faltigen Schürze hervor, wie hingeworfene Stecken. Die abgewetzten Pantoffeln an ihren Füßen wirkten übergroß, grotesk, nahezu albern. Ihr Rücken war in Höhe der Schulterblätter spitz geknickt. Hager registrierte, dass sie einen Buckel hatte, der ihm zuvor nicht aufgefallen war. Ihre Hände wirkten unnatürlich sehnig und knochig. Eine lag auf der rechten Schulter ihres Mannes, die andere sah aus, als wollte sie sich auf dem Boden abstützen. Zwischen ihren Fingern hielt sie den Rest der zerrissenen Schlinge. Ihr Haar war weißgrau und zu einem perfekten Dutt zusammengebunden.
Um ihr Gesicht sehen zu können, musste der Kommissar das alte Ehepaar umrunden. Er warf nur einen kurzen Blick darauf. Umso mehr brannte sich der Ausdruck von unsäglichem Kummer, Leid und Trauer in seinem Gedächtnis fest.
Auf der Werkbank dahinter lagen die Reste eines alten Balkens nebst diversem Werkzeug. Es mochte Zufall sein, aber er glaubte nicht wirklich an Zufälle. Aus diesem Holz war das Kreuz für die Hinrichtung gefertigt worden.
Der Kommissar verließ im Laufschritt die schauerliche Gruft, eilte den Gang zurück in den Flur und ließ die Haustür hinter sich hart ins Schloss fallen.
Im Hof blieb er stehen und schnappte nach Luft.
Der Fall hatte eine rasche und völlig unerwartete Wendung genommen. Das war einerseits gut, andererseits warfen die Geschehnisse

mehr und neue Fragen auf – und stellten zudem seine vorherigen Überlegungen, zumindest was den Täter anbelangte, komplett auf den Kopf. Was hatten diese alten Leutchen zu verbergen? Was war es, das sie in den Tod getrieben hatte?
Die Erklärungsversuche würden ihren Platz an seiner Tafel finden. Ganz gewiss sogar.
Hager zog sein Handy aus der Jackentasche und verzog die Lippen zu einer angewiderten Geste.

*

Kaum im Museum zurück, machten sich Martin und Kirstin an die Arbeit, die Aufnahmen zu sichten. Kirstins PC war zwar nicht gerade das neueste Modell, aber mit einem relativ brauchbaren Bildbearbeitungsprogramm ausgestattet. Beide erwarteten mit Spannung das Hochladen der Fotos. Martin schob die Speicherkarte in das Laufwerk. Kirstin startete den Download.
Der gemeinsame wie unerwartete Ausflug hatte ihnen gut getan. Martin stand hinter Kirstin und konnte kaum umhin, sie zu berühren und zu liebkosen. Er suchte beständig ihre Nähe und konnte sich ein Leben ohne sie längst nicht mehr vorstellen.
»Martin«, sagte sie leise und konzentrierte sich auf den Balken am Bildschirm, der den Fortschritt der Datenübertragung dokumentierte. »Was soll unsere Chefin denken, wenn sie uns so sieht.«
»Sie wird denken, dass wir beide gut zusammenpassen«, konterte Martin, ließ seine Hände aber in den Hosentaschen verschwinden.
Als hätten sie es beide geahnt, betrat just in diesem Augenblick die Angesprochene das Büro. Sie kramte auf den Schränken an der Wand nach diversen Unterlagen, klemmte sie sich unter den Arm und wandte sich kurz den beiden zu.
»Na, Mission erfolgreich verlaufen?«
»Ich glaube schon«, sagte Martin. »Sie hatten übrigens vollkommen recht. Wetter und Himmel sind perfekt für dieses Vorhaben gewesen. Hochladen, aussuchen, bearbeiten. Ich denke, in einer halben Stunde können Sie die Früchte unserer Arbeit begutachten.«
»Das freut mich. Bis dann«. Mit diesen Worten verließ sie den Raum und Martin wandte sich erneut dem Objekt seiner Begierde zu.

»Kannst du dich um die Bilder kümmern?«, fragte Kirstin unvermutet und verließ ihren Schreibtisch.
Martin sah sie verdattert an. »Ja. Schon. Wieso?«
»Ich habe unser Meeting im Landratsamt ganz vergessen«, antwortete Kirstin geschäftig. »Ich muss dringend ein paar Sachen zusammensuchen.« Und schon stöberte sie, wie zuvor Frau Dr. Gruber, in Unterlagen herum.
Martin nahm an ihrem Schreibtisch Platz und stierte auf den Monitor und den Balken, der sich nur mühsam vorwärts kämpfte. Kirstin war oft so wechselhaft. In der einen Sekunde hellauf begeistert, in der nächsten zu Tode betrübt. Manisch-depressiv nannten das die Psychologen. Obwohl er sich vorgenommen hatte, nicht mehr über sie und das Geheimnis nachzugrübeln, dass sie allem Anschein nach mit sich herumschleppte, konnte er nicht umhin, sie bei der Sichtung der vermeintlichen Unterlagen zu beobachten. Ein kurzer Laut aus den Lautsprechern des PCs bescherte dem jedoch ein vorzeitiges Ende. *Gut so*, dachte Martin erleichtert, während sich das Bildbearbeitungsprogramm öffnete und die Aufnahmen der Reihe nach geladen wurden.
Obschon der Monitor nicht allzu groß war und dessen Auflösung zu wünschen übrig ließ, erkannte er ohne Weiteres, dass die Fotos im großen Ganzen vortrefflich gelungen waren. Mit einem Lächeln auf den Lippen betrachtete er die Bilder, die Kirstin von ihm gemacht hatte. Sie hatte wirklich Talent für Momentaufnahmen, auch wenn das Motiv in seinen Augen eher zweitklassig anmutete.
»Lass das bloß keinen sehen«, sagte er und lehnte sich im Stuhl zurück.
Kirstin kam um die beiden Schreibtische herum und grinste. »Wieso? Ich finde sie sehr aufschlussreich.«
»Ha, ha! Ich komm ziemlich bekloppt rüber.« Martin verschränkte die Arme vor der Brust und versuchte ein beleidigtes Gesicht aufzulegen.
»Ich wusste nicht, dass auch Eitelkeit zu deinen Schwächen zählt«, scherzte Kirstin ganz die Alte. »Ich werde mir überlegen, ob es nicht sinnig ist, die Bilder an die Presse zu verkaufen.«
»Wozu?«
»Für einen Artikel in der Art: *Männer und Technik, ein Widerspruch?*

oder *Fotografieren für Dummies – aller Anfang ist schwer!*« Kirstin lachte und hielt sich die Hand vor den Mund.
»Sehr witzig«, brummte Martin. »Aber weil du es bist, will ich dir verzeihen.«
»Danke, Herr Doktor.« Kirstin machte einen angedeuteten Knicks.
»Lass mal den Rest sehen.«
Martin öffnete ein Bild nach dem anderen.
Kirstin schien zufrieden.
»Die sind echt toll geworden. Unsere Chefin wird mit uns zufrieden sein.«
»Das war Teamwork in Reinkultur«, bestätigte Martin.
»Sag ich doch.« Kirstin wollte sich wieder auf den Weg zu ihren Unterlagen machen.
»Aber was ist das?«, entrann es Martin tonlos. Wie paralysiert starrte er auf den PC-Bildschirm.
»Was ist was?«, sagte Kirstin und lächelte.
Martin hob die Schultern. »Keine Ahnung. Komm und sieh es dir selbst an!«
Kirstin kam erneut um den Schreibtisch herum, legte ihm sanft einen Arm um die Schulter und blickte neugierig auf den Monitor.
»Was meinst du?«
»Dieses Ding da oben auf der Stele«, sagte Martin und befingerte zugleich die Mattscheibe.
»Ich kann nichts erkennen«, gestand Kirstin und rückte näher an den Bildschirm heran.
Martin zoomte das Detail größer. Dank der hohen Auflösung des Bildes blieb es nahezu scharf. »Was zum Teufel ist das?«
»Ein Bildfehler«, vermutete Kirstin und zog die Stirn in Falten.
Martin schüttelte unbewusst den Kopf. Nein, das war kein Bildfehler. Es sah eher aus wie ein … »Meine Güte!«, keuchte er und stellte auf maximale Vergrößerung.
Der Ausschnitt auf dem Computer war nun doch etwas verpixelt. Dennoch konnten sie beide nicht umhin, dem seltsamen Etwas Bedeutung beizumessen. Aber das konnte nicht sein – das durfte nicht sein. Martins Kinnlade klappte nach unten. Kirstins Finger krallten sich an seiner Schulter fest. Was folgte, war ein spitzer Aufschrei aus ihrer Kehle.

XXIII.

Wieder ist ein Jahr vergangen. Die Erinnerungen an Gertrud verblassen nach und nach. Trotzdem stelle ich mir vor, wie sie in einem großen vornehmen Haus wohnt und von ihren neuen Eltern gehegt und umsorgt wird. In meiner Vorstellung spricht sie jetzt fließend, lernt sogar Latein und Französisch und spielt Violine im Musikzimmer. Obwohl ich etwas neidisch bin, gönne ich ihr diese glückliche Wendung. Sie hat es verdient. Ganz sicher!

Eine seltsame Ruhe breitet sich in mir aus.

Ich habe bislang keine neue Freundin gefunden. Und ehrlich gesagt suche ich auch nicht länger danach. Ich bin mittlerweile eine Alteingesessene und werde von den Neuen gemieden. Sie wissen nicht, wie sie mit mir umgehen sollen, und einige haben wohl auch ein bisschen Angst vor mir. Ich denke, die Schwestern sind dafür verantwortlich. Sie sehen es seit Gertruds Abreise nicht gern, wenn ich mich mit anderen Mädchen abgebe. *Was befürchten sie?*

Tests gibt es keine mehr. Dafür bin ich dazu übergegangen, die Schwestern zu testen. Wenn sie sagen: *Na, Johanna, wie geht es uns heute?*, sehe ich sie von unten herauf an und antworte streng: *Nicht gut!* Dann gibt es zwei von den Blauen extra. Wenn ich sie hingegen vergnügt anlächle und sage: *Heute ist ein herrlicher Tag! Ich könnte die ganze Welt umarmen!*, lassen sie die Blauen weg und fügen eine Graue hinzu. Sie sind ja so leicht zu durchschauen.

Im Sammelfieber!

Die Sammelleidenschaft hat mich gepackt. Ich horte kleine Runde und Ovale. Das habe ich von Gertrud übernommen. Ich bin auch im Besitz ihrer Schatzkiste, die ich mir heimlich stibitzt habe, bevor sie das Zimmer saubermachen konnten, nachdem Gertrud abgereist war. Bestimmt wollte sie, dass ich sie bekomme und zur Sammlerin werde. Aber ich habe noch etwas, das meine Freundin nicht besessen hat – dieses Tagebuch. Es liegt zusammen mit der Schatzkiste sicher unter dem losen Brett unter meinem Bett. Niemand wird es finden. Und wenn doch, dann wird es dieses Haus und alles drum herum längst nicht mehr geben. Vergänglichkeit ist das Schicksal alles Irdischen – alles Menschlichen.

Johann macht sich rar.
Angeblich, weil er jetzt viel Zeit mit Gertrud verbringt. Aber er schweigt sich über ihre Treffen aus. Das finde ich ziemlich ungerecht und gemein. Immerhin bin ich allzeit ehrlich zu ihm gewesen. Unser Verhältnis hat sich dementsprechend abgekühlt. Manchmal ignoriere ich ihn, wenn er angekrochen kommt und Freundschaft heuchelt. Das geschieht ihm ganz recht. Er war schließlich *mein* Freund – mein einziger auf der Welt. Das einzig Exklusive, was mir geblieben war.
Funkstille!
Ich habe endgültig keine Lust mehr, mich zu kasteien, es aller Welt und, ja, auch den Schwestern, recht zu machen. Ich bin ein menschliches Wesen wie sie. Woher nehmen sie sich die Freiheit, über andere zu bestimmten? Ich selbst kann mein Leben in die Hand nehmen. Es ist genauso wertvoll wie das Ihre!
Pläneschmieden.
Allmählich begreife ich, dass Gertrud mir um Längen voraus gewesen ist. War das der Grund, warum sie geschwiegen hat? Ich bin aus anderem Holz geschnitzt. Ich will nicht schweigen – ich will aufbegehren, soweit es meine schwachen Kräfte zulassen. Selbst wenn mich die Schwestern für bockig halten, ich kann und will mir diese Bevormundung nicht länger gefallen lassen. Meine Schatzkiste füllt sich. Der Tag der Abreise wird kommen. Ich fiebere dem entgegen.
Phobos und Deimos?
Ihre Heimsuchungen sind mir zuwider. Obschon ihre Besuche von Jahr zu Jahr beständig abgenommen haben, scheinen sie sich doch hin und wieder an mich zu erinnern. Für die beiden bin ich nichts als ein willkommener Zeitvertreib, eine illustere Abwechslung, wenn sie Zerstreuung und Ablenkung von ihrem anarchistischen Alltag suchen. Mein Bedarf an Leid und Mitleid ist für alle Zeit gedeckt. Wer selbst im Glashaus sitzt, sollte aufpassen, mit welchen Steinen er um sich wirft. Wenn auch nur eine Scheibe zu Bruch geht, wird die Welt sich ihrer bemächtigen – und die Welt hat mittlerweile dazugelernt. Die alten Götter sind abgesetzt, zusammen mit den Dämonen ins Reich der Fabeln und Mythen verbannt. Sie sind nicht länger Herren, die sich am Schicksal anderer weiden, sondern bloße Erinnerung an eine Zeit, die längst vergangen ist.
Werft den Stein und schließt die Kluft.

Wir tun es nicht!
Ihr tut es doch, denn ihr könnt nicht anders.
Wir sind Götter!
Das ist vorbei.
Du hast nicht darüber zu entscheiden!
Doch, habe ich.
Was hast du vor?
Wenn ihr es nicht tut, tue ich es selbst.
Nein!
Doch.
BESUCH?
Mein erster Besucher, hurra! Ein junger Mann, etwas älter als ich, mit guten Manieren und überaus zuvorkommend. Ich habe keine Ahnung, wie er gerade auf mich gekommen ist. Er sagt, er kenne meine Geschichte, aber ich habe es unterlassen, ihn dahingehend auf die Probe zu stellen. Wir haben uns vorzüglich draußen im Garten auf einer Bank unterhalten, und er meinte, ich sei eine sehr charmante junge Dame. *Lächerlich!* Beim Abschied hat er mir sogar die Hand geküsst. Ein Kavalier der alten Schule, und er hat versprochen, bald wieder zu kommen. Ich freu mich drauf!
Da seht ihr es.
Was hast du getan?
Selbst den ersten Stein geworfen.
Wie wird uns?
Ihr vergeht.
Neeeiiinnn …

XXIV.

Fürchtegott Hager hatte, still in seinem Wagen vor sich hin brütend, auf die Ankunft der Kriminaltechniker gewartet. Er musste immer wieder an die Tüte mit den getrockneten Pilzen denken, die er vom Fußraum ins Handschuhfach und zu Hause angekommen vom Handschuhfach direkt in den Mülleimer verfrachtet hatte. Was immer dieser Hanns und seine Erna mit dem Fall zu tun haben mochten, er konnte sich beim besten Willen nicht vorstellen, dass sie

diejenigen waren, die das arme Opfer ans Kreuz geschlagen hatten. Das war grotesk und unannehmbar.
Zum Trost hatte er erstmals eine ernstzunehmende Spur. Leider endete diese vorerst im Stall des Ehepaars Wöllsauer. Wollte er weitere Hinweise haben, musste er sich wohl oder übel auf die Suche danach machen. Aus der Nadel im Heuhaufen war eine Gabel geworden. Immerhin.
Eines stand jedoch unumstößlich fest: Das Opfer musste eine Verbindung zu dieser Gegend haben, genauer gesagt zum Epprechtstein oder einer der umliegenden Ortschaften. Würde es ihm gelingen, die Identität des Fremden zu entschlüsseln, wäre der Rest des Falls lösbar. Leider fehlten dazu noch immer die nötigen Hinweise. Der Kommissar sandte ein Stoßgebet gen Himmel, dass sich dies in Bälde ändern möge.
Das Geräusch der sich nähernden Fahrzeuge riss ihn aus seinen Gedanken. Zwei Kombis der kriminaltechnischen Einheit fuhren knirschend über den Schotter. Hager stieg aus und grüßte die Kollegen mit einem kaum wahrnehmbaren Kopfnicken. Der Chef der Truppe, Alfons, kam auf ihn zu und streckte ihm die Hand entgegen.
»Der Fall scheint ja gehörig aus dem Ruder zu laufen.« Er biss die Lippen aufeinander und schüttelte den Kopf. »So viele Leichen in so kurzer Zeit hatten wir, soweit ich zurückdenken kann, noch nie gehabt.«
»Es gibt für alles ein erstes Mal«, sagte der Kommissar kurz angebunden.
»Was meinst du, gehen die Leichen auf das Konto des Täters?«, hakte Alfons mit einem Blick zum Berg und zur Ruine nach, die sich unter dem aschgrauen Himmel überraschend deutlich abzeichnete.
»Kaum«, gab Hager zurück. »Aber da drinnen werdet ihr unter anderem die Reste des Holzbalkens vorfinden, aus dem das Kreuz gefertigt wurde. Jede Wette!«
»Was?« Der Chef der KTU seufzte. »Alter schützt vor Torheit nicht, wie es so schön heißt. Ich hätte nie gedacht, dass so ein alter Tattergreis zu solch einer Tat fähig ist.«
»Ob er Täter oder Opfer oder beides ist, steht längst nicht fest. Wie es aussieht, hat er sich erhängt.«

»Ein besseres Schuldeingeständnis kann es gar nicht geben!«, meinte Alfons und lächelte smart.
»Abwarten«, sagte Hager und schritt auf das Totenhaus zu.
Der ehemalige Stall bot den gleichen Anblick wie zuvor. Einer der Männer hatte die beiden Stalltüren weit geöffnet, sodass sich der ekelhafte Gestank nach und nach verflüchtigte. Während der Kommissar an einer der Türen lehnte, wurde drinnen eifrig fotografiert und dokumentiert. Als etwas später der Pathologe mit dem Leichenwagen im Schlepptau vorfuhr, hatte sich die erdrückende Stimmung endgültig in gefällige Routine verwandelt.
»Auf den ersten Blick würde ich sagen, dass sich der Mann aus eigenem Antrieb erhängt hat. Suizid! Es gibt keinerlei Hinweise, dass da jemand nachgeholfen hat«, sagte der Rechtsmediziner, nachdem er die beiden Leichen kurz und fachmännisch begutachtet hatte. »Ich will mich aber nicht festlegen. Warten Sie bitte wie immer meinen Bericht ab.« Er streifte seine Handschuhe ab und drückte sie einem Mitarbeiter der Spurensicherung in die Hand, der soeben seinen Weg kreuzte. »Die Frau starb mit an Sicherheit grenzender Wahrscheinlichkeit an einem Herzinfarkt. Auch bei ihr konnte ich keinerlei Spuren äußerlicher Gewalteinwirkung feststellen. Ich nehme an, sie hat ihren Mann im Stall tot vorgefunden und ist ob dieser tragischen Tatsache augenblicklich zusammengebrochen. Der Tod trat bei beiden vor etwa zwanzig Stunden ein. Plusminus. Die Verwesung ist ungewöhnlich weit fortgeschritten. Bei der Feuchtigkeit hier drinnen kaum verwunderlich.« Der Arzt sah Hager eine Weile ernst an. »Sind die beiden für die brutale Hinrichtung am Berg verantwortlich?«
Hager hob schlapp die Schultern. »Leider werde ich von keinem der beiden eine Antwort erhalten.«
»Das ist ein ganz schön verzwickter Fall!«
»Wem sagen Sie das?«, keuchte Fürchtegott Hager. »Wem sagen Sie das?«
Während er sich auf den Rückweg zu seinem Passat machte, klingelte sein Handy in der Tasche. Eine weitere Neuigkeit harrte seiner, aber diesmal war er alles andere als unglücklich darüber. Im Gegenteil, er dankte dem Herrn im Himmel mit einem kurzen Blick in graue Ferne.

*

Unzählige Menschen bahnten sich ihren Weg durch das Labyrinth. Es sah fast aus wie in einem Ameisenhaufen. Alle waren in weiße Anzüge gekleidet, schleppten silberne Koffer und dergleichen heran und nahmen den Weg der Erkenntnis sehr sorgfältig unter die Lupe. Ganz besonderes Interesse galt der Stele in der Mitte des Irrgartens. Zwei Leitern wurden aufgebaut; zwei der Weißen kletterten darauf empor, bewaffnet mit Fotoapparat, nummerierten Täfelchen und ermittlungstechnischem Krimskrams.
Hager und Martin beobachteten die beiden Männer.
»Überseht mir bloß keine Spuren!«, rief der Kommissar ihnen zu.
»Nicht die kleinste Kleinigkeit«, gaben die beiden unisono zu verstehen und warfen sich schiefe Blicke zu.
»Das ist ein Tag«, entfuhr es Hager leise. »Erst dieser durchgeknallte Timm, anschließend die beiden Leichen der alten Leutchen, und jetzt das hier.«
»Welche Leichen?«, wollte Martin wissen.
»Dieser Schwammerlsucher und seine Frau. Beide tot«, sagte der Kommissar, ohne Martin eines Blickes zu würdigen. »Ich habe sie vor etwa eineinhalb Stunden gefunden. Schrecklicher Anblick. Er hat sich wohl erhängt. Seine Frau muss daraufhin einen Herzkasper bekommen haben.«
»Das ist ja entsetzlich!« Martin schluckte und fasste sich unwillkürlich an die Kehle. »War er der Mörder?«
»Ich kann es mir ehrlich gesagt nicht vorstellen.« Der Kommissar wandte sich an Martin, der unruhig auf der Stelle hin und her trippelte. »Aber der fehlende Kopf wird uns garantiert weiterbringen. Da sind Sie mal richtig auf was gestoßen.«
»Ich könnte mir Schöneres vorstellen«, gab er ihm zur Antwort, und diesmal lächelte er kein bisschen.
»Das wird der Durchbruch!«, frohlockte Hager. »Sagen Sie mal, was hatten sie hier eigentlich verloren?«
»Eine Mitarbeiterin aus dem Museum und ich haben Aufnahmen für unsere Ausstellung gemacht.«
Der Kommissar musterte ihn ungläubig. »Vom Labyrinth?«
»Ja, vom Labyrinth.«

Hager ließ nicht locker. »Und was hat dieses neumodische Ding mit der frühen Besiedelung des Fichtelgebirges zu tun?«
»Vordergründig nichts. Aber wir brauchen ein Foto, das wir als Aufhänger, als Logo verwenden können. Verstehen Sie?«
Der Kommissar schüttelte demonstrativ den Kopf. »Und hintergründig?«, fragte er spitz.
»Verzeihen Sie mir, aber ich fühle mich augenblicklich nicht in der Verfassung, Ihnen eine hinreichende Darstellung über die Geschichte des Labyrinths zu liefern.«
»Das ist ja mal was ganz Neues«, sagte Hager und grinste smart.
»Ich finde die Sache keinesfalls amüsant«, warf Martin beinnahe vorwurfsvoll ein. »Meine Kollegin, Kirstin, ist abermals voll aus dem Häuschen!«
Fürchtegott runzelte die Stirn. »Abermals?«
»Ja, abermals. Sie ist dabei gewesen, als wir die Inschriften oben an der Ruine fanden.«
»Richtig!« Der Kommissar zeigte ein verständiges Nicken. »Dann ist die Reaktion nur verständlich.« Hager blicke sich um. »Wo ist sie denn?«
»Nicht hier!«, sagte Martin barsch. »Verzeihung, auch mich hat die Angelegenheit etwas mitgenommen.«
»Nachvollziehbar«, äußerste der Kommissar. »Trotzdem werde ich sie beide zu mir in die Direktion bitten müssen.«
Martins Gesicht lief rot an. »Wollen Sie damit etwa sagen …«
»Nein, nein!«, beschwichtigte ihn Fürchtegott und hob die Hände. »Nur fürs Protokoll.«
»Aber wir haben absolut nichts gesehen oder gehört«, brach es aus Martin hervor. »Ehrlich! Erst als wir zurück im Museum waren und uns die Aufnahmen angesehen haben, sind wir darauf gestoßen.«
Hager lächelte einvernehmend. »Kein Mensch zweifelt daran – ich am allerwenigsten. Im Gegenteil, Sie wissen, was für einen großen Dienst Sie mir damit erwiesen haben.«
»Eine verdammt unangenehme Gefälligkeit.« Martin versuchte sich zu beruhigen. »Hoffentlich wird es gelingen, Licht in die Sache zu bringen?«
»Aller Wahrscheinlichkeit nach.«
»Dann wird alles gut.«

»Aber sicher, junger Freund. Ganz sicher.« Hager legte ihm väterlich den Arm um die Schulter.
Inzwischen hatten die zwei Herren auf der Leiter das Corpus Delicti in einen großen Plastikbehälter verfrachtet und waren dabei, das Fundstück sicher nach unten zu hieven. Der Kommissar und Martin beobachteten sie dabei.
»Ganz schön was los heute!«, meinte Alfons, der sich in diesem Augenblick zu ihnen und seinen Mannen gesellte. »Ein Volltreffer jagt den nächsten.« Er lachte polternd.
Martin warf Fürchtegott finstere Blicke zu.
»Tja, also …«, begann der Kommissar. »Unser Opfer hat ein Gesicht bekommen.«
»Sieht verdammt danach aus.« Alfons öffnete den Behälter.
Martin blickte angewidert zur Seite. Hager streckte sich nach vorne und spähte interessiert auf das, was sich ihm darbot.
»Was ist denn mit der Haut passiert?«
»Gefrierbrand«, sagte der Chef der Spurensicherung wissend.
»Soll das heißen, der Kopf lag die ganze Zeit über in einer Gefriertruhe?«
»Genau das!« Alfons griff nach dem Schädel und holte ihn vorsichtig aus dem Behältnis heraus. »Ganz schön schwer so ein Kopf. Man glaubt es erst, wenn mal selber einen in der Hand gehalten hat.« Er bot freizügig den Schädel feil, aber keiner der Anwesenden wollte ihn haben.
Martin wich abwinkend ein paar Schritte zurück. Fürchtegott Hager blickte betreten beiseite.
»Siehst du diese Verfärbungen und die grobporigen Stellen?«, fuhr Alfons dessen ungerührt fort und mühte sich ab, den Kopf einigermaßen aufrecht zu halten.
»Gut, gut, gut«, meinte Hager verdrossen, nachdem er registriert hatte, wie unwohl sich Martin fühlte. »Erspar uns die Details, bitte! Wir warten die Untersuchungsergebnisse ab.«
Mit Erleichterung beobachtete Martin, wie der Schädel zurück in den Behälter gelegt wurde. Gleichzeitig fragte er sich, warum er gerade diesen Anblick schwerlich ertragen konnte. Er hatte bereits viele Leichen und Schädel gesehen, auch wenn diese in der Regel nicht so frisch waren wie der dargebotene, der obendrein einen

Geruch verbreitete, mit dem er von seiner Arbeit her nicht vertraut war. Aber auch eine Moorleiche oder ein mumifizierter Kopf waren nicht jedermanns Sache. Ihm selbst hatte dies bisher absolut nichts ausgemacht. Seltsamerweise sah er bei dem Anblick des Schädels Kirstins Gesicht vor sich. Immer wieder! Und dieses Trugbild hatte ihm bereits vor dem Bildschirm im Museum reichlich aus der Fassung gebracht. Bestimmt war es nur ihre Panik, die auf ihn abgefärbt hatte. Das war verständlich, nachvollziehbar, konsequent, logisch.
»Na, Herr Kommissar«, sagte der Rechtsmediziner, der nun auch die Örtlichkeit gewechselt hatte und sich zu dem Grüppchen gesellte, »alles in allem ein erfolgreicher Tag für Sie, hab ich recht?«
»Zumindest tut sich etwas.«
»Erlauben Sie mir eine Bemerkung: Wenn der Erhängte tatsächlich der Mörder des nicht mehr Kopflosen ist, warum hat er sich dann die Mühe gemacht, ihn vor seinem Freitod hier abzulegen?«
Hager presste einen Finger an die Unterlippe. »Das ist die Frage. Selbstverständlich hätte er den Kopf ebenso gut an Ort und Stelle belassen können. Wir hätten ihn so oder so gefunden. Das sieht mir nicht nach einem Schuldeingeständnis aus. Dazu hätte der Suizid völlig gereicht.«
»Sie glauben also fest daran, dass der alte Mann nicht der Mörder ist?«, vergewisserte sich der Arzt.
»Ich halte es für unwahrscheinlich. Er hat irgendetwas mit der Sache zu tun, das steht fest, aber als Mörder?« Hager schüttelte nachdenklich den Kopf. »Allerdings ist die Durchsuchung des Gehöfts noch in vollem Gange. Vielleicht wollte er damit ein Zeichen setzen. Einen Hinweis geben, warum der Mann sterben musste.«
»Na, da wünsch ich Ihnen schlüssige Gedanken und ein gutes Händchen bei den weiteren Ermittlungen.« Mit dieser Bemerkung wandte sich der Arzt ab und schritt mit den beiden Behälterträgern von dannen.
Martin und Fürchtegott blickten ihnen nach.
»Was halten Sie von der ganzen Sache, Martin?«, sagte der Kommissar nach einer Weile.
»Für mich will das alles keinen rechten Sinn ergeben«, antwortete er zögernd. Und Martin meinte es ehrlich, auch wenn er befürchtete, dass Hagers Frage sich ausschließlich auf den Tod des alten Ehe-

paars und die Auffindung des Kopfes bezog. Für ihn gab es ein weiteres unklares Element, und das hieß Kirstin. Nachdem sie beide wie paralysiert auf den Monitor gestarrt hatten, war in ihren Augen das gleiche närrische Entsetzen, dieselbe abgrundtiefe Panik zu lesen gewesen, wie bei dem Fund der Inschriften. Von einer Sekunde auf die andere hatte sie der Sog des Unaussprechlichen gepackt und in die beklemmende Düsternis verdrängter Erinnerungen katapultiert. Martin war sich mehr als sicher: Kirstin schleppte ein fürchterliches Geheimnis mit sich herum, das sie mehr beschäftigte, als sie es sich eingestehen mochte …

»Für mich auch nicht«, sagte Hager, und seine Stimme klang laut und roh in Martins Ohren. »Und darum werde ich mir den Hof der Wöllsauers einmal genauer ansehen. Wenn Sie Zeit haben, können Sie gerne mitkommen. Vier Augen sehen mehr als zwei. Und ich halte Sie für einen sehr guten Beobachter, selbst wenn Sie heute ein wichtiges Detail (ich meine den Kopf) nicht auf Anhieb erkannt haben.«

Martin räusperte sich. »Ich war … abgelenkt.«

»Schon klar!« Hager lachte. »Die Ablenkung heißt Kirstin, und das kann ich sehr gut nachvollziehen.«

*

Eine kleine Armee von Beamten war damit beschäftigt, das Gehöft Zentimeter um Zentimeter unter die Lupe zu nehmen. Überall wuselte es von Polizeibeamten. In den unteren Zimmern wurde nach allen Regeln der Kunst gesucht, gekramt und inspiziert.

»Habt ihr schon Brauchbares gefunden?«, rief der Kommissar mitten im Flur stehend.

Aus der Küche und dem Wohnzimmer lugten zwei Köpfe hervor.

»Bis jetzt Fehlanzeige«, meinte einer der Beamten.

»Nichts Verdächtiges«, fügte ein anderer hinzu.

»Gibt es eine Kühltruhe oder einen Gefrierschrank von der Größe, dass ein menschlicher Kopf darin Platz findet?«, fuhr Hager fort und blickte neugierig zur Küchentür. Er war zwar selbst zweimal darin gewesen, konnte sich jedoch nicht entsinnen, ob sich ein entsprechendes Gerät darin befand.

»Hier steht ein Kühlschrank mit Tiefkühlfach«, sagte der Mann an der Küchentür und deutete hinter sich.
Hager spurtete sogleich los und kam Sekunden später vor dem erwähnten Eisschrank zum Stehen. Es war ein älteres Modell, das direkt neben dem Büfett stand. Die ehemals weiße Oberfläche war mit bernsteinfarbenen Flecken übersäht. Der in Metall gefasste Drücker war abgegriffen. Hager zog daran und spähte ins Innere.
»Zu klein«, entschied er und schlug die Tür wieder zu. »Da hat gerade ein halbes Hähnchen Platz.«
Er trat in den Flur zurück und musterte die Treppe in den ersten Stock. Da oben befanden sich wohl das Schlafzimmer und noch andere Räume. Zwar kein geeigneter Platz für eine Gefrierkombination, aber warum nicht?
Eilig erklomm er mit Martin im Schlepptau die Treppenstufen. Ein Beamter war gerade dabei, das Ehebett zu inspizieren. Kissen, Zudecken und Betttücher hatte er in das offene Fenster geklemmt. Die alten dreiteiligen Matratzen stapelte er vor dem Kleiderschrank zu einem schwankenden Turm.
»Nichts«, nahm der Mann Hagers Frage vorweg und platzierte vorsichtig die letzte Matratze.
»Wohin führt diese Tür?«, fragte der Kommissar und deutete mit der Hand hinter sich.
»Keine Ahnung«, versicherte der Kollege und widmete sich den durchgelegen Lattenrosten.
Fürchtegott Hager drehte sich um und öffnete die Tür zur Kammer.
»Wie es aussieht ein Abstellraum«, sagte er und trat ein.
Martin lehnte sich an den Türrahmen. »Die Überbleibsel eines Lebens«, raunte er und begutachtete die mannigfaltige Sammlung an Koffern, Kisten und Krimskrams.
»Hier gehört mal wieder Staub gewischt«, äußerte Hager und schritt zwischen zwei wuchtigen Holzkisten hindurch in den hinteren Teil des Raumes. An der Giebelseite befand ich ein großer Schrank mit zwei ovalen Spiegeln auf den Türen und einer geräumigen Schublade im unteren Bereich.
Martin betrat die Kammer und bewegte sich auf eine der Kisten zu.
»Darf ich?« Er hielt bereits den Riegel in der Hand und warf Hager einen fragenden Blick zu.

»Von mir aus. Aber bringen Sie nicht alles durcheinander. Und wenn Sie etwas Verdächtiges finden, Finger weg!«
Martin öffnete den Deckel und ließ ihn in den beiden eisernen Scharnieren einrasten. Eine Weihnachtspyramide in einem vergilbten Karton kam zum Vorschein, ein Christbaumständer steckte hochkant daneben, zwei Schachteln mit silbernen Kugeln drängten sich dicht an dicht mit zwei Fotoalben.
Martin zog eines davon heraus. Der Einband zeigte Ortsschilder von Kempten, Oberstdorf und Sonthofen, verbunden mit angedeuteten Straßen, auf denen winzige VW-Käfer ihre Bahnen zogen. Im Hintergrund das stilisierte Alpenvorland und über all dem die Inschrift *Liebe Grüße aus dem Allgäu!*
Martin schlug das Album auf: Eine junge, adrette Frau posiert auf der Kühlerhaube eines VW-1600-Kombi. Im Hintergrund diesige Berge … Die Pension Alpenblick. Auf den Stufen vor dem Eingang ein lebenslustiger Mann in Kniebundhosen und Holzfällerhemd … *Auf der Alm da gibt's koa Sünd!* Die Frau im Dirndl auf einer sommerlichen Wiese. Im Hintergrund eine Blockhütte.
»Kaum zu glauben. Erna war mal ein bildhübsches Mädel, was?«
Martin zuckte zusammen. Fürchtegott hatte sich, ohne dass er es bemerkt hatte, von hinten angeschlichen.
»Und Hanns ein schneidiger Bursch«, fuhr der Kommissar fort.
»Schönheit ist vergänglich«, brachte Martin heraus und klappte das Album zu. »Was ist in dem Schrank?«
»Nichts, wonach es sich zu suchen lohnt.« Hager bückte sich keuchend und zog das zweite Fotoalbum hervor.
»Das ist doch …«, entrann es Martin, nachdem sein Gegenüber die erste Seite umgeblättert hatte.
»Der Epprechtstein«, vollendete Hager und suchte fieberhaft zwischen vergilbten Blättern nach etwas, das er selbst nicht benennen konnte.
»Ein Steinbruch … Da wird hart gearbeitet«, erklärte Martin, von fiebriger Spannung erfasst.
»Und da!«, rief Fürchtegott Hager. »Ist das Hanns?«
Martin riss dem Kommissar beinahe das Album aus den Händen. Er überflog konzentriert die kleine Sammlung Schwarz-Weiß-Fotos: Hanns auf einem mächtigen Block, der wohl gerade erst zu seiner

transporttauglichen Form gebracht worden war … Hanns in einem Unterschlupf, von Kisten mit der Aufschrift *Achtung Sprengstoff!* umringt … Hanns beim Mittagessen mit seinen Kameraden …
»Die Mahlzeiten wurden täglich von den Frauen oder Kindern auf den Berg gebracht«, wusste Hager zu berichten.
»Sieht aus, als säßen sie in einem Gasthaus«, sagte Martin.
»Von wegen! Das war das Kabinett – sozusagen der Aufenthaltsraum des Steinbruchs.«
»Dieser Hanns war wohl so etwas wie ein Vorarbeiter«, meinte Martin.
»Höchstwahrscheinlich Sprengmeister«, verbesserte ihn Hager und überlegte. »Das passt sehr gut ins Bild.«
»In welches Bild?«
»Das sich allmählich zusammenfügt«, sagte der Kommissar kryptisch und ließ ihn unvermittelt stehen.
Martin sah ihm nach. »Wo wollen Sie hin?«
»Weitersuchen«, hörte er Hagers Stimme in Begleitung eines knarrenden Geräusches.
Schwere Tritte folgten.
»Das müssen Sie sich ansehen, Martin!«, tönte es gedämpft von oben herab.
Der Gerufene verließ die Abstellkammer und schielte die steile Ausziehleiter empor.
»Ein ganzer Dachboden voller Pilze«, sagte Fürchtegott Hager mit einem Blick nach unten gewandt.
Nachdem der Kommissar Platz gemacht hatte, gelang es Martin die Leiter so weit zu erklimmen, dass er sich mit den Oberarmen auf der Armierung abstützen konnte. Vor seinen Augen lag eine unüberblickbare Menge getrockneter Pilze. In breiten Regalen, zu beiden Seiten über die gesamte Länge des Dachbodens führend, warteten Abertausende Pilzfragmente auf ihren Auftritt als Verfeinerung von Speisen und Soßen aller Art. »Er hätte Handel treiben können«, resümierte Martin staunend. »Getrocknete Pilze sind ein Vermögen wert – jedenfalls in dieser Größenordnung.«
»Und doch bringt uns diese Tatsache nicht weiter«, relativierte Hager und hielt sich an der Leiter fest.
Martin kam heruntergekraxelt. »Was wird aus den Schätzen?«

Fürchtegott hob die Schultern. »Keine Ahnung. Zunächst müssen wir versuchen, Verwandte zu finden. Kinder. Enkel. Es wird einen rechtmäßigen Erben geben, oder ein Testament. Aber wenn Sie auf Pilze stehen, dürfen Sie sich meinetwegen gern ein Handvoll mitnehmen.«

»Danke«, lehnte Martin ab, »ich komme mir schon bei meiner Arbeit als Leichenfledderer vor.«

Hager grinste breit.

»Herr Kommissar!« Die Stimme kam von unten.

»Ja?«, rief ihr Hager entgegen.

»Das sollten Sie sich mal ansehen!«

Fürchtegott und Martin trippelten im Schweinsgalopp die Treppe hinunter. Der Flur war leer, aber das Türchen links neben der Treppe stand weit offen. Ein schmaler Niedergang verlor sich in einer engen Windung.

»Der Keller«, sagte Hager atemlos.

»Was werden wir da unten finden? Eine Kühltruhe?«, sagte Martin neugierig geworden. »Oder weitere Leichen?«

»Nicht schon wieder!« Der Kommissar keuchte, sich mit den Händen an den Wänden abstützend, die steilen Stufen hinab.

Martin blickte ihm zwei Sekunden hinterher, ehe er folgte.

Beide mussten die Köpfe einziehen, denn der Raum war nach oben sehr begrenzt. Der Keller musste uralt sein. Wahrscheinlich hatte er bereits existiert, als das Gebäude noch nicht einmal geplant gewesen war. Die untersten Treppenstufen waren aus dem gewachsenen Fels herausgeschlagen. Das sich vor ihnen öffnende Gewölbe ebenso. Drei armselige Lampen erhellten einen gut drei Meter breiten und mindestens fünfzehn Meter langen unterirdischen Raum. Doch damit nicht genug. Auf beiden Seiten fanden sich je drei Türen, die in anschließende Gewölbe führen mochten.

»Das ist ganz und gar erstaunlich«, sagte der Polizist, der sich darangemacht hatte, die letzte Tür im Erdgeschoß zu erkunden. »Dass so ein kleines Haus über so einen gewaltigen Keller verfügt, hätte ich nie und nimmer erwartet.«

Hager ignorierte die Meinung seines Untergebenen und tastete sich langsam voran. *Ein Wunder ist das wahrlich nicht*, dachte er. Er wusste, dass es im Fichtelgebirge zahllose unbekannte Stollen und Gänge

gab, die in den letzten zwei-, dreihundert Jahren kaum ein Mensch betreten hatte und meist nicht einmal mehr den Einheimischen bekannt waren. Was sich in der Fränkischen Schweiz an Geheimnissen um die dortigen Höhlen rankte, stellten im Fichtelgebirge von Menschenhand gegrabene Schächte, Keller und Tunnel dar. Die Häuser vieler Ortschaften waren unterirdisch durch regelrechte Irrgänge miteinander verbunden. Von Weißenstadt wusste er … Fürchtegott Hager hielt inne. Labyrinthe! *Labyrinthe?*
»Leer!«, stellte Martin lautstark fest, nachdem er die erste der rechtsseitigen Türen geöffnet hatte. Der Raum besaß in etwa die Größe von 30 Quadratmetern, war absolut leer und musste hin und wieder gereinigt worden sein. Rastlos schritt er weiter zur zweiten. Dort bot sich ihm der gleiche Anblick.
Der Kommissar schüttelte den Kopf und tat es Martin gleich. Er öffnete und begutachtete die Räumlichkeiten auf der linken Seite. Hüben wie drüben das gleiche Bild.
»Wozu mag dieser Keller einst verwendet worden sein?«, erkundigte sich Martin nach der zweiten geöffneten Tür. »Was ist hier gelagert worden?«
Hager zog gefasst die Schultern hoch. An dieser Stelle wies sein Wissen Lücken auf. »Was weiß ich? Feldfrüchte halt. Oder Bier. Keine Ahnung.«
Lustlos zogen Martin und Fürchtegott an den letzten beiden Türen. Während sich dem Kommissar ein gleich bleibender Anblick bot, sog Martin hörbar die Luft durch seine Nasenlöcher. »Bingo!«
Hager wandte sich um und erstarrte mitten in der Bewegung. »Ein unterirdischer … Gang«, sagte er fassungslos.
»Ein ziemlich langer unterirdischer Gang«, unterstrich Martin.
Hager trat näher und spähte in die sich ihnen darbietende Finsternis hinein. Es war tatsächlich ein Stollen, der sich nach etlichen Metern in absoluter Dunkelheit verlor.
»Was sagen Sie?«, meinte Martin mit einem Seitenblick zu Hager gewandt. Sein Entdeckerinstinkt war geweckt. Mit düsteren Grüften kannte er sich aus. Das war sein täglich Brot. Und falls sie nicht auf frische Leichen stoßen sollten, würde ihm die Erkundung dieser Katakomben Freude und gestillte Neugier bescheren. Ja, diese unerwartete Abwechslung kam ihm gerade recht.

Der Kommissar war anderer Meinung. Widerwillig suchte er in der Finsternis nach einem Anhaltspunkt. »Sie wollen doch nicht ernsthaft da rein?«
»Aber sicher«, rief Martin begeistert.
Hager verzog das Gesicht. »Ohne Taschenlampe?«
»Besorgen Sie eine!«, forderte ihn Martin auf und lugte gierig in die undurchdringliche Schwärze.
Hager machte auf dem Absatz kehrt und verließ den Keller.
Martin kribbelte es plötzlich in allen Fingern. Er wusste selbst nicht genau, warum, aber die lockende Düsterkeit hatte ihn plötzlich fest in ihren Bann gezogen.
Als der Kommissar mit einer großen Akkuleuchte in der Hand zurückkehrte (es mochten kaum mehr als zwei Minuten vergangen sein), war Martin von der Bildfläche verschwunden. Mit verdrießlicher Miene leuchtete Fürchtegott in die dunkle Öffnung hinein. Wenige Schatten schwanden für kurze Zeit. Der Weg führte geradewegs in den Berg hinein.
»Martin?«, rief er ins Ungewisse.
Er bekam keine Antwort. In dem unterirdischen Gang herrschte nichts als beklemmendes Schweigen.
»Das ist doch Wahnsinn«, murmelte Fürchtegott Hager und setzte sich, die Leuchte wie ein Metallsuchgerät hin und her schwingend, widerstrebend in Bewegung.

XXV.

Kirstin hatte, kaum dass Martin das Museum verlassen hatte, verstört ihrer Chefin die neuerlichen Vorkommnisse geschildert. Frau Dr. Gruber hatte fassungslos ihrem konfusen Bericht gelauscht, die Volontärin kurzerhand an die mütterliche Brust gedrückt und ihr für den Rest des Tages freigegeben.
Daheim angekommen fand Kirstin keine Ruhe. Hibbelig streunte sie in der Wohnung auf und ab. Sie war viel zu aufgewühlt, um auf dem Sofa oder im Bett Ruhe zu finden. Sollte das ewig so weitergehen? *Nein!*, entschied sie furchtlos. Ihr Nervenkostüm war bereits derart in Mitleidenschaft gezogen, war an den entscheidenden Stellen so

ramponiert und zerrissen, dass es sie nicht länger zu kleiden imstande war. Dabei hatte sie es sich wohlüberlegt zugelegt, hatte lange danach gesucht und es für robust wie widerstandsfähig befunden. Nun jedoch war es ernstlich in Gefahr, bei der kleinsten Kleinigkeit unversehens von ihren Schultern zu rutschen. Sie musste nicht nur die für alle sichtbare Blöße bedecken, sie musste verstecken, was keiner außer ihr sehen durfte. Und dazu schien es ihr notwendig, die ausgediente Verkleidung gänzlich abzustreifen, sich zunächst nackt und unverhohlen der Realität zu stellen, um sich hinterher auf die Suche nach einer neuen und unempfindlicheren Schutzhülle umzusehen.

Kirstin schnappte sich ihr Handy vom Küchentisch und suchte hektisch in der Liste der Angerufenen nach seiner Nummer. Mit erheblicher Anstrengung musste sie ihren Finger dazu zwingen, den gesuchten Gesprächspartner anzuwählen; mit unstet umherirrendem Blick erwartete sie den Aufbau der Verbindung.

»Ich bin es!«, keuchte sie in das winzige Mikrofon.

Schweigen.

»Wir müssen uns treffen! Ich kann nicht mehr!«

Beruhigende Worte waren zu hören. Ihr spendeten sie kaum Trost.

»Du weißt ja nicht, was ich durchmache!«

Der Angerufene ließ sich nicht aus der Fassung bringen. Versuchte zu besänftigen.

»Ich weiß nicht, wie lange ich das durchhalte!« Kirstin blieb hart – gegen sich selbst und gegen ihn.

Der Mann appellierte an die Vernunft, die sie beide walten lassen müssten, an die Zeit, die verging und die alles zum Besten wenden würde.

Kirstin war nicht zu überzeugen: »Es soll aufhören! Es muss aufhören! Ich hab nichts als Trost und Ablenkung gesucht, auch wenn ich wusste, wie riskant die Sache werden konnte. Jetzt bricht alles über mich herein. Es ist die reinste Hölle, verstehst du das denn nicht? Ich muss raus. Ich muss weg. Ich bin am Ende!«

Der Mann am anderen Ende der Leitung schwieg ein Weilchen. Kirstin glaubte nicht wirklich daran, dass er sie und ihr Anliegen richtig verstanden hatte. Sie wollte resigniert auflegen, als er ihr unverhofft Erlösung zusicherte …

*

Timm saß mit dem Rücken an die Wand gelehnt. Der brüchige Asphalt unter ihm war kalt und klamm. Aus seinen Rissen spross Unkraut. Die alten Schuppen hatten allem Anschein nach nie das Sonnenlicht gesehen. Sie führten wie er ein Dasein in immerwährenden Schatten. Der Hinterhof bot ihm einen willkommenen Anblick. *Vergänglich ist das Gute, ewig währt die Kraft des Bösen!*
Der Junge nahm einen Schluck und spürte, wie es angenehm in seiner Kehle brannte. Seine Gedanken kreisten unaufhörlich um die Nacht auf dem Berg. Mit jedem Tropfen aus der Flasche geriet er tiefer und tiefer hinein in den Sog der Ereignisse …
Sie wollten es tun, um ein Zeichen zu setzen. Es passte einfach alles zusammen. High und zugedröhnt hatten sie die Messe verlassen. Das irre Stakkato des Gitarrenriffs und die beschwörenden Formeln des Meisters hatten ihr Blut in Wallung gebracht. Ihre Ohren waren taub geworden, ihre Herzen fest verschlossen. Aber sie fühlten sich frei und unbändig. Keiner konnte sie in dieser Nacht aufhalten. Endlich wollten sie es sich selbst und ihrem Gebieter beweisen: *Wir gehören dazu! Wir sind deine Jünger, komme, was mag!* Der Ort war geradezu prädestiniert. Sie durften ihre Chance nicht vergeuden.
Linda (sie nannten sie Lu Ziffer) stand hoch in seiner Gunst. Und diesmal wollten sie teilhaben an Lus Gläubigkeit, an ihrer Verruchtheit, an dem Bösen, das in ihr kochte und brodelte. Er war seit Langem ihr Sklave, war ihr verfallen, mit Haut und Haaren. Timm hatte bisher nicht den rechten Zeitpunkt gefunden, ihr seine Gefolgschaft gebührend zu offenbaren. Aber das sollte sich in dieser Nacht ändern. Endlich! Er hatte sich fest vorgenommen, alles zu tun, was sie von ihm verlangte, und er war sich von vornherein sicher, dass sie ihn dafür umso reichlicher belohnen würde. Er hatte das Pentagramm unter seinem T-Shirt hervor geholt und es in fiebriger Erwartung geküsst. Dann hatte er es getan – ohne die geringsten Gewissensbisse …
Timm führte erneut die Flasche zum Mund. Weshalb sollte er sich länger hinter der Maske seines Elternhauses verstecken. Sie hatten ja keine Ahnung, nicht die leiseste Vermutung, was es für ihn bedeutete, dazuzugehören. Ihr Leben war eine einzige Lüge, und ihre

Bestrebungen gingen ausschließlich dahin, den Schein des trauten Heimes zu wahren und ihre eigene Unfähigkeit unter den Teppich zu kehren. *Fuck you!* Sie waren Heuchler. Gerade das brachte ihn an den Rand der Verzweiflung. Nicht nur sie, auch die verfluchten Wichser, die es ihnen gleich taten, denen es nur um den Schein, niemals um die Wahrheit ging, kotzen ihn an. Lu war anders, ganz anders. Ihr Herr war ehrlich mit seien Schäfchen. Er versprach nichts und hielt um so mehr. Bei ihm wusste jeder, was er zu erwarten hatte. Er forderte bedingungslose Hingabe und Gehorsam. Vergebung? Fehlanzeige. Ein Gott, der begnadigt, war es nicht würdig, angebetet zu werden. Es fehlte ihm an Macht und Durchsetzungswillen. Herrschen konnte nur der, der andere unterdrückte. Sein Wille war Gesetz, seine Strafe ewige Verdammnis!
Timm schwor, sich endlich zu erkennen zu geben, endlich den Schleier zu lüften und seine Gesinnung frei in die Welt hinaus zu posaunen: *Heil dir, Satan! Wir sind deine Knechte und Vollstrecker …*
Er nahm abermals einen mächtigen Schluck aus der Wodkaflasche. Die Erinnerungen verblassten. Dafür sah er Lus Gesicht vor sich: reizend, beschwörend, in höllischem Glanz. *Lu! Lu! Lu … Ziffer!*
Die letzten Hüllen fielen; die letzten Skrupel schwanden. Schwankend erhob er sich vom Boden und torkelte auf die Einfahrt zu, die hinaus auf die Straße führte.

*

Hager konnte nicht umhin, alle Paar Meter anzuhalten, um sich zu vergewissern, wie weit er sich bereits vom Eingang des Stollens entfernt hatte. Ebenso konnte er das mulmige Gefühl nicht abschütteln, das ihm im Nacken saß und für reichlich Schaudern sorgte. Den Kopf eingezogen trippelte er vorwärts. Ab und an stieß er gegen die niedrige Gewölbedecke. Sämtliche Erzählungen über kilometerlange unterirdische Gänge, die früheren Burgherren als letzter Ausweg dienten, kamen ihm überdeutlich in den Sinn. Um beinahe jede Ruine des Fichtelgebirges rankten sich entsprechende Sagen und Legenden. Seltsamerweise fiel ihm zum nahen Epprechtstein keine einzige ein. Aber es musste sie geben, ganz gewiss sogar, sonst stünde er jetzt nicht hier in einem muffigen Gang und müsste um sein

Leben und das seines Kollegen bangen. Logischerweise hatte er nicht die Zeit gefunden, sich zu vergewissern, ob dieser Gang überhaupt in Richtung des Berges führte. Und es fiel ihm auch jetzt alles andere als leicht, die Orientierung nachzuholen. Sie waren in den Keller hinunter gestiegen, irgendwie im Kreis herum. Martin hatte den Eingang hinter der letzten Tür auf der linken Seite gefunden. Ob er sich aber in Richtung Burg oder zur Stadt hin bewegte, blieb fraglich.

Die meisten Fluchtstollen wurden von Landwirten entdeckt, als sie mit ihren ersten landwirtschaftlichen Großgeräten nach dem Krieg die Agrarstruktur Deutschlands von Grund auf revolutionierten. Unter dem zunehmenden Gewicht immer größerer und leistungsfähigerer Maschinen gaben die meisten der Jahrhunderte alten Stollen nach. Glück für Heimatforscher, Pech für die Bauern, wenn dabei der neue Schlepper in Mitleidenschaft gezogen worden war. Heute glaubte man längst nicht mehr daran, einen unterirdischen Gang zu finden, der unversehrt geblieben war. Dass dies einer gründlichen Revision bedurfte, erlebte Fürchtegott soeben am eigenen Leib.

Dumpf wurde sein Keuchen von den Wänden zurückgeworfen. Sein schmerzender Rücken meldete sich mit vereinzelten Stechattacken lautstark zu Wort. Vor sich im Dämmer glaubte er, bewegte Schatten wahrzunehmen. Die Geister der auf der Flucht nicht Davongekommenen schienen seiner zu harren, schienen sich über ihn lustig zu machen, ihn, der es gewagt hatte, ihre Ruhe zu stören. Schweiß rann ihm von der Stirn. Hektisch fuhr er sich mit der freien Hand über die Augen. Plötzlich glaubte er, von den über ihm liegenden Gesteinsmassen erdrückt zu werden. Hager konnte sich nicht erinnern, ob er jemals unter Platzangst gelitten hatte. Das aufsteigende Gefühl schnürte ihm die Kehle ab. Er keuchte, schwitzte, holte schneller Luft, schwitzte immer mehr. Wenn nicht bald dieser Streitberg vor ihm auftauchte, würde er verrückt werden.

Das Licht der Lampe zitterte über Wände und Boden. Erst jetzt registrierte er, dass er sich die ganze Zeit über in einer kaum merklichen Linkskurve nach unten bewegt hatte.

Nach unten? Zum Teufel, wohin nach unten …?

Die Angst kroch ihm in die Beine. Plötzlich fühlten sie sich schwer und bleiern an, als watete er durch tiefsten Morast. Fürchtegott ver-

suchte an seinen Fall zu denken, nur an seinen Fall. Es gelang ihm nicht. Stattdessen spürte er Panik in sich aufsteigen. Wo war Martin? Wo der Ausgang? Gab es überhaupt einen Weg zurück?
Während er den Schrei registrierte, der seine Kehle hoch wanderte, wurde er abrupt gestoppt. Vor seinen Augen türmten sich Felsbrocken zu einem unüberwindlichen Hindernis auf. Die ungewollte Expedition hatte ein jähes Ende gefunden …

*

Zäh wie Kaugummi zogen sich die Stunden dahin. Kirstin streunte wie ein Raubtier in seinem Käfig durch die Wohnung. Vergeblich suchte sie, für ihren Kummer die passenden Worte zu finden. Er musste einfach begreifen, dass es so nicht weitergehen konnte, dass es außer seinem eigenen Schicksal auch ihre Zukunft und ihr Leben war, um das es ging.
Hätte sie doch niemals nach einer Erklärung für ihr Verhalten gesucht; hätte sie die Geister der Vergangenheit dort belassen, wo sie hingehörten: in die Kiste aus Erinnerungen, die für die Gegenwart keinerlei Belang, keinerlei Berechtigung hatten.
Jetzt war es zu spät. Die Ereignisse hatten ihren unumgänglichen Lauf genommen. Die ruhelosen Geister hatten sich aus ihren Gräbern erhoben und forderten Tribut.

*

Vor dem Schaufenster hatte sich im Nu eine kleine Menschenmenge angesammelt. In erster Linie waren es Schaulustige, die die dargebotene Vorstellung um keinen Preis versäumen wollten. Sie hielten penibel Abstand, um im Fall der Fälle (wenn es gefährlich wurde oder sie sich gar zum Eingreifen genötigt sehen sollten) rasch die Flucht ergreifen zu können. Im Schutz der einsetzenden Abenddämmerung würden sie in Nullkommanichts um die nächste Straßenecke verschwunden sein. Sich am Schicksal anderer zu weiden, brauchte alles, nur keine Mitverantwortung.
Timm stand schwankend vor der Fensterscheibe und begutachtete die Auslage: Kleine Madonnen und Jesusfiguren, teils mit bunten

Leuchteffekten, knieten oder standen zwischen prachtvollen Bibelrepliken und Gesangsbuchausgaben. Kruzifixe von klassischem bis postmodernem Design schmückten die Wände des Schaufensters. Dahinter warb das Poster eines bekannten Predigers um die Gunst des Betrachters und verkündete diverse Veranstaltungen mit genauen Orts- und Zeitangaben.

Der Junge verzog angewidert das Gesicht und spuckte gegen die Scheibe. »Ist das alles, was euer Gott kann? Mit bescheuert beschissenem Wichserkram um seine Jünger werben? *Dammed you! Fuck you!*« Er hob die Flasche bis hinter seinen Kopf.

Die Gaffer hielten den Atem an. Würde er sie werfen? Würde die Scheibe zu Bruch gehen? Die Spannung wuchs. Vereinzelt wurde getuschelt und die Chancen, etwas zu sehen zu bekommen, eifrig abgewogen.

Timm hielt mitten in der Bewegung inne und drehte sich um. »Was glotzt ihr so blöd, ihr Flachwichser? Hä? Habt ihr noch nie Lust verspürt, es dem scheinheiligen Pack so richtig heimzuzahlen?« Die Flasche hinter seinem Kopf drohte ihm aus der Hand zu fallen. Er musste all seine verbliebene Konzentration zusammennehmen. »Nein. Ihr nicht. Ihr knüppelt lieber eure Schlampen und Bälger. Und am Sonntag hockt ihr in der Heiligen Messe und tut so, als seid ihr die besten Menschen überhaupt!« Er spukte vor seine Füße. »Pah! Arschlöcher! Wie ihr mich ankotzt!« Er stolperte ein paar Schritte auf zwei Mädchen zu, die kreischend zurückwichen. »Und ihr? Euer Stecher kann es euch wohl nicht richtig besorgen, was? Wann habt ihr den letzten fetten Schwanz in euren Fotzen gehabt? Wann wart ihr das letzte Mal so geil, dass ihr alles für einen Fick gegeben hättet? Hä? Folgt dem richtigen Herrscher und ihr werdet belohnt dafür. Bei den Messen Luzifers braucht ihr nicht für eure Sünden beten. Da dürft ihr sündig sein, soviel ihr wollt ...«

Timm hielt inne. Er schien nachzudenken. Kurz darauf wandte er sich erneut dem Schaufenster zu. Die Mädchen und der Rest der Menge atmeten auf.

»Ich tu es für dich, Lu!«, raunte Timm und suchte mit der freien Hand das Pentagramm an seinem Hals.

Die Wodkaflasche senkte sich wenige Zentimeter, bevor sie in hohem Bogen gegen das Schaufensterglas katapultiert wurde.

Klirrend ging die Scheibe in tausend Scherben. Die Splitter verteilten sich in weitem Bogen um den Jungen herum. Timm legte den Kopf in den Nacken; ein irres Lachen entströmte seiner Kehle. Es wurde abgelöst von dem Martinshorn der Polizeistreife, die sich in diesem Augenblick der Szene näherte. Das Grüppchen Schaulustiger zog sich geschwind auf den Gehweg der anderen Straßenseite zurück und harrte der Dinge, die da kommen mochten.

*

Hagers Herz wäre beinahe stehen geblieben. Vor Schreck ließ er die Taschenlampe fallen. Ein paar kleinere Gesteinsbrocken waren von dem Haufen heruntergepurzelt. Dahinter schien sich etwas zu bewegen.

»Wo bleiben Sie denn!«, hörte er gedämpft die Stimme eines Mannes. Im selben Moment kam eine Hand über den Trümmern zum Vorschein.

Hager raffte nach der Lampe und richtete sie geschwind auf den Spalt, der sich zwischen Geröll und Decke öffnete. Eine zweite Hand wurde sichtbar. Schließlich geriet das Gesicht von Martin Streitberg in den Schein des Lichts.

Der Kommissar atmete hörbar aus. »Meine Güte! Was machen Sie denn für Sachen?«

»Ich hab mich nur ein wenig umgesehen.« Martin lächelte ihm entgegen.

Fürchtegott Hager bemühte sich um Fassung. »Im Finstern?«

»Ach, so finster war es gar nicht. Ich hatte ja mein Feuerzeug. Leider ist es jetzt leer. Wenn Sie noch ein Weilchen gebraucht hätten, wäre selbst mir etwas mulmig geworden.«

»Sachen treiben Sie. Also wirklich.«

»Der Gang scheint ins Dorf hinunter zu führen. Hochinteressant!«, sprudelte es aus dem Archäologen hervor. »Hier müsste dringend gegraben werden. Bestimmt endet er in einem Keller wie den, in den wir gestiegen sind. Die ersten fünfzig Meter sind komplett intakt. Hinter diesem Einbruch geht es nur noch ein paar Meter weiter. Dahinter ist alles verschüttet. Ich wüsste zu gerne, wo man auf der anderen Seite herauskommt.«

Der Kommissar räusperte sich. »Nun, da können Sie sich ja drum kümmern. Oder jemand vom Museum. Ich habe genug von diesem Ausflug in die Unterwelt. Für meinen Fall ist es ohne Belang.«
Martin schmunzelte. »Sie sehen ganz schön blass aus, Herr Kommissar.«
»Ich habe Platzangst«, gestand dieser ein. »Obwohl mir das bisher verborgen geblieben ist«, relativierte er sogleich.
»Ob Sie unter Platzangst leiden, kann ich Ihnen nicht sagen.« Martin lachte. »Aber dass Sie unter Klaustrophobie leiden, könnte den Tatsachen entsprechen.«
»Klaustro-was?« Hager war perplex.
»Phobie«, sagte Martin. »Klaustrophobie: die Angst vor engen Räumen. Das hat mit Platzangst, wie Sie sagen, nicht die Bohne zu tun. Platzangst ist das Gegenteil davon: die Angst vor weiten Räumen oder Plätzen. Agoraphobie!«
Danke, Schlaumeier!, dachte Fürchtegott Hager und presste kurz die Lippen aufeinander. »Wie dem auch sei. Ich jedenfalls möchte so schnell wie möglich raus aus diesem Loch.«
»Ihr Wunsch ist mir Befehl«, lachte Martin, der sich inzwischen hinter dem Geröllhaufen hervorgearbeitet hatte. »Machen wir uns auf den Rückweg.«
Wenig später standen sie beide heil im Keller der Wöllsauers. Hager schloss mit einem letzten kritischen Blick die Tür zum Stollen.
»Jetzt würde ich liebend gerne eine rauchen«, sagte Martin und blickte suchend um sich.
»Von mir aus«, entgegnete Hager trocken und bewegte sich ohne Umschweife auf die Treppe in die Freiheit zu.
»Aber …! Mein Feuerzeug ist leer«, rief ihm Martin nach.
Hager drehte sich nicht einmal um. »Wie Sie wissen, bin ich überzeugter Nichtraucher!«, schallte es mit Nachdruck durch den Keller. Er wollte nur noch raus hier und den freien Himmel über sich sehen. Für heute war sein Bedarf an Exkursionen reichlich gedeckt.

*

Martin hatte sich wie nie zuvor in die Arbeiten im Museum gestürzt. Es dämmerte bereits. Die Halogenlampen in ihren Schienen an der Decke warfen Lichtinseln auf die falschen Stellen. Rudi war damit

beschäftigt, die Strahler nacheinander auf die neuen Vitrinen auszurichten. Martin ging ihm dabei hilfreich zur Hand: Dirigierte, begutachtete, lobte.
Kurz vor achtzehn Uhr wurden Schritte laut. Frau Doktor Gruber kam in die Halle geschneit. Martin und Rudi hielten inne.
»Schluss für heute, Männer«, rief sie ihnen entgegen. »Morgen ist auch noch ein Tag.«
»Aber da werden die Ausstellungsstücke angeliefert«, sagte Rudi.
Martin nickte zustimmend.
»Ich weiß«, sagte die Chefin und blieb neben der Leiter stehen. »Wie lange wird es noch dauern?«
Rudi machte ein abwägendes Gesicht. »Eine Stunde. Höchstens.«
»Gut. Aber danach ist Schluss.« Sie verzog den Mund zu einem angedeuteten Grinsen. »Überstunden kann ich mir nicht leisten.«
»Seit wann gibt es bei uns Überstunden?«, meinte der Hausmeister und lachte drauf los.
Die Museumsleiterin überging den Kommentar und wandte sich an Martin. »Könnten Sie sich um Kirstin kümmern? Das ganze Theater hat sie völlig aus der Bahn geworfen.«
»Sehr gern«, sagte Martin wahrheitsgemäß und mit einem Mal verspürte er absolut keine Lust mehr, mit Rudi die begonnene Arbeit zu beenden.
»Fahren Sie bei ihr vorbei und versuchen Sie, die Arme auf andere Gedanken zu bringen«, fuhr die Frau mit sorgenvollem Blick fort.
Martin nickte. »Das hatte ich ohnehin vor.«
»Und richten Sie einen schönen Gruß von mir aus. Sagen Sie, sie braucht sich wegen der Stunden keine Sorgen machen. Wenn es notwendig erscheint, soll sie auch morgen freinehmen.«
»Mach ich«, sagte Martin und blickte beschwörend auf die Uhr an ihrem Handgelenk.
»Also dann, Männer. Schönen Feierabend!« Die Chefin und verließ den Saal.
»Ihnen auch.« Martin blickte ihr nach.
Als die schwere Tür ins Schloss fiel, hielt Rudi auf seiner Leiter inne und beugte sich zu seinem Helfer hinab. »Auf was wartest du? Los, geh schon. Die paar Kleinigkeiten erledige ich im Handumdrehen.«
»Echt?« Martin wirkte überrascht wie erleichtert zugleich.

»Klar!« Rudi lächelte verschmitzt. »Eine junge Dame sollte man nicht warten lassen.«
Martin machte auf dem Absatz kehrt und rauschte davon. »Tausend Dank! Das werde ich dir nie vergessen!«, rief er dem Freund hinterher.
Der Hausmeister schüttelte den Kopf und wandte sich wieder den Lampen an der Decke zu. »Wo die Liebe hinfällt …«

*

In den Büros war es ruhig geworden. Die Mehrzahl seiner Kolleginnen und Kollegen hatte sich längst dem verdienten Feierabend zugewandt. Die beste Zeit, um in aller Ruhe nachzudenken. Fürchtegott Hager stand vor der Tafel und überflog die neu hinzugewonnenen Fakten:
Hanns Wöllsauer hatte offenkundig Selbstmord begangen. Seine Frau Erna war ihm aus Gram und infolge eines Herzinfarkts in den Tod gefolgt.
Wusste sie mehr als ihr lieb war?
Er würde es wohl nie erfahren.
Wöllsauer hatte aller Wahrscheinlichkeit nach das Kreuz gezimmert, an dem das Opfer hingerichtet worden war. Zudem verfügte er als ehemaliger Sprengmeister über das nötige Insiderwissen, was die Organisation von Seilen und Rollen anbelangte. Als passionierter Schwammerlsucher kannte er die Gegend um die Ruine herum wie seine Westentasche. Für ihn wäre es ein Leichtes gewesen, unbemerkt das Kreuz wie auch die Leiche bis zum Hinrichtungsort zu schaffen.
Alleine?
Das Kreuz war schwer. Die Leiche noch schwerer.
Komplizen! Mittäter!
Immer wahrscheinlicher.
Andererseits weigerte er sich strickt, Hanns Wöllsauer als Mörder zu akzeptieren. Bestimmt war der Mann mehr als ein harmloser Pilzesammler, der keiner Fliege etwas zuleide tun konnte. Schließlich hatte er sein Leben lang mit Sprengstoff herumhantiert – für zarte Pflänzchen bestimmt die falsche Beschäftigung. Und er hatte Tiere

gehalten. War also ans Töten gewöhnt. Aber es bestand ein riesengroßer Unterschied zwischen dem notwenigen Schlachten eines Schweins oder eines Karnickels und der völlig sinnlosen Kreuzigung eines Menschen.
Und welche Rolle spielt dieser Timm in dem ganzen Durcheinander?
War er wirklich nur ein vom rechten Weg abgekommener Halbwüchsiger auf der Suche nach dem nötigen Kick?
Fürchtegott strich sich nachdenklich über das Kinn.
Nach seinem Auftritt bei der Vernehmung zu urteilen, waren er und seine Freunde zumindest die Urheber der Schmierereien. Eine Querverbindung zu Hanns Wöllsauer schien ihm undenkbar.
Was, wenn das eine (die Anfertigung des Kreuzes) mit dem anderen (der Tat) nicht das Geringste zu tun hat? Und was, wenn alles nur eine unglückliche Verkettung von Zufällen und Gelegenheiten war?
Dann musste er sich mit aller Macht auf das Opfer konzentrieren, um sich Klarheit zu verschaffen …
Allmählich füllten sich die Leerräume. Nur im oberen Drittel, dort, wo sich die Wörter TÄTER und MOTIV befanden, klafften nach wie vor erhebliche Wissenslücken.
Der oder die Täter kannten Hanns Wöllsauer persönlich, oder wussten, wer er war und wie er ihnen behilflich sein konnte.
Von früher?
Womöglich Arbeitskollegen! Oder Bekannte!
Bat man ihn um Mithilfe bei einem Mord?
Oder verschwieg man ihm das eigentliche Vorhaben?
Hatte Wöllsauer gar eine Rechung bei einem von ihnen offen? Trieben ihn letztlich Gewissenbisse und Alpdrücken in den Suizid, weil er einsehen musste, bei welch grausiger Tat er geholfen oder mitgemacht hatte?
Der Kommissar merkte, wie die Fantasie mit ihm durchzugehen drohte. Er hielt inne und ging dazu über, mittels Pfeilen die Verbindungen der Personen untereinander hervorzuheben. Fragezeichen fügte er dort ein, wo ebendiese unsicher oder unbewiesen waren (leider betraf dies die Mehrzahl der Pfeile auf der Tafel – von der reduzierten Übersichtlichkeit ganz zu schweigen). Es war eben doch leichter Gedankengänge im Kopf, als an einer zweidimensionalen Tafel miteinander zu verbinden.
Während er dastand und angestrengt nachdachte, wie er das ange-

richtet Chaos entwirren konnte, klingelte das Telefon auf seinem Schreibtisch.
»Hager«, meldete er sich und lauschte aufmerksam.
»Wann? Wo?«, brüllte er in die Leitung.
Knappe Erklärungen folgten.
Fürchtegott Hager biss sich auf die Unterlippe. »Okay, verstanden. Ich werde mich darum kümmern.« Genervt warf er den Hörer auf die Gabel und schielte hinüber zu der Tafel an der Wand. Die nächste, wenn auch vorhersehbare Katastrophe war eingetreten.

*

Martin parkte vor Kirstins Haus. Unschlüssig verweilte sein Blick auf der Fassade. Sollte er wirklich einen zweiten Versuch wagen? Nüchtern dachte er an seinen ersten Besuch bei ihr zurück. Da hatte sie ihn kurzerhand abgewiesen. Andererseits waren die Voraussetzungen damals auch andere gewesen. Er hütete sich davor, das, was zwischen ihnen war, als Beziehung zu bezeichnen, jedoch konnte er ebenso wenig umhin, die in seinem Wagen verbrachten Stunden und die Zärtlichkeiten, die sie seither ausgetauscht hatten, als bloße Liebelei abzutun. Ja, selbst wenn es sich bei all dem nur um eine enge Freundschaft handeln sollte, war er dann nicht dazu berechtigt, der Freundin in einer Notlage beizustehen?
Martin zog den Zündschlüssel ab und wollte sich soeben aus dem Wagen begeben, als er einen Mann erkannte, der zielstrebig auf die Haustür zusteuerte. Er hatte keine Ahnung, woher er so plötzlich gekommen sein mochte. Martin Streitberg hielt inne und blieb, einem inneren Befehl folgend, aufmerksam sitzen. Mit beiden Händen umklammerte er das Lenkrad.
Der Mann war inzwischen an der Tür zu Kirstins Haus angekommen und drückte, ohne hinzusehen, auf einen der Klingelknöpfe.
Martin konnte nicht sehen, welcher es war. Der Körper des Mannes verdeckte die ihm die Sicht. Dennoch schwor er Stein und Bein, dass es der von Kirstin gewesen war. Die Worte der misstrauischen Nachbarin waren unerwartet präsent: *Vor ein paar Tagen hat sie Besuch bekommen. Zwei Männer, kurz hintereinander. Abends, wenn Sie verstehen, was ich meine* … Martin schluckte nervös. Sollte Kirstin etwa …? Ach

was! *Sie hat sonst niemals Herrenbesuche … das waren keine jungen Leute, sondern alte Knacker … Er hat erst einige Zeit an der Tür mit ihr getuschelt, bevor sie ihn in die Wohnung ließ …* Oder doch? Martin verwarf den absurden Gedanken. Es konnte tausend Gründe geben, warum dieser Mann das Haus betreten hatte. Er sah Gespenster, nichts als Gespenster.

Es wäre für ihn ein Leichtes gewesen, der Sache auf den Grund zu gehen: Aussteigen, Klingeln, Hochgehen, Nachsehen. Indes hatten ihn die brisanten Überlegungen bereits dermaßen aus dem Konzept gebracht, dass er mit bleiernen Gliedern hinter seinem Lenkrad kauerte und unfähig war, überhaupt irgendetwas zu unternehmen.

Es mochten vielleicht zehn Minuten vergangen sein, als er sich ein Herz nahm und seine Bedenken beiseite schob. *Lachhaft! Deine Vermutungen sind ausgemachter Blödsinn!* Kirstin saß sicher oben in ihrer Wohnung und gab sich drüben Gedanken hin. Womöglich wartete sie nur auf Trost und Zuspruch und hatte den Mut nicht aufgebracht, ihn anzurufen!

Martin verließ im Laufschritt seinen Wagen, überquerte die Straße und kam mit pochendem Herzen vor der Klingeltafel zum Stehen. Er musste seinen Finger regelrecht zwingen, auf den Knopf zu drücken. Als er es getan hatte, fieberte er dem Summen des Türöffners entgegen.

Sekunden verstrichen, ohne dass sich das erlösende Geräusch einstellen wollte.

Eine Minute. Nichts.

Nach geschätzten zwei Minuten gab Martin sein Vorhaben auf. Kirstin war heute für ihn nicht zu sprechen. Damit musste er sich abfinden.

Niedergeschlagen schlich er zu seinem Auto zurück. Er hatte nicht die leiseste Ahnung, wie er den vermaledeiten Abend überstehen sollte.

*

Timm versuchte zu flüchten, nachdem er den Streifenwagen wahrgenommen hatte. Er stolperte in wilder Flucht davon, wollte die Straße überqueren und geriet direkt vor den Kleintransporter eines Pizzalieferservices. Der erfasste ihn mit voller Wucht und schleuder-

te ihn übers Dach hinweg auf die Fahrbahn zurück. Das letzte, was er wahrnahm, war der brüchige Asphalt, der sich plötzlich rot einzufärben begann …
Er wähnte sich im Reich der Schatten, und diese Vermutung gefiel ihm weit besser, als er sich hätte träumen lassen. Als körperloses Wesen war er unangreifbar, konnte sich so richtig austoben und würde von keinem für seine Schandtaten zur Rechenschaft gezogen werden können. Ein Gefühl von Macht durchströmte seinen Körper. Und dieser neue astrale Körper fühlte sich haargenau so an, wie der, den er hinter sich gelassen zu haben glaubte.
Timm fand sich damit ab. Spürte hin. Suchte sich ein Bild von seiner neuen Existenz zu machen. *Seltsam! Dieser Körper schmerzt,* stellte er ernüchtert fest. Alle Gliedmaßen waren vorhanden, aber diese schienen nicht länger aus Fleisch und Blut zu bestehen. Wie auch? Künftig würde er ein Gefangener zwischen den Welten sein. Und sollte sich selbst seinen Stand in der Hölle verdienen müssen? *Herr Luzifer! Gewähre mir einen Platz an Deiner Seite!*
Nicht der Antichrist war es, der darauf antwortete, sondern eine Stimme, die er glaubte, aus seinem früheren Leben zu kennen.
»Mein lieber Junge! Timmy! Was hast du nur wieder angestellt?«
»Lass ihn«, sagte eine tiefe Stimme an ihrer Seite. »Wollen wir froh sein, dass alles noch einmal gut gegangen ist.«
»Ich hoffe es so sehr!«
»Ganz sicher.«
»Ich könnte nicht weiterleben, wenn er …« Die hohe Stimme versagte.
»Mit etwas Glück wird er keine bleibenden Schäden davontragen«, mischte sich eine weitere tiefe Stimme ein. »Er wird sein wie früher, ganz bestimmt!«
Timm stutzte. *So sein wie früher?* Verdammt, er wollte nicht so sein wie früher. Er war heilfroh, dieses leidige Stadium hinter sich gebracht zu haben, selbst wenn es einige Zeit dauern mochte, bis Lu ihm folgen würde. Was spielte Zeit im Reich der Schatten für eine Rolle? Währenddessen konnte er alles in seiner Macht stehende unternehmen, um ihre Ankunft gebührend vorzubereiten.
»Mein Timmy!«, rief die hohe Stimme.
»Lass ihn doch«, beschwichtigte die tiefe.

»Aber ich kann einfach nicht mit ansehen, wie er so daliegt«, beteuerte die hohe Stimme.
»Lass uns gehen. Es macht wenig Sinn, ihn zu bemitleiden.«
Mitleid? Er brauchte alles andere als Anteilnahme. Mitleid war etwas für Schwächlinge, für Dummköpfe, für Menschen, die nicht wussten, was sie tun sollten.
Irgendwo im Äther öffnete sich ein Spalt und ein Dämon schwebte herein.
»Guten Abend. Ich …«
»Sie haben vielleicht Nerven!«, sagte die tiefe Stimme in heller Aufruhr.
»Können Sie uns nicht endlich in Ruhe lassen. Sie sehen doch selbst, was sie angerichtet haben!«, rief die hohe in einem Anflug von Bitterkeit.
»Was passiert ist, tut mir leid, aber die Situation ihres Sohnes hat sich weiter zu seinen Ungunsten verschlechtert«, höhnte der Dämon.
»Das sehen wir selbst!«, konterte die tiefe Stimme ungehalten.
»Wie können sie nur so herzlos sein?«, jammerte die hohe.
»Entschuldigung, aber ich tue nur meine Pflicht. Wenn ihr Sohn wieder ansprechbar ist, werde ich ihn vernehmen müssen. Der Fall hat sich zugespitzt. Ich kann leider keine Rücksicht nehmen.«
»Sie Unmensch«, heulte die hohe Stimme.
»Komm, lass uns gehen!«, schlussfolgerte die tiefe erneut.
Die Gewissheit bahnte sich ihren Weg in sein Bewusstsein. Timm wusste plötzlich, wo er war. Sein ganzer Körper verkrampfte sich. Er versuchte zu vergessen, und wimmerte wie ein Baby.

*

Hinter der Stille der Wohnung lauerte das Entsetzen.
Er war gegangen, einfach so, dabei hätte sie ihm so viel zu sagen gehabt. Wenn sie wenigstens wüsste, was er tun würde. Es bestand kein Zweifel daran, dass er ihre Lage begriffen hatte. Sie hatte es ihm hundertmal klargemacht. War das ein Fehler gewesen? Sie wollte doch nur, dass es aufhörte, weiter nichts! Wie es aussah, war es lange nicht vorbei.
Kirstin spürte, wie sich ihr das Herz zusammenkrampfte.

Sie hätte ihn nicht gehen lassen dürfen. Nicht in dieser Verfassung. Das ersehnte Gespräch, von dem sie sich Hoffnung und Ruhe versprochen hatte, war völlig aus dem Ruder gelaufen. Und sie gab sich allein die Schuld daran. Sie hätte wissen müssen, wie er reagieren würde. Sie kannte ihn schließlich ein ganzes Leben lang. Das war dumm gewesen, unaussprechlich dumm und ihrer unwürdig.
Ein ums andere Mal verfluchte sie den Tag, an dem sie die Aufzeichnungen gefunden hatte. Wäre es nicht für alle besser gewesen, sie ungelesen vernichtet zu haben? Welche Not, welche schrecklichen Vorfälle, welche Trauer und Wut hätten dadurch verhindert werden können …
Kirstin sank gefühllos in die Knie. Es gab nur eine Möglichkeit, weiteres Unheil abzuwenden: Sie selbst musste in den Lauf der Dinge eingreifen. Musste verhindern, was zu verhindern war. Morgen, gleich morgen früh würde sie nach ihm suchen und ihn vor Dummheiten abhalten.
Hoffentlich war es nicht bereits zu spät …

XXVI.

Mein Besucher hat Wort gehalten. Ich weiß nicht, wie viel Zeit vergangen sein mag, aber heute ist er ein zweites Mal bei mir gewesen. Ich gestehe, ich habe mir seine Gegenwart sehnlich herbeigewünscht. Bei ihm fühle ich mich wohl. Bei ihm muss ich mich nicht verstellen. Nur bei ihm kann ich das sein, was ich bin: ein kleines, unbeholfenes, vom Leben gezeichnetes Mädchen, das auf Rettung hofft.
Natürlich habe ich nicht den Fehler begangen und ihm von mir erzählt. Es hätte keinen guten Eindruck hinterlassen, nach so kurzer Bekanntschaft mein Herz auszuschütten, und ich hätte womöglich viel zu viele Fragen beantworten müssen.
Weil das Wetter schlecht gewesen ist, haben wir uns im Gemeinschaftssaal unterhalten. Bis zum Abendessen! Er scheint sehr gebildet zu sein, und vornehm. Aber das erwähnte ich ja bereits. Ich konnte nicht umhin, ihn zu fragen, wie er ausgerechnet auf mich gekommen ist. Zunächst wollte er mit der Wahrheit nicht herausrü-

cken, hat versucht, mich abzulenken, damit ich nicht weiter danach fragen würde. Und obschon ich das Geheimnis gerne mit mir herumgeschleppt hätte, mir Gedanken und Fantasien zusammengereimt hätte, nur so zum Spaß, um mich vom tristen Heimalltag abzulenken, habe ich ihn beim Abschied erneut danach gefragt. Er hat mich nur schelmisch angegrinst und gesagt, dass ich in Bälde Bescheid wüsste, dass mein bisheriges Leben sich seinem Ende zuneige und ich keine Angst haben müsse. Ich musste grinsen, denn wieder einmal hatte man mir etwas gesagt, dass ich ohnehin schon wusste.

Er muss sich mit der Anstaltsleiterin unterhalten haben, der Schwester Oberin, die wir nur sehr selten zu Gesicht bekommen, denn ich sah ihn erst gut eine Stunde später zu dem Tor laufen, hinter dem die normale Welt verborgen liegt. Zu gern wüsste ich, was er mit ihr besprochen hat, was es sein mag, dass ihn zu mir gelockt hat.

Nichtsdestotrotz setze ich meine Sammelleidenschaft fort. Es wäre zu früh, sich falsche Hoffnungen zu machen. Still und heimlich denke ich nämlich, dass ich genau weiß, um was es bei seinen Besuchen und der Unterredung mit der Schwester Oberin gegangen ist. Aber ich behalte es für mich und tue so, als wäre mir der Sinn des ganzen völlig unbewusst.

Habe ich mich in etwas hinein verrannt?

Die Tag verrinnen, die Wochen auch. Wie ein Sturzbach fließt die Zeit dahin. Ich habe mich verrannt – verrannt in einen absurden Gedanken, einen Wunschtraum, der mich wie nie zuvor am Leben hat teilhaben lassen. Im Nachhinein könnte ich mich ohrfeigen über so viel Naivität und Dummheit. Vorbei ist die Geheimniskrämerei, vorbei sind die Nächte, in denen ich überlegt habe, ob das Tuch über dem Herrn Jesu Christ nicht letztlich fehl am Platze sei und ich wieder zu einem Kind der Sonne geworden bin. Sie haben mich längst abgeschrieben – mein Besuch und der Herr Jesu. Meine eigene Sehnsucht nach einem normalen Leben unter normalen Menschen ist es gewesen, die mich geblendet hat. Ich hätte es besser wissen müssen. Es ist eine Schande. Ich schäme mich dafür umso mehr.

Neuigkeiten aus Athen!

Die Kunde meines Missgeschicks hat sich herumgesprochen. Nicht nur im Haus ist man besorgt, welchen Kummer die Kleine mit sich

herumschleppt, auch meine Peiniger haben die Botschaft erhalten. Sie kommen zu mir zurück, Nacht für Nacht. Diesmal geht es ihnen nicht darum, alte Wunden aufzureißen, diesmal geht es um die frischen Spuren meiner Ohnmacht, in denen sie mit Genuss herumstochern. Ich wünschte, ich wäre tot.
Pustekuchen!
Völlig unerwartet steht er vor mir. An einem nasskalten Wintertag. Er sieht blass aus und ringt nach Worten. Es sei etwas Wichtiges, Unaufschiebbares dazwischengekommen und sein Besuch habe sich dadurch verzögert. Ich glaube kein Wort davon. Es ist gemein von ihm, mich wieder und wieder zu drangsalieren. Ich möchte endlich Ruhe und Frieden finden und mich wie Gertrud auf die lang ersehnte Reise begeben. Diesmal bleibt er nicht lange, denn er merkt, dass ich ihm nicht länger gut Freund bin. Diesmal passe ich auch nicht auf, wie lange er bleibt, ob er erneut mit der Oberin spricht und wann er das Haus verlässt. Er ist mir gleichgültig geworden. Ich habe meine Abreise jetzt klar vor Augen. Niemand wird mich daran hindern.
Du hättest ihm glauben sollen!
Warum?
Weil er dich erlösen kann!
Ihr irrt.
Wir irren niemals!
Ihr irrt doch! Ich werde es euch beweisen, ein letztes Mal.
Du willst einen Schlussstrich ziehen?
Ich muss!
Aber das ist Sünde.
Das müsst gerade ihr sagen. Schämt euch!
Götter müssen sich für nichts schämen. Sie können tun und lassen, was sie wollen!
Was des einen Freud, ist des andern Leid!
Zeit der Stille.
Weihnachten steht vor der Tür. Mein letztes Weihnachtsfest. Irgendwie werde ich es vermissen, obwohl mir die Geburt des Heilands längst nichts mehr bedeutet. Sollen meinetwegen alle anderen die Ankunft des Erlösers feiern. Ich bereite mich auf die Abreise vor – ganz ohne Glanz und Glorie. Schon vergessen? Unser Herr Jesu

kam in einem schäbigen Stall auf die Welt, und ich werde diese von meinem schäbigen Zimmer aus verlassen: ohne Stern, ohne Hirten, ohne Könige. Ich werde mich still und klammheimlich auf die letzte aller Reisen begeben.
Wo du hingehst, gibt es kein Licht.
Wo du hingehst, gibt es keine treu sorgenden Wächter.
Wo du hingehst, erwarten dich keine Geschenke.
Lacht, soviel ihr wollt. Meine Schatzkiste ist randvoll …

XXVII.

Um punkt 6:00 Uhr meldete sich der Wecker zu Wort. Helga war wie immer die Erste, die erwachte. Mit einer gezielten Handbewegung brachte sie das nervtötende Geräusch zum Verstummen. Schläfrig hielt sie sich die Hand vor den Mund und gähnte ausgiebig. Sie wollte Dieter nicht wecken. Er blieb gerne noch ein Weilchen in den Federn, bis sie Kaffee gemacht und die Brotzeit für die anstehende Wanderung zubereitet hatte.
Seit drei Jahren in Folge verbrachten sie ihren Jahresurlaub im Fichtelgebirge. Nicht im Sommer, wo es ihnen zu heiß und zu überlaufen war, sondern im Herbst, wenn die Schulferien vorbei und die Touristenströme verebbten. Sie kamen aus der Nähe von Hannover und schätzten die verschlafene Mittelgebirgslandschaft. Hier war es billig und ruhig. Wozu sollten sie bis in die Alpen fahren? Dieter war nie ein Bergsteiger gewesen. Helga hatte seit ein paar Jahren Probleme mit den Knien. Die Höhenzüge des Fichtelgebirges reichten ihnen allemal, um den schnöden Rentneralltag für drei Wochen in den Hintergrund zu drängen.
Während Helga in der engen Küche der Ferienwohnung hantierte, schnarchte Dieter friedlich vor sich hin. Erst als der Rucksack für die Tour gepackt war und der Kaffee dampfend auf dem Tisch stand, ging sie zu ihm und weckte ihn mit einem Kuss auf die Wange.
»Der Kaffee ist fertig«, sang sie ihm ins Ohr.
Sie liebten beide diesen alten Song von Peter Cornelius. Dieter schlug die Augen auf und lächelte seiner Helga entgegen. »Morgen, Schatz.«

Bald saßen sie gemeinsam am Tisch, tranken herrlich duftenden Kaffee und verspeisten etliche Stullen mit Marmelade und Honig.
Während Helga den Tisch abräumte, stand Dieter am Fenster und ließ seinen Blick prüfend hinaus in die Landschaft schweifen. Die Morgennebel gaben sich über den nahen Feldern ein Stelldichein. Ein seidig schimmerndes Licht lag über den dunklen Wäldern und fernen Gebirgszügen. Es würde ein herrlicher Ausflug werden. Erst vor zwei Tagen hatte sie ihr Vermieter auf die Idee gebracht, den Steinbruchweg und das Labyrinth am Epprechtstein zu erkunden. Die alte Burgruine kannten sie bereits aus dem vergangenen Jahr. Von dort hatten sie eine der schönsten Rundumsichten des Fichtelgebirges ausgiebig genossen. Anschließend waren sie auf dem Nordweg bis zum Waldstein gewandert und hatten dort ein reichliches und relativ frühes Mittagessen verputzt. *Nicht alles auf einmal!*, war einer von Dieters Leitsprüchen. Schließlich hatten sie sich vorgenommen, einen Teil der Sehenswürdigkeiten für nachfolgende Urlaube aufzusparen.
Als sie die Pension verließen, verkündete der erste Lichtstreif am östlichen Horizont den Tagesanbruch. Sie hatten lange und ausgiebig nach einer Bleibe für ihre Urlaube gesucht, und die etwas abseits auf einem flachen Hügel gelegene Unterkunft eher zufällig im Internet ausfindig gemacht. Das Haus stand in etwa in der Mitte des Kessels, den die um sie herum aufragenden Höhenzüge bildeten. Der Inhaber, ein alter Bauer, dessen Kinder längst den Hof verlassen hatten, besserte mit diesem Nebenverdienst seinen notdürftigen Lebensunterhalt auf. Gerne saßen sie am Abend bei ihm in der Küche und lauschten seinen Geschichten und Erzählungen aus vergangenen Tagen.
Die Scheiben des Wagens waren beschlagen. Helga wischte sie mit einem der Tücher, die sie vorrätig im Handschuhfach hortete, blitzblank sauber. Es war kalt und klamm und Dieter überlegte, ob es nicht sinnvoll wäre, die dickere Jacke mitzunehmen.
»Wenn die Sonne erst aufgegangen ist, wird es schnell warm«, meinte Helga und ließ sich auf dem Beifahrersitz nieder. »Außerdem schwitzt du immer so schnell.«
Dieter nickte verständig und nahm neben ihr Platz.
Die Fahrt dauerte gar nicht lange. In weniger als einer halben Stunde

hatten sie den Parkplatz in Buchhaus erreicht. Zwischenzeitlich war es hell geworden.
Dieter schnallte sich den kleinen Rucksack um, den sie extra für derartige Ausflüge angeschafft hatten, und dann ging es los: über die Straße hinweg, der ehemaligen Bahnlinie folgend, bis zu dem eingewachsenen Verladebahnhof.
Dieter las die dargebotene Informationstafel. Helga sog die frische Waldluft gierig in ihre Lungen.
Von nun an ging es beständig bergan. Helga lief gut zwanzig Meter voraus; Dieter keuchte hinter ihr her. Jeder Halt war willkommen. Obwohl die Temperatur bei gerade mal acht Grad lag, schwitzte er wie im Hochsommer. Er wischte sich die dicken Schweißperlen von der Stirn und versuchte tapfer, die Distanz zu seiner Gemahlin nicht weiter anwachsen zu lassen. Warum konnte sie nie auf ihn warten? Sie wusste, dass er beständig mit seinem Gewicht zu kämpfen hatte. Selbst ein Gewaltmarsch wie dieser würde daran wenig ändern.
Erleichtert atmete er auf, als seine Frau ihn in dem ersten Steinbruch neben einem niedrigen Verschlag erwartete.
»Du bist zu dick«, ließ sie ihn wissen. »Dein Arzt hat gesagt, dass du dich mehr bewegen sollst.«
»Jaja!«, brummte Dieter missmutig und kam keuchend und schnaubend wie eine Dampfmaschine neben ihr zum Stehen.
»Sieh mal!« Sie deutete auf den flachen Eingang neben sich. »Ein alter Dynamitbunker.«
»Sehr schön«, gab Dieter um Luft ringend von sich, stützte die Hände in die Hüften und besah sich das Bauwerk. Während er auf die Tafel zuschritt, die sich wenig daneben befand, hielt er inne. *Was ist das?* Hinter dem Bunker, direkt am Ende des Daches, waren zwei Hände zu sehen. Sie wirkten sehr blass und alt, irgendwie verrunzelt, und kündeten von einem lagen, entbehrungsreichen Leben. Im Prinzip sahen sie aus wie die ihres Vermieters. Aber was um alles in der Welt sollte ein alter Mensch um diese Zeit hier zu suchen haben? Er erinnerte sich der Pilzesammler, die sie hin und wieder auf ihren morgendlichen Touren angetroffen hatten, und mit denen sie sich interessiert über die Könige der Pilze, die Steinpilze, unterhalten hatten. Machte der Alte etwa eine Pause? Hinter einem ehemaligen Sprengstoffbunker? Das schien ihm doch reichlich weit hergeholt.

Helga war dem Blick ihres Gatten gefolgt und starrte nun ebenso auf die Hände, die nicht weichen wollten. »Was ist das?«, entfuhr es ihr perplex.
»Das sind zwei Hände«, sagte Dieter tonlos.
»Was tun die hier?«
»Das werden wir gleich sehen.« Dieter räusperte sich. »Hallo! Guten Morgen! Können wir Ihnen irgendwie behilflich sein?« Der Alte schien mit Bedacht dieses seltsame Plätzchen gewählt zu haben. Vielleicht war ihm der Schmerz zwischen die Wirbel gefahren, und er hatte sich mit letzter Kraft hinter den Bunker schleppen können. »Wenn Sie Hilfe benötigen, sagen Sie es uns. Wir haben ein Handy dabei!«, rief Helga lauter als es nötig war.
Keine Reaktion.
»Das ganze ist doch ein Witz«, bemerkte Dieter und bewegte sich zögernd an der Seitenmauer des Bunkers entlang. Er wusste nicht genau, was ihn erwartete. Aber er hatte ganz plötzlich ein dumpfes Gefühl im Bauch. Ein Gefühl, das ihn bisher nie getäuscht hatte. Hier war ganz eindeutig etwas vorgefallen. Ein Missgeschick? Ein Unfall? Eine Tragödie?
Als er das Ende der Mauer erreicht hatte, fuhr er zusammen. Es war viel schlimmer, als er es sich vorgestellt hatte. Die Rückwand des Bunkers befand sich nämlich im Erdreich. Es war gar nicht möglich, sich dahinter zu verstecken, weder für einen jungen noch für einen alten Menschen. Blinzelnd schielte er über das Dach hinweg. Da lagen die zwei Hände, etwa im Abstand von einem Meter. Aber eben nur zwei Hände, weiter nichts. Die dazugehörige Person: Fehlanzeige. Dieter stützte sich am Rande des Daches ab. Ihm war schwindelig geworden. »Helga, stopp! Bleib, wo du bist! Das willst du nicht wirklich sehen!«
Helga zog die Stirn in Falten. »Ist dem Herrn etwas zugestoßen?« Und schon war sie herangekommen und spitzte wie Dieter auf die beiden verwaisten Hände. Ihr Mund wurde schlagartig trocken. Ein schmerzlicher Aufschrei, der aus den Tiefen ihrer Seele zu kommen schien, hallte durch den stillen Steinbruch.
Wenn du einmal auf mich hören würdest! Dieter legte den Rucksack ab und fummelte zittrig sein Handy hervor.

XXVIII.

Fürchtegott Hager wurde von dem Anrufer aus dem Schlaf gerissen. In nüchternen Worten verkündete er, was vorgefallen war. Der Kommissar versuchte sich zu orientieren. Heute war Freitag der 13. Es passte alles zusammen.

Während er im Eilmarsch das Haus verließ, wusste er nicht, ob er lachen oder weinen sollte. Seine Leiche war nun zwar komplett, aber was nützte das? Sie hatten zu dem Gesicht lediglich Fingerabdrücke dazubekommen. Das war Fakt. Sie konnten sie bald mit sämtlichen verfügbaren Dateien abgleichen. Korrekt. Wenn der Mann jedoch polizeilich nicht in Erscheinung getreten war, nützte das wenig. Ab heute würde das Gesicht des Mannes als Fandungsfoto in allen TV-Sendern gezeigt. Seine Leute hatten sich alle nur denkbare Mühe gegeben, es einigermaßen lebensecht aussehen zu lassen. Mit reichlich Schminke war es ihnen gelungen, die Spuren der eisigen Lagerstätte größtenteils zu retuschieren. Davon versprach er sich Erfolg. Die fehlenden Hände waren für ihn nur Grund, sich in aller Herrgottsfrühe abermals auf den Epprechtstein begeben zu müssen. Mürrisch saß er hinter dem Steuer und fuhr in normalem Tempo über Landstraßen und Dörfer nach Buchhaus.

Die Spurensicherung war bereits vor Ort, als der Kommissar am Fundort eintraf. Alfons kam mit einem Lächeln auf den Lippen auf ihn zu gestürmt. »Morgen, Fürchtegott! Unsere Leiche ist endlich komplett. Was sagst du dazu?«

»Morgen«, presste Hager heraus.

»Freust du dich gar nicht?«, sagte Alfons und wunderte sich über die schlechte Laune, die der Kommissar verbreitete.

»Ich werd mich freuen, wenn wir endlich wissen, zu wem all die Teile gehören.« Hager warf einen Blick in den Behälter, den Alfons ihm demonstrativ unter die Nase hielt. »Auch tiefgefroren?«

Der Chef der Kriminaltechnik nickte.

»Fingerabdrücke?«, hakte der Kommissar nach.

»Wird schwierig werden«, gestand Alfons.

»Du wirst das schon schaffen. Bis heute Nachmittag erwarte ich erste Ergebnisse.« Mit diesen Worten ließ Hager den Kollegen ste-

hen und wandte sich den beiden Findern zu, die verstört und bleich neben einem Beamten in Uniform standen.
»Danke für die aufmunternden Worte!«, rief ihm Alfons nach. Er drückte den Deckel auf die Plastikkiste und verließ kopfschüttelnd den Fundort.
»Sie beide haben die Extremitäten gefunden?«
»Helga und Dieter Weinrich.« Der Mann streckte dem Kommissar die Hand entgegen.
Hager ignorierte es. »Was hatten Sie denn so früh am Morgen hier oben zu suchen?«, fragte er stattdessen.
»Wir machen Urlaub!«, entgegnete die Frau verständnislos. »Wir sind gern frühmorgens unterwegs.«
»Da ist man allein mit Gott und der Welt«, meinte der Mann beisteuern zu müssen.
Der Kommissar warf ihnen säuerliche Blicke zu. »Schön und gut. Wo haben Sie die Hände gefunden?«
»Na da, auf dem Dach dieses Bunkers«, antwortete Dieter und zeigte in die erwähnte Richtung.
»Sie lagen einfach auf dem Dach herum?«, vergewisserte sich Hager.
»Wir dachten, jemand habe sich dahinter versteckt«, sagte Helga aufgebracht.
»Aber da war niemand«, sagte der Mann und suchte die Hand seiner Frau.
»Verstehe«, entrann es Fürchtegott Hager trocken.
»Nur die Hände!«, unterstrich Helga und drückte die Hand, die ihr gereicht worden war.
»Wenn wir gewusst hätten …«, würgte Dieter hervor.
»Haben Sie etwas angerührt?«, unterbrach ihn Hager.
»Wo denken Sie hin?«, sagte der Mann verständnislos. »Keine Macht der Welt hätte mich dazu gebracht, diese … Hände anzufassen.«
»Wir haben nichts, rein gar nichts mit der Sache zu tun«, versicherte Helga. »Dass uns überhaupt so etwas passieren muss …«
»Gut, gut!« Hager legte ein dünnes Lächeln auf. »Wenn mein Kollege Ihre Aussage notiert hat, benötigen wir Sie vorerst nicht mehr. Allerdings muss ich Sie bitten, demnächst auf die Kriminalpolizeiinspektion nach Hof zu kommen, um das Protokoll zu unterschreiben. Mein Kollege wird Ihnen alles Weitere erklären.«

»Das ist ganz schrecklich!«, stöhnte die Frau und der Mann legte ihr daraufhin tröstend seinen freien Arm um die Schulter. »Das war unser letzter Urlaub im Fichtelgebirge, nicht wahr, Helga?«
»Nun denn.« Der Kommissar wandte sich zum Gehen. »Falls mich jemand sucht, ich bin in meinem Büro!«, rief er den Leuten von der KTU zu, ohne eine Reaktion zu bekommen. Missmutig stapfte er zu seinem Passat zurück und rauschte davon.

*

Martin war bereits wach, als Frau Wehrfried an seine Zimmertür pochte. »Ich komme!«, rief er ihr entgegen und mühte sich aus den Federn.
Die alte Dame hatte ein überaus reichliches Frühstück für ihn gerichtet – ausnahmsweise, wie sie ausdrücklich betonte. Martin wunderte sich zunächst, wurde aber, kaum, dass er am Esstisch Platz genommen hatte, über die Hintergründe informiert.
»Ich hab gerade im Radio gehört, dass die Polizei ein Bild des Opfers vom Epprechtstein veröffentlicht hat.«
»Und … wo?«, erkundigte sich Martin schmatzend.
»Auf irgendeiner Seite in diesem Internet«, sagte seine Vermieterin. »Landeskriminalamt oder so.«
Martin stutzte. *Das LKA hat sich eingeschalten? Das wird diesem Hager bestimmt nicht zusagen.*
»Sie haben gesagt, dass das Bild der Leiche auch bei den Nachrichten im Fernsehen gezeigt wird«, fuhr Frau Wehrfried fort. »Nun wird die Polizei hoffentlich bald wissen, wer der Mann ist. Irgendwo muss er doch abgängig sein, nicht? Ich kann mir kaum vorstellen, dass er ein Hiesiger ist. Das wäre längst aufgefallen. Überhaupt hat es solch einen Fall, solange ich denken kann, nicht gegeben. Die Welt wird von Tag zu Tag brutaler.«
Martin nickte. Obwohl er das üppige Frühstück gerne angenommen hatte, verspürte er nicht die geringste Lust, sich mit seiner Vermieterin über den Mord zu unterhalten. »Jetzt wird der Fall bestimmt bald gelöst sein«, sagte er kurz angebunden und schlürfte den Rest Kaffee aus seiner Tasse.
»Damit endlich wieder Ruhe einkehrt«, fügte die alte Dame hinzu.

Martin nickte. Er wollte so schnell wie möglich ins Museum. Nicht um zu sehen, ob Rudi die Arbeit vom Vorabend erledigt hatte, sondern um sich zu vergewissern, dass Kirstin bei Kräften und auf ihrem Posten war.
Nach weniger als einer Viertelstunde stand er abflugbereit unten an der Haustür. »Einen schönen Tag, Frau Wehrfried!«, rief er in Eile die Treppe hoch.
»Ihnen auch, Martin!« Sie hielt mit dem Geschirr in den Händen inne und warf einen Blick durch die Küchenfensterscheibe nach draußen. Sie sah Martin über die Straße zu seinen Wagen hetzen. »In dieser Welt möchte ich doch nicht mehr jung sein«, sagte sie leise vor sich hin und legte die benutzten Teller und Tassen behutsam im Spülbecken ab.

*

Kirstin hatte eine unruhige wie schlaflose Nacht hinter sich. Wie gerädert erwachte sie gegen sieben Uhr und blickte verstört auf den Radiowecker am Nachttisch. In tausend Varianten hatte sie alle denkbaren Möglichkeiten durchgespielt. Ein ums andere Mal war deren Ausgang schrecklich und unannehmbar ausgefallen. Bereits mitten in der Nacht hatte sie kaum dem Drang widerstehen können, sich auf die Suche nach ihm zu machen. Lediglich der verbliebene Rest gesunden Menschenverstandes, der ihr fortwährend einredete, dass es in der Dunkelheit sinnlos wie fahrlässig wäre, nach ihm zu suchen, hatte sie davon abgehalten, sich auf und davon zu stehlen. Ihr Nervenkostüm war zum Bersten gespannt. Ihre Gedanken kreisten fortwährend um die völlig abstruse Vorstellung, das drohende Unheil aus eigener Kraft und in letzter Sekunde abwenden zu können.
Kirstin krabbelte aus dem Bett, holte sich eine Flasche Mineralwasser aus dem Kasten in der Küche und trank sie bis zur Hälfte leer. Alsdann stellte sie sich unter die Dusche und hoffte, dass das belebende Nass die Anspannung, unter der sie stand, wenigstens teilweise vertreiben mochte. *Pustekuchen!*
Nachdem sie sich angezogen hatte, eilte sie wiederum rastlos durch die Wohnung. Sie konnte keine Ruhe finden. Wie auch?

Ihre Chefin hatte ihr angeboten, den Tag freizunehmen, falls es die Bedürfnisse und ihr Zustand erfordern sollten. Dankend griff sie auf diese Möglichkeit zurück und telefonierte mit Frau Dr. Gruber. Nun hatte sie vierundzwanzig Stunden Luft das zu tun, was sie tun musste. Die Frage war nur, wo und wie sie beginnen sollte …

*

Kaum zurück im Büro, harrte eine unerfreuliche Neuigkeit seiner. Fürchtegott Hager hatte soeben hinter seinem Schreibtisch Platz genommen, als sich die Tür öffnete und Saalfelder im Laufschritt auf ihn zu gestochen kam.

»Morgen, Fürchtegott! Ich habe gerade gehört, was sich ereignet hat. Sieht so aus, als ginge es vorwärts. Endlich. Allerdings habe ich schlechte Nachrichten für dich. Das LKA hat sich in den Fall eingeschaltet. Tja, ich fürchte, du bist die Sache los.«

»Was?« Der Kommissar sprang aus seinem Sessel, als hätte er auf einem Nagelbrett gesessen. »Das darf doch nicht wahr sein! Jetzt? Gerade jetzt, wo ich den Hauch einer Chance habe, den Fall eigenständig zu lösen?«

»Tut mir leid, Fürchtegott, aber dagegen bin ich machtlos«, sagte Saalfelder und hob die Hände zu einer entschuldigenden Geste.

»Das lass ich nicht zu!«, donnerte Hager ungehalten los. »Was glauben die denn, wer wir sind? Ein paar Dorftrottel, die nicht bis drei zählen können?«

»Wie gesagt, es tut mir leid. Für dich wie für uns alle.«

»Und was kann ich dagegen tun?«

»Nichts. Das LKA ist die übergeordnete Instanz. Wenn sie sagen wir sind raus, sind wir raus. So einfach ist das.« Saalfelder hielt inne. Er schien nachzudenken. »Das heißt, eine winzige Möglichkeit bleibt. Die Herren werden bestimmt bald bei dir aufkreuzen. Ich habe ihnen zu verstehen gegeben, dass sie dir die Nachricht selbst überbringen sollen. Offiziell weißt du also nichts davon. Ich hoffe, ich kann mich auf deine Loyalität verlassen. Andernfalls stehe ich wie ein Waschweib da. Wenn du ihnen glaubwürdig versicherst, dass du selbst kurz vor der Lösung des Falles stehst, könnten sie dich eventuell weiterarbeiten lassen. Wie gesagt: eventuell! Und Hand in

Hand! Falls sie dir aber unmissverständlich zu verstehen geben, dass du aus der Sache raus bist, möchte ich nicht, dass du irgendwelche Extratouren drehst. Verstanden?«
»Hm …« Hager überlegte fieberhaft. Er musste die nötigen Argumente finden. So kurz vor der Lösung wollte er sich den Fall keineswegs kampflos aus den Händen reißen lassen. *Das wäre ja gelacht!*
Sein Ehrgeiz war geweckt. Egal wie zäh die Ermittlungen bisher verlaufen sein mochten, von ein paar dahergelaufenen höheren Beamten aus dem verhassten Landeskriminalamt würde er sich nicht ins Boxhorn jagen lassen. Er war schließlich Kriminalbeamter durch und durch, und Franke obendrein. Sonst scherte sich auch keiner der Herren aus der Landeshauptstadt um die Belange vor Ort. Der Freistaat Bayern endete inoffiziell an der Grenze zur Oberpfalz und Mittelfranken. Alles, was sich nördlich von Regensburg und Eichstätt abspielte, tangierte die Herren von der Regierung nur marginal, wenn überhaupt. Der Kampf der Franken um ein eigenes Bundesland war lange nicht verloren. Das Stiefkind, selbst in fränkischen Dimensionen gedacht, das nordöstliche Oberfranken (sprich die Landkreise Hof und Wunsiedel), führte nicht nur vor der Grenzöffnung in den Osten ein ungeliebtes Schattendasein. Selbst nach der Wiedervereinigung rollten die meisten Gelder und Fördermittel an den ehemaligen Grenzkontrollbezirken vorbei nach Thüringen oder Sachsen. Es war an der Zeit, den oberbayerischen Schnöseln zu zeigen, dass sie es nicht mit einem Haufen Idioten zu tun hatten. Was diese Sesselfurzer aus München zuwege brächten, konnte er schon lange. Die sollten nur kommen. Er, Fürchtegott Hager, würde sie eines Besseren belehren.
»Fürchtegott?«
Der Kommissar wurde abrupt aus seinen Überlegungen gerissen. »Äh … ja?«
»Mach mir keine Schande. Und halt mich weiterhin auf dem Laufenden. Und bitte, bitte fang mir keinen Streit mit den Münchner Kollegen an!« Mit diesen Worten machte Saalfelder kehrt und verließ das Büro.
Du versuchst auch nur deinen Arsch zu retten!, dachte Hager. Genervt ließ er sich zurück in seinen Sessel plumpsen.

*

Martin jagte (sämtliche Verkehrregeln missachtend) mit seinem Scirocco nach Selb. In einem kurzen Gespräch hatte ihn Frau Doktor Gruber mitgeteilt, dass Kirstin sich auch für diesen Tag freigenommen hatte. Ihr Anruf war vor nicht allzu langer Zeit eingegangen. Sie musste demnach zuhause sein. Wenn er schnell genug war, konnte er sie endlich antreffen.

Fahrlässig überholte er selbst an den unmöglichsten Stellen. Die ganze Welt schien sich gegen ihn verschworen zu haben. Überall Hindernisse, nichts als Hindernisse: lahmarschige Pendler, die zur Arbeit zuckelten, dutzende LKWs, die es gerade heute nicht eilig hatten, und jede Menge Traktoren mit überdimensionalen Anhängern. *Verdammter Mist!*

Als er vor Kirstins Haus zum Stehen kam, schwor er Stein und Bein, so etwas nie wieder zu tun. Er, und die anderen Verkehrsteilnehmer, waren wie durch ein Wunder heil davongekommen, obwohl es an der einen oder anderen unübersichtlichen Stelle ziemlich eng geworden war.

Martin spurtete auf die Haustür zu und presste seinen Zeigefinger hitzig gegen den Klingelknopf. *Bitte, bitte, sei daheim!*, beschwor er den Türöffner.

Seine Bitte wurde erhört. Nach rund einer halben Minute surrte der Öffner und Martin drückte sich mit aller Gewalt gegen die Haustür. Zwei Stufen auf einmal nehmend spurtet er die Treppen hinauf. Fast wäre er mit der Nachbarin von Kirstin zusammengestoßen. Sie wollte ihren Müll nach unten tragen, als er im ersten Stock ungestüm um die Ecke gesaust kam. Im letzten Augenblick wich sie aus und sah ihm kopfschüttelnd hinterher. Martin war es so ziemlich egal, ob sie ihn erkannt hatte oder nicht. Es spielte keine Rolle – jedenfalls nicht im Augenblick.

Die Wohnungstür stand offen, als er das Stockwerk erreichte. Er klopfte vorsichtig an.

»Komm rein«, tönte es ihm matt entgegen.

Er trat ein und schloss die Tür hinter sich. Vor ihm ein enger Flur. Links die Tür zum Badezimmer stand halb offen. Er konnte eine Dusche erkennen, daneben das Waschbecken und eine Waschmaschine. Rechts eine kleine Kommode mit einem Telefon obenauf. Die nächste Tür war angelehnt. Hinter der gerippten Glasscheibe glaubte er eine Bewegung wahrzunehmen. Martin klopfte und trat ein.

Kirstin saß an einem schmalen Tisch und hatte das Gesicht in den Händen vergraben. Links ein Fernseher, rechts eine schmale Vitrine, in der sich Bücher und Krimskrams stapelten. Neben der Vitrine fiel sein Blick auf eine Kochnische, geradeaus befand sich eine weitere Tür – wahrscheinlich die zu ihrem Schlafzimmer.

»Geht es dir gut?«, fragte Martin zögernd.

Kirstin hob schlapp den Kopf und sah ihn an. Martin sah sofort, dass sie geweint hatte.

»Was ist los?«

Kirstin wirkte abwesend. »Hm?«

»Warum hast du mich nicht angerufen?« Er versuchte, die Frage nicht vorwurfvoll klingen zu lassen.

Kirstin atmete aus. »Wenn das nur so leicht gewesen wäre.«

»Du weißt, du kannst mich zu jeder Stunde erreichen, wenn es dir schlecht geht. Ich … ich habe mir die allergrößten Sorgen um dich gemacht.«

»Das ist lieb von dir.« Sie zeigte ein missglücktes Lächeln. »Aber es gibt Dinge, bei denen du mir nicht helfen kannst.«

»Sorry, aber dem muss ich widersprechen«, beharrte Martin. »Wenigstens wüsste ich gerne, um was es sich handelt. Vielleicht kannst du mir die Entscheidung überlassen, ob ich dir helfen kann oder nicht.«

»Es geht nicht. Und glaub mir, es ist besser so.«

Martin blieb hart – zu sich selbst wie Kirstin gegenüber. Die Stunde der Wahrheit war gekommen. Diesmal würde er sich nicht mit Ausflüchten abspeisen lassen. *Keinesfalls!* Ihre Bedenken in Ehren, aber er hatte ebenso das Recht, zu erfahren, was vor sich ging. Er würde ihre Wohnung erst wieder verlassen, wenn er die Wahrheit über die Vorkommnisse der vergangenen Tage und die Erlebnisse, die zweifelsohne dazugehörten, in Erfahrung gebracht hatte. Er räusperte sich lauter als beabsichtigt: »Ich … ich möchte selbst entscheiden, ob es geht oder nicht. Ich möchte es dir nicht glauben müssen. Ist das zu viel verlangt?«

Kirstin schwieg und vergrub abermals das Gesicht in den Händen. »Zwing mich nicht dazu. Bitte«, drang es erstickt darunter hervor. »Du hast ja keine Ahnung, was du von mir verlangst. Ach, wenn du wüsstest …«

»Ich will dich nicht zwingen. Mein Wort! Aber du lässt mir ehrlich gesagt keine andere Wahl. Es schmerzt, dich so sehen zu müssen. Wir sind uns doch nah, oder nicht? Ich finde, ich habe ein Recht darauf, zu erfahren, was dir das Leben schwer macht. Ich kann nicht untätig zusehen, wie du vor die Hunde gehst. Mein Leben ist gerade dabei, zu einem einzigen Alptraum zu werden. Meine Liebe zu dir und mein Gewissen zwingen mich zu handeln. Ich kann einfach nicht anders. Ich muss wissen, was in dir vorgeht, was dir Sorgen bereitet! Was dir das Leben zur Qual macht!«

Kirstin hob erneut den Kopf. Dicke Tränen rannen ihr über die Wangen. Sie wirkte unendlich müde und ausgelaugt. »Martin. Bitte! Gib mir diesen einen Tag. Morgen werde ich dir alles erzählen. Wirklich alles! Doch heute muss ich dich bitten … nein, ich flehe dich an, mich das tun zu lassen, was ich tun muss.« Erneut sank sie in sich zusammen. »Womöglich ist es bereits zu spät. Aber ich darf den Versuch nicht ungeschehen lassen. Ich muss versuchen, sein Leben zu retten.«

»Wessen Leben? Kirstin. Mein Gott, so rede doch!«, beschwor sie Martin, den plötzlich der allergrößte Schrecken in die Glieder gefahren war. Der Boden unter seinen Füßen hatte sich geöffnet. Ein gieriger Schlund trachtete danach, ihn zu verschlingen.

»Morgen, Martin.«

»Morgen?«

»Ja. Morgen ist der Tag der Wahrheit für uns beide gekommen. Ich verspreche es bei allem, was mir heilig ist, deine Fragen zu beantworten.«

»Aber …« Martin fuhr sich mit der flachen Hand über die Stirn. Er musste sich zusammenreißen, um nicht hier und jetzt völlig aus dem Häuschen zu geraten. Die Sache hatte eine Wendung genommen. Eine, die selbst er nicht hätte voraussagen können. Hier ging es nicht um irgendwelche Hirngespinste aus vergangenen Tagen. Was Kirstin plagte, was sie folterte, malträtierte und nicht zur Ruhe kommen ließ, waren ziemlich akute Probleme. Es ging um Leben oder Tod. Sein oder nicht sein. Liebe oder nicht Liebe. Martin setzte sich zu ihr an den Tisch und legte ihr sachte den Arm um die Schulter. Kirstin nahm diese Geste wider erwarten an. Sie drückte sich eng an seine Brust und ließ den Tränen freien Lauf.

*

Der Kommissar hatte sich eben einen ersten Schlachtplan zurechtgelegt, als die Tür geöffnet wurde und zwei Herren den Raum betraten. Bereits ohne Vorstellung wusste Hager, wen er vor sich hatte. Der eine war etwa Mitte dreißig, leger in Turnschuhen, Jeans und Sweatshirt gekleidet und trug einen Windbreaker der Marke Chiemsee lässig über der Schulter; der andere war älter, eher konservativ angezogen, in braunen Mokassins, beiger Stoffhose, Jacquardpullover und hoher Stirn mit tiefen Geheimratsecken. Beide trugen teure Armbanduhren am Handgelenk und Fürchtegott konnte nicht umhin, nachdem sie ihm flüchtig die Hand geschüttelt und vor seinem Schreibtisch Platz genommen hatten, seine Mühle Sport ins rechte Licht zu rücken.
»Was kann ich für Sie tun?«, sagte der Kommissar und legte ein verhaltenes Lächeln an den Tag.
»Sie arbeiten derzeit am Eberhardsteinmord?«, begann der ältere von beiden und verzog dabei keine Miene.
»Epprechtstein«, verbesserte ihn Hager und versuchte dabei ein aufkommendes Gefühl von Überlegenheit zu verbergen.
»Wie dem auch sei«, meinte der legere Beamte und schlug die Beine übereinander.
»Sie arbeiten also an dem Fall«, fuhr der ältere fort. »Darf man fragen, wie weit Sie bisher gekommen sind?«
Hager stand auf und schritt auf die Tafel an der Wand zu. Er wollte sich diese passende Gelegenheit nicht nehmen lassen. Ehe er mit seinen Ausführungen begann, musste er mit ansehen, wie die beiden LKA-Leute geringschätzige Blicke tauschten. *Jetzt nur keinen Fehler machen!*, beschwor er sich. *Ich werde euch schon zeigen, dass auch hier auf dem Land vernünftig gearbeitet wird.* Er räusperte sich kurz und gab anschließend seinen Zuhörern, so gut er es vermochte, einen Überblick über die Tatumstände sowie die bisher verdächtigen Personen

und deren mögliche Motive. Da es über die Identität des Opfers bislang keine greifbaren Ergebnisse gab, überging er diese Tatsache, in dem er auf den erst heute, nach dem Fund der fehlenden Teile, erfolgten Aufruf in den Medien hinwies.
Die beiden Männer hatten mehr oder weniger interessiert seinen Ausführungen gelauscht. Als Hager erneut hinter seinem Schreibtisch Platz genommen hatte, ergriff der ältere von beiden das Wort: »Nun, verehrter Kollege, da haben Sie wohl zweifelsohne alles in ihrer Macht stehende getan. Und den Umständen entsprechend gute Arbeit geleistet«, sagte er geringschätzig. »Leider hat Sie das bisher nicht wirklich vorangebracht. Deshalb sind wir jetzt da, um uns der fehlenden Puzzelteile anzunehmen. Verstehen Sie mich bitte nicht falsch (und es soll auch alles andere als ein Vorwurf sein), aber die Möglichkeiten des LKA in einem derart gelagerten Fall sind weit umfassender als ihre örtlich begrenzten Chancen, den Fall in Bälde zu lösen. Deshalb werden wir uns ab sofort der Sache uneingeschränkt annehmen.«
Hager schluckte. »Und was bedeutet das für mich?«
»Das bedeutet, dass Sie draußen sind«, sagte der junge LKAler mit einem Anflug von Überheblichkeit in der Stimme.
»Aber Sie können mir den Fall doch nicht einfach so wegnehmen!«, beschwerte sich der Kommissar. »Gerade jetzt, wo sich diese Puzzelteilchen nach und nach zusammenfügen!«
»Können wir wohl«, verbesserte ihn der Jungbulle und wechselte gelangweilt die Sitzposition.
»Es geht wirklich nicht gegen Sie«, unterstrich der ältere, »aber auch wir haben unsere Vorgaben. Und dagegen ist leider nichts zu machen.«
Hagers Gesicht verzog sich zu einer ungehaltenen Geste. »Und wie darf ich mir das vorstellen? Dieses *Draußensein*!«
Der ältere Beamte grinste mitleidsvoll. »Sicher haben Sie noch jede Menge anderer dringender Fälle zu bearbeiten.«
»Verdroschene Ehefrauen, randalierende Kids, Schlägereien in Kneipen«, zählte sein Kollege wissend auf.
»Sagen wir mal so«, relativierte der hohe Beamte. »Tun Sie einfach so, als hätte es diesen Fall für Sie nie gegeben. Selbstverständlich können Sie sich über den Fortgang der Ermittlungen bei Ihrem Vor-

gesetzten weiterhin informieren. Allerdings müssen wir Sie bitten, selbst nicht mehr aktiv zu werden. Haben Sie das so weit verstanden?«

Fürchtegott Hager musste sich am Riemen reißen, um nicht ausfällig zu werden. »Verstanden habe ich es wohl«, brummte er vor sich hin. »Verstehen kann ich es nicht. Schließlich bin ich alles andere als ein Anfänger auf diesem Gebiet.«

»Seien Sie doch froh, dass Sie der Last der Ermittlungen enthoben sind«, äußerte sich der ältere Ermittler fürsorglich. »Sie leben in paradiesischen Gefilden, da Sie hier in der Provinz mit derartigen Vorkommnissen nicht vertraut sein müssen. Wir sind durch unsere Alltagsroutine an solche Fälle gewöhnt. Sie sind sozusagen unser täglich Brot. Nehmen Sie sich zwei, drei Tage frei. Ihr Vorgesetzter wird nichts dagegen haben. Und wenn Sie zurück sind, wird es den Fall Eberhardstein nicht mehr geben.«

»Epprechtstein!«, murrte Hager und ballte die Hände zu Fäusten. Diese Typen waren noch viel schlimmer, als er es sich vorgestellt hatte. Mit welcher Arroganz und Selbstherrlichkeit sie ihn wie einen dummen Schuljungen behandelten, schrie förmlich nach Gegenwehr, nach Meuterei. *Na wartet! Ihr kocht auch nur mit Wasser. Ich werde dafür sorgen, dass man euch genauso behandelt, wie ihr mich behandelt habt.* Das war nur so dahingedacht. Doch plötzlich hatte Fürchtegott Hager eine klare Vorstellung davon, wie er es den Besserwissern heimzahlen konnte. So, genau so, würde er es anstellen …

*

Ohne greifbares Ergebnis (und ohne die geringste Spur von Erleichterung) hatte Martin Kirstins Wohnung verlassen. Was anderes hätte er tun sollen, als ihrem Wunsch zu entsprechen? Er war sich sicher, dass sie seine Hilfe brauchte, dass sie sich ohne ihn in Gefahr begeben würde. Freilich vermochte er sich in keiner Weise vorzustellen, woher diese Bedrohung kam und wie diese aussehen mochte. Es musste sich um etwas sehr Wichtiges handeln – etwas Lebensbedrohliches.

Als er zurück im Museum war, registrierte er, dass er Kirstin nie und nimmer schutzlos ihrem Schicksal hätte ausliefern dürfen. Das war

dumm, fahrlässig, grotesk, eigennützig, schofel, einer Freundschaft nicht wert. Einer Liebe schon gar nicht! Er biss sich auf die Lippen und suchte mit wirren und widersprüchlichen Gefühlen in seinem Bauch seine Chefin auf.
»Martin! Was ist denn mit Ihnen geschehen?«, fragte diese überrascht, als er ihr bleich und verstört gegenübertrat.
»Kirstin!« Martin musste Luft holen. »Sie ist scheinbar in etwas verstrickt, aus dem sie mit eigener Kraft nie wieder herauskommt!«
Frau Doktor Gruber war völlig fassungslos. »Was sagen Sie da?«
»Ich … ich kann nicht erklären, was es ist. Aber wenn ich ihr nicht helfe, wird sie bestimmt eine riesengroße Dummheit begehen. Das habe ich im Gefühl. Wäre ich doch nur …«
»Langsam, langsam. Alles schön der Reihe nach.«
Und Martin erzählte, was er wusste: Von dem Vorfall auf dem Epprechtstein, von dem, was sie dort oben gesagt und getan hatte, von ihrem Ausraster, als sie den Kopf auf der Stele entdeckt hatten und von den seltsamen Äußerungen ihrer Nachbarin.
Die Frau Doktor hatte aufmerksam seinen Worten gelauscht und ihre Stirn hatte sich in tiefe Falten gelegt. »Das scheint ernst zu sein. Sie haben recht. So aufgelöst und verschlossen, wie sie die letzten Tage war, kenne ich Kirstin nicht. Und auch mir ist aufgefallen, dass es etwas geben muss, das sie unsäglich belastet.« Sie suchte Martins Blick, der wie der ihre von Sorgen und Kummer gekennzeichnet war. »Wie können wir ihr helfen?«
Martin zuckte resigniert mit den Schultern. »Wenn ich das wüsste, wäre ich nicht hier.«
»Und sie hat nichts darüber gesagt, was sie vorhat? Wohin sie gehen will? Wer diese beiden Männer sind und was sie von ihr wollen?«
Martin senkte den Blick. »Nein. Leider.«
»Ist sie noch in ihrer Wohnung?«
»Ich weiß es nicht«, winselte Martin und sah ganz elend aus.
»Dann kommen Sie, schnell! Ich lasse nicht zu, dass man meine Mitarbeiter geradewegs ins Messer laufen lässt.« Sie schnellte von ihrem Schreibtisch hoch und raffte nach ihrer Jacke. »Sollten wir die Polizei verständigen?«
Martin sah sie erstaunt an. »Die Polizei?« *Hager!*, schoss es ihm in den Sinn. Der war zwar mit seinem Fall voll und ganz beschäftigt, aber

warum sollte nicht auch er ihm einen Gefallen tun? Eine Hand wäscht die andere. Nach dem, was er bereits für ihn getan hatte, konnte er seine Bitte unmöglich abschlagen.
Als sie das Museum verlassen wollten, hielt ein Transporter vor der Einfahrt. Rudi stand mit einer Kollegin im Eingangsbereich und beobachtete, wie das Fahrzeug rückwärts einparkte. Er wollte sich eben nach draußen bewegen, um das Tor für die teure Fracht zu öffnen, als seine Chefin und Martin in wilder Flucht an ihm vorbeihasteten.
»Da kommen die Ausstellungsstücke!«, brüllte er ihnen hinterher, aber sie nahmen wenig Notiz davon.
»Du weißt, wo was hinkommt!«, schrie ihm Martin über die Schulter hinweg zu.
»Jetzt sind Sie der Chef!«, ergänzte Frau Gruber.
Rudi nickte abwesend. »Und was habt *ihr* vor?«, rief er, ohne zu überlegen.
»Ein Meschenleben retten!«, keuchte Martin außer Atem.
Schon waren sie seinen Blicken entschwunden. Rudi kratzte sich am Kopf und wandte sich dem Fahrer des Lasters zu, der eben ausgestiegen war. »Wenn ich das Tor aufgemacht habe, rückwärts ran bis zu dieser Tür. Und Vorsicht! Unter dem Torbogen wird es ziemlich knapp. Noch Fragen?«
Der Fahrer schüttelte wortlos den Kopf, stieg in seinen Transporter und legte vorsichtig den Rückwärtsgang ein.

*

Hager irrte (die beiden LKA-Männer im Schlepptau) durch die endlosen Gänge des Klinikums. Sein Handy klingelte.
»Hager«, keuchte er in die aufgebaute Verbindung.
»Martin Streitberg«, meldete sich Martin zu Wort. »Ich habe eine dringende Bitte an Sie.«
»Jetzt nicht«, entgegnete der Kommissar unwirsch.
»Aber es ist wirklich dringend!«, rief Martin aufgebracht. »Es geht um Leben und Tod!«
»Und bei mir geht es um Sein oder nicht Sein!«, konterte Hager.
»Hören Sie mir zu, bitte. Nur eine Minute«, beschwor ihn Martin.

»Das geht jetzt nicht.« Der Kommissar blieb hart.
»Aber es ist verdammt wichtig!« Martin drohte den Verstand zu verlieren. Nur mit Mühe und Not vermochte er den dahinrasenden Scirocco sicher auf der Fahrbahn zu halten. Das zuvor gegebene Versprechen war längst vergessen. Die Frau Doktor an seiner Seite (inzwischen leichenblass geworden) klammerte sich verkrampft am Türgriff fest.
»Es geht nicht. Nicht jetzt. Ich ruf Sie später zurück. Versprochen. Wiederhörn.«
»Aber …« Martin hörte ein Klacken. Was folgte, war das Besetztzeichen. »Verdammter Bockmist! Der Kerl hat mich einfach abgewürgt!« Er drückte der um ihr Leben bangenden Chefin sein Handy in die freie Hand, presste seine Finger um das Lenkrad und trat das Gaspedal bis zum Anschlag durch.
»Ich will Ihnen ja keine Vorschriften hinsichtlich Ihres Fahrstils machen, Martin«, jammerte Frau Gruber, »aber wenn wir Kirstin helfen wollen, müssen wir heil ankommen.«

*

»Probleme?«, meinte einer der beiden Oberkriminaler höhnisch und zwinkerte seinem Kollegen zu.
»Nein!«, blaffte der Kommissar grimmig, während er das Handy in seiner Manteltasche verschwinden ließ.
Schweigend liefen sie bis zu der gesuchten Zimmernummer. Hager eilte die letzten Meter voraus und trat ohne anzuklopfen ein. Timm lag in seinem Bett, den rechten Arm in Gips vor der Brust verschränkt, das linke Bein ausgestreckt auf einer erhöhten Ablage ruhend. Sein Blick verweilte auf den Fenstern, die wenig mehr als die Silhouette des nahen Parkdecks darboten. Das zweite Bett im Raum war leer.
»Das ist der Junge, von dem ich Ihnen berichtet habe.« Mit diesen Worten zog sich der Kommissar auf das frisch bezogene Bett zurück und ließ den Verdächtigen in der Obhut der Superermittler.
»Hauptkommissar Schmidts«, stellte sich der ältere Beamte vor. »Vom LKA München. Das ist mein Kollege Sven Wagenschneider.« Die beiden verharrten am Fußende des Bettes und warfen Timm

eindringliche Blicke zu. Erst nach einer Weile setzte der Junge zum Sprechen an.
»Und?«
»Wie wir erfahren haben, waren Sie in die Sache Epprechtstein involviert«, sagte Wagenschneider kühl.
»Wir möchten, dass Sie uns alles erzählen, was Sie dazu wissen«, forderte Schmidts eindringlich.
»Das haben die andern mich schon gefragt«, gab Timm trocken zu verstehen. »Ich hab keinen Bock, kapiert?«
»Wir sind vom Landeskriminalamt München!«, unterstrich Schmidts und baute sich zu seiner ganzen Größe auf. »Es könnte weitreichende Folgen haben, wenn du den Schweigsamen markierst.«
»Für mich seid ihr Bullen wie alle andern«, ließ sie Timm unbeeindruckt wissen.
»Hör mir mal gut zu, Freund Nase!«, sagte Wagenschneider, und seiner Stimme war deutlich anzuhören, dass seine Coolness unter Timms Gleichgültigkeit zu bröseln begann. »Das hier ist kein Spiel. Wir ermitteln in einem Mordfall. Es wäre besser für dich, mit uns zusammenzuarbeiten. Andernfalls hängen wir dir ein Verfahren an den Hals, das dich ein Leben lang verfolgen wird.«
Timm blieb völlig unbeeindruckt. »Mir doch egal.«
»Sofort machst du den Mund auf!«, donnerte der Kollege los. Auf seiner hohen Stirn waren deutlich einige rote Hektikflecken wie aus dem Nichts aufgetaucht.
»Für euch immer noch *Sie!*«, setzte Timm nach.
»Wir sind schon mit weitaus größeren Rotznasen fertig geworden«, fügte der andere hinzu und stemmte die Hände in die Hüften.
»Und ihr meint, bloß weil ihr aus München kommt, tanzt alles nach eurer Pfeife, was? Pff!« Timm wandte sich vom Fenster ab und warf den hohen Beamten geringschätzige Blicke zu.
»Das ist doch die Höhe!«, rief Schmidts, der inzwischen alle Zugänglichkeit verloren hatte. »Du willst wohl unbedingt vom Krankenhaus direkt in den Bau wandern, was?«
»He, Mann!«, rief Wagenschneider inbrünstig. »Du quatscht dich gerade um Kopf und Kragen. Ist dir das überhaupt klar?«
Timm verzog die Mundwinkel und wandte sich erneut dem Fenster zu. Das Gespräch begann ihn gehörig zu langweilen. Er zog den tris-

ten Ausblick dem theatralischen Auftritt dieser Möchtegern-Cops vor.
Hager lachte sich klammheimlich ins Fäustchen. Genau so hatte er sich die Sache vorgestellt. Timmy hatte etwas gut bei ihm, auch wenn er bestimmt nicht ahnen konnte, dass er ihm soeben einen riesengroßen Gefallen getan hatte.
»Vielleicht sagen Sie auch mal was?«, keifte Schmidts in Richtung des freien Bettes.
Hager hob den Kopf und blicke äußerst unterwürfig von einem zum anderen. »Tut mir leid. Ich bin draußen.«
»Jetzt werden Sie witzig, wie?«, donnerte Schmidts ungehalten los.
»Ich halte mich nur strickt an das, was Sie gesagt haben«, bekundete Fürchtegott Hager dienstbeflissen.
»Das wird Ihrem Vorgesetzten ganz und gar nicht gefallen«, sagte Kollege Wagenschneider distinguiert und grinste jovial.
Hager zog die Schultern hoch. »Wissen Sie, er ist mit Sorgen dieser Art vertraut.«
»Das werden wir sehen«, raunte Wagenschneider angriffslustig. »Ein Disziplinarverfahren ist keine Kleinigkeit. Es kann Sie die Karriere kosten.«
Hager hätte beinahe lauthals losgelacht. »Welche Karriere?«
»Dann eben die Pension!«, konterte Wagenschneider gereizt.
»Ach, wissen Sie – «
»Schuss jetzt!«, schrie Schmidts und seine Stimme überschlug sich.
»Stören wir?« Die Tür hatte sich geöffnet und zwei Personen hatten den Raum betreten. Keiner der Anwesenden hatte in dem Tumult etwas davon mitbekommen.
»Wer sind Sie? Und was wollen Sie?"« fragte Schmidts in Rage.
»Martin Streitberg«, sagte Martin. »Und das hier ist Frau Doktor Gruber.«
»Na endlich. Das wird aber auch Zeit«, sagte Wagenschneider vorwurfsvoll.
»Würden Sie uns freundlichst sagen, warum dieser Junge so verstockt ist?« Schmidts wirkte reichlich unterkühlt. »Er ist doch bis auf die Knochenbrüche in Ordnung, oder?«
Wagenschneider ließ kurz einen Zeigefinger an seiner Schläfe kreisen.

»Woher sollen wir das wissen?«, entgegnete Frau Dr. Gruber reserviert.
Wagenschneider lachte und schüttelte den Kopf.
Schmidts holte Luft. »Sind wir hier im Irrenhaus?«
»Ich komme mir allmählich so vor«, antwortete Frau Gruber und blickte reihum. »Wer von Ihnen ist Kommissar Hager?«
»Das bin ich«, sagte Hager und erhob sich von seinem Bett. »Was kann ich für Sie tun?«
»Wir sind mitten in einer Vernehmung, zefix!« Schmidts musste sich am Bettgestell festhalten. »Schmeißen Sie die Leute raus! Sofort!«, befahl er Wagenscheider.
»Nicht nötig«, mischte sich Martin ein. »Wir wollten sowieso mit Herrn Hager unter vier Augen sprechen.«
»Worauf warten Sie noch? Wagenschneider!«
Der Angesprochene hofierte zerknirscht mit einer Handbewegung das Grüppchen nach draußen. Bevor er ihnen die Tür vor der Nase zuschlug, warf er Hager einen eiskalten Blick zu.
Na, Jungchen, wie fühlt sich das an?, dachte der schadenfroh mit einem Grinsen auf den Lippen.
»Kommissar Hager. Ich bin die Leiterin des Fichtelgebirgsmuseums«, stellte sich Frau Dr. Gruber vor.
»Angenehm«, sagte Fürchtegott und schüttelte die Hand der resoluten Dame. »Was kann ich für Sie tun?«
»Es geht um meine Volontärin, Kirsten. Sie kennen sie ja bereits. Kirstin ist … ach, was sage ich! Martin kann Ihnen unsere Bedenken sicher besser erklären.«
»Tja, also.« Martin räusperte sich. »Sie wissen ja selbst, wie Kirstin auf den Fund der Inschriften reagiert hat. Und als wir den Kopf fanden, war es genauso. Nun hat sich herausgestellt …«
Der Kommissar lauschte seiner kurzen wie äußerst fahrigen Zusammenfassung. »Das klingt wahrlich alles andere als gut«, meinte er und kratzte sich am Kinn. »Aber ich wüsste nicht, wie ich Ihnen dabei behilflich sein könnte?«
»Wir müssen Kirstin zunächst einmal finden«, sagte Martin. In seinem Blick lag ein erbarmungswürdiges Flehen.
»Soll ich die Ärmste etwa zur Fahndung ausschreiben?«
»Das dauert zu lange«, überlegte Frau Gruber angestrengt.

»Es muss einen schnelleren Weg geben!«
»Hm …«
In diesem Augenblick öffnete sich die Tür und Wagenschneiders Konterfei erschien im Türrahmen. »Er will mit Ihnen reden«, sagte er kurz angebunden zu Martin Streitberg gewandt.
»Aber …«
»Kommen Sie, bitte!«, unterstrich Wagenschneider mit einer Miene, die keinen Widerspruch duldete.
Martin sah zu Hager. Der nickte kurz und wies mit dem Kopf in Richtung Zimmertür.
Eine halbe Minute später saß Martin an Timms Bett und lächelte dem Jungen zögernd entgegen. Die beiden Beamten vom LKA hatten sich zwischenzeitlich auf das leere Bett zurückgezogen und tauschten konspirative Blicke.
»Wie geht es dir? Du hast ganz schön was abgekommen.«
»Können mir die beiden Typen da was anhängen?«, erkundigte sich Timmy kleinlaut. Er schien Martin wie verwandelt.
»Wegen was?«, forschte Martin nach.
»Beamtenbeleidigung und verweigern einer Aussage und so«, fuhr Timm fort.
»Wenn du mir sagst, was du weißt, werden sie es sich bestimmt noch einmal überlegen.«
Timm schwieg ein paar Sekunden. »Verdammt, ja! Wir sind da oben auf dem Epprechtstein gewesen. Nicht zum ersten Mal. Wir haben alle von dem Mord gehört gehabt und Lu ist auf die Idee gekommen, nach der Messe vorbeizuschauen. Sie hat auch die Farbe und den Pinsel besorgt.«
»Ist diese Lu deine Freundin?«, erkundigte sich Martin.
Timm schaute ihm forschend in die Augen, ehe er den Blick senkte: »Ja – nein! Sie ist der Boss. Kümmert sich um den ganzen Kram drum herum.«
»Drum herum von was? Euren Schwarzen Messen?«
Timms Augen suchten das rettende Fenster. »Wir wollten nur ein Zeichen setzen, Mann. Ehrlich. Mit dem Mord haben wir nichts zu tun.«
Martin strich Timm behutsam über den gesunden Arm. »Das glaub ich dir. Erzähl weiter, bitte.«

Timm entzog sich seiner Geste und schwieg wiederum ein Weilchen. »Lu hat das mit *Heil dir, Satan* gepinselt. Ich hab die Kreuze gemalt. Dann haben wir den Herrn angerufen, er möge uns Kraft und Macht verleihen. Das war alles.«
»Und ihr seid unverzüglich zu deinem Wagen zurückgekehrt?«
»Ja.«
»Warum?« Martin glaubte plötzlich eine Spur zu wittern. Es schien absurd, aber er musste sich vergewissern.
Timm wurde unruhig. »Warum nicht? Wir hatten das getan, was wir tun wollten.«
»Du sagst, ihr seid in dieser Nacht nicht das erste Mal auf dem Epprechtstein gewesen.« Martin nahm den hauchdünnen Faden auf, den er vermeinte, erfasst zu haben.
Timm sah ihm fest in die Augen. Er wog ab, ob er weiterreden sollte oder nicht. »Wir sind … öfters da oben«, begann er zögernd.
»Immer nach den Messen, stimmt's?«, vergewisserte sich Martin.
Timm nickte stumm wie ein Fisch.
Jetzt war sich Martin sicher. Etwas musste in dieser Nacht geschehen sein. Etwas, mit dem sie nicht gerechnet hatten.
»Unterhalb der Ruine führt der Weg rechts zu einem Steinbruch. Er ist nicht groß, bietet aber Schutz vor Beobachtern. Dort befindet sich eine Wand mit einem Lagerfeuerplatz davor. Wir gehen ab und zu hin, zum Beten und Feiern.« Timm schluckte schmerzhaft. »Wir … wir wollten auch in dieser Nacht ein Feuer schüren. Wir spürten es alle: der Herr war uns ganz nah. Aber da war jemand. Lu spürte es als erste. Es war ganz schön unheimlich. Sie lief zurück zu der Stelle, von der aus man die Burg sehen kann. Wir folgten ihr. Und dann sahen wir sie alle, die Gestalt, hoch oben auf der Aussichtsplattform. Nicht mehr als ein dunkler Schatten war es, aber gerade das machte uns Angst. Und wir wollten nur noch weg. Lu versuchte, uns zurückzuhalten. Sie meinte, Luzifer habe uns endlich erhört und wir bräuchten nicht länger davonlaufen. Wir taten es trotzdem. Lu rief ihn beim Namen, beschwor uns zu bleiben. Wir rannten nur noch schneller. Und da hörten wir auf einmal ein Brummen und Rumoren aus der Tiefe der Erde. Das konnte nur *Er* sein. In wilder Panik stürzten wir den Weg entlang, der nach unten führt. Als wir an der Stelle angekommen waren, wo der Wegweiser steht und ein brei-

ter Forstweg den Pfad kreuzt, sahen wir zwei Lichter auf uns zukommen. Wir hätten uns vor Angst beinahe in die Hosen geschissen. Aber es war weder Luzifer noch sein Höllenfeuer, das sich uns näherte. Es war ein schwarzer Wagen, der in voller Fahrt an uns vorbeiraste. Alle warfen sich schützend zur Seite. Nur ich blieb, wo ich war.«

»Hast du das Kennzeichen erkennen können?«, fragte Martin eindringlich.

Timm räusperte sich. »Ich bin mir nicht ganz sicher. Es ging alles viel zu schnell.«

»Einen Versuch ist es wert«, beschwor ihn Martin.

»SHG-KZ-666«, raunte Timm düster. »Das ist *Sein* Zeichen.«

Schmidts sprang wie von der Tarantel gestochen von seinem Bett auf. Sein Kollege tat es ihm mit etwas Verzögerung gleich.

»Wagenschneider! Besorgen Sie mir unverzüglich den Halter des Wagens«, kommandierte er hitzig.

»Scheint sich um einen Leihwagen zu handeln«, wand der Angesprochene ein.

»Na und!«, bellte sein Chef zurück.

»Wird erledigt.« Wagenschneider spurtete von dannen.

»Und jetzt noch mal zum Mitschreiben, wenn ich bitten darf. Und was, zum Kuckuck, soll dieser Blödsinn mit Luzifer und dem Höllenfeuer?«

Martin fuhr sich genervt mit der Hand über die Stirn. Timm wandte sich wiederum seinem Fenster und der unglücklichen Aussicht zu. Für ihn war sowieso alles längst vorbei.

XXIX.

Post für Johanna!

Wir haben Januar. Der Schnee liegt knöcheltief vor der Haustür. Nur selten dürfen wir hinaus ins Freie. Und wenn doch, dann renne ich den Schwestern davon und mache mir einen Spaß daraus, sie durch den Garten und den höchsten Schnee zu treiben. Wenn ich langsamer werde und sie mir dicht auf den Fersen sind, lasse ich mich absichtlich fallen und wälze mich in der weißen Pracht. Das

sehen sie gar nicht gern. Im Anschluss bekomme ich heißen Kamillentee, weil sie fürchten, ich könnte mir eine Lungenentzündung eingefangen haben. Wieso machen sie sich auf einmal Sorgen um mich? Bin ich plötzlich wertvoll geworden?
Ich bin immer noch da!
Meine Abreise ist verschoben. Vorerst. Mein Besucher hat sich abermals angekündigt. In einem Brief. *Für Johanna* stand auf dem Umschlag. Ich weiß natürlich, dass die Schwestern ihn zuvor gelesen haben, aber das ist mir egal. Er schreibt, dass er bald kommen und mich mitnehmen wird. Mitnehmen klingt gut. Aber wohin? Das verrät er nicht. Er weiß bestimmt, dass die Post gelesen wird. Egal. Schlimmer als hier kann es nirgendwo sein. Es bleibt vorerst sein Geheimnis.
Reiselust.
Ich werde die Welt, wie ich sie kenne, verlassen. Für immer. Aber die Reise, so, wie ich sie mir vorgestellt habe, wird eine andere sein. Was mache ich nun mit meiner schönen Sammlung? Sie ist wertlos geworden. Oder sollte ich sie für später aufheben? Später. Später. Später. Ich wundere mich, wie dieses Wort so leicht zu schreiben geht, dabei habe ich doch alle Hoffung auf das Später längst begraben. Ein Später braucht Zeit, ein Später braucht Mut, ein Später braucht Glück. Noch glaube ich ehrlich gesagt nicht wirklich, dass ich jemals wieder glücklich sein kann.
Wie lächerlich!
Meine Fantasie gaukelt mir schöne Bilder vor, weiter nichts. Ich habe mich längst daran gewöhnt, dass es außer dieser Gabe keine wirklichen Glücksmomente für mich gibt. Andererseits kann ich mich frei in meinen Gedankenwelten bewegen. Es macht Spaß, nicht ständig die gleichen dumpfen Bilder sehen zu müssen. Gertrud war eine Meisterin im Fabulieren. Ihr gelang es im Handumdrehen, die schönsten Szenen heraufzubeschwören. Deshalb habe ich sie auch um ihre Reise beneidet. Ab und an muss ich an sie und an das vornehme Haus denken, in dem sie jetzt wohnt. Ob es solch einen Ort auch für mich geben kann?
Später. Später! Später?
Wie mein Später aussehen mag, davon habe ich keinerlei Kenntnis. Irgendwo da draußen gibt es scheinbar Menschen, denen ich nicht

gleichgültig bin. Der junge Mann ist zurückgekommen. Er hat diesmal seine Eltern mitgebracht. Die Frau Oberin hat sogar einen Knicks gemacht, als sie sich ihr vorstellten. Trevesen heißt die Familie. Sie kommen ursprünglich aus Rostock. Ich habe nie von ihnen gehört. Aber sie kannten meine Familie – das war vor dem Krieg, und bevor alles vorbei war. Irgendwie haben sie mitbekommen, was mit uns passiert ist, auch wenn es ein paar Jahre gedauert hat. Sie wollen mich unbedingt bei sich haben. *Das sind wir dir schuldig, Johanna!*, hat Frau Trevesen gesagt und mich fest an sich gedrückt. Und dann sind sie mit der Oberin verschwunden, um meine Abreise vorzubereiten.

Nüchtern.

Ich fühle mich ganz anders als sonst. Kräftiger. Mutiger. Widerspenstiger. Wilder. Meine Gedanken sind klar und rein. Es kommt mir vor, als hätte ich die letzten Jahre meines Lebens durch einen blinden Spiegel betrachtet. Jetzt sehe ich die Welt mit neuen Augen, höre die Geräusche um mich herum mit gewaschenen Ohren, rieche den nahenden Frühling, wenn ich am Fenster stehe, und schmecke die gerösteten Körner in der Hafergrütze. Überhaupt könnte ich immerzu essen. Hoffentlich gehe ich nicht auf wie ein Hefeteig. Herr Trevesen hat durchgesetzt, dass ich keine Tabletten mehr bekomme. Wie er das wohl angestellt haben mag? Sicher ist er selbst ein angesehener Arzt.

Ostseeträume.

Ich habe das Meer gesehen! Nicht wirklich, aber ich stelle mir vor, wie der Wind durch mein Haar bläst, wie die Dünung am Strand mir Schuhe, Strümpfe und Kleid bespritzt, wie ich Ausschau halte nach fernen Küsten und fremden Ländern, wie die Sonne im Wasser versinkt und die blaue Nacht um sich greift. Im Hafen riecht es nach Salz und vergammelten Fisch. Ich stelle mir ein Schiff vor. Es liegt am Kai: JOHANNA TREVESEN, ROSTOCK, lese ich am Rumpf. Ich bin ein Handelsdampfer, der auf der Ostsee kreuzt, der Waren aus aller Herren Länder nach Russland, Polen, Finnland und Schweden bringt. Ich stampfe über die Wellen und mein Bauch ist voller Reichtümer. In jedem Hafen bestaunen mich die Menschen. Ich bin ein großes, stolzes Schiff, das jedem Sturm und jeder Welle trotz. Nur vor dem Kattegat und dem Skagerrak habe ich Angst. Dort sollen

die Strömungen oft unberechenbar sein.
Mein letzter Tagebucheintrag!?
Heute geht es los. Ich kann es kaum erwarten. Alles ist gepackt. Frau Trevesen hat mir extra einen Koffer geschickt. Er riecht nach Leder und ist ganz neu. Meine alten Sachen passen gar nicht recht hinein. Bevor die Schwestern den Koffer mitnehmen, werde ich rasch meine Schatzkiste unter dem Brett hervorholen und sie darin verstecken. Selbst wenn mein Leben eine Wende beschreiben sollte, die Erinnerungen werden wach bleiben. Die Finsternis meiner jungen Jahre – und die Schreie aus grauer Vorzeit.
Johanna von Tann ist tot.
Es lebe Johanna Trevesen …

XXX.

Wagenschneider lehnte ungeduldig an der Wand, während Hager sich zunächst um den Halter des Kennzeichens (wie vermutet eine Leihwagenfirma) gekümmert hatte, nun bei der Firma nach dem Mieter des Wagens fragte. Er und Frau Gruber waren zu keinem brauchbaren Ergebnis gekommen, wie sie Kirstin ausfindig machen konnten, als Wagenschneider fluchtartig Timms Zimmer verlassen hatte. Die Frau Doktor stand am Fenster und starrte gedankenverloren hinaus in den bleigrauen Himmel.
»Wiederholen Sie das!«, keuchte der Kommissar in den Apparat. »Und es besteht kein Zweifel?« Fürchtegotts Gesicht nahm schlagartig eine wächserne Farbe an. »Danke.«
Wagenschneider verließ die Wand. »Und?«, forderte er ungehalten.
Hager ließ sein Handy in die Tasche gleiten und sah zu der Frau am Fenster. »Der Wagen der Leihfirma, ein dunkelblauer Audi-A6-Kombi, wurde letzten Donnerstag für unbestimmte Zeit an einen gewissen Werner Trevesen vermietet.«
Frau Doktor Gruber fuhr herum. »Was sagen Sie da, *Trevesen?*« Auch ihr Gesicht verlor in Sekundenbruchteilen an Farbe. »Aber … so heißt ja … meine …«
»Praktikantin«, vollendete Hager den Gedanken und biss die Lippen aufeinander.

Wagenschneider starrte sie beide unverhohlen an. »Wenn Sie die Güte besäßen, würde ich gerne an Ihren Schlussfolgerungen teilhaben.«
»Kirstin«, begann Frau Gruber mit trockenem Mund, »also meine Volontärin, heißt mir Nachnahmen Trevesen.«
Wagenschneider verzog die Mundwinkel. »Und was hat das mit dem Fall zu tun?«
»Bis eben rein gar nichts«, sagte Hager distanziert. Er versuchte, die neue Information in sein Gedankengebäude einzubauen.
Wagenschneider holte demonstrativ Luft.
Die Tür öffnete sich. Martin und Schmidts verließen Timms Krankenzimmer.
»Doktorarbeit, soso! Und was verschlägt Sie in diese gottverdammte Gegend?«
»Zunächst war es ein Auftrag – mittlerweile ist Liebe daraus geworden.« Martin drückte sachte die Tür ins Schloss.
»Was halten Sie von der Sache, Dr. Streitberg? Erzählt dieser Junge Märchengeschichten?«, fragte Schmidts wie beiläufig.
»Für mich will das alles keinen rechten Sinn ergeben. Und doch …«
»Es gibt Neuigkeiten«, wandte sich Frau Gruber an Martin.
»Über den Verbleib von Kirstin?«, fragte der aufgeregt.
»Ja und nein«, sagte Hager schnell, bevor sich Schmidts oder Wagenschneider einmischen konnten, »aber ich fürchte, Sie werden Ihnen nicht gefallen.«
Martin zuckte zusammen. »Was ist vorgefallen?«
»Der Kommissar hat soeben den Halter des Fahrzeugs ermittelt. Eine Leihwagenfirma. Der Mieter ist ein gewisser Werner Trevesen«, sagte Wagenschneider mitten in die Runde hinein.
»Trevesen?« Martin wurde bleich und musste sich an der Haltestange des Ganges festhalten. Seine schlimmsten Albträume wurden wahr. Kirstin. Der Mord. Sollte es Zusammenhänge geben?
»Was ist denn mit dem los?« Schmidts wandte sich an Hager und grinste herablassend.
»Er ist verliebt«, bemerkte der Kommissar in Gedanken versunken.
Schmidts schlechte Laune kehrte augenblicklich zurück. »Würde bitte jemand die Güte besitzen und mich an den Denkübungen teilhaben lassen?«

»Frau Dr. Gruber wie auch Herr Dr. Streitberg arbeiten im Fichtelgebirgsmuseum. Kirstin Trevesen macht dort gerade ein Praktikum«, sagte Hager knapp.
»Der Mieter des Wagens heißt Trevesen. Werner Trevesen«, gab Wagenschneider zum wiederholten Male von sich.
Schmidts fuhr sich über die Stirn. »Ich werd noch verrückt. Das darf doch nicht wahr sein.« Er wandte sich zu Frau Gruber und Martin. »Ich dachte, sie sind Ärzte. Mediziner. Sie beide arbeiten also nicht im Krankenhaus?«
»Das haben wir nie behauptet«, entgegnete Frau Dr. Gruber wahrheitsgemäß.
Schmidts Gesichtszüge verfinsterten sich. »Und da stolpern sie mir nichts, dir nichts in unsere Ermittlungen hinein. Führen Verhöre. Belauschen die Beamten. Tun ganz so, als gehörten sie dazu.« Der Brustkorb des LKA-Beamten begann zu beben. »Wagenschneider! Schaffen Sie mir unverzüglich diese Leute vom Hals!« Er fuhr zu Fürchtegott Hager herum. »Und Sie! Sie werden sich ihnen anschließen. Sofort. Oder ich vergesse meine gute Kinderstube!«
»Langsam, langsam!«, rief Martin in den entstandenen Tumult hinein. »Kommissar Hager hat mich ausdrücklich um Mithilfe bei dem Fall gebeten. Ich bin Archäologie und bereite im Augenblick eine Sonderausstellung im Fichtelgebirgsmuseum vor. Herr Hager hat sich mit mir in Verbindung gesetzt, weil er fürchtete, der Tote auf dem Berg sei einem Ritualmord zum Opfer gefallen. Diese Befürchtungen haben sich nach und nach verdichtet. Und nun scheint sogar Kirstin involviert zu sein. Ich habe sie in den letzten Tagen kennen, schätzen und, ja, lieben gelernt. Ich bin in größter Sorge um sie – selbst wenn ich nicht geahnt habe, wie schlimm alles werden würde. Ich werde nicht mit ansehen, wie sie sich ins Verderben stürzt!«
Schweigen.
Hager räusperte sich. »Es stimmt. Ich habe Herrn Doktor Streitberg um seine Mithilfe gebeten. Er ist Experte in Sachen Okkultismus. Und er hat mir bislang ungeahnte Dienste erwiesen. Ohne ihn wäre ich in dem Fall bei Weitem nicht so weit gekommen.«
Schmidts lachte polternd. »Nicht so weit gekommen? Lächerlich. Über ihren Alleingang bei der Hinzuziehung von Experten sprechen

wir mit Ihrem Vorgesetzten. Jetzt möchte ich endlich meine Arbeit machen dürfen – ohne Experten! Und ohne Sie!« Schmidts Finger stürmte gegen Hagers Brust. »Verstanden?«
»Fichtelgebirgsmuseum«, höhnte Wagenschneider und schüttelte den Kopf. »Dieses ganze Franken scheint ein einziges Museum zu sein.«
»Eher ein Gruselkabinett«, raunte Schmidts und ließ sie unvermittelt stehen. »Wagenschneider! Veranlassen Sie die Fahndung nach dem Audi! Finden Sie alles über diesen Werner Trevesen heraus! Wohnort. Beruf. Familie. Augenblicklicher Aufenthaltsort. Und beeilen Sie sich!«
Wagenscheider setzte sich augenblicklich in Bewegung. Der Rest blickte ihm schweigend und missmutig hinterher.

*

Kirstin war in ihrem Toyota nach Hof zu seinem Hotel gebraust. Sie hatte sich nicht die Mühe gemacht, extra einen Parkplatz zu suchen, sondern hatte ihr Auto quer vor dem Eingang auf dem Gehweg mit offener Fahrertür stehen lassen. Mit unstetem Blick hoppelte sie am Empfang hin und her und wartete auf den Hotelangestellten, der gerade auf einem Computermonitor nach der Zimmernummer des Gefragten suchte.
»Und Sie sind ganz sicher seine Tochter?«, fragte er stirnrunzelnd.
Kirstin fummelte ihren Geldbeutel aus der Tasche und knallte wenig später ihren Ausweis auf den Tresen.
Der Portier warf einen flüchtigen Blick darauf. »Ich wollte nur auf Nummer sicher gehen. Das ist bei uns Vorschrift«, fügte er routiniert hinzu. »Ihr Vater hat die Zimmernummer 301. Dritter Stock, linker Gang. Sie können den Aufzug benutzen.«
Kirstin raffte wortlos nach ihrem Ausweis und verließ im Laufschritt den Empfangsbereich.
Es dauerte unendlich lange bis der Fahrstuhl das Erdgeschoss erreicht hatte. Einige Hotelgäste blickten erstaunt auf, als sie sich an ihnen vorbei in die Kabine quetschte und eilig auf den Knopf drückte. Die Tür schloss sich. Der Aufzug setzte sich gemächlich in Bewegung. Sie war wieder allein, mit sich und ihren Befürchtungen.

*

»Was nun?« Martin gewann die Besinnung zurück. Es durfte keine Zeit verloren gehen. Er musste etwas tun. Jede Sekunde war kostbar. Hager kratzte sich verlegen am Hinterkopf. »Die netten Kollegen werden mir ganz schön einheizen. Ich sehe jetzt schon das Gesicht von meinem Chef Saalfelder vor mir.«

»Tut mir Leid, Herr Hager«, mischte sich Frau Dr. Gruber entschlossen ein, »aber könnten Sie in dieser prekären Situation womöglich nicht ausschließlich an sich selbst denken?«

»Wir müssen Kirstin finden!«, unterstrich Martin bekümmert. »Ich kann immer noch nicht glauben, dass sie etwas mit der Sache zu tun haben soll. Alles kann nur ein dummer Zufall sein.«

»Ich glaube nicht an Zufälle dieser Art«, gab Hager zerknirscht zu bedenken. »Und wenn wir etwas tun wollen, müssen wir uns beeilen. Die Herren Schmidts und Wagenschneider werden alles in Bewegung setzen, um den Fall vor und ohne uns zu lösen.«

»Und was soll schlecht daran sein?«, sagte Frau Gruber einigermaßen brüskiert. »Das ist schließlich ihr Job.«

»Irrtum, es ist *mein* Job«, murmelte Hager bitter.

»Und wenn Sie Schwierigkeiten bekommen?«, hakte Frau Gruber nach.

Hager blickte finster drein. »Selbst wenn sie mich feuern, ich gebe nicht klein bei. Jetzt erst recht nicht!«

»Worauf warten wir dann noch?«, rief Martin rastlos. »Wir müssen Kirstin finden!«

»Und wo sollen wir Ihrer Meinung nach mit der Suche beginnen? Bei ihr zu Hause?«, sagte der Kommissar beherzt.

»Von dort kommen wir eben«, sagte Martin leise.

»Sie war nicht anzutreffen«, fügte Frau Dr. Gruber hinzu.

»Ist sie telefonisch erreichbar?«

»Er hat es bestimmt hundertmal probiert, während wir nach Hof gefahren sind«, wusste Frau Gruber zu berichten.

»Hm …« Hager schnappte sich sein Handy und wählte eine Nummer der Polizeiinspektion.

*

Der Flur war eng und finster. Das einzige Licht am Ende des langen Ganges war kaum in der Lage, die drückende Stimmung zu beseitigen. Eilig lief sie von einer Tür zur nächsten: 308. 307. 306. Die gesuchte Nummer war eines der Eckzimmer vor einer Glastür, hinter der sich ein schmaler Balkon anschloss. Es wurde heller um sie herum. Keuchend kam sie vor der 301 zum Stehen. Ein zaghaftes Klopfen folgte. *Bitte, bitte, sei da!*
Es blieb still um sie herum, nicht aber in ihr. Kirstin rannte den Gang zurück, hatte keine Lust, erneut auf den Aufzug zu warten, nahm stattdessen die Treppe und hetzte zurück zur Rezeption.
»Er ist nicht da!«, rief sie dem Hotelportier über den Tresen hinweg zu.
Der Mann musterte sie nun sehr eindringlich. »Tut mir leid. Ich weiß nicht, wohin ihr Vater gegangen ist. Er hat sich weder bei mir abgemeldet noch eine Nachricht hinterlassen.«
»Vielleicht hat er sich etwas angetan«, flüsterte Kirstin vor sich hin. Ein kalter Schauer lief ihr über den Rücken. »Wäre es möglich, sein Zimmer zu öffnen?«, fragte sie mit bebender Stimme.
»So einfach geht das nicht«, antwortete der Angestellte und sah sie ernst an. »Warum glauben Sie, dass ihrem Vater etwas zugestoßen sein könnte?«
»Das ist eine lange Geschichte«, sagte Kirstin voller Sorge. »Eine viel zu lange für den Augenblick. Ich möchte nur einen Blick in sein Zimmer werfen, um zu sehen, dass alles in Ordnung ist. Können Sie mir nicht helfen? Bitte!«
Der Angestellte musterte sie einige Sekunden sehr eindringlich. Er versuchte abzuwägen. Im Laufe der Jahre hatte er sich eine brauchbare Menschenkenntnis zugelegt. In diesem Job lernte man relativ schnell Wichtiges von Unwichtigem zu trennen, Echtes von Unechtem. Die junge Frau vor ihm schien allem Anschein nach von Sorge und Kummer zerfressen. Obwohl er ihren Vater nur vom Einchecken kannte (und das lag gut eine Woche zurück), konnte er sich dennoch kaum vorstellen, dass der Mann unter ernstlichen Problemen litt. Er war ihm weltmännisch kühl und korrekt erschienen. Verwunderlich war nur der Ausweis gewesen, den er bei seiner Anmeldung verwendet hatte. Uralt und seit Jahren abgelaufen war er. Das kam vor, wenn auch nicht oft, und er hatte gelernt, wann er

ein Auge zudrücken konnte. Man musste ja hauptsächlich ans Geschäft denken. Und die Zeiten waren alles andere als rosig. Er hatte sich nicht viel dabei gedacht. Doch wer konnte in einen Menschen hineinsehen? Wer konnte wissen, was er vorhatte? Eben dies versuchte er nun bei der Frau gegenüber. Nach und nach kam er zu dem Schluss, dass sie es mit ihrer Sorge ernst meinte.
»Nun … gut«, sagte er langsam. »Aber wirklich nur einen Blick. Ich muss wieder zurück.« Sogleich sah er die Erleichterung in ihrem Gesicht, griff nach dem Zentralschlüssel unter der Theke und verließ seinen Arbeitsplatz.
Kirstin knetete nervös an ihren Fingern herum, während der Portier Zimmer Nummer 301 aufschloss. Er klopfte an und öffnete vorsichtig die Tür. »Herr Trevesen? Sind Sie hier?«
Keine Antwort.
»Ihre Tochter ist bei mir. Sie würde gern mit Ihnen reden.«
Der Hotelangestellte trat über die Schwelle. Kirstin folgte ihm unter Hochspannung. Ein kurzer Flur. Die Badezimmertür rechts stand offen. Kirstin erkannte die Duschkabine, die Toilette und das winzige Waschbecken. Auf der Ablage darüber stand ein Wasserglas mit einer Zahnbürste darin. Nebenan lagen eine Tube Zahncreme und eine Hotelseife. Das Zimmer: Rechts an der Badezimmerwand ein Schrank, daneben ein zerwühltes Bett, ein Nachttisch, auf dem sein Reisewecker vor sich hin tickte, wie eine Zeitbombe. Links neben dem Bett ein Tisch mit zwei Stühlen. Darauf eine leere Wodkaflasche und eine Tablettenschachtel. Kirstin fuhr zusammen.
»Normalerweise sind die Betten um diese Zeit längst gemacht«, entschuldigte sich der Hotelangestellte kleinlaut. »Ich kann mir nur vorstellen, dass Ihr Vater ausdrücklich darum gebeten hat, es nicht zu machen.«
Kirstin ignorierte die Worte und schritt schnell auf den Tisch zu. *Das sind seine Blutdrucktabletten!*, entschied sie rasch. Sie raffte nach der Schachtel und stellte erleichtert fest, dass sich noch der überwiegende Packungsinhalt darin befand. Sie legte die Tabletten zurück auf den Tisch und drehte sich um. An der gegenüberliegenden Wand eine längliche Kommode mit einem Fernsehapparat.
»Sind Sie nun zufrieden?«, sagte der Portier und musterte die Frau neben sich von Kopf bis Fuß. Sie war sehr hübsch und natürlich,

musste er sich eingestehen. Nur ihre unsteten Augen wollten partout nicht dazupassen. »Ihr Vater wird sich auf einem Geschäftstreffen befinden«, versuchte er sie zu beruhigen. »Er ist doch aus beruflichen Gründen hier, oder?«
»Wie?« Kirstin wirkte gedankenverloren.
»Ich meinte, Ihr Vater verweilt sicher aus geschäftlichen Gründen in der Gegend.«
»Nein«, ließ ihn Kirstin wissen. »Mein Vater ist Rentner.«
»Wenn das so ist, wird er sich die Gegend anschauen«, sagte der Mann beinahe fröhlich. »Es gibt bestimmt keinen Grund, sich Sorgen zu machen. Tja …« Er warf einen kurzen Blick auf seine Armbanduhr. Die Zeit drängte. Er musste umgehend zum Empfang zurück. »Ich will Sie nicht abwimmeln, aber ich muss wieder nach unten.« Er machte Anstalten, den Raum zu verlassen.
»Eine Sekunde noch«, bat Kirstin. Sie schnappte sich die Bettdecke und zog sie zurück.
Da lag es, vergilbt und zerschlissen, ganz so, wie sie es in der Truhe vorgefunden hatte: das Tagebuch ihrer Mutter. Obenauf befand sich der abgerissene Zettel eines Notizblocks mit seiner zittrigen Handschrift darauf:
Ich hoffe, Du verzeihst mir, was ich getan habe!
Ich habe es für Sie getan – für uns alle. Ich konnte nicht anders.
Nun muss ich meine Konsequenzen ziehen.
Ich liebe Dich!
Dein Vater
»Haben Sie etwas gefunden?«, fragte der Hotelangestellte neugierig an der Tür stehend.
Kirstin schüttelte den Kopf und versuchte, die in ihr aufsteigende Panik zu unterdrücken. »Nein. Ich … habe nur etwas verloren.« Schnell griff sie nach dem kleinen bräunlichen Buch und ließ es in ihrer Hosentasche verschwinden. Ihr wurde kurz schwarz vor Augen. »Sie … haben mir wirklich sehr geholfen. Danke.« Ein gähnender Abgrund öffnete sich unter ihren Füßen. »Ich finde … selbst raus.« Wie in Trance schleppten sie ihre Beine vorwärts. Sie stakste an dem verdutzten Portier vorbei, hätte ihn um ein Haar gerammt, und flüchtete in den Gang hinaus. Die Wände drohten sie zu erdrücken. Das Licht am anderen Ende des Flures brannte ihr schmerz-

haft in den Augen. Sie rannte los, hätte beinahe die Abzweigung zur Treppe übersehen, hastete halb blind die Stufen hinab, durchquerte die Empfangshalle, rempelte ein älteres Ehepaar, das sich gerade mit zwei rieseigen Koffern durch die Eingangstür zwängte und stürzte auf ihren Wagen zu, der noch immer in der Einfahrt stand.
Als sie die Tür hinter sich geschlossen hatte, ließ sie den Tränen endlich freien Lauf. Ihr Schluchzen und Seufzen, ihre Schreie und ihr Wimmern drangen bis auf den Gehweg. Einige Passanten blieben stehen, um zu sehen, was vorgefallen war. Kirstin nahm von alldem keinerlei Notiz. Sie sah das unrühmliche Ende ihrer Familie vor sich …

*

Schmidts saß verkrampft an Hagers verwaistem Schreibtisch und trommelte ungeduldig mit den Fingern auf die Tischplatte ein. Wo zum Teufel blieb sein Kollege Wagenschneider? Er hatte sich um den jungen Mann keinesfalls gerissen. Er war ihm ohne sein Zutun vor gut drei Monaten überraschend zugewiesen worden. Selbstredend waren seine Zeugnisse überragend. Wie sonst hätte er auf derart kurzem Wege an diesen Posten herankommen sollen. Man munkelte, er habe Kontakte nach ganz oben. Schmidts war auf der Hut. Es gab ein paar Kollegen, die seit Jahren an seinem Stuhl sägten. Was übrigens Wagenschneiders Fähigkeit im Dienstalltag anbelangte, so bestand in dieser Hinsicht reichlich Lernbedarf. Viel zu leicht geriet er aus der Fassung. Und das Schlimmste: er steckte ihn, den alten Hasen, allzu oft mit seiner Ungeduld an. So wie eben. Schmidts hockte seit geraumer Zeit an Hagers Schreibtisch und wartete auf Ergebnisse, die längst überfällig waren.
»Endlich!«, sagte er unwirsch, als sich die Tür öffnete und Wagenschneider im Laufschritt den Raum betrat. »Das hat ja gedauert.«
»Entschuldigung, Chef, aber wir sind hier in der tiefsten Provinz. Da mahlen die Mühlen langsamer.« Wagenschneider kam vor dem Schreibtisch zum Stehen.
»Lassen Sie hören.«
»Werner Trevesen, Jahrgang 1930, Geburtsort unbekannt, Rentner, hat früher irgendwas mit Porzellandesign gemacht. Derzeit wohn-

haft in Pützfeld, Eifel. Seine Frau Johanna, geborene von Tann, ist vor gut einem halben Jahr verstorben. Die einzige Tochter, Kirstin, leistet zurzeit tatsächlich ein Praktikum im Fichtelgebirgsmuseum in Wunsiedel ab. Beide sind völlig sauber. Keine Vorstrafen, keine sonstigen Einträge.«

»Geburtsort unbekannt? Was soll das heißen?«

Wagenschneider zuckte mit den Schultern. »Trevesen hat bei einer Porzellanmanufaktur in Meißen gearbeitet. Womöglich hatte er was mit der Stasi zu tun. Spionage. Ich werd mich drum kümmern.«

»Nachweisliche Verbindungen zu der Gegend?«, forschte Schmidts weiter.

»Auf die Schnelle habe ich keine gefunden. Aber seine Frau ist gebürtige Bayreutherin gewesen. Das liegt doch ganz in der Nähe, oder?«

»Allerdings, Sie Kunstbanause. Der Aufruf in den Medien?«

»Negativ«, bekundete Wagenschneider zerknirscht.

»Also noch immer keine Spur vom Opfer«, sinnierte Schmidts und ließ den Fingern erneut freien Lauf.

»Ach ja, das Opfer!« Wagenschneider sprühte plötzlich vor Elan. »Hier ist der Bericht der Pathologie über die neuen Funde und ein Schreiben der Uni Freiburg.«

»Freiburg?« Schmidts war hellwach.

»Das Opfer wurde dort mithilfe eines neuen Verfahrens auf Fingerabdrücke hin untersucht.«

Schmidts nickte anerkennend. »Ergebnis?«

»Negativ. Keine verwertbaren Spuren. Erstens hat wohl einsetzender Regen in der Nacht die Haut zu stark verändert, zweites war das Opfer bereits zu lange tot, um eventuell vorhandene Spuren nachweisen zu können, und drittens trug der Täter den sichergestellten Fasern nach Arbeitshandschuhe während der blutrünstigen Tat. Die Tatsache aber, dass diese Dorfpolizisten überhaupt von dieser Methode wussten, überrascht mich.«

»Wie dem auch sei. Was hat der Pathologe an den fehlenden Extremitäten feststellen können?«

»Die Hände brachten außer miserablen Fingerabdrücken nichts zutage. Ein Abgleich mit der Datenbank ergab keinerlei Übereinstimmung. Und der Schädel: Eine Platzwunde am Hinterkopf bestä-

tigt, was bereits zuvor angenommen wurde. Bevor der Mann ans Kreuz genagelt wurde, ist er mit einem Hieb auf den Kopf bewusstlos geschlagen worden. Apropos Kreuz: Die gefundenen Reste im Haus der Familie … wie heißen die? … Wöll-sauer, stimmen mit dem Holz des Kreuzes, an dem das Opfer hing, überein.« Wagenschnei-der hielt inne: »Wöllsauer? Sind das nicht die Typen, die sich umgebracht haben?«
»Etwas mehr Pietät stünde Ihnen nicht schlecht, Wagenschneider«, rumpelte Schmidts ihm entgegen. »Aber Sie haben recht. Die beiden alten Leutchen wurden tot in ihrem Haus gefunden. Selbstmord und Herzinfarkt, wenn ich mich recht entsinne.«
»Dann gibt es mehrere Täter?«
Schmidts zog die Schultern hoch. »Das Opfer bleibt jedenfalls weiterhin anonym. Hm! Wir müssen abwarten, ob und was Trevesens Tochter mit der Sache zu tun hat. Vor allem müssen wir uns ohne Verzögerung ihren Vater greifen.«
Wagenschneider schnalzte mit der Zunge. »Er wird uns auf die Spur des Opfers bringen!«
Schmidts ignorierte die Bemerkung seines jungen Kollegen. »Haben sie in Erfahrung bringen können, wo sich Trevesen momentan aufhält? Ich meine, wo er vor Ort abgestiegen ist?«
»Ach ja, der wohnt seit letztem Donnerstag in einem Hofer Hotel.«
»Name und Adresse?«
»Hab ich.«
»Worauf warten Sie dann noch, Wagenschneider?«

*

Eines stand für alle fest: Werner Trevesen war Kirstins Vater, auch mit fehlendem Geburtsort. Nach Timms Beobachtungen kam er durchaus als Täter infrage. Welche Verbindungen zum Opfer wie zum Epprechtstein bestanden, lag hingegen völlig im Dunkeln. Seine verstorbene Frau, Johanna von Tann, war gebürtige Bayreutherin. Das könnte zumindest ein erster Hinweis sein. Doch in der Eile war es dem Kollegen unmöglich gewesen, alle notwendigen Fakten zusammenzutragen. Er hatte sogar reichlich Geschick bewiesen, indem er das Hotel auf Anhieb ausfindig machen konnte. Zudem hatte er bei Hager nun einiges gut, weil er ihm versprochen hatte, seinen Anruf für sich zu behalten und die Münchener Kollegen so lang wie möglich mit den Infos hinzuhalten. Nun saßen sie in Hagers Dienstwagen und fuhren die vierspurige Stadtautobahn entlang.

Martin kauerte zusammengesunken neben dem Kommissar auf dem Beifahrersitz und versuchte vergeblich, die gehörten Tatsachen zu akzeptieren. Er fühlte sich völlig leer und ausgelaugt. Kein vernünftiger Gedanke ließ sich formen. Er sah nur Kirstin und ihren Vater vor sich, wie sie im Schutz der Dunkelheit einen Mann ans Kreuz schlugen. Die sich ständig wiederholende Szene war völlig aberwitzig.

Stopp! Martin rieb sich die Augen, bis es schmerzte. Von vorne: *Kirstin stammt aus Meißen, wie sie selbst gesagt hat, und ihr Vater hat in der Porzellanbranche gearbeitet. Porzellan wurde auch im Fichtelgebirge hergestellt. Es muss eine Verbindung in der Vergangenheit geben. Und die Mutter aus Bayreuth. Das passt ins Bild. Doch wer ist das Opfer? Ein Gegenspieler aus fernen Tagen? Ein Konkurrent?* Martin dachte an seine Äußerung zurück, die er ganz zu Beginn dem Kommissar unterbreitet hatte: *Womöglich steckt nur ein betrogener Ehegatte dahinter, der seinen Nebenbuhler um die Ecke gebracht hat* … Wenn es so war, hatte er sich verdammt viel Zeit gelassen. Martin schien der Gedanke unbefriedigend. Vielleicht handelte es sich um einen Kontrahenten in Sachen Porzellan? Hatte Werner Trevesen eine Idee gehabt? Ein neues Dekor oder ein revolutionäres Fertigungsverfahren entwickelt? Und hatte das Opfer ihm diese geklaut? Womöglich ging es dabei um sein berufliches Fortkommen – um viel Geld! Das war ein Motiv. Verließ Trevesen mit seiner Familie deshalb das Fichtelgebirge und ging nach Meißen? Aber wieso war sein Geburtsort unbekannt? War Werner Trevesen gar ein DDR-Spion? Blödsinn! Das alles musste sich vor der Teilung Deutschlands und dem Mauerbau, vor dem aufkeimenden Ost-West-Konflikt und vor der gegenseitigen Bespitzelung zugetragen haben. Das Motiv verbarg sich hinter einem ganzen Berg ungewisser Zusammenhänge, die er ohne Kirstin und ihren Vater niemals entschlüsseln würde.

Frau Dr. Gruber hockte auf der Rücksitzbank und starrte auf die vorbei fliegenden Häuser und Menschen. Auch sie gab sich alle nur

erdenkliche Mühe, das Gehörte zu verkraften. Kirstin war die zuverlässigste und ehrlichste Praktikantin, die sie jemals gehabt hatte. Es konnte nicht sein, dass sie hinter einer Fassade aus Loyalität und Profession, Hand in Hand mit ihrem Vater eine derart blutrünstige Tat vorbereitet und ausgeführt haben sollte. Dass ihre Offenheit nur gespielt, ihr Interesse am Museum nur geheuchelt und ihre hervorragenden Expertisen, ja, ihr ganzes Studium eingeschlossen, einzig dem Sinn und Zweck gedient haben sollten, eines Nachts einen Menschen auf einem Berg im hintersten Winkel Oberfrankens grausam wie kaltherzig hinzurichten, wollte und konnte sie nicht hinnehmen. Und wenn es doch so wäre? Ja, dann konnte sie all ihre Menschenkenntnis, ihre Professionalität, ihren Opportunismus, ihr Gottvertrauen, ihren Glauben an das Gute und ihre positive Weltsicht zum Teufel jagen. Dann würde nichts mehr sein, wie es war.
Hager konzentrierte sich auf die Fahrbahn. Ihm war momentan nicht nach Grübeln zumute. Die neuesten Fakten würde er, so es die Zeit zuließ, in sein Puzzle einfügen. Mit etwas Glück würde sich der undurchsichtige Fall von selbst aufklären. Seinen beiden Mitfahrern standen die Angst und der Schrecken über die neuesten Ereignisse überdeutlich ins Gesicht geschrieben. Dieser Martin hatte sich in die Kleine verliebt. Das war ihm kaum zu verdenken. Es verwunderte ihn keineswegs, dass er Höllenqualen litt. Und ganz ehrlich gesagt hatte der Kommissar auch ein wenig Mitleid mit ihm. Mochte er sein, wie er wollte, solche Tragik gönnte er nicht einmal seinen schlimmsten Feinden. Und diese Doktor Gruber war eine resolute Frau in den besten Jahren, die wusste, was sie wollte, und wusste, wie weit sie gehen konnte. Auch ihr Weltbild musste mächtig ins Wanken geraten sein.
Er parkte absichtlich zwei Straßen vom Hotel entfernt, um nicht unvermutet den verhassten LKAlern über den Weg zu laufen. Sie mussten ab sofort äußerst vorsichtig und umsichtig sein. Die Zeit würde ohnehin knapp werden. Wenn sie Pech hatten, waren die Münchener Kollegen längst im Hotel. Nur mit viel Glück hatten sie einen Vorsprung von ein paar wenigen Minuten.
Fürchtegott Hager verließ seinen Wagen, sah sich um und drängte seine Mitfahrer zur Eile. »Schnell! Schmidts und Wagenschneider

werden bald hier sein. Ich weiß nicht, wie lange sie mein Freund im Kommissariat hat hinhalten können.«
Martin und Frau Gruber nickten schweigend.
Hurtig liefen sie die Straße entlang. Vor dem Hotel angekommen, deutete nichts auf die Anwesenheit der LKA-Beamten hin. Kein verdächtiges Fahrzeug, keine Spur von den beiden Männern. Fürchtegott hielt Frau Gruber und Martin die Tür auf, ließ seinen Blick ein letztes Mal über den Vorplatz schweifen, und trat ein.
»Oberkommissar Hager von der Kripo Hof«, stellte sich Fürchtegott dem Hotelportier vor. »Frau Doktor Gruber, Herr Doktor Streitberg.«
Der Mann hinter dem Tresen warf einen schnellen Blick auf die Dienstmarke des Beamten und fragte beinahe feierlich, was er für die Herrschaften tun könne. Als er hörte, für wen sich die Polizei interessierte, wurde er schlagartig bleich im Gesicht. Erst der abgelaufene Pass, dann der Besuch der Tochter, schließlich der Anruf und jetzt die Polizei. Er wusste, dass er zu viele Augen zugedrückt hatte. »Ähm … W-wie war noch g-gleich der Name?«, stotterte er verlegen.
»Werner Trevesen«, wiederholte der Kommissar und sah den Mann forschend an.
»Richtig! Einen Au-Augenblick!« Nervös hämmerte der Mann auf die Tastatur seines PCs ein. Er wagte kaum, den Blick zu heben, als er die gewünschte Information ein drittes Mal auf dem Monitor zu sehen bekam. »Z-zimmer 301! Dritter Stock, linker Gang. Sie können den A-aufzug benutzen.«
»Ist Herr Trevesen im Haus?«
»Ich, ich … glaube nicht. Ehrlich gesagt habe ich den Herrn seit längerer Zeit nicht mehr gesehen. A-aber bei den vielen Gästen ist das kein Wunder. Und ich habe ja nicht immer Dienst«, fügte er rasch hinzu.
»Hat sich in letzter Zeit jemand für ihn interessiert? Besucher? Anrufer?«
Der Hotelportier stockte. Erste Schweißperlen traten ihm sichtbar auf die Stirn. Er wirkte noch hibbeliger als zuvor.
»Geht es Ihnen nicht gut?«, vergewisserte sich Hager, für den die Aufregung des Mannes ein untrügliches Alarmsignal darstellte.

»Doch, doch!«, rief der Empfangsmitarbeiter hastig. War es sinnig, den Kriminalbeamten von dem Anruf und der Tochter zu berichten? Aber dann müsste er ihnen auch erzählen, dass …
»Hat er Anrufe gehabt oder sich mit jemandem getroffen?«, hakte Fürchtegott Hager nach.
»Äh … Nicht dass ich wüsste!«
»Danke sehr!« Der Kommisaar nahm den Schlüssel vom Tresen, warf dem Portier einen letzten eindringlichen Blick zu und verließ den Empfang.
Der Rest des Grüppchens setzte sich in Bewegung. Der Portier sah ihnen bleich und verstört hinterher.
»Ganz schön aufgeregt, dieser Bursche«, sagte Martin, während sie vor dem Aufzug warteten.
»Ein bisschen zu beunruhigt wegen ein paar simplen Fragen«, schlussfolgerte der Kommissar misstrauisch. »Und warum hat er den Anruf meines Kollegen nicht erwähnt …«
»Vielleicht hat er sich ja als Angehöriger ausgegeben, nicht als Polizist?«, vermutete Frau Gruber.
»Dann ergibt sein Schweigen erst recht keinen Sinn«, überlegte der Kommissar.
»Womöglich fand gerade der Schichtwechsel statt, und den Anruf hat sein Vorgänger entgegengenommen«, steuerte Martin bei.
»Möglich, aber unwahrscheinlich. Ich bin mir fast sicher, der Kerl verheimlicht uns etwas. Ich werde ihn mir beim Rausgehen noch einmal vorknöpfen.«
»Vielleicht hat er eine Akademikerphobie«, bemerkte Frau Gruber trocken. »Sie hätten sich unsere Titel getrost sparen können. Wir legen nicht allzu großen Wert darauf, stimmt's Martin?«
»Meine Worte«, sagte Martin zerschlagen, als sich die Tür vor ihnen öffnete.
»In solchen Situationen das beste Mittel, um rasch Auskünfte und Hilfe zu erhalten«, meinte Hager und drückte auf den Knopf. »Außerdem kam man mit derartigen Auftritten geballter Wissenskraft die Leute leicht aus der Fassung bringen.«
Werner Trevesens Zimmer war nahezu unverändert. Eine Ausnahme bildete sein Bett, das nun ordentlich gemacht worden war. Der Portier hatte gleich, nachdem Kirstin das Hotel verlassen hatte,

den Auftrag dazu erteilt. Wie hätte er wissen können, dass sich die Polizei für den Mann interessierte?
Nachdem Hager jede Ecke und jeden Winkel inspiziert, jede Schublade und jedes Schrankfach durchsucht und selbst unter dem Bett nachgesehen hatte, blieb er zweifelnd im Raum stehen. Neben den üblichen Reiseutensilien, einem Koffer mit unbenutzter Kleidung, einem Paar Straßenschuhen und einem Lodenmantel, zeugten ausschließlich die Wodkaflasche und die Tablettenschachtel von der Anwesenheit des Gastes. Keinerlei verdächtige Spuren im Bad. Keine verschmutzen Kleidungsstücke, nicht einmal Wanderschuhe. Wenn Werner Trevesen den Mord begannen haben sollte, hatte er anschließend gründlich seine Spuren vernichtet. Tatwerkzeuge wie blutgetränkte Kleidung konnte er überall entsorgt haben. Danach gezielt zu suchen wäre sinnlos.
Martin war unschlüssig an der Tür zurückgeblieben. Frau Gruber hatte sich auf einem der Sessel niedergelassen.
»Trevesen scheint kein Kostverächter zu sein«, bemerkte Hager mit einem Blick auf die Wodkaflasche.
»In Kombination mit Medikamenten scheint mir der Begriff reichlich deplaziert«, fügte Frau Doktor Gruber unmissverständlich hinzu.
Hager griff sich die Tablettenschachtel und schüttete deren Inhalt auf die Tischplatte. »Umbringen will er sich jedenfalls nicht.«
»Das ist ein schwacher Trost«, sagte Martin. »Ehrlich gesagt interessiert es mich auch nicht. Ich möchte wissen, wo Kirstin ist.«
»Eine Antwort werden wir hier nicht finden«, resümierte Hager. »Außerdem sind wir bereits viel zu lange in diesem Zimmer. Das LKA kann jeden Augenblick eintreffen.«
»Machen wir, dass wir von hier wegkommen!«, rief Frau Gruber verschwörerisch und erhob sich aus ihrem Sessel.
Als sich zwei Minuten später die Tür des Aufzugs öffnete und Martin von Kummer gepeinigt an Hager vorbei in die Vorhalle stürmen wollte, hielt ihn Hager energisch zurück. Ein kurzer Blick zum Empfang hatte genügt, um sich zu vergewissern, dass Wagenschneider und Schmidts ihnen dicht auf den Fersen waren. Er sah sie mit dem Hotelangestellten in ein erregtes Gespräch vertieft. Hager konnte nicht genau hören, was gesprochen wurde, aber der Mann

hinter dem Tresen sah jetzt aus, als würde er jede Sekunde zusammenklappen. »Kruzitürken!«
»Was ist?«, wollte Martin wissen, nachdem ihn Hager in den Aufzugskorb zurückgezerrt hatte.
»Das LKA!«, sagte Frau Gruber hitzig.
»Wir müssen versuchen, einen Hinterausgang zu finden«, sagte der Kommissar und studierte die Anzeigetafel im Fahrstuhl. Er wollte in den Keller, wo sich Wäscherei, Aufenthaltsräume, Umkleiden für die Bediensteten, das Lager und die Hausmeisterei befanden. Leider war für diese Fahrten ein Schlüssel vonnöten. Nicht jeder Gast sollte sich in den Untergeschossen verlieren. Hager fluchte leise und drückte auf den Knopf für das erste Stockwerk. Die Fluchttreppe war ihre einzige Chance. Hoffentlich war sie vorschriftsmäßig ausgeschildert.

*

Ich weiß, es war falsch und dumm von mir, euch beide mit meiner Geschichte zu belasten. Ich wünschte, ich hätte es nicht getan. Jetzt, da ihr meine Zeilen und mein Tagebuch gelesen habt, ist es zu spät. Es gibt kein Zurück mehr. Verzeiht mir!
Verzeiht mir auch, dass ich euch nie im Leben meine ganze Geschichte erzählt habe. Mir fehlte einfach der Mut dazu – und ich hatte auch Angst, ihr könntet euch von mir abwenden. Ich weiß, das ist töricht, euch so etwas zu unterstellen, denn ihr hättet es niemals getan. Bestimmt hättet ihr meine Krankheit leichter verstanden und wohl auch ertragen können. Wahrscheinlich war es nur die Scham vor dem, was mir widerfahren ist, die mich all die Jahrzehnte hinweg davon abgehalten hat, mein Herz auszuschütten. So bürde ich euch im Nachhinein die Last auf, die ich ein Leben lang mit mir herumgeschleppt habe. Trotzdem wollte ich, dass ihr die Wahrheit erfahrt – wenn auch zu spät, um zu handeln. Glaubt mir, ihr hättet mir zu Lebzeiten nicht helfen können. Es war mein Los, die Dinge so hinzunehmen, wie sie waren.
Ich habe meinen Peinigern längst verziehen. Ich weiß nicht, welcher Teufel sie trieb, als sie mich im Gang fanden. Es waren wohl reine Rachegelüste, die sie zu Tieren werden ließen. All die schlimmen Bilder und Ereignisse, die Deutschland für immer brandmarken werden, waren für viele Soldaten zu viel gewesen. Auch sie werden ein Leben lang daran erinnert worden sein. Es macht wenig Sinn, nach einem Schuldigen zu suchen. Sie hatten sich längst wie alle zuvor und alle

danach einer gerechten Strafe entzogen. Und so möchte ich auch nicht, dass ihr euch auf die Suche nach den Schuldigen meines Lebens macht. Wahrscheinlich sind sie längst tot und zu Staub zerfallen. Ob sie ihr Geheimnis mit ins Grab genommen haben, weiß ich nicht zu sagen, aber glücklich sind sie damit bestimmt nicht geworden. Der Herrgott selbst mag wissen, wozu dies alles gut sein mochte. Ich habe meinen Glauben erst nach und nach zurückgewonnen. Er gab mir die Kraft zu verzeihen, und die Liebe zu euch.

Nachdem ihr nun alles wisst, nehmt das Buch und verbrennt es. Es ist nicht länger von Nutzen, und womöglich war es dies auch niemals zuvor gewesen. Gedenkt der schönen Jahre, die wir miteinander verbringen durften. Behaltet mich, wenn es euch jetzt noch möglich ist, als den Menschen im Gedächtnis, der ich für euch immer gewesen bin. Möge der Tag kommen, an dem wir uns wiedersehen. Bis dahin habt ihr bestimmt auch mir verziehen, was ich euch angetan habe. Ich liebe euch beide bis über den Tod hinaus.

Eure Mutter und Frau

Johanna …

Kirstin hatte keine Ahnung, wie sie hierher gekommen war. Das letzte, an das sie sich zu erinnern vermochte, war die Tatsache, dass sie, von Zuschauern und Gaffern umringt, den Hotelvorplatz mit quietschenden Reifen verlassen hatte. Nicht nur ein Schutzengel musste sie geleitet haben – eine ganze Armee war nötig gewesen, um sie und den Toyota sicher bis auf den Parkplatz in Buchhaus zu lenken. Sie hatte nicht vorgehabt, ihren Vater hier zu suchen, obwohl dieser Gedanke doch so nahe lag. Überhaupt hatte sich ihr Geist irgendwie verselbständig, und die Handlungen ganz ohne ihr Zutun vorgenommen.

Wie gut dieser Automatismus funktioniert hatte, wurde ihr bewusst, als sie seinen Wagen gegenüber dem alten Wirthaus stehen sah. Der dunkelblaue Audi parkte vorschriftsmäßig in dem schmalen Weg, der zum Gipfel des Berges führte.

Kirstins Herz begann laut zu pochen. *Du bist immer so genau und korrekt. Ich bitte darum, dass du auch jetzt Vernunft und Besinnung walten lässt!*

Mit zittrigen Händen verließ sie ihr Auto. Ihre Füße schienen keinen Kontakt zum Boden zu haben. Kirstin glaubte, sie schwebe wenige Zentimeter über der Erde. War auch dies ein Werk der Schutzengel? Hatten sie sich vorgenommen, komme was wolle, die Tochter zu ihrem Vater zu bringen, um sein Leben zu retten? Waren es nicht

eher seine Schutzengel, die da agierten, als die ihren? Was würde sie dort oben erwarten? Ein schreckliches, unwiderrufliches Finale?
Sie musste an Martin denken, an seine Worte in Bezug auf sie beide, und sein Recht, ihr in jeder Not Beistehen zu dürfen. Wie würde er wohl von ihr denken, wenn er wüsste, was vorgefallen war? Würde er auf dieses Recht bestehen, wenn aus seiner netten, braven, klugen Kirstin Hals über Kopf eine Mitwisserin und Verschwörerin geworden war? Sollte sie nicht für alle Fälle wenigstens ihr Handy einstecken?
Kirstin schüttelte den Kopf. Jetzt galt es das Leben ihres Vaters zu retten. Alleine. Zielstrebig überquerte sie die Fahrbahn und folgte den unsichtbaren Führern in den Wald hinein.

XXXI.

Für Martin hing alles am seidenen Faden. Frau Dr. Gruber und der Kommissar spürten, wie ernst es ihm damit war. Sie hatten, im ersten Stockwerk angekommen, ungesehen das Treppenhaus benutzt, um in den Keller zu gelangen. Hier, wie in den Zimmeretagen, bot der Gang zu beiden Seiten Türen an (allerdings ohne Fenster und Balkon). Um ein Haar hätten sie eine der Hotelmitarbeiterinnen samt Wäschewagen umgestoßen, als diese unvermuteter Dinge aus der Wäscherei herausgestürmt war. *Dies ist ein Polizeieinsatz!*, hatte der Kommissar gebrüllt, und anschließend waren sie zu einer der Türen gerannt, die sich gottlob ohne Schwierigkeiten öffnen ließ. Weiter ging es die Treppe nach oben und um den gesamten Hotelkomplex herum zurück auf die Straße. Erst als sie den Gehsteig erreicht hatten, zügelten sie ihr Tempo.
»Das ist gerade noch mal … gut gegangen«, stöhnte Hager, den die Laufeinlage deutlich zugesetzt hatte.
»Und … nun?«, keuchte die Frau Doktor mit reichlich Farbe im Gesicht.
Martin überlegte fieberhaft: Kirstin war auf der Suche nach ihrem Vater. Wohin mochte er geflüchtet sein? In die Wohnung seiner Tochter? Unwahrscheinlich. Dort würde man ihn als erstes vermuten. Anderseits konnte er nicht wissen, dass seine Tarnung aufgeflo-

gen war. Sollte er nach Hause gefahren sein, weil es für ihn nichts mehr zu tun gab? Nie und nimmer! Wenn er für die Bluttat verantwortlich war, war auch er es gewesen, der die fehlenden Hinweise zum Opfer bereitgestellt hatte. Und wozu? Doch nur, weil er mit dem Druck, der auf ihm lastete, nicht mehr zu Recht kam. Weil er seine Tat bereute. Weil er wollte, dass man auf ihn aufmerksam wurde …

»Der Täter kehrt an den Tatort zurück«, sagte Fürchtegott Hager, als hätte er Martins Gedankengänge erraten.

»Auf den Epprechtstein?«, rief Frau Gruber skeptisch. »Sie glauben, er will, dass er dort oben gefunden wird?«

»Sie werden lachen«, entgegnete der Kommissar, »und es mag trivial klingen, aber Täter, die sich ihrer Schuld zur Gänze bewusst sind, kehren tatsächlich überdurchschnittlich oft an den Ort des Geschehens zurück. Nennen Sie es Eingeständnis oder späte Reue, aber es gibt genügend Fälle, in denen es genau so vonstattenging.«

»Warum stellt sich der Verbrecher nicht einfach der Polizei?«, wollte die Frau Doktor wissen.

»Ganz einfach«, erwiderte Hager. »Er kann nicht. Der Täter ist unfähig, sich selbst seiner gerechten Strafe auszusetzen. Er möchte quasi von der Polizei, von fremden Personen geschnappt werden.«

»Unsinn!«, konterte Martin hitzig. »Bis jetzt steht weder das eine, dass Kirstins Vater der Täter ist, noch das andere, dass er vorhat, sich freiwillig in die Hände der Justiz zu werfen, fest.«

»Wissen Sie, Martin, ich bin schon eine Weile in dem Geschäft. Und ich könnte Ihnen Geschichten erzählen, da würden sie die Hände über dem Kopf zusammenschlagen. Ich weiß nicht mit Sicherheit, ob Werner Trevensen der Mörder ist, aber ich bin der festen Überzeugung, dass wir ihn, wenn meine Vermutung zutrifft, genau dort finden werden.«

»Und Kirstin?«, fragte Frau Gruber voller Sorge.

»Nun, wenn ich recht haben sollte, wird sie sich dieselben, zumindest ähnliche Gedanken gemacht haben.«

»Und zu dem gleichen Ergebnis gekommen sein!«, rief Martin atemlos.

Sie waren bei dem Wagen des Kommissars angekommen. Hager öffnete die Fahrertür und stieg ein. Frau Doktor Gruber nahm diesmal

auf dem Beifahrersitz Platz. Martin ließ sich verkrampft auf der Rücksitzbank nieder.
Es war Freitagnachmittag und viel los auf den Hofer Straßen. Berufsverkehr. Einkaufsfahrten. Die letzten Vorbereitungen für das Wochenende. Die übliche Hektik vor den anstehenden freien Tagen. Mühsam kämpften sie sich von Ampel zu Ampel. Hager vermied es, gegen den Willen seiner beiden Mitfahrer, das Blaulicht aufzupflanzen. So dauerte es eine Unendlichkeit, bis sie die Stadt verlassen hatten. Selbst auf den Ausfallstraßen ging es nur zögernd voran. Sämtliche Ortschaften waren mit Autos verstopft, und in einer mussten sie sogar vor einem Bahnübergang auf einen Bummelzug warten. Es war zum Verzweifeln.
Der Himmel war nach wie vor gleichmäßig grau. Vereinzelt wurde Laub auf die Fahrbahn gewirbelt. Es glich den Gedanken an bessere Zeiten, die sich übergangslos aufdrängten.

*

Unstet blickte Kirstin auf den Wanderwegweiser. Der rasche Aufstieg hatte sich ihrer Wahrnehmung entzogen. Die Schutzengel hatten ganze Arbeit geleistet. Gedämpft war das Brummen einer Maschine zu vernehmen. Sie wusste, dass einige der Steinbrüche nach wie vor in Betrieb waren. Manche der gelben Hinweisschilder, die das Verhalten bei einer Sprengung erläuterten, hingen noch immer neben den Wegen. Heutzutage waren die Abbaumengen gering, heute galt es Zaunpfosten, Einfahrten, Wassertröge oder Grabsteine für wenige zahlungskräftige Kunden herzustellen. Ob überhaupt noch mit Dynamit gearbeitet wurde, entzog sich ihrer Kenntnis. Doch ihr Vater kannte sich aus. Bevor er in den Osten gegangen war, hatte er viel von seinem Bruder über die Arbeit im Steinruch gelernt. Sie erinnerte sich daran, wie er ihr als Kind erklärt hatte, was Dynamit ist: *Dieser Sprengstoff, wie wir ihn aus Wildwestfilmen kennen, wird auch beim Granitabbau verwendet. Das ist eine sehr gefährliche Arbeit, bei der man äußerst vorsichtig sein muss. In den Stangen ist nämlich nichts anders als Nitroglyzerin. Allerdings nicht in flüssiger Form – das wäre glatter Selbstmord –, sondern unter Zuhilfenahme eines Trägermaterials erschütterungssicher untergebracht. Es bedarf eines Zündfunkens, um die Ladung zur*

Explosion zu bringen. In den Steinbrüchen geschieht dies nicht mit Zündschnüren, sondern mit langen elektrischen Leitungen, einem Zünder und einer Zündspule, die den nötigen Funken erzeugen … Ihr drohte das Bewusstsein zu schwinden.
Kirstin wandte sich von dem Wegweiser ab. Sie zitterte am ganzen Körper. Ihre innere Anspannung war kaum zu beschreiben. Sie wusste nicht, was sie zuerst tun sollte: Nach ihrem Vater rufen und hoffen, dass er darauf reagieren würde, oder die Ruine erklimmen und sich von dort langsam bergab voranarbeiten. Die Zeit war knapp, ihm beizustehen. Riefe sie nach ihm, bestand die Gefahr, dass er sein Vorhaben unverzüglich in die Tat umsetzte. Demnach musste sie sich anschleichen, musste versuchen, sich ihm ungesehen soweit zu nähern, dass er sein Vorhaben nicht durchführen konnte. Das war die einzige Gelegenheit, ihn zu retten. Er würde es nicht zulassen, dass sie selbst in Gefahr geriet.
Kirstin lief in Richtung Ruine. Ihr Blick wanderte von einer Seite zur anderen. Leicht gebückt schleppte sie sich voran. Wie ein Dieb kam sie sich vor. Ihre Schutzengel hatten das Weite gesucht. Schwer und bleiern fühlte sich jeder ihrer Tritte an.
Nachdem sie den Hohlweg gemeistert hatte, der zu beiden Seiten von vergilbtem Granitabraum gebildet wurde, hielt sie inne. Vor sich erkannte sie die steinernen Bänke und den alten Tisch. Rasch lief sie bis zu dem Unterstand. Dort angekommen immer an der steil aufragenden Wand des Bergmassivs entlang, bis zu der Stelle, an der die Leiche gehangen hatte. Die Kerzen waren inzwischen sämtlich verloschen, die Blumen verdorrt und das Heiligenbildchen verblasst. Einzig die dumme Inschrift an der Mauer war eindeutig zu lesen. Kirstin stieg in der Sorge die Stufen empor, er könne sie von oben erblicken und ihren Rettungsversuch vereiteln. Nun schwitze sie aus allen Poren. Die letzten unregelmäßigen Steinstufen glaubte sie nicht meistern zu können. Ihr wurde erneut schwindelig. Ihre Atmung wurde schneller, ihr Herz begann zu raßen. *Du bist kurz vor dem Ziel, mach es nicht kaputt. Du hast eine reelle Chance, ihm zu helfen. Reiß dich zusammen!*
Kirstin hatte das spitz zulaufende Plateau erreicht. Zu drei Seiten fiel der Fels steil nach unten ab. Vor ihr lag der Rest des Palas mit dem Eingang zur Aussichtsplattform. Die uralten Mauern reckten sich

drohend in den diesigen Himmel, die winzigen Fenster blickten ihr wie tote Augen entgegen. Kirstin wagte einen kurzen Blick hoch zu der hölzernen Kanzel. Niemand war zu sehen. Sie hatte Angst. Nicht vor der Burg und den ruhelosen Geistern, sondern vor der Verantwortung, die sie zu erdrücken suchte. Mit bleiernen Gliedern kämpfte sie sich vorwärts. Der Weg bis zum Eingang, diese wenigen Meter nur, dehnten sich bis zur Unendlichkeit. Kirstin spürte, dass er da war. Sie spürte seine Anwesenheit so deutlich und klar, als stünde er direkt vor ihrer Nase. Aber da war niemand – niemand, den sie sehen oder greifen oder retten konnte. Kirstin schluckte, schritt zwei, drei Meter voran und war nun beinahe an dem schmalen, rund bedachten Durchgang angekommen. Da erblickte sie ihn. Er näherte sich von der anderen Seite dem Ausgang der Ruine, einer schmalen Felszunge, die in Richtung des unterhalb liegenden Steinbruchs führte und nur selten benutzt wurde, weil die absteigenden Stufen verschoben und verwachsen waren, weil ein Fehltritt genügte, sich den Fuß zu verrenken oder zu verstauchen. Kirstin überlegte, was sie tun sollte: In Deckung gehen und abwarten, was er vorhatte? Oder sich ihm mutig in den Weg stellen! Sie entschied sich für Letzteres. Nach zwei Schritten hatte sie den Eingang erreicht. Müde und schlapp stützte sie sich mit beiden Händen gegen die alten Mauern. Zunächst schienen sie ihrem Druck nachgeben zu wollen, alsdann verfestigten sie sich zu dem, was sie waren.
Da erkannte er sie. Ihre Augen hafteten aufeinander. Die ihren flehten um Gnade und Barmherzigkeit, in seinen lag nichts als Trauer und Entschlossenheit. Wie in Zeitlupe näherte er sich dem zweiten Türbogen. Er trug noch denselben Anzug wie bei seinem letzten Besuch. Er war immer ein stattlicher Mann gewesen: weltoffen, erfindungsreich, galant, charmant, unbeugsam selbst in den schwierigsten Situationen. Doch jetzt schien ihn aller Lebenswille verlassen zu haben. Wie ein Bergsteiger, der nach unvorstellbaren Anstrengungen und Entbehrungen den Gipfel noch immer nicht erreicht hatte, stand er vor ihr: Gebeugt, des Kämpfens müde, ein Zerrbild seiner selbst. Seine ganze Erscheinung, sein Outfit, seine Miene, sein Gebaren, alles wirkte absolut deplaziert.
Kirstin schluckte. *Was hat er da auf seinem Rücken?* Sie erkannte zwei Gurte, die die Schulterpartie seines Sakkos in bizarrer Weise ver-

krüppelten. Es sah aus, als sei sein Oberkörper in einen überdimensionalen Schraubstock geraten. Der Anblick wirkte grotesk, beinahe lächerlich.
»Du hättest nicht kommen dürfen«, sagte er mit einem Ausdruck in der Stimme, den sie nie zuvor gehört hatte. »Ich weiß, was ich zu tun habe. Niemand – selbst du nicht – kann mich aufhalten.«
»Vater!«, rief sie und eine erste Träne lief ihr über die Wange.
»Kirstin«, fuhr er im gleichen Tonfall fort. »Du bist immer ein starkes und unbeugsames Mädchen gewesen. Wie deine Mutter. Ich habe euch um diese Eigenschaft ein Leben lang beneidet.« Er lachte bitter. »Auch wenn ich dies euch gegenüber niemals zugegeben habe. Ja, ich habe euch stets bewundert. Deine Mutter ist ein unbeschreiblicher Mensch gewesen. Ich an ihrer Stelle wäre verzweifelt zugrunde gegangen, wenn mir Derartiges zugestoßen wäre. Sie hat alles hingenommen, hat versucht, das Beste daraus zu machen. Obwohl sie mehr als ein Mal vor dem Abgrund, vor dem absoluten Nichts gestanden ist, hat sie es immer wieder fertig gebracht, dem wenigen, was ihr blieb, mit Zuversicht zu begegnen. Ich wusste, dass sie ein Geheimnis mit sich herumgeschleppt. Ich habe sie nie danach gefragt. Das war mein Fehler. Vielleicht wäre alles anders verlaufen – vielleicht auch nicht, und das, was ich tun musste, wäre viel früher geschehen. Aber ich habe nicht nur ihr Andenken und ihren Mut in den Dreck gezogen, sondern auch Blutschande über meine eigene Familie gebracht. Ich habe alles nur noch schlimmer gemacht. Ich bin nicht besser als die Peiniger deiner Mutter. Ich bin viel schlimmer als sie, denn ich habe Johanna verraten.«
»Du hast niemanden verraten. Aber du hättest sie nicht beneiden dürfen«, sagte sie mit einem Zittern in der Stimme. »Und mich erst recht nicht. Stark zu sein ist Segen und Fluch in einem. Was meine Mutter erlebt hat, entbehrt jeder Grundlage. Es grenzt an ein Wunder, dass sie das alles überlebt hat. Ich selbst bin bestimmt nicht so wie sie. Aber du hast recht, auch ich will und kann dich nicht kampflos deinem Schicksal überlassen. Mutter hätte es nicht anders getan. Wem ist damit geholfen?«
Er nickte abwesend und griff sich an die Nasenspitze. »Ich weiß. Ihr beide, ihr seid euch ja so ähnlich. Ihr habt nie aufgegeben, habt euch tapfer durch die Abgründe des Lebens gequält. Um dich mache ich

mir keine Sorgen. Ich wünschte, ich besäße nur den Bruchteil dieser Beharrlichkeit, dieser Ausdauer, dieser Hoffnung.«
»Genau aus diesem Grund hat sie geschwiegen. Sie wusste, was geschehen wäre, wenn du vorzeitig die ganze Wahrheit erfahren hättest. Deshalb macht es keinen Sinn, wenn du dich ihr anschließt. Sieh mich an! Bitte.«
Ihre Augen suchten und fanden sich erneut.
»Was siehst du?«
Er schwieg.
»Komm schon, sag mir, was du siehst?«
»Dich, Kirstin«, brachte er mit der alt vertrauten Stimme über die Lippen.
»Ja, deine Tochter. Und sie ist noch immer das kleine verletzliche Mädchen wie früher. Es hat sich nichts geändert. Ich brauche dich jetzt dringender denn je.«
»Aber du würdest nicht viel von mir haben. Nicht viel mehr als damals«, beteuerte er sichtlich vergriffen. »Ich weiß wohl, dass dein Leben, deine Kindheit, deine Jugendzeit, selbst dein Studium dir alle Kraft abverlangt haben. Damals war es nicht leicht für deine Mutter und mich, und folglich auch für dich. Nie hast du dich in all den Jahren über etwas beschwert.«
Kirstins ließ den Tränen freien Lauf. »Weil ich … glücklich war. Und stolz auf dich und Mama. Ist das so schwer zu verstehen? Du hast damals keine Fehler gemacht. Und was du getan hast, kann jeder nachvollziehen. Es wird – nein, es muss für diese Tat mildernde Unstände geben.«
»Mord ist Mord«, raunte er ergeben. »Da gibt es keine mildernden Umstände. Ich habe alles haarfein geplant. Es war ein von langer Hand angelegter Rachefeldzug. Kein Richter der Welt würde Milde walten lassen. Willst du, dass ich für den Rest meines Lebens ins Zuchthaus wandere? Willst du die Schmach und das Gerede über dich ergehen lassen? Nein, glaub mir, das willst du nicht. Ich habe dir bisher nicht alles erzählt, und ich möchte es auch jetzt nicht. Du wirst es früh genug erfahren. Vielleicht denkst du dann anders über die Sache und kannst mich ein Stück weit verstehen. Ich weiß, dass ich unverzeihliche Fehler begangen habe, für die ich – und nur ich – geradestehen muss. Lass es gut sein. Bewahre dir den Glauben, ge-

denke deiner Mutter und mir, wie du uns in Erinnerung hast. Mehr kann ich nicht für dich tun. Ich wünschte, es wäre anders.«
Kirstin klammerte sich an der kalten Mauer fest. Ihre Fingernägel brachen unter der Gegenwehr des harten Gesteins. »Aber … ich … ich liebe dich!«
Der Mann schluckte. Erstickt fuhr er fort: »Lüg dich nicht an. Ich bin dir nie ein guter Vater gewesen. Ich habe euch viel zu oft euch selbst und eurem Schicksal überlassen. Ich habe eine Familie gehabt, und doch nichts davon verstanden. Ich habe gearbeitet, 60 Stunden die Woche, und mehr. Ich wollte, dass es euch gut geht, dass ihr das bekommt, was ihr verdient habt.«
Kirstin schniefte und wischte sich eilig die Tränen aus den Augen. »Wir hatten alles, was man sich wünschen kann. Wir waren zufrieden und wussten, dass wir uns auf dich verlassen können. Das ist mehr wert als alles andere. Wir waren stolz auf dich.«
»Aber ich bin ein Heuchler. Und ein Drückeberger. Ich bin auf und davon, weil ich glaubte, irgendwo anders ein neues und besseres Leben beginnen zu können. Das war ein Trugschluss. Man kann seine Wurzeln nicht verleugnen.« Er senkte den Blick.
»Das stimmt nicht, und das weißt du genau. Du hast viel erreicht in deinem Leben. Es war vollkommen richtig zu gehen. Ich und Mama hätten es nicht anders gemacht. Und bedenke bitte: Ohne deine Flucht hätte es dieses *Uns* nie gegeben. Es musste so sein.«
»Aber warum bist du zurückgekehrt? Selbst auf die Gefahr hin, dass die Vergangenheit dich einholen könnte!«
»Ich wusste von der Vergangenheit nicht mehr als du. Dies ist nicht mein Zuhause. Es war Zufall, ein Job, sonst nichts. Meine Heimat bist du, egal, wo immer du dich auch aufhalten magst.«
»Sag das nicht!«, rief er ihr entschlossen entgegen. »Was war, lässt sich nicht ändern. Es macht keinen Sinn, dem Schicksal trotzen zu wollen. Es hält für uns alle ein Leben bereit, das wir nicht anzweifeln dürfen. Es macht keinen Sinn, nach dem Warum und Weshalb zu fragen. Dinge geschehen nun mal. Niemand kann es aufhalten.« Er verzog sein Gesicht. Wut, Trauer und Starrsinn waren darin zu lesen. »Es gibt Menschen, die die Würde zu leben verloren haben. Und es gibt Wunden, die auch die Zeit nicht heilen kann. Vielleicht war es töricht von mir – bestimmt sogar –, aber es gibt Verbrechen, die

nicht ungesühnt bleiben dürfen. Das an deiner Mutter gehört dazu – das meine ebenso.«
»Vater!« Kirstin stieß sich von der Mauer ab und lief ihm entgegen. Eben war er so zugänglich geworden, und sie hatte fest geglaubt, ihn umstimmen zu können. Nach dieser letzten Äußerung aber war er in die alte, unangreifbare Haltung zurückgefallen. Wenn sie ihn retten wollte, dann jetzt.
Er wich zurück, zwei, drei Meter, streckte ihr die erhobene Hand entgegen, während er mit der freien in seine Sakkotasche griff. »Bleib, wo du bist! Es ist zu spät. Es kann kein Zurück geben. Nicht für mich. Nicht für uns. Nur für dich«, sagte die fremde Stimme aus seinem Mund.
Kirstin stoppte. Sie drohte den Verstand zu verlieren. Sie sah, wie er seine Hand aus der Tasche zog. Eine kleine graue Box mit einem roten Schalter kam zum Vorschein. »Was … was ist das? Du willst dich doch nicht …«
»Bleib zurück! Bitte. Kirstin. Du kannst mir doch nicht helfen. Ich werde meinem Schöpfer gegenübertreten. Er allein kann und soll entscheiden, was mit mir geschieht.«
»Was ist in dem verdammten Rucksack!«, schrie Kristin dem Wahnsinn nahe. »Eine Bombe? Du willst dich damit ins Jenseits befördern?« Die schlimmste Befürchtung war wahr geworden.
»Bombe? Nicht doch!«, lachte er bitter. »Ich bin kein Selbstmordattentäter. Aber die Ladung ist groß genug. Es wird nicht viel von mir übrig bleiben.« Er lachte abermals. Grausig. Sarkastisch. »Und jetzt geh und versuche dein Glück. Ich weiß, du wirst dies alles vergessen können. Denk an die schöne Zeit mit uns zurück. Finde den Frieden, den ich nicht finden konnte. Suche dir einen Mann, der es wert ist, geliebt zu werden, und gründe mit ihm eine Familie. Macht nicht die Fehler, die ich gemacht habe. Seit ehrlich zueinander und aufrichtig und nehmt euch davor in Acht, Geheimnisse zu hüten, die ein Leben vergiften können.« Er hielt inne, den Daumen sicher an dem roten Schalter. Kein Zittern ging durch seinen Körper; keine Unruhe war spürbar. Er hatte auch seinen Abschied bis ins kleinste durchdacht. »Eine Bitte habe ich noch. Vernichte das Tagebuch. Es liegt im Bett meines Hotelzimmers. Keiner soll es jemals wieder lesen. Es ist vorbei, vergessen. Versprich mir das.«

»Hier ist es!«, rief Kirstin, indem sie das Buch ihrer Mutter aus einer der hinteren Hosentaschen ihrer Jeans zog. Dies war die letzte Möglichkeit, den Wahnsinn zu stoppen. »Ich habe es an mich genommen, als ich in deinem Hotelzimmer gewesen bin. Ich … ich kann es nicht vernichten. Es gehört zu uns. Ist es nicht ein Teil unseres Lebens, ein Teil von ihr, von dir *und* mir?«
»Es gehörte zu uns, ja. Und es war ein Teil von ihr. Gib es mir«, bat er wieder den Tränen nahe. »Wirf es zu mir herüber. Ich werde es mit mir vernichten. Damit ist die Vergangenheit endgültig ausgelöscht.«
»Glaubst du im Ernst, dass das so einfach ist?«, schrie sie fassungslos. »Die Gegenwart, die du heraufbeschwörst, ist noch viel grausamer als die Vergangenheit, die du zu bekämpfen suchst.«
»Ich weiß«, sagte er ergeben. Sein Daumen begann unmerklich zu zucken. »Deshalb wird mir der Abschied auch nicht leicht fallen.« Er schwieg für ein paar Sekunden. Kristin starrte ihn fassungslos an.
»Gib mir das Buch, Kirstin«, fuhr er leise fort. Er wirkte wieder völlig normal. Schrecklich normal, wie sie registrierte.
»Nein! Wenn du es haben willst, musst du es dir holen.« Sie hielt ihm das abgegriffene Büchlein entgegen, hoffte, er möge seinen aberwitzigen Plan aufgeben und endlich zu ihr kommen, sie in die Arme nehmen und die ganze Tragödie in ihrer beider Tränen ersticken.
»Ich will dich nicht in Gefahr bringen«, versicherte er.
»Das ist mir egal!«, schrie Kirstin, die Kontrolle verlierend. »Wenn du nicht mehr leben willst, will ich es auch nicht!«
»Sei doch vernünftig«, beschwor es sie.
Kirstin drehte völlig durch. Mit steifen Gliedern bewegte sie sich ruckartig auf ihren Vater zu. »Ich bin deine Tochter, die nicht mit ansehen kann, wie ihr Vater den größten Fehler seines Lebens begeht! Wie, bitteschön, soll ich vernünftig sein?«
Der Mann wich zurück, Schritt um Schritt. »Meine größtmöglichen Fehler habe ich bereits begangen. Ich bin dabei, die Rechnung zu begleichen. Wirf mir das Buch zu.«
»Nein!«, brüllte Kirstin und stakste weiterhin auf den Mann zu, der einmal ihr Vater gewesen war.
»Bleib stehen!«, schrie er verzweifelt.
Kirstin reagierte nicht.

»Nun gut. Dann wirst du selbst entscheiden müssen, wie es damit weitergeht«, wimmerte er. »Adieu, Kirstin, leb wohl!« Der Finger drückte den roten Schalter. Fest. Entschlossen. Unumkehrbar.
»Neeeiiinnn!« Kirstins Schrei gellte durch die Ruine. Ihre Kräfte versagten. Sie fiel wenig hinter dem Ausgang auf die Knie und warf die Hände schützend vor die Augen.

*

So viel Zeit sich Hager auf der Fahrt nach Buchhaus gelassen hatte (oder lassen musste), so eilig hatte er es, nachdem er Kirstins und Werner Trevesens Wagen vorgefunden hatte. Allen voran erklomm Martin den steilen Anstieg des Nordweges. Er spürte keinen Stein und keinen Schmerz, wenn er in seinen Turnschuhen umknickte. Einzig die Sorge um Kirstins Wohl trieb ihn gnadenlos voran. Fürchtegott Hager und Frau Gruber konnten kaum Schritt halten. Sie keuchten, was ihre Lungen hergaben, hintendrein.
»Gibt es keine … Straße, die nach oben führt?«, zischte Frau Gruber, deren Gesicht einer überreifen Tomate glich.
Der Kommissar brummte. »Die gibt es … sicher. Aber die richtigen Abzweigungen zu finden, würde bestimmt genauso lange … dauern.«
»Sie sind mir vielleicht ein schöner Polizist«, brauste Frau Gruber los. »Ich bekomme gleich einen … Herzanfall.«
Bloß nicht!, dachte Hager besorgt. *Einer reicht mir vollkommen!* »Da kommt gleich eine Bank. Auf der rechten Seite. Da! Sehen Sie? Dort können Sie sich für ein Weilchen ausruhen«, sagte er unwirsch.
»Und Sie?«
»Ich muss weiter.«
»Dann komme ich mit!«
»Wie Sie wollen.«
Während Martin den Fahrweg überquert hatte und an der Wegtafel stand, ertönte plötzlich ein Schrei. Laut und schmerzhaft drang er an seine Ohren. Der ganze Wald hallte davon wider. In seinem Kopf setzte das Geräusch abrupt eine Lawine von Hilfsmaßnahmen in Gang. Eine gehörige Portion Adrenalin wurde in seine Blutbahn ausgeschüttet. Martin versuchte sich zu erinnern, woher der Schrei

gekommen sein mochte. Unschlüssig setzte er sich in Richtung Burg in Bewegung. Als Frau Gruber und der Kommissar an dem Wegweiser angekommen waren, war Martin längst verschwunden.
Hager stemmte die Hände in die Hüften. Er hatte fürchterliches Seitenstechen bekommen. »Haben Sie den … Schrei gehört?«
Frau Doktor Gruber nickte und sah sich um.
»Aus welcher Richtung mag er gekommen sein?«
»Das ist im Wald nicht so leicht feststellbar«, merkte sie an.
»Stimmt.«
»Haben Sie eigentlich eine Waffe bei sich?«, fragte die Frau Doktor und musterte Hagers Manteltaschen.
»Ich schleppe seit Jahren keine Pistole mehr mit mir herum«, antwortete der Kommissar und sah die Dame fragend an.
»Wollen wir hoffen, dass Sie auch diesmal keine brauchen. Kommen Sie!« Frau Gruber schlug den Weg zum Gipfel ein. Der Kommissar folgte ihr schweigend.
Martin schlug das Herz bis zum Halse, als er außer Atem den Palas erreichte. Im Hof der Ruine blieb er schweißgebadet stehen und sah sich um. Niemand war zu sehen. Sollte er zu spät gekommen sein? Als er den Ausgang durchschritt, blieb er wie angewurzelt stehen. Neben dem schmalen Fußweg kauerte Kirstin. Sie hockte im spärlichen Gras und hatte die Hände über dem Kopf verschränkt.
»Kirstin!« Martin hechtete auf sie zu und ging neben ihr in die Hocke.
»Martin? Du? Was machst du hier?« Kirstin hob den Kopf. Ihr Gesicht sah bleich und verstört aus, wie vor ein paar Tagen, als sie die Inschriften vorfanden. Nein, schlimmer noch.
»Was ist geschehen? Ich hab deinen Schrei gehört. Alles in Ordnung mit dir?«
»Nichts ist in Ordnung«, jammerte sie und warf sich Martin an die Brust. Er konnte gerade noch verhindern, dass sie beide nach hinten kippten. Martin presste sie so fest an sich, dass sie glaubte, keine Luft mehr zu bekommen.
»Martin … du erdrückst mich«, stöhnte sie und stieß sich von ihm ab. »Er wird sich in die Luft jagen!«
Martin war perplex. »Wer? Womit?«
»Mein Vater. Er hat eine Bombe gebastelt!«, rief Kirstin atemlos.

»Wo ist er?«, würgte Martin heraus. In seinem Schädel begannen die fürchterlichsten Bilder Gestalt anzunehmen.
»Ich weiß es nicht.« Kirstin sackte in sich zusammen. »Er ist vor mir geflohen. Den Pfad entlang«, murmelte sie mit erstickter Stimme.
»Komm!« Martin stand auf und zog sie mühelos hinterher. »Vielleicht können wir ihm noch helfen.«
»Es ist sinnlos. Ich habe alles versucht, ihn von seiner irrwitzigen Idee abzubringen. Er wird sich nicht aufhalten lassen.«
»Martin?«, hörten sie plötzlich eine Stimme von unterhalb der Burgmauer.
»Kirstin?«, ertönte eine zweite.
»Wer ist da?«
Martin biss kurz die Lippen aufeinander. »Unsere Chefin und der Kommissar.«
»Sie sollen bleiben, wo sie sind«, stammelte Kirstin. »Sie werden alles nur noch schlimmer machen.«
Martin drehte sich in Richtung des Königsweges und schrie in die Tiefe hinunter: »Bleiben Sie unten! Wir kommen!« Zurück zu Kirstin gewandt, legte er beide Hände auf ihre Schultern und sah sie eindringlich an. »Wir müssen ihm folgen. Sofort. Es besteht eine winzige Chance, ihn zu retten.« Martin nahm Kirstins Hand und zog sie hinter sich her.
Die unförmigen Stufen waren kaum auszumachen. Alles war überwuchert von Büschen und Brennnesseln, Schwarzbeeren und dergleichen mehr. Martin stolperte, rutschte und schlitterte den steilen Abstieg hinunter. Hätte ihn Kirstin nicht fest bei der Hand gehalten, wäre er unweigerlich gestürzt. Weiter ging die wilde Hatz über einen kurzen Grat, unter dem sich zur Rechten der Steinbruch öffnete. Steil abfallend klaffte die mächtige Wunde im Berg. Der senkrechte Fels verlor sich in einem finsteren See, der die tiefsten Stellen in Unsichtbarkeit hüllte. Abgestorbene Büsche und Baumleichen säumten seine zu drei Seiten steil aufragenden Felsmauern. Rostrote Eisenrohre, Ketten und Zahnräder flankierten seine Ufer. Das erste Herbstlaub dümpelte in unförmigen Teppichen auf der Wasseroberfläche. Die Natur war drauf und dran, das von Menschenhand verunstaltete Terrain zurückzuerobern.
Martin konnte sich bei dem Anblick einer gewissen Romantik nicht

erwähren. Doch in Anbetracht der misslichen Situation wirkten die gesehenen Bilder eher wie die düsteren Kulissen einer frühen Wagneraufführung.
Sie ließen den offenen Steinbruch rechter Hand liegen und näherten sich dem erhöhten Platz, auf dem sich die altehrwürdigen Baracken des ehemaligen Abbaubetriebes befanden. Einige mussten vor Jahren notdürftig repariert und so dem Zahn der Zeit entzogen worden sein. Dazu zählte ein alter Hebekran direkt am Abgrund, mit dessen Hilfe früher die Steinblöcke aus der Tiefe emporgehoben worden waren. Diese absonderliche Mischung aus Dekadenz und Reform rief eine eigenartige Stimmung in Martin hervor. Während Kirstin sich von seiner Hand gelöst hatte und auf die Hütte der Bergwacht zusteuerte, die sich vor dem Hintergrund eines völlig deplazierten Mobilfunkmastes befand, hielt Martin inne. Dies war ein Ort, an dem sämtliche Gegensätze aufeinandertrafen: Verfall und Erneuerung, Zukunft und Vergangenheit, Hoffnung und Resignation, Sieg und Niederlage, Liebe und Hass, Leben und Tod. Dies war nicht nur das Museum einer längst vergangenen Industrieepoche, es war vielmehr eine Pinakothek seines und Kirstins gemeinsamen Lebensweges. In aller Kürze hatten sie die Höhen und Tiefen einer Beziehung durchlebt: das Auf und Ab von Zuneigung und Ablehnung, von Nähe und Distanz, von Vertrauen und Zweifel, von Erotik und Abstoßung.
»Martin!«
Er hob den Kopf und stoppte die Irrfahrt seiner Gedanken. Kirstin stand vor ihm auf dem Platz zwischen den teils verschütteten Schienen einer alten Werksbahn. Ihr Blick verweilte auf einer der verfallenen Hütten, die linkerhand aneinandergereiht waren. Die kümmerlichen Reste von Geleisen, Loren und Baggerschaufeln türmten sich davor, wie auf einem Schrottplatz. Martin ging ihr entgegen. Als er sehen konnte, was sich hinter der Hütte und dem Altmetalllager befand, stockte er. Dort stand ein riesiger rostgelber Radlader. Die Größe seiner Schaufel war beeindruckend wie furchterregend zugleich. Ein Kleinwagen hätte ohne Probleme darin Platz gefunden. Es war aber nicht ein Automobil, das sich darin befand, sondern ein Mann. In einen schicken Anzug gekleidet, kniete er auf dem rostigen Metall und mühte sich mit einem vor ihm liegenden

Rucksack ab. *Abstrakte Gegensätze!*, dachte Martin unwillkürlich. An und für sich hätte er eine Weile die sonderbare Szene beobachten und auf sich wirken lassen wollen. Doch Kirstin und der Mann in der Baggerschaufel ließen ihm keine Zeit dazu.
»Vater!«
Werner Trevesen lachte polternd, während er den Rucksack mit seiner explosiven Fracht gleichgültig von sich weg in eine der hinteren Ecken der Schaufel beförderte. »Nicht einmal dazu bin ich fähig. Ich bin ein Versager auf breiter Front.«
»Red keinen Blödsinn. Komm endlich zur Vernunft«, bettelte Kirstin von neuer Hoffnung erfüllt.
»Vernunft ist etwas für Menschen, die eine Zukunft haben. Ich habe keine Alternativen«, ließ er sie wissen, krabbelte ins Eck der Schaufel und fingerte erneut an seinem Rucksack herum.
»Es gibt für alles einen Weg«, versuchte ihn Kirstin umzustimmen. Ein Flattern lag in ihrer Stimme. Bang schlang sich erneut der Knoten des Unvermeidbaren um ihr Herz.
»Du hättest mir nicht folgen dürfen«, sagte er knapp. »Willst du allen Ernstes die Bilder meines unrühmlichen Endes für immer in deinem Kopf behalten.« Er warf Martin einen flüchtigen Blick zu. »Wer ist er? Was will er hier? Dies ist eine Sache zwischen uns. Und nicht mal das. Es ist meine ureigenste Angelegenheit.«
»Das ist Martin. Ein Freund«, antwortete Kirstin gerade heraus. »*Mein* Freund!«, fügte sie hinzu.
»Na, siehst du«, sagte ihr Vater und seine Hände kramten tief im Innern des Rucksacks herum. »Du hättest mir ruhig von ihm erzählen dürfen.«
»Und was hätte das gebracht?«
»Ich hätte dies alles früher erledigen können. Die Sorge um dich lag mir am Herzen, auch wenn es in deinen Ohren wie Hohn klingen mag.« Seine Finger hielten inne. Er wandte sich Martin zu: »Passen Sie gut auf sie auf. Sie ist das Wertvollste, was ich besessen habe.«
Martin räusperte sich. Was sollte er darauf antworten? Die menschlichen Überreste, mit denen er es zu tun hatte, verlangten nicht nach Dialogen, verlangten keine unmittelbaren Antworten. Sie schwiegen, für immer. Die Fragen hatte er zu stellen. In stillen Selbstgesprächen. »Sie sind Werner Trevesen. Kirstins Vater. Es freut mich …«

»Mein lieber Junge«, unterbrach er ihn. »Ich kann durchaus verstehen, dass eine solche Situation völlig neu für Sie ist. Glauben Sie mir, mir geht es nicht anders. Ich wünschte, wir hätten uns zu einer besseren Zeit und an einem anderen Ort kennengelernt. Aber gut. Nun stehen Sie hier und sehen einen vom Leben enttäuschten und gebrochenen Mann. Ich bin nicht immer so gewesen, das können Sie mir glauben. Und Kirstin wird es bestätigen. Ich habe Recht sprechen wollen und Unrecht über die Menschen gebracht. Auch über die, die ich liebte. Das ist eine schwerwiegende Sünde. Und vielleicht verstehen Sie, dass ich deshalb nicht anders handeln kann. Kirstin will es nicht begreifen. Es werden viele schreckliche Stunden auf sie warten, und ich hätte ihr dies gerne erspart – mein Ehrenwort, falls Sie dies von einem Mörder annehmen können –, aber sie wollte nicht auf mich hören. Sie ist wie ihre Mutter: stolz und unbeugbar und gerecht. Aber es gibt keine Gerechtigkeit auf dieser Welt. Das werden Sie früher oder später selbst einsehen. Darum ist es ein großer Fehler, selbstgerecht zu handeln. Diesen Fehler habe ich begangen. Es war der größte meines Lebens. Doch, was rede ich? Ich bin froh, Sie kennengelernt zu haben. Es spendet mir Trost, sehen zu dürfen, dass Kirstin nicht allein zurückbleibt. Stehen Sie ihr bei, bei dem, was kommen wird. Sie ist es wert, geliebt zu werden.«
»Vater!« Kirstin hatte sich bis auf zwei Meter der Baggerschaufel genähert. Sie streckte ihm beide Hände entgegen. Voller Sehnsucht blickte sie in sein Antlitz, hoffte auf Trost und Rückkehr zum Leben, auf seine Nähe und eine wie auch immer geartete Zukunft.
Der gebrochene Mann schien abzuwägen, begutachtete die kleinen unschuldigen Hände, die ihn früher so verzaubert hatten. Ein schmales Lächeln umspielte seinen Mund. Kirstin hatte recht gehabt: Damals waren sie eine richtige Familie gewesen. Wenn der drohende Schatten der Vergangenheit nicht gewesen wäre, wenn Johanna noch am Leben wäre, wer weiß? Vielleicht wäre er ein ganz brauchbarer Opa geworden, hätte voller Stolz den Kinderwagen vor sich her geschoben und mit seinem Enkel Verstecken oder blinde Kuh gespielt. Still und heimlich hatte er sich dies immer gewünscht, hatte die Krankheit und das Leid seiner Frau verdrängt und davon geträumt, Mitglied und Vorstand einer ganz normalen Familie zu sein. Leider wurde ihm dieser Wunsch nie erfüllt – im Gegenteil: er

war zu einem gefallenen Racheengel geworden, der bis aufs Blut versuchte, heimzuzahlen, was man ihm und seiner Johanna angetan hatte. Es war falsch gewesen, das musste er sich jetzt eingestehen. Das Leben hielt immer ein Schlupfloch bereit. Vielleicht hatte Kirstin auch in diesem Punkt recht. Er hingegen hatte seinen Ausweg unumkehrbar verbaut, mit blinder Wut und aussichtsloser Rache. Oder gab es doch eine Chance für sie beide? Kirstin erwiderte sein Lächeln. Sie sahen sich an, wie lange nicht mehr. Die Kluft zwischen ihnen schien sich zu schließen. Ein winziger Funke Hoffnung machte sich in seinem gebeutelten Herzen breit. Er wollte nach der rettenden Hand greifen, die nur darauf wartete, erfasst zu werden.
»Werner Trevesen!« Der Name klang hart in seinen Ohren. Unversöhnlich. Beanspruchend. Der Rufer selbst näherte sich mit wehendem Mantel und einer Frau im Schlepptau, die aussah, als würde sie jeden Moment die Besinnung verlieren.
»Nicht jetzt!«, schrie Kirstin und musste mit Entsetzen feststellen, wie das Lächeln in den Augen ihres Vaters unverzüglich verlosch. Die geliebte Hand wich zurück, erst langsam und zögerlich, dann in einer ruckartigen Bewegung.
»Werner Trevesen! Ich nehme Sie unter dem dringenden Verdacht des Mordes fest! Leisten Sie keinen Widerstand!«
»Kommissar!«, rief Martin und hielt ihn zurück. »Nicht jetzt!«
Fürchtegott Hager sah ihn verwundert an. »Was sagen Sie da? Sind Sie noch ganz bei Trost?«
»Kirstin!« Frau Doktor Gruber kam mit schleppenden Schritten herangeeilt. »Seien Sie unbesorgt. Es ist vorbei.«
»Es ist nicht vorbei!«, schrie Kirstin. In gleichen Augenblick wurde sie von ihrem Vater beinahe umgestoßen. »Vater! Nein! Mach es nicht kaputt!« Sie versuchte, ihn zurückzuhalten. Er riss sich von ihr los. Schnell schnappte er sich den Rucksack aus der Ecke und keuchte um die Schaufel herum.
Kirstins Gesicht war ein einziger Ausdruck von Wut und Entsetzen. Sie blickte den Neuankömmlingen mit eiskalter Miene entgegen. »Was habt ihr getan?«, schrie sie unbeherrscht. »Er war gerade dabei, mir zu vertrauen. Er hatte soeben eingesehen, dass es besser ist, eine Schuld zu büßen, anstatt sich aus dem Staub zu machen.«

Werner Trevesen erkletterte wie von Sinnen den Führerstand des Radladers. Er warf den Rucksack achtlos hinter den Fahrersitz. Sein Gesicht war zu Stein geworden. Er biss die Zähne aufeinander, fummelte die beiden dicken Drähte unter dem Lenkrad zusammen und brachte den Motor der Maschine nach wenigen Versuchen zum Brüllen. Schwarzer Dieselqualm quoll aus dem dicken Auspuff hinter ihm. Das Getöse des Baggers war wie das Fauchen eines Dämons. Und ein Dämon war es auch, der von ihm Besitz ergriff.
»Was hat er vor?«, rief Frau Gruber in den entstandenen Tumult hinein.
»Fliehen!« Hager stellte sich tapfer dem Ungetüm in den Weg.
»Er wollte aufgeben!« Kirstin ballte die Hände zu Fäusten. »Bis Sie kamen, wollte er kapitulieren, und alles wäre gut geworden!«
»Kirstin! Was hast du vor?« Martin musste mit Entsetzen feststellen, dass sie gar nicht daran dachte, ihren Vater aufzugeben. Sie sprang mit einem Satz in die riesige Schaufel, gerade als sich diese langsam und quietschend zu heben begann.
»Kommen Sie da raus, Kindchen!«, quiekte Frau Gruber. »Sie können nicht …« Ihre Stimme versagte. Sie wurde von einem plötzlichen Hustenanfall geschüttelt.
»Er wird ihr nichts tun«, sagte Hager gefasst. »Sie ist schließlich seine Tochter.«
»Aber er hat eine Bombe«, sagte Martin scharf.
»Eine Bombe?« Der Kommissar hätte beinahe losgelacht. »Sind wir hier bei Al-Qaida oder was?«
»Er hat sie in dem Rucksack versteckt, den er mit ins Führerhaus genommen hat. Ich habe keine Ahnung, um was es sich handelt.«
»Mein Gott!« Hager kehrte schlagartig in die Wirklichkeit zurück. »Dann ist sie in Lebensgefahr. Kruzitürken!«
»Was Sie nicht sagen.« Martin war überaus gereizt.
Der Radlader setzte sich Bewegung. Die zerschlagenen Scheinwerfer des Giganten sprühten Funken. Einem wütenden Drachen gleich, rollte das Gefährt auf sie zu.
Martin sprang zur Seite. Der Kommissar blieb, wo er war. Kreidebleich starrte er dem sich rasch nähernden Ungetüm entgegen.
»Wollen Sie sich umbringen?«, stieß Martin hervor und hechtete auf den Kommissar zu. Mit roher Gewalt zog er ihn zur Seite. Dann

starrte er zu Kirstin, die mit banger Miene aus der mächtigen Schaufel des Monstrums hervorlugte. »Kirstin! Spring! Das ist Wahnsinn!« Martin presste die Lippen aufeinander, musste mit starrem Blick, und ohne etwas tun zu können, mit ansehen, wie der über alles geliebte Mensch hilf- und schutzlos an ihm vorüber glitt.
»Martin!«, schrie Kirstin und ihren Augen lag ein Flehen und Suchen wie nie zuvor.
»Kirstin! Warte!« Martin setzte sich in Bewegung, rannte neben dem Fahrzeug her, versuchte seine rechte Hand sicher an der Schaufel zu platzieren, drückte so fest es ging zu, spannte seine Armmuskulatur an, setzte zum Sprung an und katapultierte sich mit übermenschlicher Kraft in den Innenraum der Mulde.
Hager sah dem fliehenden Dämon nicht ohne Bewunderung hinterher. Dieser Martin war nicht loszuwerden. Solch eine sportliche Tat hätte er ihm niemals zugetraut.
»Und Sie hätten doch … eine Pistole mitnehmen sollen«, hustete Frau Gruber unverständlich.
Der Radlader folgte dem Weg aus dem Steinbruch. Mit Donnern und Getöse und eine schwarzgraue Dieselwolke hinter sich herziehend entschwand er ihren Blicken.
»Sapperlot!«, keuchte der Kommissar und kickte mit dem Fuß einige Steinbrocken beiseite.
»Wir hätten mit Ihrem Wagen hochfahren sollen«, sagte Frau Gruber vorwurfsvoll. *Wie ich es hasse, immer recht zu behalten!*, fuhr es ihr durch den Kopf.

*

Keiner der freiwilligen Passagiere wusste, wohin die Reise ging, ob es überhaupt ein annehmbares Ende geben würde und wie dieses aussehen mochte. Enge bis lang gezogene Kurven wechselten sich mit kurzen geraden Passagen ab. Der Radlader donnerte dahin. Kirstin und Martin wurden in der riesigen Schaufel kräftig durcheinandergeschüttelt. Obwohl sie die Straße vor sich sehen konnten, gelang es ihnen nicht, den Führer des Fahrzeugs zu erspähen. Kirstin hätte viel darum gegeben, mit ihrem Vater Blickkontakt halten zu können. Oben im Steinbruch war es soweit gewesen. Sie hatte es ganz deutlich gespürt. Er war in Zweifel darüber geraten, ob das, was er zu tun beabsichtigte, die richtige Entscheidung war. Doch dieser dämliche Kommissar hatte alles kaputtgemacht. Wo war er überhaupt hergekommen? War er Martin gefolgt, weil er glaubte, er würde ihn auf die richtige Spur bringen? Oder hatte Martin ihn gebeten, ihm und ihr beizustehen. Hätte sie doch nur seiner Bitte entsprochen, als er sie in ihrer Wohnung besucht hatte.

Martin war zunächst über den geglückten Sprung selbst mehr als überrasch gewesen. Solch eine sportliche Einlage hätte er sich im Normalfall nie zugetraut (und wohl auch nicht gemeistert). Es war ihm gelungen, seiner Liebsten nah zu sein. Allein das zählte. Allerdings war die Gefahr immer noch nicht gebannt. Und was hatte es mit dieser Bombe wirklich auf sich? War sie ein Druckmittel ihres Vaters, damit sie gehen und ihn tun lassen konnte, was er vorhatte? Er war für den Mord verantwortlich, das stand für ihn fest. Weshalb sonst sollte er zu solch drastischen Mitteln greifen? Kirstins Vater war nett, gebildet, bestimmt kein schlechter Schwiegervater. Martin hielt inne. Es war töricht, sich in einer dermaßen vertrackten Situation derartige Gedanken zu machen. Sogleich fühlte er sich unwohl – wegen seiner absurden Gedanken und wegen der Sorge um Kirstin. »Wohin er wohl will?«, rief er ihr ins Ohr.

Kirstin zuckte mit den Schultern.

»Auf jeden Fall den Berg hinunter!«, fuhr Martin fort. »Bestimmt zu seinem Wagen!«

»Und die Bombe?«

Die Bombe! Richtig. Wenn es sie wirklich gab, schwebte der Engel des Todes über ihnen, konnte jeder Augenblick ihr letzter sein. Ein grandioses Feuerwerk würde all ihre Probleme zur Nichtigkeit werden lassen. Martin ertappte sich dabei, wie er ernsthaft überlegte, ob dies nicht für alle Beteiligten die beste Alternative sein würde. *Stopp!*

»Was ist in dem Rucksack?«, schrie er Kirstin an.

»Die Bombe!« Kirstin sah ihn schief an.

»Ich meine, woraus besteht sie?«

»Aus Dynamit!«

Martin verzog die Mundwinkel. »Dynamit?«

»Ja! Aber sie hat nicht funktioniert. Als er sich oben an der Burgruine in die Luft sprengen wollte, ging der Sprengsatz nicht hoch!«

Dann ist die Ladung womöglich noch immer scharf! Martin schluckte. Sie waren dem Ende näher als sie glaubten.
Der Radlader holperte durch eine tiefe, vom Regen ausgewaschene Rinne, die sich quer über die Fahrbahn erstreckte. Kirstin und Martin wurden wieder übel durcheinandergewirbelt. Martin kam auf Kirstin zum Liegen.
»Autsch! Dein Knie!«, stöhnte sie.
»Sorry.« Martin wich zurück.
»Es tut mir so leid«, beteuerte Kirstin zerknirscht.
»Was tut dir leid?«, fragte Martin verwundert.
»Dass ich dich in diese Situation gebracht habe.«
»Nichts muss dir leidtun. Aber wir müssen hier runter!«, rief er und drückte ihr einen flüchtigen Schmatz auf die Lippen. »Wenn dein Vater so weiterfährt, wird er uns allesamt ins Jenseits befördern.«
Kirstin wirkte verstört. »Du meinst den Sprengsatz?«
Martin nickte stumm.
Keiner der beiden fand Gelegenheit, länger über die Sache nachzudenken. Kirstin war es zunächst egal gewesen, was weiter geschehen würde. Sie und ihr Vater waren wieder vereint, wenn auch nicht so, wie sie es sich gewünscht hatte. Sie hatten beide die Flucht ergriffen, vor der Polizei und der Realität, die sie nach und nach einzuholen suchte. Irgendwie war es ihr auch egal, ob und wann das Dynamit explodieren würde. Dieses ganze Erlebnis, ihre Unterhaltung auf dem Berg, sein Einvernehmen im Steinbruch, bis hin zu der Flucht in einer Baggerschaufel, entbehrte längst aller Wirklichkeit. Wenn diese Fahrt bis zum Jüngsten Tage dauern sollte, es war ihr mehr als recht. Aber Martin war mit von Partie …
Martin stupste Kirstin in die Seite. »Da vorne! Sieh doch!«
Mitten auf dem Weg stand ein Langholzlaster, der mit seinem Greifer dicke Fichtestämme auf die Ladefläche lud. Der Fluchtweg war versperrt.
Kirstin fuhr herum. »Vater! Halt an! Bitte!«
Der Radlader hielt mit unverminderter Geschwindigkeit auf das unüberwindbare Hindernis zu. Martin sah den schweren LKW näher kommen, wirbelte herum und sah zu Kirstin, die nunmehr vergeblich versuchte, sich an der Schaufel hochzuziehen. Er musste handeln – sofort. Er packte sie an den Hüften und riss sie herum.

Geschätzte zwanzig Meter trennten sie noch vor dem unvermeidbaren Aufprall.
»Martin? Was tust du?«, schrie sie ihm mitten ins Gesicht.
»Das einzig Richtige, springen!«
In diesem Moment wurde die Schaufel nach unten geklappt. Der Radlader bremste.
»Jetzt!«, brüllte Martin und packte Kirstin fest am Arm.
»Aber …«
»Nichts aber! Es ist unsere letzte Chance!«
Das Tempo des Fahrzeugs hatte sich bis auf Schrittgeschwindigkeit verringert. Martin sprang und zog Kirstin hinter sich her. Sie schlitterten beide über den holprigen Schotter, verloren das Gleichgewicht, strauchelten und wurden in den nahen Straßengraben geschleudert. Kirstin blieb gerade noch Zeit, den Radlader im Auge zu behalten, der nun, eine dunkle Wolke ausstoßend, abermals volle Fahrt aufnahm. Der Motor heulte. Sie sah die beiden roten Rücklichter des Fahrzeugs entschwinden, sah, wie der Fahrer des Holztransportes eilig seinen Posten auf dem Kran verließ und sich in die Büsche schlug, sah den Mann am Steuer als verheißungsvoll dunklen Schatten, aufrecht und zielstrebig sich seinem Untergang nähern. Dann ging alles viel zu schnell, um es in Worte und Gedanken fassen zu können. Der Radlader prallte in voller Fahrt, dampfend und rumorend wie ein angreifendes Monster in den Langholzlaster. Die Geräusche der Kollision kamen mit einiger Verzögerung in ihrem Bewusstsein an. Der Radlader bäumte sich ein letztes Mal auf. Der Fahrer wurde gegen die gerissene Frontscheibe geschleudert. Einige der Stämme auf dem LKW sowie losgerissene Metallteile flogen wie Streichhölzer durch die Luft. Das Bild verharrte für eine Sekunde. Sie starrte auf die roten Lichter des Ungetüms. Sie schienen zu verblassen. Eine heftige Explosion zerriss die Kabine des Baggers, pflanzte sich fort, griff auf den Lastwagen über, dessen Fahrerhaus sich in alle Richtungen verteilte. Dampf stieg auf. Eine grelle Stichflamme züngelte gen Himmel. Sie glaubte für einen Moment, das Gesicht ihres Vaters darin zu erkennen. Dann wurden die Flammen bunter. Schwarzer Rauch quoll in dicken Bündeln hervor. Flammende Zungen leckten an den Ästen der nächstgelegenen Fichten. Wie Wunderkerzen brannten auch sie innerhalb weniger

Augenblicke. Kirstin schloss die Augen. Das Donnern und Grollen traf sie wie Faustschläge. Es roch nach Diesel und Schmiere, verdampftem Wasser, nach Harz und brennendem Holz. Das letzte, was sie wahrnahm, war ihr eigener Schrei, der sie in gedankenlose Stille begleitete …

XXXII.

Zweieinhalb Stunden später befand sich Kirstin in einem Vernehmungsraum der Polizeiinspektion. Man hatte ihr am Unfallort eine starke Beruhigungsspritze geben müssen. Kirstin saß zusammengesunken in eine Decke gehüllt auf ihrem Stuhl und schlürfte an einer heißen Tasse Tee. Der Notarzt hatte ihr angeraten, sich für eine Weile zu schonen, aber Kirstin war nicht davon abzuhalten gewesen, die Dinge, die anstanden, sofort hinter sich zu bringen. Sie war noch immer geschockt und verstört, ob des grausigen Ausgangs. Die Spritze hingegen ließ sie einigermaßen ruhig und distanziert auf die Ereignisse zurückblicken. Martin saß in Hagers Büro und trank die vierte Tasse starken Kaffee. Ihm war speiübel. Frau Doktor Gruber und der Fahrer des Holzlasters befanden sich in ärztlicher Behandlung. Die Museumschefin, weil sie einen Kreislaufkollaps erlitten, der Lastwagenfahrer, weil er einen Nervenzusammenbruch bekommen hatte.

Der Kommissar saß Kirstin gegenüber und hatte soeben das Tonbandgerät eingeschaltet. Schmidts und Wagenschneider, die mit der Feuerwehr und dem Rettungswagen eingetroffen waren, hielten sich bewusst im Hintergrund. *Noch!* Sie hatten Hager nicht nur eine ordentliche Rüge erteilt, sondern auch strenge disziplinarische Mittel in Anbetracht seines Alleingangs angekündigt. Nur weil er Zeuge des Vorfalls gewesen war, ließen sie ihm den Vortritt bei dieser für ihn vorerst letzten Vernehmung. *Galgenfrist.*

»Meinen Sie wirklich, sie können in ihrem Zustand Fragen beantworten?«, fragte Hager gedämpft.

Kirstin nickte kaum sichtbar und starrte auf die Tischplatte.

»Ihr Vater … Werner Trevesen … ist für die Bluttat auf dem Epprechtstein verantwortlich?«

Kirstin schluckte. »Ja.«
»Haben Sie davon gewusst?«
»Ja und nein. Ich wusste, dass er sich mit diesem Mann treffen wollte. Oben auf dem Berg. Und ich wusste, dass Hanns dafür ein Kreuz gezimmert hatte.« Sie hob den Blick. »Aber ich hatte nicht die leiseste Ahnung, was geschehen würde. Er wollte ihn zur Rede stellen, wollte ihm klarmachen, was sein Vater meiner Mutter angetan hatte. Es … es muss irgendwie völlig aus dem Ruder gelaufen sein.« Sie hob scheu den Blick und nippte vorsichtig an ihrer Teetasse.
»Langsam, Kirstin, langsam«, sagte Hager geduldig. »Mit wem hat er sich getroffen? Und warum? In welcher Beziehung stand er zu Hanns Wöllsauer? Ich sehe nicht klar. Sie müssen mir die ganze Geschichte erzählen – von Anfang an. Bitte.«
Kirstin nickte kaum wahrnehmbar. »Ende des Krieges kamen die Amerikaner nach Kirchenlamitz. Meine Mutter war damals zehn Jahre alt. Die Familie von Tann bewohnte damals ein großes Herrenhaus am Ortrand. Sie hatten bereits in den frühen zwanziger Jahren mehrere Steinbrüche am Epprechtstein übernommen und zogen wenig später von Bayreuth hier her. Die Familie war vermögend und der Ausbruch des Krieges ließ im Granitgeschäft die Kassen klingeln. Ich weiß nicht, ob sie in der Partei waren oder nicht, ob sie mit Hitlers Ideen sympathisierten. Ich kann es mir kaum vorstellen.
Trotzdem waren sie für die amerikanischen Besatzer Nazis, wie alle, die damals Geld hatten. Als sie das Haus besetzten, muss es zu einem Eklat mit meinen Großeltern gekommen sein. Er ist ein sehr energischer Mensch gewesen. Leider habe ich nicht einmal ein Bild von ihm. Es kam zu einem Streit oder Handgemenge und einer der Soldaten muss meinen Großvater niedergeschossen haben. Ob mit Absicht oder aus Versehen, niemand wird es je erfahren. Daraufhin hat sich Johann, ein Hausangestellter und wohl auch so etwas wie das Kindermädchen meiner Mutter (jedenfalls schätzte sie ihn über alles), ihnen in den Weg gestellt. Auch ihn schossen sie, ohne zu zögern, über den Haufen. Die Angelegenheit eskalierte. Die Soldaten wüteten wie die Berserker. Sie durchstöberten das ganze Haus. Was sie fanden und mitgehen ließen, weiß keiner zu sagen. Erst fiel ihnen meine Großmutter zum Opfer, wenig später, als sich zwei der Soldaten in den Keller aufgemacht hatten, auch meine Mutter. Sie

hatte sich in einem uralten unterirdischen Gang verstecken wollen. Doch der Gang war nach wenigen Metern verschüttet, und so war sie für die heranstürmenden Männer eine leichte Beute.
Sie wurde von beiden mehrfach vergewaltigt und anschließend einfach liegen gelassen. Bevor die Armee das Haus verließ, legte sie Feuer. Das Anwesen brannte bis auf die Grundmauern nieder. Als mein Vater hier ankam, haben wir beide die Stelle gesucht, wo es gestanden haben muss. Es ist nichts mehr davon übrig.
Wie durch ein Wunder blieb der Keller damals von der Feuersbrunst verschont. Meiner Mutter gelang es zwei Tage später, sich aus den verkohlten Überresten zu befreien. Ein paar Bauern fanden sie, nachdem die Feuerwehr abgezogen war, auf dem Feld umherirrend. Der Fall wurde nie richtig untersucht. Es gab zu viele Unstimmigkeiten und Widersprüche. Das Vermögen der Familie wurde von den Besatzern konfisziert. Meine Mutter kam in ein Sanatorium und blieb dort für viele Jahre. Eines Tages wurde die Familie Trevesen auf sie aufmerksam. Sie waren bereits vor dem Krieg enge Freunde der Bayreuther van Tanns gewesen. Sie adoptierten meine Mutter und nahmen sie mit nach Rostock.«
»Moment, Kirstin«, unterbrach sie der Kommissar. »Trevesen hießen die Stiefeltern ihrer Mutter. Und sie selbst hat auch diesen Namen angenommen. Aber warum hat ihr Vater nicht seinen eigenen verwendet, nachdem er Ihre Mutter geheiratet hat?«
»Mein Vater wurde hier geboren. Nach der Schule begann er eine Lehre in der Porzellanindustrie. Er war wirklich gut, und fleißig. Einem raschen Aufstieg schien nichts im Wege zu stehen. Er studierte sogar Porzellandesign auf Kosten der Firma. Doch dann gab es immer mehr Unstimmigkeiten und das Arbeitsverhältnis endete mit einer einvernehmlichen Trennung. Mein Vater ging daraufhin nach Meißen. Das war noch vor dem Mauerbau und der endgültigen Trennung Deutschlands. Er hoffte, dort mehr von seinen Ideen umsetzen zu können. Und es gelang ihm auch. Die Vergangenheit begann allmählich zu verblassen.«
»Kannte er die Familie von Tann? Auch Johanna?«
»Er wusste es von seinem Bruder, der für sie gearbeitet hat.«
Hager begann zu verstehen. »Hanns Wöllsauer. Der Bruder ihres Vaters war Hanns der Schwammerlsucher.«

Kirstin nickte. »In den Siebzigerjahren war mein Vater viel unterwegs, beruflich. Er war für ihn ein Privileg, die Welt bereisen zu dürfen, wo alle anderen hinter dem Eisernen Vorhang versteckt wurden. Auf einem Symposium in Rostock lernte er meine Mutter kennen. Die Familie Trevesen und einige der Kongressteilnehmer waren von Parteifunktionären in eine Hotelbar eingeladen worden.«

»Machten denn die Trevesens auch in Porzellan?«

»Nein. Sie besaßen eine kleine Handelsreederei an der Ostsee. Aber sie gehörten zu Rostocks Elitefamilien.«

»Waren sie und Ihr Vater SED-Angehörige?«

»Die Trevesens bestimmt, mein Vater nicht. Er machte gute Miene zum bösen Spiel. Schließlich gewährte ihm dies einige Privilegien.«

Der Kommissar nickte verstehend.

»Es war Liebe auf den ersten Blick. Jedenfalls für meinen Vater. Johanna war damals in den besten Jahren; längst kein Kind mehr, sondern eine hübsche, erwachsene Frau. Ich denke, es war diese Melancholie, die sie zeitlebens umgab, und die meinen Vater so betörte. Sie wurden ein Paar.«

»Hatte sie ihm gegenüber erwähnt, was ihr zugestoßen war?«

»Nachdem er wusste, wer sie war und woher sie stammte, war das nicht mehr nötig. Mein Vater hatte den Brand des Hauses und den Niedergang der Familie mitbekommen. Über die Vergewaltigung jedoch verlor sie kein Wort. Sie begründete ihre Stimmungsschwankungen und die Notwendigkeit der Einnahme von Tabletten immer mit dem verheerenden Unglück ihrer Familie.«

»Entschuldigen Sie die direkte Frage, aber führten ihre Eltern ein Sexualleben?«

»Sie sind immer zärtlich miteinander umgegangen. Ich habe solange ich denken kann keinen Streit, nicht einmal böse Worte zwischen ihnen mitbekommen. Sie liebten sich. Die Kunst meines Vaters, die Menschen zu lassen, wie sie sind, ergänzte sich vorzüglich mit den Gebrechen meiner Mutter. In einer Woche war sie hellauf begeistert – man musste sie regelrecht zu Ruhe und Erholung zwingen –, Tage später brach sie völlig zusammen und schleppte sich nur noch vom Bett zur Couch, von der Couch ins Bett. Ich weiß nicht, ob sie mehr als einmal Sex hatten.«

»Dieser Mann, mit dem sich ihr Vater auf dem Epprechtstein traf, war also einer der Vergewaltiger, wenn ich das recht verstanden habe.«

»Sein Sohn. Der eigentliche Übertäter ist bereits Jahre zuvor an Krebs gestorben.«

»Wie gelang es Ihren Vater, ihn ausfindig zu machen?«

»Es fing mit dem Tagebuch meiner Mutter an. Darin hat sie all ihre Erlebnisse (auch die Vergewaltigung) niedergeschrieben. Während ihres Klinikaufenthalts war es ihr heimlicher Begleiter und bestimmt ebenso wichtig wie die Behandlung selbst gewesen. Bis vor einem dreiviertel Jahr wussten auch mein Vater und ich nichts von dessen Existenz. Erst nach dem Tod meiner Mutter, als ich am Dachboden in einer alten Kiste herumkramte, fiel es mir zufällig in die Hände. Ich las es und war entsetzt. Auch mein Vater studierte es und konnte kaum glauben, was es darin zu lesen gab. Ich hätte es wissen müssen. Die schonungslosen Zeilen meiner Mutter brachten ihn nach und nach um den Verstand. Der erste Eintrag befasst sich mit der Vergewaltigung. Es ist ein erschreckendes Dokument unbeschreiblichen Leids. Später erwähnt sie ihre Peiniger: Phobos und Deimos.«

»Phobos und Deimos? Sind das nicht irgendwelche römischen Götter?«

»Griechische. Wir dachten nicht im Traum daran, dass sie mehr waren als die Stellvertreter all dessen, was sie durchmachen musste. Mein Vater jedoch kam bald zu der Überzeugung, dass die beiden Gottheiten nicht nur stellvertretend für ihre Peiniger standen. Er ging soweit und glaubte, dass deren Anfangsbuchstaben mit denen der Täter identisch waren. Ob sie nun Phil oder Peter, Dennis oder Detroit hießen, wusste er nicht. Fieberhaft suchte er in dem Tagebuch nach Einträgen oder Randbemerkungen, die er bisher übersehen zu haben glaubte. Schließlich wurde er fündig. Er entdeckte eine Randnotiz, zwei Namen, die nachträglich ausradiert worden waren. Es war ein Leichtes für meinen Vater, sie wieder sichtbar zu machen. Das Papier hatte sich entsprechend durchgedrückt. Nun hatte er während seiner beruflichen Tätigkeit auch eine Reise in die USA gemacht. Das mag widersinnig klingen, waren die Vereinigten Staaten doch der Erzfeind des Sozialismus schlechthin. Aber gute Geschäfte machen eben selbst vor politischen wie weltanschaulichen Schranken keinen Halt. Auf dieser Reise lernte er per Zufall einen

hohen Offizier der Armee kennen. An diesen wandte er sich mit der Bitte, Unterlagen über den Einmarsch der Alliierten zu besorgen. Mein Vater gab vor, ein Soldat hätte ihm und seiner Familie damals große Dienste erwiesen, und er möchte sich endlich dafür erkenntlich zeigen. Um an die entsprechenden Unterlagen aus dem Jahre 1945 heranzukommen, brauchte es einige Zeit. Schließlich erhielt er vor gut eineinhalb Monaten zwei Namen von ehemaligen Soldaten, deren Vornamen mit denen aus dem Tagebuch übereinstimmten und die an dem Einmarsch in Kirchenlamitz beteiligt waren: Phil Brown und Dennis Morris. Weitere Nachforschungen ergaben, dass Phil Brown unverheiratet und kinderlos im Vietnamkrieg gefallen war. Dennis Morris hingegen hatte Familie und einen Sohn. Er war zwar längst verstorben, aber die Anschrift seines Sohnes John konnte ausfindig gemacht werden. Der Rest ist ganz einfach: Mein Vater setzte sich mit ihm in Verbindung, gab vor, Notar zu sein, und verkündete, es gebe ein außereheliches Kind seines Vaters aus Nachkriegsjahren, das verstorben und ihm, dem einzigen Erben, ein nicht unbeträchtliches Vermögen hinterlassen habe. Er bat um Klärung des Falles vor Ort. John Morris, ein gescheiterter Börsenmakler, ließ sich nicht lange betteln. Geld hatte er bitter nötig. Er kam über den Großen Teich geflogen und fand sich bald in einer Gegend wieder, von der er bestimmt nie etwas gehört hatte. Was ihn dazu bewogen haben mochte, des Nachts den Epprechtstein aufzusuchen, ich weiß es nicht. Mein Vater war ein fantasiebegabter Mensch, und in Anbetracht der Aussicht auf einen Batzen Geld hat Morris wohl alle Vorsicht vergessen lassen.«
»Wissen Sie, was sich dort oben abspielte?«
Kirstin schüttelte den Kopf. »Mein Vater hat dieses Geheimnis mit ins Grab genommen. Ich weiß nur, dass Hanns und er das Kreuz tags zuvor auf den Berg geschleppt haben. Es sollte zur Erinnerung an die Gräueltat an Johanna und ihrer Familie aufgestellt werde. Hanns hat bestimmt nicht gewusst, zu was es letzten Endes Verwendung fand.«
»Nun ja, womöglich hatte auch ihr Vater bis zum Schluss keine Vorstellung, was tatsächlich geschehen sollte.« Hager räusperte sich. »Wissen Sie, wo er die Werkzeuge versteckt hat?«
»Welche Werkzeuge?«

»Hammer und Nägel, um den Mann ans Kreuz zu schlagen. Eine Säge oder ein scharfes Messer, um die Gliedmaßen abzutrennen.«
Kirstin zuckte mit den Schultern. »Bestimmt sind es Hanns' Sachen gewesen, die sie zum Aufrichten des Kreuzes benötigt haben.«
Fürchtegott Hager nickte. »Es dürfte schwierig werden, sie zu finden. Eine allerletzte Frage: Wissen Sie, wo Ihr Vater den Kopf des Opfers und die Hände deponiert hatte? Sie sind eingefroren worden, aber bei ihrem Onkel, also Hanns Wöllsauer, haben wir nichts gefunden, was groß genug gewesen wäre, sie aufzunehmen.«
»Leider nein. Aber im Hotel gibt es sicher Möglichkeiten. Kühlräume oder Vergleichbares. Meinem Vater konnte man nicht leicht eine Bitte abschlagen.«
»Sicher«, sagte der Kommissar knapp. »Natürlich gibt es da noch tausend Kleinigkeiten, die ich wissen muss. Doch das kann warten, bis Sie sich wieder besser fühlen. Tja, das war's fürs Erste.«
Kirstin kramte eine Weile unter ihrer Decke herum. Zum Vorschein kam Johannas Tagebuch. Sie legte es behutsam vor sich auf der Tischplatte ab. »Nehmen Sie es. Bitte. Vielleicht können Sie darin einige fehlende Antworten finden. Ich will es nicht mehr haben. Es ist wertlos geworden.«
»Selbstverständlich werde ich es an mich nehmen, bis die Untersuchungen endgültig abgeschlossen sind. Aber wollen Sie es danach wirklich wegwerfen? Es ist doch, wie Sie selbst sagen, das einzige Andenken an Ihre Mutter.«
»Ich weiß es nicht. Nicht jetzt.«
»Selbstverständlich. Ich werde es Ihnen persönlich zurückgeben, sobald es nicht mehr gebraucht wird.«
Kirstin sah ihn müde an. »Ich habe auch eine Frage.«
»Nur zu.« Hager lehnte sich mit verschränkten Armen in seinem Sessel zurück und musterte den abgegriffenen braunen Einband von Johannas Tagebuch.
»Was geschieht nun mit mir?«, sagte sie kaum hörbar.
Der Kommissar legte ein verhaltenes Lächeln auf. »Also, wenn Sie mir die Wahrheit gesagt haben – insbesondere darüber, was Sie selbst mit dem Mord zu tun haben –, wird es nicht ganz so schlimm werden.«
Kirstin schluckte. »Muss ich ins Gefängnis?«

»Das kommt auf den Staatsanwalt und den Richter an, und auf Ihren Anwalt. Man wird Sie bestimmt der Mitwisserschaft, der Strafvereitelung und der Unterschlagung von Beweismitteln anklagen. Wenn Sie Glück haben, bekommen Sie Bewährung.«
Kirstin nickte abwesend.
»Ach ja, ehe ich's vergesse!«, fuhr Hager fort. »Ich weiß natürlich nicht, wie nah Sie Ihrem Onkel und Ihrer Tante standen. Dennoch möchte ich Ihnen nachträglich mein Beileid aussprechen.«
Kirstin sah ihn mit weit aufgerissenen Augen an. »Beileid? Wieso?«
»Ja, haben Sie denn nichts davon gelesen oder gehört? Hat Ihnen Martin nichts erzählt? Hanns Wöllsauer hat sich erhängt. Und seine Frau Erna ist an einem Herzinfarkt …« Weiter kam er nicht. Kirstin verdrehte die Augen, bis nur noch das Weiße darin zu sehen war. Ihr Kopf knallte ohne Vorwarnung mit voller Wucht auf die Tischplatte und das kleine Tagebuch.
Fürchtegott Hager schnappte hörbar nach Luft.
»Bravo«, hörte er hinter seinem Rücken. Er glaubte ein Klatschen zu vernehmen, aber das war wohl eher seiner Einbildung zuzuschreiben. Er wirbelte herum und stürmte nach Hilfe suchend aus dem Vernehmungszimmer.

XXXIII.

So oder so, vier Menschen hatten den Tod gefunden und zumindest einem unsägliches Leid beschert. Worin lag der Sinn? Wo ließ sich eine Rechtfertigung dafür finden? Solange Fürchtegott auch darüber nachdachte, er fand zu keiner Entschuldigung. Eine Tat aus Rache, aus Verletztheit und Kränkung konnte nicht dadurch gesühnt werden, dass man über sechs Jahrzehnte später einen Unschuldigen dafür büßen ließ. Das war anmaßend, selbstgerecht oder einfach nur dumm. Die Verbrechen jedweden Krieges mussten aufgearbeitet werden. Es lag in der Sache selbst, Mördern wie Opfern zu der ihnen gebührenden Gerechtigkeit zu verhelfen. Aber was war mit denen, die diese Kriege auszubaden hatten? Was war mit dem einfachen Volk, das, in eine Uniform gepresst und mit ungewohnter Macht bestückt, plötzlich zum Herrn und Richter über seinesgleichen geworden war? Ließen sich in solchen Ausnahmesituationen wirklich die gleichen Maßstäbe anlegen? Viel sinniger wäre es doch, zu hinterfragen, warum es überhaupt seit Menschengedenken zu immer neuen Scharmützeln zwischen machtgeilen und größenwahnsinnigen Kriegstreibern kam. *Kein Lebewesen verlernt und vergisst so schnell wie der Mensch. Kein Tier zieht so rücksichtslos mit seinesgleichen zu Felde …* Das waren seine eigenen Gedanken. Wie recht er doch damit gehabt hatte. Werner Wöllsauer hätte nicht nur das Leben seines Bruders und seiner Schwägerin zu verantworten gehabt, sondern auch die Zukunft seiner Tochter. Rache war kein Mittel, die Dinge besser zu machen. Obwohl dies leichter gesagt als getan war. Er, Fürchtegott, hatte sich nie in einer vergleichbaren Situation befunden. Doch sein Berufsalltag lehrte ihn immer aufs Neue, dass dies der falscheste aller Wege war, eine Straftat ungeschehen zu machen. Der Traum vom Paradies, von Einigkeit und Recht und Freiheit, war und blieb eine Utopie. Es ließ sich nicht herbeizwingen, schon gar nicht mit den Mitteln, die man eigentlich zu bekämpfen suchte. Das Recht des Stärkeren stammte aus dem Tierreich. Die Zeit wurde allmählich knapp, dieses Stadium hinter sich zu lassen.

Trotzdem, der Fall hatte ihn ganz schön mitgenommen. Obschon er zu seiner Lösung beigetragen hatte, verspürte er keine Spur von Stolz und Genugtuung. Und das nicht nur, weil ihm die Münchener Kollegen etliche dicke Brocken in den Weg werfen würden. Fürchtegott selbst kam sich verraten und verkauft vor. Seine Ideale waren nichts weiter als die Projektion des Wunschdenkens einer dem Untergang geweihten Spezies. Sollte er nicht alles hinschmeißen und endlich das tun, was er schon immer tun wollte? Selbst Fürchtegott hatte Träume: vom Altersruhesitz an der französischen Riviera bis zur Imbissbude am Starnberger See reichte die Palette. Rotwein auf einer sonnenverwöhnten Terrasse trinken oder Currywurst und Fritten an zahlungswillige Touristen verkaufen. Das wäre ein Leben nach seinem Geschmack. In beiden Fällen, so dachte er, würde er sich mit nichts herumärgern müssen: nicht mit dem Abschaum der Gesellschaft, nicht mit immer brutaler werdenden Verbrechen, die er immer weniger nachvollziehen konnte, nicht mit leeren Staatskassen und einem Mehr an Leistungsanforderung, nicht mit dem drohenden Kollaps einer ausgebeuteten Umwelt oder dem steilen Auf und

Ab einer Wirtschaftsform, die letzten Endes zum Scheitern verurteilt war. *Sich über nichts und niemand Gedanken oder Sorgen machen müssen; die Wirklichkeit ausblenden, ja! Die letzten Jahre genießen und alles Übel der Welt weit weg wissend, genau!*
Hager saß auf der Couch in seinem Wohnzimmer. Beklemmende Stille machte sich breit. Er verspürte keinerlei Lust, Musik zu hören. Dazu hatte ihm der vergangene Tag zu viel Leid und Gram beschert. Ab und an kam es vor, dass ihm nach der Lösung eines Falles (nachgerade dann, wenn er sich als völlig sinnlos wie vermeidbar herausgestellt hatte) der Boden der Realität entzogen wurde. *In was für einer Welt leben wir eigentlich? In einer Welt, der es an Geboten, Glauben, Demut, Vergebung und allen voran Zufriedenheit mangelt?*
Fürchtegott erhob sich schwermütig vom Sofa. Als er in der Küche nach einer Flasche Bier kramte, klingelt das Telefon im Flur. *Oh nein, auch das noch!* In einer Hand die Flasche, in der anderen den Telefonhörer, lauschte er in die Leitung.
»Fürchtegott. Schön, dass du daheim bist. Ich bin es. Also allmählich sehne ich mich nach zu Hause. Du wirst mich kaum wiedererkennen. Ich habe vier Kilo abgenommen. Bei dem ganzen Theater ist das wirklich kein Wunder. Also, gesund ist gesund, daran gibt es keine Zweifel, aber man kann es auch übertreiben. Was meinst du wohl, wie es mich nach einem Sauerbraten gelüstet? Hier gibt es ja nur Schonkost. Reichlich zwar, aber mein Gott, davon wird ein Mensch nicht wirklich satt. Ich vermute, das liegt an den Einsparungen: Fitness als Mogelpackung zwecks leerer Kassen. Ich frage mich, wozu wir horrende Summen zahlen, wenn am Ende ein Sparmenü dabei herauskommt. Die arbeitende Bevölkerung wird kurz gehalten, damit sich Drückeberger ein schönes Leben machen können. So sieht das aus. Betty, meine Freundin, du erinnerst dich doch, sieht das genauso. Wir sind in dieser Woche natürlich essen gegangen. Heimlich, verstehst du? Zum Italiener. Der ist gar nicht mal so teuer, wie man glauben könnte. Und nach den Hungerrationen der letzten Tage haben wir kräftig zugeschlagen. Am Ende war es dann doch nicht ganz billig. *C'est la vie!* Anders kommst du hier einfach nicht über die Runden. Und das Wetter, na ja, das war anfangs auch besser gewesen. Die letzten zwei Tage hat es geregnet, und der Wind, der hat dich beinahe umgeblasen. Also das mit dem Urlaub

im nächsten Jahr müssen wir uns noch mal überlegen. Da war ich wohl etwas zu euphorisch gewesen.« Irmgard holte Luft. »Tja, also. Du sagst gar nichts. Wie geht es dir? Was macht dein Fall?«
»Ist gelöst«, sagte Fürchtegott Hager knapp und wechselte Bier und Hörer.
»Ich wusste doch, dass du das hinbekommst. Hab ich es nicht gesagt? Ich bin stolz auf dich, ehrlich! Wie lange hast du dafür gebraucht? Zwei Wochen?«
»Eine«, stöhnte der Kommissar.
»Richtig! Ich bin ja erst die dritte Woche hier. Es kommt mir wie eine Ewigkeit vor. Na ja, die letzten sieben Tage werde ich auch noch überstehen. Hast du dir wenigstens was Vernünftiges zum Essen gemacht?«
»Hm«, bekundete Hager ergeben.
»Oder hast du weiter abgenommen?«
»Ich bin die letzten Tage nicht dazugekommen, auf die Waage zu steigen.«
»Das hört sich nicht gut an!« Irmgards Stimme geriet in einen vorwurfsvollen Tonfall. »Schwamm drüber«, entschied sie sogleich. »Bin ich erst wieder daheim, werden wir es uns richtig gut gehen lassen, nicht? Ich hab dir jede Menge zu erzählen. Übrigens kommt mein Zug am Freitag um 22.20 am Bahnhof an. Bitte vergiss mich nicht. Und stell schon mal eine Falsche Sekt kalt. Wir müssen doch auf deinen gelösten Fall anstoßen, gell? Ansonsten wünsch ich dir eine schöne Woche. Ich weiß nicht, ob ich noch mal dazukomme, dich vor Freitag anzurufen. Es ist ja, wie gesagt, alles ziemlich hektisch hier. Und das eine kann ich dir sagen: Von Kuren habe ich erstmal die Schnauze voll. Machs gut, Fürchtegott, *tschüss!*«
Hager legte den Hörer auf die Gabel und nahm einen kräftigen Schluck aus der Bierflasche. Er hoffte inständig, den Rest des Abends ohne weitere Störungen verbringen zu dürfen.
Er wollte sich eben ins sichere Wohnzimmer zurückziehen, als es an der Wohnungstür schellte.
»Kruzitürken!« Hager machte kehrt und schleppte sich den Flur entlang. Er hatte nicht den Schimmer einer Ahnung, wer zu dieser Stunde zu ihm wollte. Er hatte ja nicht mal lautstark Musik gehört. Die Kollegen konnten es also nicht sein.

Der Kommissar war überrascht, als er die Tür aufzog. »Sie?«
Martin lächelte verhalten. »Ich weiß, es ist reichlich spät für einen spontanen Besuch. Ich hoffe, ich störe Sie nicht?«
»Höchstens beim Grübeln«, entgegnete der Kommissar und machte den Weg frei. Wenn er sich auch einen besseren Zeitvertreib vorstellen konnte, war dieser Streitberg wenigstens jemand, mit dem man interessante Gespräche führen konnte. »Kommen Sie schon rein, bevor ich es mit anders überlege.«
»Danke.« Martin schritt den Flur entlang und blieb an der Tür zum Wohnzimmer stehen. Er trug eine kleine Plastiktüte einer Mineralölgesellschaft bei sich, die mit dem Slogan *Einkaufen 24 Stunden am Tag* warb.
»Geradeaus«, sagte Fürchtegott Hager und wies mit einer Hand in die erwähnte Richtung. »Wollen Sie ein Bier?«
»Gerne.« Martin betrat die gute Stube des Kommissars.
»Warm oder aus dem Kühlschrank?«, rief ihm Hager in der Küche stehend entgegen.
»Kühlschrank«, tönte Martin zurück und ließ sich auf einem der Sessel nieder. *Reichlich bieder!*, stellte er nüchtern fest. Aber etwas anderes hatte er ehrlich gesagt auch nicht erwartet.
»Wo kommen Sie denn zu solch später Stunde her?« Hager stellte die Falsche Bier auf den Wohnzimmertisch. Das braune Glas beschlug sogleich. Hager holte vorsichtshalber zwei von Irmgards Untersetzern aus dem Schrank. Sie hasste Flecken auf den Möbeln wie die Pest. »Brauchen Sie ein Glas?«
Martin schüttelte den Kopf. »Ich konnte keine Ruhe finden.«
»Wem sagen Sie das.« Hager setzte sich zu ihm an den Tisch und verteilte die Untersetzer.
»Ich bin bis vor einer Stunde bei Kirstin gewesen. Danach haben sie mich rausgeschmissen«, sagte Martin, die Falsche in der Hand.
»Wie geht es ihr?«, erkundigte sich Hager.
»Den Umständen entsprechend. Prost!« Martin nahm einen ersten langen Schluck und behielt die Falsche anschließend in den Händen. »Schrecklich, das Ganze.«
Hager nickte stumm.
»Hätte es nicht anders ausgehen können?« Martin warf dem Kommissar fragende Blicke zu. Ihm schienen sie reichlich vorwurfsvoll.

»Was sehen Sie mich dabei an? Ich kann nichts dafür, dass es so gelaufen ist! Ich habe nur meine Arbeit gemacht, weiter nichts.«
Martin nahm einen weiteren Schluck aus der Flasche.
»Und glauben Sie mir, es ist gut so, wie es ist«, fügte Hager hinzu. Er wollte sich von Martin keinesfalls in die Ecke des Schuldigen treiben lassen. »Für Werner Trevesen kam jede Hilfe zu spät. Er wusste, was ihn erwartet – und zog die Konsequenz daraus.«
»Aber Kirstin …«
»Auch für sie ist es das Beste, selbst wenn sie beide dies momentan ganz anders empfinden mögen.« Hager führte seine Flasche zum Mund.
»Ich mach mir Vorwürfe«, gestand Martin und starrte auf die beiden Untersetzer auf dem Tisch.
»Weshalb?« Fürchtegott fuhr sich mit dem Handrücken über die Lippen. »Was hätten Sie tun können? Wie hätten Sie das Schicksal der beiden beeinflussen sollen?«
Martin zog die Schultern hoch. »Ich weiß es nicht.«
Hager räusperte sich. »Als ich bei der Polizei anfing, glaubte ich fest daran, die Welt ein bisschen sicherer machen zu können. Solche Gedanken hat wohl jeder im Kopf, wenn er sich für diesen Beruf entscheidet. Ich kann mich noch gut an einen Fall erinnern …« Fürchtegott erzählte. Je länger er in der Vergangenheit herumstöberte, desto redseliger wurde er.
Martin hörte schweigend zu, doch in Gedanken war er nicht bei der Sache. Er dachte an Kirstin und an die Folgen, die ihr unseliges Verhalten in dem Fall nach sich ziehen würde.
»… jedenfalls ist das ein gutes Beispiel dafür, wie widersinnig Polizeiarbeit manchmal sein kann.« Hager blickte zu Martin, der ihm reichlich abwesend wirkte. »Das sehen Sie doch genauso, oder etwa nicht?«
»Wie?« Martin wurde aus seinen Gedanken gerissen. »Ja … doch«, stammelte er vor sich hin.
Die beiden Falschen waren leer. Fürchtegott gähnte, ohne sich die Hand vor den Mund zu halten. Er vermied es, auf die Uhr zu sehen.
»Wollen Sie noch eins?«
»Ich hab was viel Besseres.« Martin öffnete die Tüte, die er neben sich gestellt hatte, und zog eine Flasche Irischen Whiskey daraus her-

vor. »Anfangs hatte ich mir vorgenommen, sie allein zu vernichten, aber nun …«
»Die hat bestimmt ein kleines Vermögen gekostet«, bemerkte der Kommissar mit einem Blick auf das Etikett der Tüte.
»Um diese Zeit gibt's nirgendwo anders Stoff zu kaufen.«
»Darf ich mich anschießen?«
»Ich bitte darum.«
Hager erhob sich und holte zwei Gläser (sowie zwei weitere Untersetzer) aus dem Wohnzimmerschrank. Martin schenkte beide bis zur Hälfte voll des bernsteinfarbenen Getränks.
»Lassen Sie uns von was anderm reden. Bitte«, bat Martin und führte sein Glas an den Mund.
Hager tat es ihm gleich. »Sie haben recht. Lassen Sie uns über etwas Angenehmeres sprechen. Zum Wohl!«
»*Sláinte!*, wie die Iren sagen.«
Beide prosteten sich zu.
Nachdem Martin getrunken hatte, hielt er inne. »Wie versuchen Sie eigentlich, dem Übel der Welt zu entfliehen?«
Hager lachte verhalten. »Nun, ich höre gerne Musik. Operetten.«
»Interessant«, sagte Martin und erhob sich in Richtung Plattenschrank. »Darf ich?«
Hager nickte. »Meinetwegen.«
Martin ging vor der umfangreichen Sammlung in die Hocke. »Eine alte Grundiganlage. Die ist damals bestimmt nicht billig gewesen, was?«
»Dafür funktioniert sie seit Jahrzehnten einwandfrei«, versicherte Hager nicht ohne Stolz.
»Ich steh auf alte Sachen«, sagte Martin, während er die Rücken der Schallplattencover überflog. »Was haben wir denn da?« Ein Titel erregte seine Aufmerksamkeit. Er zog das Doppelalbum heraus und hielt es vorsichtig in den Händen. »Jesus Christ Superstar. Das Original von Andrew Lloyd Webber. Mit Murray Head in der Rolle des Judas und Ian Gillan als Jesus. Das stammt aus der Hippieära!«
Hager schmunzelte. »Ich war auch mal jung. Auch wenn mir das heutzutage keiner mehr ansieht.«
»Kaum zu glauben«, murmelte Martin vor sich hin. »Darf ich die LP auflegen?«, wandte er sich an seinen Gastgeber.

»Von mir aus. Aber seien Sie vorsichtig. Die Nadel setzt in letzter Zeit häufig neben der Platte auf.«
Martin nahm die erste der beiden Scheiben vorschriftsmäßig aus der Hülle und platzierte sie vorschriftsmäßig auf dem Plattenteller. Wenig später ertönte gedämpft die Ouvertüre des Stückes im Wohnzimmer.
»Das hab ich bestimmt seit fünfzehn Jahren nicht mehr gehört«, sagte Hager und nahm den letzten Schluck aus seinem Glas. Martin schenkte sogleich nach. Der milde Whiskey machte sich wohlig in ihren Magengruben breit. Sie fühlten sich beide plötzlich unendlich erleichtert, dem hier und jetzt entrückt und beinahe glücklich. Martin sang inbrünstig die Rolle des Jesus; Hager begnügte sich damit, den Chor der Apostel tatkräftig zu unterstützen.
Nachdem Martin die Seite gewechselt hatte und die Menge *Hosanna, Heysanna* grölte, zog er eine zerknüllte Schachtel Zigaretten aus der Hosentasche und holte zwei fein säuberlich gedrehte Tüten daraus hervor. Der Kommissar musterte ihn äußerst fragwürdig, als er sah, was Martin ihm entgegenhielt.
»Sagen Sie bitte nicht, dass das genau das ist, wofür ich es halte!«
»Doch.« Martin grinste, beinahe.
»Niemals. Und in dieser Wohnung schon gleich nicht«, bekundete Hager. Seine Stirn legte sich in Falten.
»Tun Sie sich und mir den Gefallen und machen Sie einmal etwas Spontanes, etwas Außergewöhnliches, etwas Verbotenes. Los, Mann, kommen Sie schon, Fürchtegott. Ich verspreche Ihnen, sie werden es nicht bereuen.«
»Drogenkonsum?«, rief Fürchtegott Hager aufgebracht. »Noch dazu in der Wohnung eines höheren Polizeibeamten?« Er schüttelte energisch den Kopf.
Martin kicherte. »Nun bleiben Sie bitte mal auf dem Teppich. Mein Whiskey scheint Ihnen ja auch zu schmecken. So ein Joint ist nur der letzte Schliff.«
Martins Arm wurde allmählich schwer. Hager starrte nach wie vor widerstrebend wie fasziniert auf die Tüte in seiner Hand. Wie gesagt, er hatte noch nie etwas Verbotenes angestellt. Sollte er gerade heute diesem Vorsatz untreu werden?
»Na?«

»Wissen Sie eigentlich, was Sie sich da antun?«, sagte er verunsichert.
»Wissen *Sie* eigentlich, was Ihnen entgeht?«, konterte Martin.
(Fürchtegott Hager konnte am nächsten Morgen nicht sagen, was ihn letzten Endes dazu gebracht hatte, Martins Drängen nachzugeben. War es die nervenaufreibende Woche gewesen? War es der Fall an sich, der nach einer Rosskur verlangte? War es die ungewohnte Menge an Whiskey, die ihn zur Unachtsamkeit verführte? Oder war es der nervige Anruf seiner Frau gewesen, der den letzten Ausschlag gegeben hatte.)
Hager nahm Martins Präsent entgegen und dieser stiftete die nötige Flamme. Fürchtegott, der nie im Leben geraucht hatte, hielt den Glimmstängel wie ein Blasrohr zwischen seinen Fingern. Ungeschickt zog er daran wie an einem Schnuller. Sie verwendeten die leer gewordenen Whiskeygläser als Aschenbecher und tranken den Rest abwechselnd aus der Flasche.
Während der Schlussakt des Musicals ertönte, standen sie Arm in Arm vor den Lautsprecherboxen und sangen inbrünstig ihr Jesus Christ, Superstar …
Fürchtegott Hager schien wie verwandelt. Die Welt war plötzlich nicht länger ein Sündenpfuhl aus Gewalt, aus Lug und Trug und Ohnmacht, sondern für wenige Stunden ein Hort der unbegrenzten Möglichkeiten, der bedingungslosen Freiheit, der völligen Hingabe und tausend kleiner anderer Wunder. Die Gegenwart war plötzlich so echt, so wirklich, so betörend. Was juckte ihn jetzt noch die Vergangenheit? Was kostete die Welt?
»In sieben Tagen hat Gott die Welt erschaffen. *Und ich?* Ich habe sieben Tage gebraucht, um den schwierigsten Fall meines Lebens zu lösen. Das ist gar nicht schlecht für einen alten Hasen wie mich…«
Selbstredend wollte er sich nicht mit seinem Schöpfer auf die gleiche Ebene stellen, obschon ihn der Rausch dazu verführte. Fürchtegott fürchtete Gott – nach allen, was er erlebt hatte, mehr denn je.
Irgendwann gegen morgen verabschiedete er sich von Martin, der es sich auf der Couch bequem gemacht hatte. Er stapfte in sein Schlafzimmer, zog seine Sachen aus, legte sie ordentlich über den Stuhl neben der Kommode und kroch unter die Bettdecke. Es dauerte nicht lange, bis ihn der Schlaf unter seine schützenden Fittiche nahm. Er träumte von einer besseren Welt …